जनजातीय जीवन में राम

बाईस भारतीय भाषाओं में रामकथा का शृंखलाबद्ध प्रकाशन

सामान्यतः लोकमान्य तिलक, महात्मा गाँधी, स्वामी दयानन्द सरस्वती, विनोबा भावे, डॉ. राममनोहर लोहिया आदि आधुनिक चिन्तक तथा मनीषी भारत के लोकतन्त्र को रामराज्य जैसा देखना चाहते थे क्योंकि देश के सम्पूर्ण राज्यों, भाषाओं, लोकचिन्तन सन्दर्भों एवं भारतीय मनीषियों के आचरणों में यह रामराज्य तन्त्र कब से वर्तमान एवं आचरणीय चला आ रहा है—किन्तु उधर हमारा ध्यान नहीं जा रहा है। भारतीय संस्कृति की इसी गौरवमयी निष्ठा की ओर हम भारतीयों का ध्यान आकर्षित करना इस योजना का लक्ष्य है।

उत्तर प्रदेश शासन के संस्कृति विभाग के अयोध्या शोध संस्थान, अयोध्या, फ़ैज़ाबाद द्वारा परिचालित यह योजना भारतीय प्राचीन सांस्कृतिक अस्मिता को पुनः प्रकाश में ले आने का कार्य कर रही है। यह योजना देश भर के लिए श्रेष्ठता का एक मानक साक्ष्य है। अयोध्या शोध संस्थान, अयोध्या, फ़ैज़ाबाद के निदेशक डॉ. योगेन्द्र प्रताप सिंह को इस गुरुतर कार्य के लिए निश्चित ही सदैव स्मरण किया जाता रहेगा।

सम्पूर्ण भारत में प्रचलित इस समय बाईस भाषाओं के मर्मज्ञ विद्वान एवं मनीषी इस दिशा में जिस निष्ठा के साथ प्रतिबद्ध भाव से इस कार्य के लिए तत्पर हुए हैं, उनका प्रतिफल सभी भाषाओं में रामकथा पर आधारित ये कृतियाँ हैं और इन पुस्तकों के विद्वान मनीषी लेखक अनन्त बधाई के पात्र हैं।

आशा है, यह रामकथा कृति माला भारतीय सांस्कृतिक अस्मिता को देश के नागरिकों को आत्मीय गौरव से निरन्तर अभिभूत करती रहेगी।

भारतीय भाषाओं में रामकथा : अवधी भाषा	सं. डॉ. सूर्यप्रसाद दीक्षित	₹300
भारतीय भाषाओं में रामकथा : पहाड़ी भाषा	सं. डॉ. निधि सिन्हा	₹250
भारतीय भाषाओं में रामकथा : बांग्ला भाषा	सं. डॉ. हरिश्चन्द्र मिश्र	₹250
भारतीय भाषाओं में रामकथा : मूल बांग्ला भाषा	सं. डॉ. हरिश्चन्द्र मिश्र	₹300
भारतीय भाषाओं में रामकथा : कन्नड़ भाषा	सं. प्रो. टी.आर. भट्ट	₹225
भारतीय भाषाओं में रामकथा : गुजराती भाषा	सं. डॉ. त्रिभुवन राय	₹395
भारतीय भाषाओं में रामकथा : राजस्थानी भाषा	सं. देवेन्द्र कुमार सिंह गौतम	₹425
भारतीय भाषाओं में रामकथा : आरण्यक	सं. डॉ. अर्जुनदास केसरी	₹495
भारतीय भाषाओं में रामकथा : बुन्देली	अतिथि सं. उदय शंकर दुबे	₹495
भारतीय भाषाओं में रामकथा : तमिल भाषा	सं. एम. शेषन	₹250
भारतीय भाषाओं में रामकथा : तेलुगु भाषा	सं. एवं अनु. प्रो. आई.एन. चन्द्रशेखर रेड्डी	₹495
भारतीय भाषाओं में रामकथा : मूल तेलुगु भाषा	सं. एवं अनु. प्रो. आई.एन. चन्द्रशेखर रेड्डी	₹495
भारतीय भाषाओं में रामकथा : पंजाबी भाषा	हरमहेन्द्र सिंह बेदी	₹295
भारतीय भाषाओं में रामकथा : संस्कृत भाषा	सं. डॉ. प्रभाकर सिंह	₹595
भारतीय भाषाओं में रामकथा : असमिया भाषा-1	सं. डॉ. अनुशब्द	₹495
भारतीय भाषाओं में रामकथा : असमिया भाषा-2	सं. डॉ. अनुशब्द	₹495
Rama in The Indian Languages :Assamese Language	Ed. Dr.Anushabda	₹495
भारतीय भाषाओं में रामकथा : मराठी भाषा	सं. डॉ. पद्मा पाटील	₹495

—प्रधान सम्पादक की क़लम से

जनजातीय जीवन में राम

प्रधान सम्पादक

डॉ. योगेन्द्र प्रताप सिंह

पूर्व प्रोफेसर तथा अध्यक्ष, हिन्दी विभाग

इलाहाबाद विश्वविद्यालय, इलाहाबाद

अतिथि सम्पादक

वसन्त निरगुणे

परिकल्पना

डॉ. योगेन्द्र प्रताप सिंह

निदेशक, अयोध्या शोध संस्थान : तुलसी स्मारक भवन

अयोध्या, फ़ैज़ाबाद (उ. प्र.)

वाणी प्रकाशन

वाणी प्रकाशन

4695, 21-ए, दरियागंज, नयी दिल्ली 110 002

फ़ोन : +91 11 23273167 फ़ैक्स : +91 11 23275710

शाखाएँ

अशोक राजपथ, पटना 800 004, बिहार

कॉफ़ी हाउस कैम्पस, महात्मा गांधी मार्ग, इलाहाबाद 211 001, उत्तर प्रदेश

महात्मा गांधी अन्तरराष्ट्रीय हिन्दी विश्वविद्यालय, वर्धा 442 001, महाराष्ट्र

सुल्तानिया रोड, मोतिया पार्क, भोपाल 462 001, मध्य प्रदेश

www.vaniprakashan.com
marketing@vaniprakashan.in
sales@vaniprakashan.in

In Association with

ESTD.-1986

Ayodhya Shodh Sansthan

presents

JANJATEEY JEEWAN MEIN RAM

Chief Editor : Dr. Yogendra Pratap Singh

Guest Editor : Vasant Nirgune

Imagination : Dr. Yogendra Pratap Singh

ISBN : 978-93-87155-01-5

Religion/Culture

प्रथम संस्करण 2017

द्वितीय संस्करण 2021

मूल्य : ₹ 895

शिव शक्ति प्रिंटर्स, दिल्ली-110 095 में मुद्रित

वाणी प्रकाशन का लोगो मक़बूल फ़िदा हुसेन की कूची से

सम्पादकीय नहीं आत्मिकी

जनजातियों में 'राम' और 'रामकथा' की वैसी उपस्थिति मुश्किल है, जैसी हम चाहते हैं, क्योंकि रामकथा का समय और समाज आदिम नहीं ठहरता। कामिल बुल्के कहते हैं—'राम, रावण और हनुमान के आख्यान पहले अलग-अलग प्रचलित थे।' जनजातियों का समय और संस्कृति आदिम है। रामचरित की घटना बहुत बाद की है। रामकथा के सूत्र हमें पौराणिक काल के 'उत्तरार्द्ध' में मिलते हैं। जब आख्यान रचे जा रहे थे, तब मनुष्य के विकास-समय को विष्णु के अवतारवाद की पुराकथाओं में बाँधा जा रहा था। प्रारम्भ के तीन अवतार में जीव-सृष्टि का अंश लगता है, जिसमें 'मत्स्य', 'कच्छप' और 'वराह' की कथाएँ कही गई हैं। इसके पश्चात् 'नरसिंह', 'वामन' और 'परशुराम' की कथाओं में हमें मनुष्य के जैविक विकास की कड़ियाँ मालूम पड़ती हैं। परशु में 'राम' तो था, लेकिन पूर्ण 'राम' नहीं था। परशुराम के बाद दाशरथी 'राम' आते हैं, जिन्हें 'पूर्ण पुरुष' कहा गया अथवा विष्णु का अंश ही नहीं, पूर्णावतार माना गया और जिन्हें 'लीला पुरुष' भी कहा गया। वैसे पूर्ण लीलाधारी का साक्षात् अवतार तो 'कृष्ण' को माना गया है। कृष्ण को 'पूर्ण पुरुष योगेश्वर' भी कहा गया। कृष्ण के बाद 'बुद्ध' को नौवाँ अवतार स्वीकार किया गया। अभी दसवाँ 'कल्कि अवतार' होना है।

ये स्वैर कल्पनाएँ निश्चित रूप से प्रागैतिहासिक समय के बाद की हैं, क्योंकि जनजातीय समूहों में अवतारवाद की भनक कोसों दूर तक न सुनाई देती है और न दिखाई देती है। उस समय भी जनजातीय समाज पूर्णत: 'आरण्यक' ही रहा। पुराण काल के मानव से उसका सम्बन्ध और सम्पर्क सम्भवतया बहुत कम रहा। वे प्रकृति के सान्निध्य में अपने ज्ञान की अनुभूतियों की नैसर्गिक सरणियों में रहे, जहाँ जनजातियों से इतर ज्ञान-पिपासु मानव की अपरिमेय गतिविधियों की पहुँच नहीं के बराबर रही। बस इसी प्रस्थान बिन्दु से मानवीय चेतना की सृष्टि में दो संस्तर दिखाई देने लगे थे, जिनमें एक आदिम चेतना का स्तर और दूसरा लोकचेतना का विस्तारी स्तर। जिसने वेद, उपनिषद्, पुराण, आख्यान आदि शास्त्र अपने लिए रचे। धर्म, दर्शन, अध्यात्म की जटिल संरचनाएँ गढ़ीं। ईश्वर को अवतारवाद में उतारा। उसी अवतारवाद में 'राम' का आगमन हमें मिलता है।

जनजातियों में जो कुछ भी उपस्थिति है, वह निश्चित रूप से अवतारवाद के बाद के समय की मिलती है। वनवासियों की वाचिक परम्परा में जंगल-जीवन की अनुभूतियाँ सबसे अधिक मिलती हैं। उनकी स्मृतियों में प्रकृति की मूल ध्वनियाँ इतनी गहराई में रची-बसी हैं कि आज भी वे उनसे एक पल के लिए भी विलग नहीं होना चाहते

हैं। यही कारण है कि लोक-समूहों में बनी अवधारणाओं, मान्यताओं और विश्वासों की आवाजाही जनजातीय चेतना में बहुत कम दिखाई देती है, बल्कि लोक संस्कृति के मूलाधार जनजाति अथवा आदिम संस्कृति से आग्रहित लगते हैं। गहराई से देखें तो जनजातियों की मिथकीय अवधारणाओं में लोक की संस्कृति के समस्त बीज मिल जाते हैं—चाहे सृष्टि की उत्पत्ति की कथा हो अथवा प्रलय के लय की अन्त:कथा हो। आदिम से लोक तक संस्कृति, साहित्य और कला की यात्रा का एक अन्तर-सेतु बनता है, जहाँ से जीवन का जीवन्त अन्त:सम्बन्ध भी निर्मित होता है।

सबसे पहले रामकथा शिव ने पार्वती को सुनाई। रामकथा के प्रथम वक्ता 'शिव' और प्रथम श्रोता 'पार्वती' बनी। शिव देवाधिदेव महादेव के रूप में जनजातियों के 'आदि देवता' रहे हैं। जनजातियों के मिथकों में महादेव की पूरी उपस्थिति आज भी किसी-न-किसी रूप में हमें मिल जाती है, जिन्हें वे 'भगवान' या 'बड़ा-बूढ़ादेव' की संज्ञा देते हैं। शिव ने पार्वती को 'कथा' का इसी जगह एक मन्त्र भी दिया था। वह 'कथारस' है। शिव ने कहा था— ''सृष्टि में सबसे बड़ा 'रस' या 'आनन्द' कथारस है।'' यही कारण है कि कथा अथवा आख्यान की 'रसधारा' आज तक सूखी नहीं है। शिव जब पार्वती को रामकथा का मर्म समझा रहे थे, तब वहाँ तीसरे के रूप में 'काकभुशुण्डि' यह कथा सुन रहे थे। काकभुशुण्डि ने यह कथा 'गरुड़जी' को सुनाई। गरुड़जी के मुख से 'याज्ञवल्क्य' ने सुनी। याज्ञवल्क्य ने शुक सनकादि ऋषियों को सुनाई। इसके बाद 'सनातन ऋषियों' के कानों में रामकथा का रस पड़ा। इस प्रकार रामकथा सारी सृष्टि में फैली। यह सारा कार्य-व्यापार 'श्रुति' के माध्यम से हुआ। सबसे आश्चर्यजनक तो यह बात है कि इस 'श्रुति' में तीन जीव ऐसे हैं, जिनकी 'योनि' पक्षियों में है। वे हैं काकभुशुण्डि, गरुड़ और शुकदेवजी हैं, जिन्होंने रामकथा को अपनी 'स्मृति' में रखा और श्रुति के जरिए एक-दूसरे को दिया। बाद में वाल्मीकि ने रामकथा को संकलित कर प्रथम 'काव्याख्यान' का रूप दिया।

जनजातियों में भी रामकथा का विस्तार 'श्रुति' और 'स्मृति' के माध्यम से हुआ। जनजातियों के जीवन का सारा कार्य-व्यापार आज भी 'वाचिक' ही है। उनके पास अपना 'लिखित' कुछ भी नहीं। जबकि लोक में 'आख्यान' और 'शास्त्र' रचे गये हैं। यही कारण है कि श्रुति के जरिए जितनी रामकथा का प्रवेश जनजातियों में हुआ, वह सिलसिलेवार नहीं, बल्कि उन्हें वे ही स्वत्व या प्रसंग महत्त्वपूर्ण लगे, जो उनकी जातीय स्मृतियों के सबसे करीब पड़ते थे। उन्हें ही अपने संस्कारों से जोड़कर रामकथा की बुनावट की गई लगती है। यही कारण है कि कई जनजातियों में नायक के रूप में 'राम' को प्रतिष्ठा नहीं दी गई, उनकी जगह 'लक्ष्मण' को उनकी रामायण का महानायक माना गया। वहाँ 'राम' एक छाया की तरह अवतरित होते हैं। लक्ष्मण जनजातियों को राम की अपेक्षा अधिक आकर्षक, साहसी, वीर और व्रती लगे। गोंडों ने अपनी रामायनी को 'लक्ष्मण की सतपरीक्षा' ही कहा। सम्भवतया लक्ष्मण का चरित्र जनजातियों के नैसर्गिक स्वभाव, जंगल-जीवन की अवधारणाओं के बहुत नजदीक बैठता है।

राम और सीता वनवास के समय बहुत-सी कोल, भील, निषाद आदि जनजातियों

के सम्पर्क में आते हैं। भीलनी शबरी तो मतंग ऋषि के सम्पर्क में 'राम की भक्त' ही बन जाती है, जिसे राम ने स्वयं 'नवधा भक्ति' का उपदेश दिया था। शबरी 'राम' और 'रामकथा' के जनजातीय विस्तार में सबसे महत्त्वपूर्ण कड़ी मानी जा सकती है। भील, सहरिया आज भी 'शबरी' को अपना पूर्वज मानते हैं। सहरिया गीतों में सबसे अधिक 'सीता' और 'राम' का जिक्र आता है। वानर, हनुमान, बाली, सुग्रीव, जटायु, जामवन्त आदि वनवासी जातियाँ रही होंगी, जिन्हें 'राम' ने संगठित कर अपनी सेना बनाई थी। किंवदन्ती के अनुसार राम के समकालीन रामायण के रचयिता वाल्मीकि डाकू 'वाल्या' भील थे। किंवदन्ती सेतु का काम करती है। राम और रामकथा का बाद में जनजातियों में प्रवेश और विश्वास जगने का एक मुख्य कारण यह भी रहा हो। रावण जैसे दुष्ट राक्षस का नाश करके राम का विजयी होना भी जनजातियों को जंगल में उन्हें निरापद जीवन जीने का संकेत देता है। इससे भी राम के प्रति जनजातियों में 'आस्था' का संचार होना स्वाभाविक है। वनवास में सुकोमल राजकुमारी सीता की सादगी, सुन्दरता और सहिष्णुता देखकर भी वनवासी स्त्रियाँ विगलित और प्रभावित अवश्य हुई होंगी। जिसके कारण एक स्त्री के प्रति उनके मन में सहज करुणा और भक्ति का भाव जागना स्वाभाविक है। सीता के अपहरण में राम के असहाय हो जाने पर सम्पर्क में आई जनजातीय चेतना में उनके प्रति सहयोग की भावना का संचार भी राम और रामकथा को मजबूती प्रदान करता है। इन सब कारणों के बावजूद जनजातियों ने रामचरित को अपनी वाचिक परम्परा के अनुरूप 'रूप' देने की कोशिश की। जनजातियों की जीवन-शैली, उनके विश्वासों और उनकी आस्थाओं ने 'राम और रामकथा' को कई जगह एक 'अटपटा' रूप भी दे दिया है। जो हमारे लोक के जेहन में कहीं 'अटता' नहीं। हमें सहज विश्वास ही नहीं होता कि 'रामकथा' ऐसी भी हो सकती है, पर जनजातियों की 'कल्पना' उनके 'यथार्थ' से ही उपजती है, इसलिए उनकी कथा, गाथा और आख्यानों में ऐसे चौंकाने वाले आश्चर्य मिल सकते हैं, जो उनके जीवन के रंग हैं। हमें आश्चर्य करने की जरूरत नहीं है। ये राम, लक्ष्मण, सीता को अपनी तरह मनुष्य समझते हैं। इसलिए जनजातीय लोग उन्हें अपने सुख-दुख में शामिल करते हैं।

देश के विद्वान रामकथा-अध्येताओं ने 'साक्षी' के इस विशेषांक के लिए जनजातीय जीवन, संस्कृति, साहित्य और कला में 'राम' को खोजने की कोशिश की है। इस विषय पर सम्भवतया इतनी गम्भीरता से देश में विचार-विमर्श पहली बार किया गया है। कुछ विचारकों का सोचना है कि जनजातियों में राम की उपस्थिति देखना बेमानी है। कुछ मानते हैं कि भले ही 'राम और रामकथा' जनजातीय घटना नहीं है, फिर भी रामकथा का आकर्षण इतना चुम्बकीय है कि राम से जनजातीय जीवन अछूता नहीं रहा। रामकथा जंगल-पहाड़ के बीच पहुँचकर उसी हवा-पानी के साथ बहने लगी, जिसे आदिवासी पीकर जीते हैं।

गुजरात के भीलों में रामकथा 'रोंम-सीतमानी वारता' के नाम से प्रसिद्ध है, जिसका पहला पाठ डॉ. भगवानदास पटेल ने संकलित किया है। गुजरात के भील 'रोंम-सीतमानी वारता' से इतने सम्पृक्त हैं कि उनके जीवन के अनुष्ठान, तीज-त्योहार,

सामाजिक प्रसंग तक संचालित होते हैं। लेख इतना मार्मिक है कि रामकथा के सारे तनावों को भील प्रजाति अपने भीतर महसूस करती है और उसे कथारस की मौलिक कलात्मक अभिव्यक्तियों तक ले जाती है तथा स्त्री-शक्ति का प्रतिपादन भी करती है।

डॉ. अर्जुनदास केसरी जनजाति और लोक संस्कृति के वरिष्ठ अध्येता हैं। वे 'आदिवासी के राम और राम के आदिवासी' लेख में शोण महानद के चिचली पनौरा के उस शिलालेख का उल्लेख करते हैं, जिस पर उत्कीर्ण 'राम की आँख की पुतलियाँ' कहकर आदिवासी पूजा करते हैं। यहाँ आदिवासी लोरिकायनी की तरह 'रामायनी' जानता है।

डॉ. श्रीराम परिहार ने 'रामवनगमन' मार्ग में जनजातियों के समागम को बहुत अच्छे से अंकित किया है। डॉ. पूरन सहगल मालवांचल में निवास करने वाले भीलों और मीणा में रामपरक साहित्य की जमीनी परख करते हैं।

डॉ. रोमा चटर्जी, जो दिल्ली विश्वविद्यालय में समाजशास्त्र की अध्येता हैं, ने 'What Happened to Rama in Pardhan Storytelling?' नाम से अंग्रेजी में लेख लिखा है, जिसका हिन्दी अनुवाद 'परधानों की वाचिक परम्परा में रामकथा' के रूप में डॉ. के.जी. व्यास ने किया। गोंडी रामायनी के सीतावनवास काण्ड की व्याख्या में रावण छाया चलचित्रों के बारे में रोमा ने विस्तार से पहली बार लेखनी चलाई है।

'राम-रज की हठ मची' में डॉ. महेन्द्र भानावत राम-रज (लाल मिट्टी) की लाली को रामकथा में खोजते हैं। पूरे मेवाड़ में रामकथा का चित्रण राम-रज से होता है। जनजातियों में 'रामधर्म : जीवन-शैली का स्वरूप' में डॉ. श्रीकृष्ण जुगनू जनजातियों की नैतिकता का आकलन रामधर्म के रूप में करते हैं, जो एक नया विचार है, जिसे वे उदाहरणों से प्रतिपादित करते हैं।

डॉ. रमानाथ त्रिपाठी का लेख 'मड़ई-7' से लिया है—'वन्य जातियों में रामकथा'।

'लोक, जनजाति जीवन, संस्कृति, कला और साहित्य में राम' डॉ. नर्मदा प्रसाद उपाध्याय का अत्यन्त महत्त्वूर्ण आलेख इसलिए कहा जा सकता है कि लेख एक अलग दृष्टि निरूपित करता है। जीवन, संस्कृति की व्याख्या तो उपाध्यायजी करते ही हैं, जनजातीय लघुचित्र शैली और साहित्य इतिहास के माध्यम से राम का चित्र उकेरते हैं।

डॉ. मोहन गुप्त के सारगर्भित लेख 'जनजातीय जीवन और साहित्य में राम' में जनजातियों के उन आयामों को देखा जा सकता है, जिनके आधार पर उनका जीवन संचालित होता है। ऐसी आस्थाएँ राम और रामकथा से जुड़ी हैं। आदिम जीवन से लेकर वेद और उसके उत्तरार्द्ध तक की जनजातीय पड़ताल में लेखक सफल हुए हैं।

'आदिवासी जीवन साहित्य, संस्कृति एवं कलाओं में राम' (बघेलखण्ड के विशेष सन्दर्भ में) में डॉ. सेवाराम त्रिपाठी ने अपनी विशिष्ट सोच, समझ और विचार-दृष्टि से लेख को पठनीय बनाया है। राम सम्बन्धी बघेलखण्ड के बहुत से नये जनजातीय सन्दर्भ सामने आये हैं।

भारत के उत्तर-पूर्वी राज्यों में जनजातियों की बहुलता है जिनमें असम राज्य भी है। यहाँ की संस्कृति में राम और रामकथा की उपस्थिति देखी जाती है।

डॉ. मुकुल राभा इसकी पड़ताल कर रहे हैं। उनके अंग्रेजी आलेख 'The Influence of Ramchandra on the Tribal Society of Assam', का अनुवाद 'असम के जनजातीय समाज पर रामचन्द्र का प्रभाव' नामक शीषक के रूप में डॉ. के.जी. व्यास ने किया है।

डॉ. महेन्द्र मिश्रा उड़ीसा के जनजातीय और लोक संस्कृति के स्कॉलर हैं। उन्होंने उड़ीसा और छत्तीसगढ़ की वाचिक परम्परा का गहन अध्ययन-लेखन किया है। 'Ramayan Tradition on the Folklore of Odisha and Chhatisgarh' आलेख में उन्होंने इस बात को चिह्नांकित किया है। इस लेख का हिन्दी अनुवाद डॉ. के.जी. व्यास ने किया है।

गोंड रामायनी का कथा-सार रामकथा का जनजातीय रूप पहली बार अतिथि सम्पादक की कलम से दिया गया। वहीं रामकथा के प्रदर्शनकारी रूप पर भी संक्षिप्त टिप्पणी की गई है।

बस्तर की जनजातियों में राम की उपस्थिति का जायजा डॉ. हरिहर वैष्णव ने लिया है।

कन्नड़ में श्री गुरूराज का लेख मिला है, लेकिन अन्त तक उसका हिन्दी अनुवाद नहीं प्राप्त हो सका, इसका खेद रहेगा।

रामायनी के कुछ गोंड चित्र हमें डॉ. रोमा चटर्जी और इन्दिरा गाँधी राष्ट्रीय कला केन्द्र, नयी दिल्ली से उपलब्ध हुए हैं। कुछ चित्र डॉ. मुकुल राभा ने भेजे हैं। प्राय: जनजातियों में रामकथा के चित्र बनाने की परम्परा नहीं के बराबर है।

विषयगत विचार लेखकों के हैं। उन पर संवाद, बहस या चर्चा करके विषय को आगे बढ़ाया जा सकता है, क्योंकि इस विषय पर पर्याप्त सामग्री का अभाव ही है, फिर भी 'साक्षी' में जो सामग्री प्रकाशित है, वह सागर में एक बूँद की तरह ही है। इस विषय पर अभी बहुत शोधकार्य होना है, फिर भी 'साक्षी' इसका प्रस्थान बिन्दु बनेगी, ऐसी उम्मीद है।

—वसन्त निरगुणे

अपनी बात

जनजातियों में 'राम' की कल्पना मात्र से मेरे मन में जैसे कोई स्फुरण हुआ। बहुत देर और दूर तक सोचने के बाद भी मन नहीं मान रहा था कि जनजातियों के जीवन, संस्कृति, साहित्य और कला में 'राम' अथवा रामकथा के 'प्रबल साक्ष्य' मिलेंगे। फिर विचार आया कि क्यों न 'साक्षी' पत्रिका का एक अंक इसी विषय पर संयोजित किया जाये। बात मन में घर कर गयी। मेरे सामने प्रश्न यह भी खड़ा हुआ कि आखिर इस अंक का संयोजन कौन करेगा? नजर चारों ओर दौड़ाई तो एक नाम मेरे ध्यान में अटक गया। वह नाम मध्य प्रदेश के जनजातियों पर काम करने वाले आदिवासी लोककला एवं बोली विकास अकादमी, भोपाल के पूर्व सर्वेक्षण अधिकारी श्री वसन्त निरगुणे का निकला। मैंने सोचा बात बन सकती है। सो निरगुणेजी को फ़ोन किया। तब वे टैगोर रिसर्च स्कॉलर फैलोशिप के कार्य में व्यस्त थे। फिर भी उन्होंने इसकी सहर्ष स्वीकृति प्रदान की। उन्होंने छह माह का समय चाहा। मैं जानता था कि विषय दुर्लभ है। देश में जनजातियों की जीवन-शैली और संस्कृति पर कार्य करने वाले बहुत कम लोग हैं। दृष्टिपूर्ण लिखने वाले तो और भी कम हैं। लेकिन निरगुणेजी पर मुझे पूरा भरोसा था कि वे इस कार्य को बहुत कुशलता और निष्ठा से निभा पायेंगे, क्योंकि जनजातीय लेखक बिरादरी से उनके जीवन्त सम्पर्क हैं और वे रामलीला तथा गोंडी रामायनी पर पूर्व में इन्दिरा गाँधी राष्ट्रीय कला केन्द्र, नयी दिल्ली के लिए कार्य कर चुके हैं। वे रामकथा की लोकचित्र शैलियों पर केन्द्रित साक्षी के एक विशेषांक का भी सम्पादन कर चुके हैं।

जनजातीय जीवन, संस्कृति, साहित्य और कला में 'राम' पर निरगुणेजी ने देश भर से बहुत सारगर्भित और विविध अनुशासनों के जनजातीय लेखकों से आलेख लिखवाये। भाषा की कोई बाध्यता नहीं रही। जिन्होंने अंग्रेजी में लिखना पसन्द किया, उन्होंने अंग्रेजी में लिखा। उनके अंग्रेजी लेख हिन्दी अनुवाद के साथ प्रकाशित किये। रामकथा से सम्बन्धित जो चित्र मिले, उन्हें भी प्रकाशित किया। जनजातियों में रामकथा चित्रों की कोई परम्परा नहीं देखी गयी। इस कारण उनमें शिल्प

और चित्रों का अभाव देखा गया। गोंड चित्रकला के कुछ चित्र इन्दिरा गाँधी राष्ट्रीय कला केन्द्र से प्राप्त हुए। उनका आभार।

अंक आपके हाथों में सौंपते हुए मुझे हर्ष हो रहा है कि अयोध्या शोध संस्थान के माध्यम से इस विषय पर विचारणीय सामग्री जुटा पाये। आगे और भी प्रयास जारी रहेंगे।

(डॉ. योगेन्द्र प्रताप सिंह)
निदेशक

क्रम

रोंम-सीतमानी वारता (भीली रामायण)

सन्दर्भ : भील समाज, गुजरात

डॉ. भगवानदास पटेल

भूमिका

रामकथा, कृष्णकथा और पाण्डवकथा—ये तीन भारतीय कथा-साहित्य की ही नहीं, अपितु समग्र राष्ट्र की विविध जाति-प्रजातियों की संस्कृति को जिन्दा रखती रक्त-वाहिनियाँ हैं। वन, ग्राम और नगर इन तीन स्थल विशेष की जाति-प्रजाति में इन तीन कथाओं की पूर्वकाल से लेकर साम्प्रतकाल तक सुरक्षित, सुदीर्घ और सुदृढ़ जीवनदायिनी परम्पराएँ विद्यमान हैं। किन्तु अनुसन्धान-सम्पादन के अभाव में गुजरात के आदिवासी वाचिक साहित्य का यह क्षेत्र मुख्यत: अछूता ही रहा है। हालाँकि पिछले तीन दशकों में इस शोधार्थी द्वारा संशोधित-सम्पादित उत्तर गुजरात के भील आदिवासियों के 'रोंम-सीतमानी वारता' (भीलों की रामायण), 'भीलों का भारथ' (भीलों का महाभारत), 'राहोरवारता' 'गुजरांनो अरेलो', जैसे लोक महाकाव्यों और अन्य विधाओं के 45 ग्रन्थों के प्रकाशन से आदिवासियों का बहुआयामी मौखिक साहित्य प्रकाश में आया है।

विषय

गुजरात प्रान्त की खड़ेब्रह्म तहसील में निवास करते भील आदिवासियों के ऋतुचक्र के अनुसार वर्ष भर मनाये जाने वाले धार्मिक और सामाजिक पर्व-प्रसंगों के समय प्रकट होती उनकी वर्तमान जीवन-रीति में से उद्‌भूत लोक महाकाव्यों से 'रोंम-सीतमानी वारता' (भीली रामायण) के पाठ (टेक्स्ट) का यहाँ उनके समाज, जीवन के सन्दर्भ में अध्ययन प्रस्तुत करना मेरा उद्देश्य रहा है।

पाठ की प्राप्ति

गुजरात के पंचाल गाँव के महामार्गी भील साधु नवजी भाई देवाभाई खाँट के सान्निध्य में रहकर सन् 1984 से 1989 के दौरान ऋतुचक्र के मुताबिक 'आते धूलानो पाट' (महामार्गी पाट), 'कोबरिया कुरनी कोली' (मैला पाट), 'समाधि पूजवी', 'हूरो (शूरा) मांडवो' जैसे चोखे-मैले (शुद्ध-अशुद्ध) धार्मिक अनुष्ठानों में सहभागी होकर, साधु के मानस में रहे मनोगत पाठ 'रोंम-सीतमानी वारता' को समझने के लिए ध्वनि मुद्रित की गयी थी। इसकी चर्चा यहाँ की जा रही है।

रोंम-सीतमानी वारता 30 पँखुड़ियों (अध्याय, पर्व) में विभाजित है। ऋतुचक्र के मास के आह्वान में

भील साधु और भोपों (ओझा) द्वारा तम्बूर, मंजीरे, साँग (चर्म वाद्य) और बंसी जैसे लोकवाद्यों पर नृत्य के साथ इसका गान-कथन किया जाता है। इसके पाठ को साधु या भोपा परम्परा और गुरु से प्राप्त करता है।

नियत पाठ

'रोंम-सीतमानी वारता' जैसे महाकाव्य सिर्फ कथारस को सन्तृप्त करने के लिए ही नहीं आते, अपितु ऐसे महाकाव्य भील जीवन की किसी-न-किसी धार्मिक या सामाजिक प्रणाली को क्रियाशील करके सम्पन्न बनाने के लिए आते हैं। अत: वे भील समाज के धार्मिक अनुष्ठान, त्योहार और सामाजिक प्रसंग के ख़ास प्रकार के वातावरण के प्रभाव तले, गायक या कथा-वाचक के कण्ठ से तथा दर्शक या श्रोताओं के सहयोग से शब्दों द्वारा अपना कलामय स्वरूप धारण करते हैं। इनमें आते प्रसंग-घटना-चरित्रों को समग्र समाज सत्य मानता है। उन पर अटल धार्मिक आस्था जुड़ी होने से ऐसे प्रसंग-घटना-चरित्र देवत्व प्राप्त करके पुराकथा (मिथक) का रूप लेकर लोक के सामूहिक मानस, हृदय और लहू में संचरित होते हैं। अत: उनका वाहक-गायक परम्परा के बाहर की घटना न तो जोड़ सकता है और न ही नये चरित्र का सृजन कर सकता है। यदि करता है तो समाज कथावाचक के मानस में परम्परागत पाठ नियत हो जाता है।

रोंम-सीतमानी वारता का साम्प्रत सामाजिक सन्दर्भ

रोंम-सीतमा भील समाज के जीवन में जल-मीन की तरह ओत-प्रोत है। ऐसे मौखिक स्वरूप में दो-चार पीढ़ी की कथा-घटना की अनेक पँखुड़ियाँ होती हैं, जो कथावाचक के गान-कथन द्वारा भिन्न-भिन्न चरित्रों का विकास करती हुई और अनुष्ठानों के सान्निध्य में धार्मिक आस्था में प्रभावित श्रोता-दर्शकों को नृत्य-नाट्य-संगीत के माध्यम से रसानन्द देती हुई विकसित होती हैं। प्राचीन और साम्प्रत समाज के रीति-रिवाजों, विधि-विधानों और धार्मिक-सामाजिक परम्पराओं को क्रियाशील करती हैं।

'इन्द्र और गौतम ऋषि', 'भगवान और शिव', 'सीता' जैसी पँखुड़ियाँ भादों मास में महामार्गी पाट की स्थापना के अवसर पर गायी जाती हैं। लोगों का हृदय भक्ति-रस से आप्लावित हो जाता है और सावन-भादों के पवित्र महीने में लोग मांस-मदिरा से दूर हो जाते हैं।

'राम-सीता का विवाह', 'राम-सीता और लक्ष्मण वनखण्ड में' जैसी पँखुड़ियाँ लग्नोत्सव पर गायी जाती हैं।

'सीता वनखण्ड में', 'नाई और दशरथ राजा', 'श्रवणकुमार', 'जनक राजा' आदि पँखुड़ियाँ भील समाज की मरणोत्तर क्रियाओं—शंखोद्धार, बड़ी न्यात, समाधि की स्थापना आदि प्रसंगों पर गायी जाती हैं एवं उपस्थित लोक समुदाय के हृदय में शोक और वैराग्य के भाव जगाती हैं।

'दसवाँ ग्रह', 'हनुमान लंका में', 'राम-लक्ष्मण लंका में', 'रावण', 'रावण वध' इत्यादि पँखुड़ियाँ बैर की समाप्ति के बाद 'हूरो' (शूरे) की स्थापना के समय एवं माघ मास में कांबरिया ठाकुर की कोली के अवसर पर पशु-बलि चढ़ाते समय गायी जाती हैं।

भील महाकाव्यों के सृजन-स्रोत

भील आदिवासी समाज में आज तो पितृवंशी, पितृसत्तात्मक और पितृस्थानी पारिवारिक व्यवस्था अस्तित्व में आयी है, फिर भी समाज में आज भी बहुत से ऐसे रीति-रिवाज प्रचलित हैं जिनमें स्त्री की

सर्वोपरिता के दर्शन होते हैं और पूर्वकाल में यह समाज मातृसत्तात्मक था, इसकी गवाही देते हैं।

भील परिवार में लिंग-भेद बिना ही कन्या का लालन-पालन किया जाता है। समाज में 'कन्या शुल्क' की प्रथा होने से बहुत से प्रसंगों में पुत्री को अधिक स्नेह दिया जाता है।

विवाह के अवसर पर कन्या के पिता को दिया जाने वाला 'कन्या शुल्क' न हो तो दूल्हे को ससुर-गृह जाकर कृषि का काम करना पड़ता है। 'कन्या शुल्क' के बराबर मजदूरी हो जाने के बाद ही माता-पिता अपनी पुत्री का विवाह दूल्हे के साथ रचाते हैं। भील समाज में तरुणावस्था में गोठिया-गोठण (प्रेमी-प्रेमिका) करने की समाज-स्वीकृत जीवन-रीति है। मँगनी के अवसर पर यह सम्बन्ध ध्यान में नहीं लिया जाता।

प्रत्येक सामाजिक विधि में स्त्री पुरुष के समान ही सहभागी होती है। पुत्र या पुत्री की मँगनी माता एवं चाचा की सम्मति बिना तय नहीं होती। विवाह के अवसर पर माता के 'सामैये' (परछाने) के बिना विवाह सम्पन्न नहीं होता। पितृगृह से प्राप्त भेंट पर स्त्री का ही अधिकार होता है। वह अपनी इच्छा के मुताबिक इसका उपयोग करती है।

भील आदिवासियों के पारगी जैसे गोत्र में स्त्री अपने मायके के गोत्र से पहचानी जाती है, उसके पति के गोत्र के नाम से नहीं। इतना ही नहीं, मायके के गोत्रदेव की ध्वजा भी पति के घर पर फहराती है।

भील समाज में स्त्री के विधवा हो जाने के बाद अपने मूल पति के घर ही दूसरा पति ला सकती है और पूर्व पति की सम्पत्ति की स्वामिनी बन सकती है। भील समाज में यह प्रथा 'घजमाई' के नाम से पहचानी जाती है, जो पूर्वकालीन मातृसत्तात्मक समाज की गवाही देती है। नये पति को शारीरिक सम्बन्ध स्थापित करने के अलावा कोई विशेष अधिकार प्राप्त नहीं होता।

भील समाज में तरुणावस्था मों गोठिया-गोठण (प्रेमी-प्रेमिका) करने की समाज-स्वीकृत प्रथा है। स्त्री यहाँ भोग-विलास के लिए पूर्ण मुक्त होती है।

माता की मृत्यु के बाद उसकी अस्थि (फूल) को एक छोटे कुम्भ में रखकर घर में 'हितदेवी' के रूप में स्थापना की जाती है, जो परिवार की हितरक्षक मातृदेवी होती है।

भीलों में प्रचलित महामार्गी पाट (धूळानो पाट) के धार्मिक अनुष्ठान के समय स्त्री गुरु के स्थान पर होती है और उसका आदेश धार्मिक सभा (गत गंगा-सभा गंगा) को स्वीकार्य होता है।

भील समाज में आज भी प्रचलित ऐसी सामाजिक-धार्मिक प्रथाएँ उनकी पूर्वकालीन मातृसत्तात्मक समाज-व्यवस्था और जीवन-रीति का परिचय कराती हैं। ऐसी मातृसत्तात्मक जीवन-रीतियों का प्रभाव उनके महामार्गी धार्मिक जीवन-दर्शन, धार्मिक अनुष्ठान और विधि-विधानों के साथ-साथ 'रोंम-सीतमा', 'भारथ' जैसे लोक महाकाव्यों एवं 'तोळी रोणी', 'रूपांरोणी' जैसे लोकाख्यानों की रचना-रीतियों और चरित्रों के निर्माण में दृष्टिगोचर होता है। वस्तुतः ये मातृसत्तात्मक जीवन-रीतियाँ एवं महामार्ग धर्मदर्शन ही ऐसे महाकाव्यों और चरित्रों के विधायक परिबल या सृजन-स्रोत हैं।

भीलों का महामार्गी जीवन-दर्शन : स्त्री का देवीकरण

पूर्वकालीन मातृसत्तात्मक जीवन-रीति से आविर्भूत भीलों के महामार्गी जीवन-दर्शन का प्रभाव शैवधर्म, शाक्तधर्म और नाथ-सम्प्रदाय पर भी पड़ा है।

ऋग्वेद में वर्णित गौण देवता रुद्र बाद में शिव के रूप में विकसित हुए हैं, जो आर्येतर जाति में ऋग्वेद में प्रविष्ट हुए हैं और उनके निषाद या भील जाति के देवता होने की सम्भावना है, जिसके मूल आज भी भीलों के धूळाना पाट (महामार्गी पाट) के धार्मिक अनुष्ठान और सृष्टि की उत्पत्ति-कथा और उससे सम्पृक्त मन्त्रों में पाये जाते हैं।

वैदिक देवता 'वाक्' जो विश्व की प्रेरक शक्ति मानी गयी है, वह यजुर्वेद में 'रुद्र' की स्त्री देवता के रूप में परिवर्तित आज की शक्ति के रूप में प्रतिष्ठित है। महामार्ग एक विशाल लोकधर्म है। आदिदेव शिव एवं आद्यशक्ति ने आविर्भूत किया कि 'धरम' ही 'आद्यंधरम' है। महादेव शिव उसके स्थापक थे। अत: उनका नाम महापंथ पड़ा है।

ऋग्वेद के दशम मण्डल देवीसूक्त में ब्रह्मस्वरूपा सर्वव्यापिनी शक्ति को समस्त विश्व और क्रियाओं का मूल माना गया है। यह धारणा ही भारतीय शक्तिवाद का मूलाधार है, जो पूर्वकालीन आर्येतर जातियों में से प्रविष्ट होने की सम्भावना है।

भील समाज में प्रचलित महामार्गी पाटपूजा एक ऐसा विशिष्ट प्रकार है, जिसमें सृष्टि का आदिरूप आद्यशक्ति को माना जाता है, जिसको 'उमिया देवी' कहा गया है। उसने ही जळुकार भगवान का साथ लेकर सृष्टि का सृजन किया। इसलिए महामार्गी पाट के प्रसंग पर एक स्त्री को 'माई' के रूप में स्थापित किया जाता है और उसका आदेश धर्मसभा को मान्य होता है। पाटपूजा का यह केन्द्रस्थ विभाव है और इसमें भील आदिवासियों की सर्वाधिक आस्था है। अत: उन्होंने अच्छी और बुरी सभी शक्तियों का, ऊर्जा का मूल आद्यशक्ति को माना है। इसका व्यापक प्रभाव भील समाज की पुराकथाओं (मिथकों), मौखिक महाकाव्यों, नारी-चरित्रों और विभावनाओं में है। भाद्रपद में महामार्गी पाट के सन्मुख गायी जाती 'रोंम-सीतमा', 'भारथ', 'देवरानी वारता' इत्यादि मौखिक महाकाव्यों और पुराकथाओं में आते सीता, कौशल्या, द्रौपदी, कुन्ती, सुभद्रा, उमिया, अम्बा आदि चरित्रों का निर्माण इस विभावना और जीवन-दर्शन से ही हुआ है।

पूर्वकालीन मातृसत्तात्मक समाज में स्त्री ही सर्वोपरि होती थी। उसके सामने पुरुष असहाय था। 'देवी सहस्रनाम' में 'डामरी' और 'डाकिनी' का उल्लेख है। भील लोकमानस में आज भी स्त्री-विषयक भय व्याप्त है। ऐसे भय से ही डायन-विषयक ख़याल पैदा हुए हैं। रोंम-सीतमानी वारता में स्त्री को 'डायन देवी' मानने के लोकमानस के ख़यालों से सीता के चरित्र का देवीकरण हुआ है और उसका प्रभावी चरित्र अनेक घटनाओं का विधायक बना है। एक उदाहरण निम्नांकित है—

सीता राजकुमारी होते हुए भी ग्रामकन्या की तरह सहज रूप में व्यक्त हुई हैं। वह पंछी की तरह गाती-नाचती वन में से गुजरती हुई अपने किसानों को पाथेय (कलेवा) देने के लिए खेत में पहुँचती है और किसानों को गेहूँ-गुड़-घी का चूरमा भरपेट खिलाती है। उसका एक नाम फूलवती भी है।

रोंम सीतमानी वारता में राम-लक्ष्मण के वनगमन का प्रसंग प्रथम आता है। खेत में भूले राम के धनुष को जनक के बारह किसान और बारह जोड़ी बैल का सामूहिक बल भी तनिक हिला न सका। किन्तु इसका एक सिरा (छोर) चुनरी के पल्लू में लगते ही सीता के पीछे घिसटता हुआ सहज रूप में जाने लगा और सीता को पता भी न चला। तब भयभीत किसान सोचने लगे कि यह राजकुमारी नहीं है, अपितु डायनदेवी है।

बार कलहुणी (किसान)थाका! बार अलां (हुल) ना काटी (बैल) थाका विसार तो करांट ए...

अवें आ कोई डाकेंण हें...! आवी झोगण हें!

सीता का व्यक्तित्व किसी भी प्रकार के पारिवारिक, सामाजिक, राजकीय दबाव के बिना बनफूल की तरह विकसित होता है। उसका यौवन जल-प्रपात की तरह पूरे जोश के साथ प्रगटता है। यह यौवन सहज जोश लंका-आवास तक अनर्गल टिकता है।

स्त्री के प्रभाव के दर्शन रोंम-सीतमानी वारता में सीता, कैकेयी, कौशल्या आदि स्त्री-चरित्रों में होते हैं। रोंम-सीतमा के बहुत से घटना-प्रसंगों के कर्ता-हुर्ता-धर्ता स्त्री-चरित्र ही हैं। यहाँ भीली रामकथा के केन्द्र में ओज से भरा सीता का प्रभावी चरित्र व्याप्त है।

स्त्री-गौरव

भीलों के महामार्ग में जो स्थान स्त्री का है, वह जगत् के किसी भी धर्म या सम्प्रदाय में नहीं है। महापंथ, आदिधरम, महाधरम, धूलानो पाट इत्यादि के नाम से प्रचलित इस पंथ ने स्त्री को अनन्य गौरव प्रदान किया है।

इस पंथ में अहंकार का नकार ही महाधर्म है, अहं जल जाये तभी भक्ति प्रकाशित होती है। पुरुष को अपने अहं और स्वामित्व-अधिकार को छोड़कर स्त्री को गुरु के स्थान पर स्थापित करना है। अत: 'भीलों का भारथ' में भी द्रौपदी को गुरु के स्थान पर स्थापित करके अपने स्वामित्व, भाव को छोड़कर पाण्डव मुँह में घास का तिनका दबाकर उसके चरण में गिरते हैं और हाथ जोड़कर पिता के मोक्ष के लिए मार्गदर्शन माँगते हैं। द्रौपदी पाण्डु के मोक्ष के लिए आठवाँ शंखोद्धार (सेनेतरो) यज्ञ करने का आदेश देती है।

रोंम-सीतमानी वारता से एक उदाहरण द्रष्टव्य है—

रोंम-सीतमानी वारता में राम जब बनफल लेने जाते हैं, तब कुटिया बनाते समय श्रमित हुए सीता और लक्ष्मण देह पर सागौन के पत्ते ओढ़कर सो जाते हैं। नींद आने के बाद पवन की लहर आती है। पत्ते उड़ जाते हैं और दोनों अर्ध-अनावृत हो जाते हैं।

ए... हात्रपोन रे ओढ़ीन सतियां हुई न रे रइयां...
देवर मारो तुं रो रे सती....
ए पुरुष देसना पवना देवर पोनरां उड़ारां हें... (2)
देवर मारो तुं रो रे सती....
बाप रो लक्ष्मण उपर रोम कालमो आय्यो हैं... (2)
देवर मारो तुं रो रे सती....

***

ए... अमे हुतां रे रोंमझी देई केंणांन नहीं अड़ी... (2)
देवर मारो तुं रो रे सती....
ए ला एकें आथें रोमझी ताली तुं तो पारे... (2)
देवर मारो तुं रो रे सती.... ॥

वन से फल लेकर राम आते हैं। दोनों को अर्ध-अनावृत देखकर संशयग्रस्त राम लक्ष्मण को मारने के लिए दौड़ते हैं। राम के चलने की आवाज से सीता की नींद टूट जाती है। क्रोधित राम से सीता

विचलित नहीं होती। चतुरा सीता राम को कहती है, 'तू एक हाथ से ताली बजा और एक हाथ से लकड़ी घिसकर आग प्रकट कर!' राम एक हाथ से ताली बजाने और एक हाथ से लकड़ी से आग प्रकट करने के प्रयत्न करते हैं, किन्तु वे असफल होते हैं। अन्त में सीता राम को ज्ञान की वाणी सुनाती हैं। 'हम दोनों की देह तो एक-दूसरे छुई तक नहीं! जिस तरह एक हाथ से ताली नहीं बजती और एक हाथ से लकड़ी से आग नहीं प्रकटती, उसी तरह एक शरीर से कुछ नहीं होता!' राम का पुरुष अहं यहाँ सहज गलने लगता है। वे लज्जित होते हैं। सीता राम को कुआँ खोदने के काम में लगाती हैं। सीता यहाँ मार्गदर्शक गुरु के स्थान पर हैं। यहाँ महामार्गी जीवनदर्शन के प्रभाव में सीता का निजी व्यक्तित्व सहज रूप में निखरता है।

स्त्री के व्यक्तित्व का स्वीकार

आदिवासी मौखिक साहित्य में स्त्री के व्यक्तित्व के सहज स्वीकार की जो मनोवृत्ति है, जो दृष्टिकोण है, उसके मूल में आदिवासी समाज में नारी की शक्ति का स्वीकार है, जो अन्य ग्राम या नगर साहित्य (शिष्ट साहित्य) और महाकाव्यों में दुर्लभ है। स्त्री-शक्ति का स्वीकार करने से ही आदिवासी पुराकथाओं (मिथकों) और लोक महाकाव्यों में स्त्री का देवीकरण हुआ है। इस धारा में सीता, द्रौपदी, अम्बा, कुवारका, चामुण्डा आदि देवियाँ प्रमुख हैं। ये देवियाँ अयोनिजा होती हैं। अत: सीता का जन्म पाताल की नागिन से अयोनिजा के रूप में होता है।

वन में सीता के व्यक्तित्व में गृहसंसार का ज्ञान, व्यवहार-कुशलता, स्पष्टवादिता, सत्यप्रियता और निडरता के दर्शन होते हैं। पति से अलग स्वतंत्र विचार व्यक्त करने की हिम्मत भी अनेक प्रसंगों में देख सकते हैं। वह वाल्मीकि या तुलसी की सीता की तरह राम की अनुचरी नहीं है, किन्तु सहचरी है। मायके मिथिला में सीता का चरित्र पिता जनक के प्रभाव के बिना सहज रूप में निखरा है। अत: वन में भी पितृसत्तात्मक परिवार के दो पुरुष होते हुए भी सीता के निजी व्यक्तित्व के दर्शन होते हैं।

पुरुष अहं का सहज निरसन

रोंम-सीतमानी वारता में राम महामार्गी साधु की तरह आरम्भ से ही संसार से, सांसारिक बातों से वीतरागी हैं। विमाता कैकेयी (ककायदमणी) ने बारह वर्ष का वनवास दिया तो सहज स्वीकारते हैं। माता, विमाता और नगरजनों को आशीर्वचन बोलते हुए हाथ में धनुष-बाण लेकर जैन साधु की तरह पाद-विहार करते हुए लक्ष्मण के साथ वन में निकल पड़ते हैं। राम को यह अनाशक्तिभाव सीता स्वयंवर के प्रसंग में देख सकते हैं।

यहाँ राम-लक्ष्मण के वनगमन के बाद सीता स्वयंवर का प्रसंग आता है। वन में विहार करते हुए दोनों भाई धनुष-बाण जनक राजा के खेत में भूल आते हैं। याद आने पर जब वे धनुष-बाण लेने के लिए जाते हैं, तब सीता स्वयंवर के बाजे बज रहे हैं। यहाँ आग्रह करके लक्ष्मण राम को इस प्रसंग को देखने के लिए ले जाता है तो वे स्वयंवर की राजसभा में प्रवेश नहीं करते, अपितु दूर गोबर के ठेर पर बैठते हैं। हाथी और हथनी उनको ही पुष्पमाला पहनाते हैं। तब वे स्वयंवर-सभा में प्रविष्ट होते हैं। राम अपने ही धनुष को भंग करते हैं एवं सीता को प्राप्त करते हैं।

राम वन में और जीवन में भी, सीता एवं लक्ष्मण को आवश्यकता हो तो ही सहयोग देते हैं। झोंपड़ी बनाते समय सीता और लक्ष्मण परिश्रम से थक जाते और भूखे हो जाते हैं। सीता के कहने पर

ही राम बनफल लेने जाते हैं। राम अन्तरमुखी होने से व्यावहारिक जीवन की बहुत-सी प्रवृत्तियों से अलिप्त रहते हैं। वे भील आदिवासियों के अहंशून्य महामार्गी साधु जैसे लगते हैं। रोंम-सीतमानी वारता में राम पूरे जीवन में दो बार क्रोध करते हैं और दो बार शारीरिक हिंसा का आचरण करते हैं। हनुमान यहाँ विवाहित हैं। एक बार उनकी पत्नी को 'येरिया' वानर उठा ले जाता है, तब हनुमान की पत्नी को छुड़ाने के लिए वानर को पीटते हैं। सागौन के पत्ते उड़ जाने पर अर्ध-अनावृत्त लक्ष्मण पर क्रोध करते हैं, उसका उल्लेख पीछे किया गया है। बने-बनाये हुए बाग को मृग ने उजाड़ दिया। दु:खी सीता ने उन्हें आलसी कहकर उपालम्भ दिया। अत: क्रोधित राम हाथ में धनुष-बाण लेकर मृग को मारने के लिए चल पड़े। सप्तर्षि के आश्रम में लव-कुश को उनके पिता के बारे में पूछते हैं। अत: अवांछित उत्तर मिलने पर राम क्रोध में दोनों भाइयों को युद्ध के लिए ललकारते हैं। इन प्रसंगों के अलावा राम का आचरण पूरे जीवन में सम्यक् रहा है।

भीली रामकथा में सीता एवं लक्ष्मण ही कर्मशील हैं। यहाँ शूर्पणखा का चरित्र नहीं है। अत: लक्ष्मण द्वारा नाक-कान के छेदन का प्रसंग भी नहीं है।

दसवें ग्रह के उकसाने से सीता का हरण करने वाले रावण का वध अकर्मण्य राम नहीं, अपितु लक्ष्मण करता है। लक्ष्मण मन्दोदरी का छद्मवेश लेकर रावण की मृत्यु का रहस्य जान लेता है। रावण के प्राण आकाशगामी सूर्य देवता के रथ में स्थित भौंरे में हैं। उबलते तेल की कड़ाही के दोनों छोर पर खड़े रहकर मध्याह्न के समय भौंरे का प्रतिबिम्ब तेल में पड़ने पर धनुष पर बाण का सन्धान करके भौंरे को तेल में गिराये, तब ही रावण की मृत्यु हो सकती है। इस कार्य के लिए आवश्यक कड़ाही और तेल लाने में भी राम सहयोग नहीं देते, तब लक्ष्मण सोचता है, 'राम तो ऋषि जैसे हैं, उनसे कुछ नहीं होगा। यह कार्य भी मुझे ही करना होगा।'

प्रात:काल में पहले लक्ष्मण धरती पर चूल्हा बनाता है। कड़ाही में तेल डालकर नीचे आग जलाता है। सूर्यदेव निकलने की तैयारी कर रहे हैं। लक्ष्मण हाथ में धनुष-बाण लेकर कड़ाही के दोनों कड़ों पर अपने पैर जमाकर स्थिर खड़ा हो जाता है। धरती का स्वामी सूरज धीरे-धीरे आकाश-मार्ग में जैसे-जैसे ऊपर चढ़ता है, वैसे-वैसे लक्ष्मण तीर के लक्ष्य को ऊँचे और ऊँचे ले जाता है। मध्याह्न वेला है। नीचे तेल स्थिर हुआ है। सूर्य के रथ में बिराजे भँवरे का प्रतिबिम्ब तेल में पड़ता है। उचित योग जानकर लक्ष्मण बल समेटकर सूर्य के सामने तीर छोड़ता है। तीर से बींधा भँवरा नीचे पृथ्वी पर कड़ाही के तेल में गिरकर तल जाता है। इसी के साथ रावण के प्राण निकल जाते हैं। भील महामार्गी साधु तम्बूर पर गाता है, 'रावण का वध हुआ, योद्धा लक्ष्मण मूर्च्छित होकर सो गया, अहंकार की मृत्यु हुई (मूआ एंकार)!

लंकागढ़ में रावण के बाग में नाभि तक पत्थर में समाहित और हाथ में माला लेकर राम का नाम रटती सीता का अनन्य भक्तिरूप पावनकारी है। सीता-मिलन के समय पर राम वाल्मीकि रामायण की तरह सीता का अपमान नहीं करते। नहीं तो, नये शृंगार सजकर आने का संदेशा भेजते। वे स्वयं सीता के पास जाते हैं। उस समय राम सीता के शील चरित्र या रावण के व्यवहार-वर्तन के बारे में एक भी प्रश्न नहीं करते। पवित्र शील सिद्ध करने के लिए अग्निपरीक्षा भी नहीं लेते। रोंम-सीतमानी वारता में राम सीता को दु:ख हो, ऐसा एक शब्द भी नहीं उच्चारते। आरम्भ में संशय-ग्रस्त लक्ष्मण भी आश्वासन देकर सीता के नाम तक के पत्थर लेने में राम को मदद करता है। राम पूरे सम्मान के साथ सीता को मिलते हैं।

भीली रामकथा में अयोध्या जाने के बाद नगर जन न तो सीता के चरित्र के बारे में संशय करते

और न ही तो राम सीता का त्याग करते। संयुक्त परिवार में माता कौशल्या का वर्चस्व है। कौशल्या सीता के चरित्र पर शंका करती है। अतः सास और बहू के बीच झगड़ा होता है। कौशल्या के आदेश से लक्ष्मण सीता को वन में छोड़ आता है। वन में बाघ सीता को धर्म की बहन बनाकर अपनी-अपनी पीठ पर बैठाकर सप्तऋषि के आश्रम में छोड़ आता है। सप्तर्षि के आश्रम में सीता के दो पुत्र, लव-कुश का जन्म होता है। यहाँ वाल्मीकि का आश्रम नहीं है।

बाद में कौशल्या को अपनी गलती का अहसास होता है। अतः राम-लक्ष्मण के साथ अयोध्या आ रही सीता का कुंकुम-अक्षत से स्वागत करती है। सुवर्ण रथ में विराजित करके अपने पौत्रों, लव-कुश के साथ सीता को गृहप्रवेश करवाती हैं। अतः सीता-राम का सुखमय दाम्पत्य जीवन आरम्भ होता है।

इस तरह रोंम-सीतमानी वारता में राम का चरित्र साधु जैसा है। भील समाज के महामार्गी धर्मदर्शन-जीवनदर्शन के अहं का निरसन, नारी-गौरव, नारी-समानता, भक्ति, वैराग्य जैसे कितने ही आध्यात्मिक गुण-तत्त्वों से राम के चरित्र का निर्माण हुआ है और यह महामार्गी जीवनदर्शन उनके दैनिक जीवन के क्रिया-कलापों में भी व्यक्त हुआ है।

प्रशिष्ट महाकाव्यों से तुलना

आदिवासी मौखिक महाकाव्यों में पितृसत्तात्मक समाज के आदर्श ख़याल और मान्यताओं के कृत्रिम प्रभाव के बिना स्त्री के व्यक्तित्व का स्वाभाविक विकास हुआ है, इसका कारण स्त्री की साहित्य और जीवन में सहभागिता है। अतः आदिवासी महाकाव्यों की सीता, कौशल्या, कैकेयी, अंजनी, भंजनी, द्रौपदी, कुन्ती, सुभद्रा, गान्धारी, इन्द्राणी जैसे नारी चरित्र या वाल्मीकि और व्यास जैसे शिष्ट या नागरिक प्रवाह के कवियों के नारी चरित्रों से अलग पड़ते हैं। शिष्ट-प्रशिष्ट महाकाव्यों के सर्जक पुरुष हैं। अतः यहाँ पुरुष के भावों का ही ज़्यादा प्रकटीकरण हुआ है। वाल्मीकि और व्यास जैसे शिष्ट महाकाव्यों के सर्जकों ने पुरुष के दृष्टिकोण से पति-परायणता, पति-भक्ति, सतीत्व जैसे पितृसत्तात्मक या आदर्शों को चरितार्थ करने के लिए ही स्त्री-चरित्रों का सृजन किया है। अतः सीता, कौशल्या, कैकेयी, अहल्या, द्रौपदी, कुन्ती इत्यादि स्त्रियाँ कृत्रिम आदर्शों के भार तले दब गयी हैं, कुचल गयी हैं और आहत हुई हैं। परिणामतः उनके व्यक्तित्व का विकास आदिवासी नारी चरित्रों जैसा स्वाभाविक नहीं हो सका है।

सभी शिष्ट समाजों ने स्त्री के लिए शील, सतीत्व एवं एकनिष्ठा आदि मूल्य अनिवार्य माने हैं और अन्धपात की पत्नी के ज्योतिमण्डित नेत्रों पर पट्टी बँधवा दी गयी। पत्नी को पराये पुरुष के आश्रय में रहना पड़ा तो उसकी अग्निपरीक्षा ली गयी। फिर भी लोक समुदाय में व्यर्थ चर्चा हुई, तब निर्दयता से उसका त्याग किया गया। ऐसी किसी आत्म-प्रवंचना से भरा किसी प्रकार का नकली समाधान आदिवासी मौखिक महाकाव्यों में देखने को नहीं मिलेगा।

जस-की-तस अपने साहजिक रूप में, किसी भी प्रकार के दम्भ या छल बिना आदिवासी मनोवृत्ति स्त्री की महत्ता और मर्यादा को स्वीकारती है और अंकित करती है। परिणामतः आदिवासी सीता को अपने शील के लिए न तो अग्निपरीक्षा देनी पड़ती है और न ही अपमानित होकर धरती में समाहित हो जाना पड़ता है। वह समग्र नगरजनों के बीच गौरव और सम्मान के साथ सदा के लिए गृह-प्रवेश करती है। '**भारथ**' में भी गान्धारी को शिष्ट लिखित महाकाव्य की तरह हस्तिनापुर लाने के लिए न तो किसी छद्म का आश्रय लेना पड़ता और न ही अन्ध धृतराष्ट्र के सन्मुख सतीत्व सिद्ध करने के लिए नेत्रों पर पट्टी बाँधनी पड़ती है। 'भीलों

का भारथ' में अर्जुन जैसे वीर को वासुकी मूँछ के बाल से बाँधकर, खूँटी पर लटकाकर उसकी नज़र के सामने द्रौपदी को भोगता है। फिर भी पत्नी भ्रष्ट हुई है, ऐसा किसी भी प्रकार का प्रत्याघात अर्जुन के मन में देखने को नहीं मिलता। इसमें स्त्री के प्रति औदार्य का भी कोई भाव या भार नहीं है। जो है, वह समझ है और स्त्री के वास्तविक व्यक्तित्व का स्वीकार है। आदिवासी धारा के अलावा अन्यत्र ऐसा मानवीय और कृत्रिम आदर्शों के आवरण से रहित सहज निरूपण सम्भव नहीं है।

यह साहजिकता उनके मौलिक साहित्य तक ही सीमित नहीं है। उनकी गोठिया (प्रेमी) के वर्तमान में प्रचलित प्रथा में भी स्त्री की यौन-मुक्तता और उसके व्यक्तित्व के स्वीकार के सहज दर्शन होते हैं। कन्या के विवाह-पूर्व के यौन सम्बन्ध से हुई सन्तान के प्रति किसी भी प्रकार की नैतिक या सामाजिक घृणा बीच में लाये बगैर पति उसे स्वीकारता है। इस तरह भीलों का साहित्य, समकालीन वैयक्तिक शिष्ट साहित्य की तरह समाज-जीवन से पृथक् नहीं है। उनका आदिम साहित्य साम्प्रत जीवन का अभिन्न अंग है।

वाल्मीकि और व्यास ने स्त्री और उसके चरित्र को कितने ही उच्च आदर्शों से मण्डित किया हो, फिर भी पुरुष होने के नाते उनके मन में प्रकट या प्रच्छन्न रूप में स्त्री-पुरुष की सम्पत्ति ही है। पुरुष के स्त्री के प्रति इस दृष्टिकोण के कारण ही युधिष्ठिर द्रौपदी को अपनी सम्पत्ति मानकर द्यूत के दाँव पर लगाते हैं और चीरहरण की करुण घटना घटित होती है। 'भीलों का भारथ' में वर्णित स्त्री-चरित्रों पर पितृसत्तात्मक समाज के आदर्श, ख़याल या मान्यता का कोई विशेष बोझ न होने से द्रौपदी को द्यूत के दाँव पर लगाने और चीरहरण की घटना तो दूर की बात रही, किन्तु दाँतों तले तिनका दबाकर पाण्डव पिता के मोक्ष के लिए द्रौपदी के चरणों में गिरकर मार्गदर्शन माँगते हैं और उसकी निगरानी में सेनेतरो (शंखोद्धार-मरणोत्तर यज्ञ) यज्ञ करते हैं। कृत्रिम संस्कृति के भार से मुक्त ऐसी इस वास्तविक समझ के मूल, प्रकृति के सान्निध्य में बसे आदिवासियों के सहज और निर्दम्भ दृष्टिकोण और महामार्ग जीवन-दर्शन में निहित हैं।

रोंम-सीतमानी वारता भारतीय वाचिक साहित्य का विरल महाकाव्य

'रोंम-सीतमानी वारता' में स्त्री के प्रमुख तीन स्वरूप—दुहिता (पुत्री), पुत्रवधू-पत्नी और माता बिना लिंग-भेद या बिना सामाजिक, धार्मिक तथा राजकीय स्तर भेद के समान अधिकार प्राप्त करते हैं। इतना ही नहीं, दासी जैसे सामान्य स्त्री-पात्र भी राजा, रानी, राजकुमारी के व्यक्तित्व से प्रभावित नहीं हैं। यहाँ बाघ, गिलहरी, बन्दर जैसे प्राणी भी भाई-मामा जैसे सामाजिक सम्बन्ध स्थापित करते हैं। सीताहरण के बाद दुःखी राम और लक्ष्मण जब गिलहरी से मिलते हैं, तब वह दोनों भाइयों को 'मामा' कहकर आनन्द से पुकारती है और दोनों को महुए के फूल खिलाकर आश्वासन देती है। सीताहरण के बाद हनुमान जब सबसे पहले मिलते हैं, तब वे दोनों भाइयों को 'मामा' कहकर सम्बोधित करते हैं। बाघ जैसा हिंसक पशु भी सीता को धर्म की बहन बताकर अपनी पीठ पर बैठाकर सप्तर्षि के आश्रम में ले जाता है। यहाँ न तो अपने उच्च जाति के अहं से प्रभावित करता ब्राह्मण समाज है और न ही अन्य समाजों को डरावना लगता और नीच माने जाने वाला राक्षस समाज। अतः यहाँ रावण का उल्लेख राजा के अलावा राक्षस के रूप में नहीं हुआ है। यहाँ मानव-जगत् एवं प्रकृति-जगत् एक समान मानवीय भूमि पर विचरण करता है। इसका प्रमुख कारण, आदिवासी पुराकथाओं (मिथ्य-मिथकों) और मौखिक महाकाव्यों की रचना तब हुई होगी, जब आदिमानव और प्रकृति के बीच विभाजक रेखाएँ स्पष्ट नहीं थीं। दोनों एक सार्वभौम जीवन में सहभागी थे। अतः 'रोंम-सीतमानी वारता' में प्रकृति और मानव के घनिष्ठ तादात्म्य के दर्शन

होते हैं।

भीली रामकथा में नारियाँ राजकीय, धार्मिक और सामाजिक व्यक्तित्व के साथ, सशक्त रूप में प्रकट होती हैं। वे पुरुषों को आतंकित नहीं करतीं, किन्तु जहाँ भी पुरुष भूल करते हैं वहाँ राजकीय, सामाजिक और धार्मिक जीवन की मार्गदर्शक बनती हैं। इन अर्थों में 'रोंम-सीतमानी वारता' स्त्री-जीवन के अनेक स्वतन्त्र स्वरूपों को प्रकट करता और स्त्री के व्यक्तित्व का गौरव करता, भारतीय मौखिक साहित्य का विरल महाकाव्य है। और इसमें निहित परम्परित लोकधर्मी-महामार्गी-समतावादी जीवनदर्शन से आज के नारीवादी दार्शनिक भी अपने नये जीवन-मूल्य गढ़ सकते हैं।

सन्दर्भ

1. रोंम-सीतमानी वारता, सम्पादक-डॉ. भगवानदास पटेल, प्रकाशक-भारतीय भाषा संस्थान, मैसूर और भाषा केन्द्र, वड़ोदरा, द्वितीय आवृत्ति-2011.
2. भीलों का भारथ, डॉ. भगवानदास पटेल, प्रकाशक-साहित्य अकादेमी, नयी दिल्ली, प्रथम आवृत्ति-2000.
3. राठोर वारता, सम्पादक-डॉ. भगवानदास पटेल, प्रकाशक-भारतीय भाषा संस्थान, मैसूर और भाषा केन्द्र, वड़ोदरा, द्वितीय आवृत्ति-2011.
4. गुजरांनो अरेलो, सम्पादक-डॉ. भगवानदास पटेल, प्रकाशक-भारतीय भाषा संस्थान, मैसूर और भाषा केन्द्र, वड़ोदरा, द्वितीय आवृत्ति-2011.
5. महाधरम, सल्यसा पढ़ियार, पृ. 1, प्रकाशक-स्वयं, प्रथम आवृत्ति-2002.
6. एजन, रोंम-सीतामनी वार्ता, डॉ. भगवानदास पटेल, पृ. 300.
7. एजन, पृ. 332.

आदिवासी के राम और राम के आदिवासी

डॉ. अर्जुनदास केसरी

भारतीय जीवन में राम की सर्वत्र व्याप्ति है, वह चाहे आर्थिक जीवन हो, चाहे सामाजिक और नैतिक जीवन हो, चाहे धार्मिक व सांस्कृतिक जीवन हो, चाहे कलात्मक। राम जीवन की अनिवार्यता हैं, इसलिए कि राम सबमें रमते हैं—व्यक्ति में, जीव में, वृक्ष में, नदी-नाले-झरने में, पहाड़ और जंगल में, योगी और गृहस्थ में, सभ्य और असभ्य में, अयोध्या और आदिवासी के हृदय में भी। यही कारण है कि चौबीसों अवतारों में 'राम' शब्द सर्वमान्य और सबका प्रतीक बन गया है। वह मूर्तियों में स्थूल है तो हृदयों में सूक्ष्म भी। राम शक्ति है, कोई उसे सगुण मानकर पूजता है तो कोई निर्गुण—

'अगुनहिं सगुनहिं नहिं कुछ भेदा। गावहिं मुनि पुरान बुध वेदा॥'

सन्त तुलसीदास ने 'नाना पुराण निगमागम सम्मतं यद्' कहकर 'क्वचिदन्यतोऽपि' कह दिया। वह जो अन्य है, वही 'लोक' है, लोक का है और लोक से लिया गया है, उसी में आदिवासी, वनवासी, गिरिवासी और उसका सदियों से ही नहीं, सहस्राब्दियों से मौखिक परम्परा से कण्ठ-दर-कण्ठ, गुरु-शिष्य-परम्परा से चला आ रहा सर्जनात्मक साहित्य है। उसमें संशोधन, परिमार्जन, परिवर्तन की कहीं कोई गुंजाइश नहीं है। इसीलिए वह शाश्वत बनकर उनके लिए प्रेरणा का स्रोत हो गया है, यों कहें कि वही उनका पुराणेतिहास है।

राम ने आदिवासियों को स्वीकारा, इसलिए नहीं कि राम ब्रह्म हैं। आदिवासी ब्रह्म-व्रह्म क्या जाने? वह तो उसी को जानता है, जो उसका अपना हो, जो उसी की तरह रहता, खाता-पीता, सोता-जागता, जीवनयापन करता है। उसके सुख-दुःख में सम्मिलित होता है, उनके साथ घुल-मिल जाता है, ऐसा घुल-मिल जाता है कि पंक्ति-भेदन करके उनका दिया जल ग्रहण कर लेता है, यहाँ तक कि कंद-मूल-फल (जूठी बेर) तक खा लेता है। उनके ओढ़ने-बिछाने वाले ओढ़ना-दसौना, कथरी-सथरी, पत्ता-पुवाल की बनी चटाई मृगचर्म पर भी सोकर उनका सहज आतिथ्य स्वीकार कर लेता है। राम का ऐसा ही आचरण-व्यवहार उनके साथ था, इसीलिए आदिवासियों के साथ उनकी युति-युक्ति बैठ गयी। राम के साथ आदिवासियों की तब कतई युति न बैठती, जब राम पिता की आज्ञा की अवहेलना कर बैठते, सुमुखी नवब्याहिता, आज्ञाकारिणी, जीवनसंगिनी पत्नी, लक्ष्मण जैसे भ्राता को साथ न लाते, केवट को अपनी सायुज्य भक्ति प्रदान न करते, भरत की बात मानकर अयोध्या वापस चले जाते, ऋषि-मुनियों का यथोचित सम्मान न करते, गौतम-पत्नी का उद्धार न करते, शबरी का आतिथ्य स्वीकार न करते, राक्षसों-आततायियों को यथोचित दण्ड न देते, यहाँ तक कि तीर धुनहीं (आदिवासियों के शस्त्र) लेकर न आते, उन्हीं की तरह वल्कल धारण करके न आते, पत्ता-पुवाल, पत्थर को दसौना न बनाते,

बनफल न खाते, जटायु का उद्धार न करते, विभीषण को राजा न बनाते आदि-आदि। मित्रता तो समान संग न होती है। राम आदिवासियों के सखा, सहयोगी, सहचर, सहधर्मी बन गये थे। यही उनकी विराटता है और यही रामत्व है।

इस तर्कयुक्त सत्य के बाद भी राम को रामकथा (लिखित) के राम और कण-कण में व्याप्त राम में अन्तर करना अनुचित होगा। रामकथाएँ तो बाद में रची गयीं। उन्हें रचनाकारों ने अलग-अलग तरह से, जिसे उनका जो रूप अधिक उदात्त लगा, रचा। आदिवासियों के राम तो बिल्कुल सहज दिल, सत्यानुयायी, शीलवान, धैर्यवान, करुणा के सागर, प्रेम-भाव के भूखे, दीनदयाल, दयावान, विनम्रता की प्रतिमूर्ति, साहसी, पराक्रमी, मितभाषी, मृदुभाषी, क्षमाशील हैं।

आदिवासी क्या जाने रामकथा, जो किताबों में लिखी गयी है। वह तो लोरिकायनी की तरह रामायनी जानता है। जो कुछ सुनता-सुनाता आया—वंश परम्परा से। जब वह कुछ होशियार हुआ, गुफाओं में रहने लगा, आग जलाना सीख गया, आग में तपा सुस्वादु मांसाहार करने लगा तो 'राम के चरित्र की शिलाओं पर गेरू, जानवरों की चर्बी, बाँस की टहनी के ब्रश अंकित या चित्रित करने लगा। (देखें—रामार्णव : बाबा झामदास-कृत, अर्जुनदास केसरी द्वारा सम्पादित एवं पुनर्लिखित, अयोध्या शोध संस्थान से प्रकाशित, तृतीय खण्ड का अन्तिम पृष्ठ जिसमें केवट प्रसंग का चित्र अंकित है।) यह चित्र प्रागैतिहासिक काल का है और **उत्तर प्रदेश के आदिवासी बाहुल्य जनपद सोनभद्र के शोण महानद के तट पर चिचली-पनौरा के घने वनप्रान्त में एक शिला पर चित्रित है। ऐसे चित्र रामकथा से सम्बन्धित अन्य स्थानों पर चित्रित अथवा उत्कीर्ण शिलालेख के रूप में बने हैं। आदिवासी इनकी पूजा 'आँख की पुतलियाँ अथवा लिखनियाँ कहकर करते आ रहे हैं।'**

समग्र आदिवासी समाज दशहरा, दीपावली, अनन्त चतुर्दशी, नवरात्र आदि अवसरों पर कर्मादेवी अथवा कर्मदेव की पूजा पुरुषार्थ के प्रतीक के रूप में करता आ रहा है। पत्थर के महादेव उसके बड़ादेव हैं, सिहोर का वृक्ष उसके महादेव हैं, नीम का वृक्ष शीतला माता हैं, पत्थर का अनगढ़ टुकड़ा शबरी का प्रतीक है, खोदवा पहाड़ पर दुल्हादेव रहते हैं इसी तरह गोशाला में गोरइया, वन में वनसत्ती तथा कहीं धमसान, कहीं गँवहेर की पूजा का विधान है, तथापि राम सर्वत्र वर्तमान हैं जिनकी पूजा गुड़-घी-शाकला से की जाती है।

प्राचीन काशी और विंध्य क्षेत्र से लगे दक्षिण की ओर कैमूर पहाड़ के शिखरों पर अथवा विंध्याटवी के घने वनों, खो, कन्दराओं में आदिवासी समाज निवास करता था। सन् 1911 में प्रकाशित 'मिर्जापुर डिस्ट्रिक्ट ग़ज़ेटियर, के अनुसार—चौबीस प्रकार की जनजातियाँ निवास करती थीं, जिनमें मुख्य थीं—गोण्ड (गोंड् या मझवार) खरवार, बैगा (चेरू) पनिका, परहिया मुइयाँ, घसिया, ओराँव (मुण्डा या धांगर), अगरिया, कोरकू, कोल, पठारी, बारी आदि। इसके ही अनुसार प्रत्येक की सात कूरियाँ (उपजातियाँ) थीं। सन् 1971 की जनगणना के अनुसार इनकी जनसंख्या 3,80,15,162 थी, जो कुल आबादी का 6.94 प्रतिशत है। इनकी अधिकतर आबादी उत्तर प्रदेश, मध्य प्रदेश तथा बिहार में थी। श्रीराम, सीता, लक्ष्मण के साथ प्राय: इन्हीं दुर्गम अंचलों में निवास करते थे। उनकी उनसे ऐसी मैत्री हो गयी थी कि वे एक-दूसरे से विलग नहीं हो सकते थे, जिसका जीता-जागता प्रमाण सदियों-सहस्राब्दियों से अलिखित होते हुए उनकी मौखिक परम्परा से प्राप्त साहित्य है। आदिवासियों का जीवन सदा से कलात्मक रहा, अत: उसके प्रमाण उनके परम्परागत, आभूषणों, वाद्ययन्त्र, गुहाकलाओं,

अल्पनाओं, भित्तिचित्रों, दैनिक उपयोग में आने वाली वस्तुओं, सिक्कों, पात्रों में भी देखे जा सकते हैं। यह अलग बात है कि विकास के नाम पर विस्थापनों के चलते वे लुप्त होते जा रहे हैं। **प्राप्त साक्ष्यों के अनुसार कहा जा सकता है कि सबसे पहले राम ने ही आदिवासियों की महत्ता स्वीकार की, उन्हें यथोचित सम्मान दिया और आदिवासियों ने भी उन्हें सिर-माथे चढ़ाया और भगवान की मान्यता दी, जिसके चलते दोनों एक-दूसरे के पूरक हो गये। इससे हमें सीखना चाहिए कि जब तक अन्त्यज अभावग्रस्त आदिवासी वर्ग को आत्मीयता नहीं प्राप्त होगी, तब तक देश-समाज का समग्र उत्थान नहीं होगा।**

राम के सापेक्ष शबरी का प्रसंग सबसे अधिक लोकरंजक है, जो प्रकाशित-अप्रकाशित सभी रामकथाओं में वर्णित है। **शबरी कोल जनजाति की युवती बाला है। उसे राम ने अपनी भक्ति प्रदान की थी, इसीलिए राम से भी बढ़कर कोलों ने शबरी की पूजा करते हुए यह सिद्ध कर दिया कि राम से बड़ा राम का भक्त होता है।** वरना वे तो राम का बासन-वसन नहीं चुरा लेते, यही उनकी कम सेवकाई नहीं है—

'इहम हमार बड़ी सेवकाई, लेहिं न बासन बसन चौराई ॥'

आदिवासी सबसे पहले राम को सुमिरता है, बाद में शारदा भवानी (इन्द्रासनी) को—

'राम सुमिरि हम आसन लगवली हो,
सरदा सुमिरि गाईं गीति येऽऽऽ हो।
भवानी माई भूलि रहिया बतावऽयेऽऽऽहो।
देवी तोहरे अँगने में आयी निहारि।
गोड़ हे पइयाँ लागऊँ ॥'

अर्थात् राम का स्मरण करके हम आसन लगाते हैं, शारदा का सुमिरन करके गीत गाते हैं, भवानी का स्मरण राह न भूलने के लिए करते हैं। हम आप सबके पाँव लगते हैं। 'पाँय लागौं' आदिवासी प्रणाम है।

आदिवासी शबरी की स्थापना नीम के वृक्ष तले करते हैं। नीम देवी पूजा और पर्यावरण का प्रतीक है। अत: उसे काटना अपराध है। इसलिए भी कि चिड़िया उसमें खोता बनाकर बसेरा करती हैं—

'निबिया क पेड़ जीनि काटा ए बाबा,
ओही में चिरइया क बसेर।'

यहाँ ध्यान देने योग्य बात यह है कि आदिवासी नीम की डाल काटने से भी परहेज करता है और हम हैं कि विकास के नाम पर घने जंगल काटकर हजारों-हजार आदिवासियों को कइयों बार उजाड़कर विस्थापित कर देते हैं। जबकि राम को भी इन्हीं का आश्रय लेना पड़ा था।

सीता, राम और लक्ष्मण के आने का समाचार सुनकर शबरी अपने लम्बे-लम्बे केश से घर-आँगन ही नहीं, आने वाला रास्ता भी बटोर-बुहार डालती है, उसे उनके आने का आगम मिल गया था—

'सेबरी जे देखनी हो सगुनवाँ हो,
धावाँ राम अइहैं ना।
लामी-लामी केसिया से सेबरी
रहिमा हो बटोरे-
हो सेबरी के घरवां।'

घर–आँगन, रास्ता बुहारकर वह छाँट–छाँटकर पकी–पकी बेर तोड़ लाती है, इसलिए कि भगवान स्वयं आकर उसके घर में भोग लगायेंगे। वे प्रेम के भूखे जो हैं, इसलिए जल्द आयेंगे, ऐसा उसका दृढ़ विश्वास है। वे आते भी हैं और भोग भी लगाते हैं—

'पकली बइरिया सेबरी,
बीछि–बीछि तोरे ले हो,
भोगवा लगावैं भगवान।
सेबरी के घरवां॥
सेबरी देखलीं सगुनवाँ, घरवाँ राम आइ हैं ना॥
प्रेम के भूखल हो भगवान।
सेबरी के घरवाँ।
ओही रहिमा अइनऽ भगवान हो–
सेबरी के घरवाँ॥'

यहाँ एक बात ध्यान देने योग्य है कि शबरी ने जूठा बेर भोग लगाने को नहीं दिया या देती भी कैसे? भगवान या अतिथि को कोई जूठन देगा? कदापि नहीं। बेर लाकर रखने के बाद वह पुनः नीम के छाँव तले भगवान का आवाहन करती है—

'उतरऽ उतरऽ हो भगवान,
निबिया के शीतल छइयाँ॥'

भगवान आते हैं, सहज आतिथ्य स्वीकार करते हैं और उसे अपनी अनन्य भक्ति प्रदान करते हैं। इस प्रकरण से शबरी तो ऊँचे उठ ही जाती है, भगवान भी ऊँचे उठ जाते हैं।

आदिवासियों के करमा गीत में एक और प्रसंग बहुत मार्मिक आया है। वनवासी राम से पूछते हैं—'भूख लगेगी तो आप लोग क्या खायेंगे? और नींद आयेगी तो सोयेंगे कहाँ प्रभु!' तो भगवान कहते हैं—'भूख लगने पर कन्द खोदकर खायेंगे और दोनों हथेलियों का दोना बनाकर पानी पी लेंगे, नींद लगने पर पताई का आसन बिछा लेंगे, बस!' वार्तालाप सुनिए—

वनवासी—'भूंखि लगी कहाँ भोजन पइबऽऽऽ?'
राम—'एक कंदमूला खोदि खाइब।
पीयब हाथ जोरि पानी।'
वनवासी—'नींद लगी कहाँ आसन पइबऽऽऽ
गड़ि जइहैं काटा–कुशी होऽऽऽ।'
राम—'कांट कुसी जोरि असना लगाइब होऽऽऽ
वन में चले रघुराई॥'
इतना के बाद जब पानी बरसने लगेगा, तब?
'टपकि–टपकि बूंद बरसे हो—
भींजह राम–लखन दूनो भाई।
रामा वन में चले रघुराई॥'

आगे चलकर यह प्रकरण लम्बा हो जाता है। बताया गया है कि यही स्थिति राम–पुत्र लव–कुश

की भी होती है। उन्हें बहेलिया होना पड़ता है। छोड़िए उस प्रसंग को। हाँ, तो राम को अपनी वन-यात्रा में बहेलिया बनकर कभी कदलीवन, तो कभी छाया-विहीन तर्पण धूप, कहीं वन्य जीवयुक्त घने वन की यात्राएँ करनी पड़ती हैं। ग्राम बधूटियाँ करुणाई होकर बार-बार बट जाती हैं, परन्तु उन्हें तो बस चलते जाना है। **वनवासी सुझाते हैं—ठीक है, जाना ही है तो सातू-सामर जो मिले खाते जाइएगा, घाम लगे तो पत्ता का छत्ता लगा लीजिएगा। और लखन भइया सुनिए—बड़े भैया के पाँव दबाहे जाइएगा और सीताजी को भूख लग जाय तो मेरुगा (मृग) मारकर खिला दीजिएगा, भूखी न सो जाएँ। हाँ, एक बात का और ध्यान रखिएगा कि सूरुज देवता और आँवला-हर्रा-बहेड़ा का भी ध्यान रखते जाइएगा, ताकि तेज धूप न करें, वृक्ष छाया करते चलें।** गीत लम्बा है, कतिपय पंक्तियाँ प्रस्तुत हैं—

'गिद्धा जिनि भेड़रामा हो राम
चौथे सुमिरल सूरुज देवता वा हे राम
घामें न जानि कुम्हिलाएँ हे राम
हर्रा के छाँहेंवाँ, बहेरा के ओल्टे हो राम
तुलसी क मुंह ढाँपे हो राम॥' (करमा, केसरी अर्जुनदास, पृ. 24-25)

यहाँ तुलसी बिरबा से मुँह ढककर चलने का संकेत है। तुलसी रोग-निवारक औषधि और विष्णुप्रिया है।

आदिवासियों के साथ राम की युति कैसे बैठी, इसका सही उत्तर यह है कि आदिवासी और राम एक-दूसरे से बिना किसी औपचारिकता के घुल-मिल गये थे। स्वतन्त्रता-पूर्व तक गाँवों में चाहे किसी जाति का कोई व्यक्ति-स्त्री-पुरुष, बाल, वृद्ध हों, एक-दूसरे को दादा-दादी, काका-काकी, नाना-नानी, भइया-बहन-भौजी का नाता जोड़ लेते थे। भुंइहार झूला गीत में सीता के साथ 'भौजी' का नाता जोड़ने का प्रसंग आया है, जो बहुत सहज और भावप्रवण है। पंक्तियाँ प्रस्तुत हैं—

'हिया हो सिया भउजी झूलि-झूलि जाइ।
हिया हो झलुवा के टूटे ले बंउेर
हिया रे सीता भउजी गिरइ अंनाचेत,
हिया हो तिरनी गइले छितिराइ,
किया हो उठावै आठ मुस तिरनी,
किया रे उठावै लामी केस,
ननदी उठावै आठ मुठा तिरनी,
किया भउजी हो उठावै लामी केस॥' (वही, पृ. 50)

तात्पर्य यह है कि झूला पड़ा था। गाँव की बालाएँ झूल रही थीं, तब तक सीताजी आ गयीं। बालाओं ने उन्हें आमंत्रित कर झूले पर बिठा लिया, फटाफट पटेंगे मारना शुरू किया तो सीता अचेत हो गिर पड़ीं। अब क्या हो! एक बाला ने उनकी फुँफती (तिरनी) उठा लिया और सीता ने स्वयं लजाकर अपने केश बटोर लिये। सभी ननद-भौजाई के रिश्ते से हँसने लगीं।

इस छोटे से गीत में हास्य, व्यंग्य, शृंगार, करुणा की एक साथ संचिति बैठायी गयी है, जो प्रकाशित साहित्य में अप्राप्त है।

ऐसे ही अगणित कथा-प्रसंग जनजातीय समुदाय में राम से जुड़े हैं, न केवल गीतों में, अपितु

कथाओं, गाथाओं, नाट्य-नृत्यों और लोकसुभाषितों में भी। यही कारण है कि राम आज भी आदिवासियों में रचे-बसे हैं। अतः कहा जा सकता है कि जब से राम की अवधारणा बनी, वन, पर्वत-पहाड़, नदी-नाले-झरने बने, तब से आज तक राम की व्यवहार-कुशलता एवं आध्यात्मिक चरित्र ने अपने उदार व्यक्तित्व एवं सर्जनात्मक कृतित्व से अरण्यवासी जनमानस को विगलित किया हुआ है। उनका अकृत्रिम साहित्य इसका जीता-जागता प्रमाण है।

ऐसे ही एक प्रसंग और याद आ गया। सत्तर के दशक में हम कुछ लेखक आदिवासी गाँवों में अकाल-पद-यात्रा पर निकले थे। वहाँ एक आदिवासी के द्वार पर जब पहुँचे तो एक गीत गाया जा रहा था, जिसकी कुछ पंक्तियाँ आज भी याद हैं—

'राम लछिमन पीसे-कूटे
सीता अँगना बटोरे होऽऽऽ।'

इसका मतलब यह हुआ कि राम-लक्ष्मण-जानकी आदिवासियों में इतना घुल-मिल गये थे कि उनको मडुबा मेझरी कूटकर खाते-खिलाते भी थे और जानकी उनका अँगना बटोरती थीं। इतना घुल-मिल जाने के बाद कैसे कहा जा सकता है कि वे एक-दूसरे से भिन्न थे और उनमें तनिक भी अलगाव था।

तात्पर्य यह है कि राम यदि सीता-लक्ष्मण के साथ पिता की आज्ञा मानकर वन में आते, वनवासियों सहित वन के जीव-जन्तुओं, पशु-पक्षियों, वनस्पतियों के साथ आत्मीयता स्थापित न करते, उनके सुख-दुःख के भागी न बनते, उनका सा जीवन न जीते, उनका दुःख-मोचन न करते तो रघुवंश के अन्य राजाओं की तरह उनका नाम भी मात्र संख्या बढ़ाने वाला होकर रह जाता, उनका लोकरंजन-लोकरक्षक रूप उमड़कर सामने न आता। कह सकते हैं कि यदि उन्होंने आदिवासियों का मान बढ़ाया, उन्हें गले लगाया तो उन्होंने भी उन्हें ऐसी लोकमान्यता दी कि वे महान् हो गये, भगवान हो गये।

राम के वनगमन मार्ग में जनजातियों का समागम

डॉ. श्रीराम परिहार

रामकथा कवि कलुष निकंदिनी है। अपने समय में जाते हुए मनुष्य और अन्य जीवों के कलुष मिटाकर मंगल करणी, कलिमलहरिणी रघुनाथजी की कथा है। यह कथा नर से नारायण बनने की भी है। यह कथा आत्मकल्याण की है। यह कथा सुरतरु-समान है। यह कथा मुदमंगल देने वाली है। गंगा के समान है। यह कथा परात्पर ब्रह्म के भारतवर्ष की पावन धरा पर अवतरण की है। कथा विप्र, धेनु, सुर, सन्त हित प्रकट होने वाले प्रभु राम की है। यह मर्यादा पुरुषोत्तम की लीलामय कथा है, यह कथा मानव धर्म की रक्षार्थ प्रकट हुए सच्चिदानन्द ब्रह्म की है। यह कथा स्वयम्भू और सतरूपा की तपस्या से दशरथ और कौशल्या के पुत्र राम की है। यह वाल्मीकि और तुलसीदास की वाणी से निसृत अमर कथा है। यह भारतीय वाङ्मय की अमृत कथा है। यह मानव मात्र की आत्मशुद्धि और आत्मोत्सर्ग की सरग-निसेनी है।

रामकथा में राम के वनगमन प्रसंग ने असमंजस, कौतूहल, विवाद, अवसाद के बीच में से वचनबद्धता, प्रेम की अटूट रीति, आज्ञापालन, मर्यादारक्षण, धर्मरक्षण, त्याग, तप, स्नेह, शील, सत्य, वीरता, धैर्य, पर दुःखकारता, भक्ति की प्रगाढ़ता और राष्ट्र-रक्षण के रत्न निपजे हैं। राजा दशरथ द्वारा माता कैकेयी को दिये हुए दो वचन तो वनगमन के मूल में हैं ही, परन्तु इसके परे भी वास्तविक कारण का संकेत रामकथा में है। राम के राज्याभिषेक से देवताओं में बेचैनी होती है। राम अवध के राजा रहेंगे, तो निसिचरों का वध कैसे होगा? देवताओं द्वारा माता सरस्वती की प्रार्थना की जाती है। सरस्वती मंथरा के माध्यम से कैकेयी की मति फेरती है। राम को भरत से अधिक चाहने वाली माता कैकेयी भरत के लिए राज्य और राम के लिए वनवास माँग लेती है। माता-पिता की आज्ञा-पालन हेतु राम चौदह वर्ष के लिए माता सीता और लक्ष्मण सहित वन को जाते हैं। इस कारण के अतिरिक्त गोस्वामी तुलसीदास भरत के चरित्र को रामकथा में प्रेम और भक्ति से परिपूरित करने हेतु स्पष्ट संकेत देते हैं। वनगमन के पार्श्व में श्रीराम की ही इच्छा मुख्य है, क्योंकि वे प्रेम और भक्ति की प्रतिमूर्ति भरत के चरित्र को सुर और साधु के हित में प्रकट करना चाहते हैं—

प्रेम अमिय, मन्दर, विरह, भरत पयोधि गम्भीर।
मथि प्रकटेहुँ सुर-साधु हित, कृपासिन्धु रघुवीर॥

राम का वनगमन दो बार अलग-अलग उद्देश्यों से भिन्न-भिन्न दिशाओं में होता है। प्रथमतः मुनि विश्वामित्र के यज्ञ की रक्षार्थ वे भ्राता लक्ष्मण के साथ जाते हैं। विश्वामित्र राजा दशरथ को कहते हैं— 'अनुज समेत देहुँ रघुनाथा, निसिचर वध मैं दोऊँ सनाथा।' इस वनयात्रा में मुनि विश्वामिश्र के यज्ञ की रक्षा तो होती ही है, अनेक अवान्तर महत्त्वपूर्ण कार्य भी होते हैं। ताड़का और सुबाहु का वध राम करते हैं। मारीच को बिना काल वाला बाण मारते हैं, जिसके बलाघात से मारीच सौ योजन दूर समुद्र-पार जा गिरता है, मारीच ही रावण के कहने पर स्वर्णमृग बनता है—राम-लक्ष्मण की यात्रा पूर्व दिशा की ओर

की थी। राम विश्वामित्र के आश्रम में अनेक प्रकार की अस्त्र-शस्त्र विद्याओं और शक्तियों को प्राप्त करते हैं। वास्तव में ऋषि-मुनियों के आश्रम त्रेतायुग में वेदशालाओं के रूप में थे। राम को विश्वामित्र अनेक प्रकार की आधुनिक वैज्ञानिक शक्तियों का ज्ञान देते हैं। इन प्राप्त शक्तियों का प्रथम परिचय भगवान शिव के महाधनुष को तोड़ने में प्राप्त होता है। जो सहसदस राजाओं से भी नहीं टूट सका, वह धनुष राम ने सहज ही तोड़ दिया। 'लेत चढ़ावत खेंचत गाढ़े, काहू न लखा देख सब ठाढ़े।' राम के इस प्रथम वनगमन में वनवासी आश्रमवासी विश्वामित्र से समागम के परिणामस्वरूप उपद्रवी राक्षसों का नाश और जनकनन्दिनी सीताजी से विवाह होता है। लक्ष्मण का उर्मिला से, भरत का माण्डवी से और शत्रुघ्न का श्रुतिकीर्ति से विवाह होता है। राम को यश और सिद्धि दोनों इस यात्रा से प्राप्त होती है।

राम के वनगमन की दूसरी यात्रा दक्षिण दिशा की ओर होती है। पितु आज्ञा का पालन और मुनियों के मिलने तथा राक्षसों का नाश करने के उद्देश्य से राम वन को जाते हैं। वनगमन में सबसे पहली भेंट गुह निषाद से होती है। गुह निषादराज है। राम उससे सखाभाव से मिलते हैं। गले लगाते हैं। कहते हैं कि वह भरत के समान भाई है। निषादराज गुह अपने सभी प्रजाजनों एवं सभी साथियों के साथ राम-सीता-लक्ष्मण का स्वागत करते हैं। कन्द-मूल-फल दोना भर-भरकर लाते हैं। राम से आत्मीयतावश ऐसे जुड़ते हैं कि राम-सीता-लक्ष्मण की वन में कष्ट सहन करने वाली स्थिति से अनेक बार विकल हो जाते हैं। वनमार्ग में राम जहाँ-जहाँ से जाते हैं, वनवासी-ग्रामवासी सब उनसे संवेदना के स्तर पर जुड़ते हैं। ग्रामवासिनी स्त्रियों में सीता से सुखद संवाद भी होते हैं।

राम के वनगमन के सामाजिक और राष्ट्रीय सन्दर्भ वहाँ तक फैले हैं, जहाँ समाज की पंक्ति का अन्तिम व्यक्ति खड़ा है। केवट को राम हाँक लगाते हैं—'नाव ले आओ, पार जाना है।' केवट नाव नहीं लाता है, कहता है—'पहले पाँव धुलवाओ, फिर नाव पर चढ़ाऊँगा।' अयोध्या के राजकुमार केवट जैसे सामान्य जन का निहोरा कर रहे हैं। यह स्वाभाविक समरसता की अद्‌भुत घटना है। केवट चाहता है कि वह अयोध्या के राजकुमार को छुए। उनका सान्निध्य प्राप्त करे। उनके साथ बैठकर अपना सामाजिक अधिकार प्राप्त करे। अपने सम्पूर्ण जीवन की मजूरी का फल पा जाये। राम वह सब करते हैं, जैसा केवट कहता है। उसकी भावना को पूरा मान-सम्मान देते हैं। उसके स्थान को समाज में ऊँचा करते हैं। राम अपनी संघर्ष और विजय-यात्रा में उसके दाय को बड़प्पन देते हैं। त्रेता के सम्पूर्ण समाज में केवट की प्रतिष्ठा करते हैं। केवट रामराज्य का प्रथम नागरिक बन जाता है।

राम त्रेतायुग की सम्पूर्ण समाज-व्यवस्था के केन्द्र में हैं। प्रत्येक की निगाह में राम आतुरता की तरह बसे हैं। प्रत्येक की सत्याकांक्षा की वे तृप्ति बन गये हैं। वे सबका भरोसा बन जाते हैं। यह बहुत बड़ी बात है। राम वनमार्ग में मिलने वाले सभी जनजातीयजन की आत्मीयता पाते हैं। उनको मान देते हैं। उनके विश्वास की रक्षा करते हैं। वे सबको निरुवारते हैं। मतंग ऋषि ने शबरी भीलनी से एक अपेक्षित घड़ी में कह दिया कि राम तुम्हारी कुटिया में आयेंगे। ऋषि ने शबरीयों की श्रद्धा और सबूरी की परख करके यह भविष्य-वाक्य कहा। शबरी एक भरोसा लेकर जीती रही। वह बूढ़ी हो गयी, किन्तु उसने आतुरता और प्रतीक्षा को बूढ़ा नहीं होने दिया। अपने राम के लिए बनफलों की अनगिनत टोकरियाँ भरी और औंधी कीं। पथ बुहारती रही। राह निहारती रही। प्रतीक्षा करते-करते शबरी स्वयं प्रतीक्षा का प्रतिमान हो जाती है। शबरी की प्रतीक्षा के प्रतिमान की रक्षा के लिए राम शबरी की झोंपड़ी में जाते हैं। भीलनी को सम्मान देते हैं। भीलनी को सामाजिकता की मूलधारा में ले आते हैं। उसके जूठे बेर खाकर राम ने एक वनवासिन

का मन ही नहीं रखा, बल्कि उसे पारिवारिकता दी। अपने परिवारजन और प्रियजन का जूठा खाने में संकोच नहीं होता। राम इस अर्थ में बहुत व्यापक एवं सामाजिक सन्दर्भों में मानव समाज की पुनर्रचना की नींव रखते हैं।

अतुलित बलशाली हनुमान, सुग्रीव, जामवन्त, अंगद, नल-नील से जुड़ाव राम के लक्ष्य और उनके भाव-प्रसार को व्यापक करता है। इनमें से कुछ वानर हैं, कुछ भालू हैं। सम्भवतः ये दोनों ही वनवासी जनजातियाँ रही हों। राम की वनगमन-यात्रा के सामाजिक और राष्ट्रीय सूत्रों का विस्तार वानर-भालुओं तक है, अतः राम की वनगमन-यात्रा भारतवर्ष की जययात्रा है। प्रकारान्तर से यह पृथ्वी की जययात्रा है। पृथ्वी की जातीय स्मृतियों के सन्दर्भ अलग-अलग दिशाओं से आकर राम में समाहित होते हैं। वनगमन का प्रसंग सबसे जीवन-मरण का प्रश्न बन जाता है जिसके उत्तर सब खोजते हैं। असद्वृत्ति की निस्सारता सिद्ध करने के लिए सब सद्वृत्ति के साथ हो जाते हैं। करोड़ों वर्षों की जीवयात्रा का अनुभव कहता है कि किसी एक भाव के प्रबल होने से सन्तुलन गड़बड़ाता है और एक-सी स्थिति भी सदा-सदा नहीं रहती। रावण का अतिचार ही युग-पुरुष राम को चुनौती देता है। वह चुनौती राम के साथ सारे पृथ्वीचरों की हो जाती है। राम के साथ गुह निषाद, केवट, शबरी, आञ्जनेय हनुमान, कपिपति सुग्रीव, रीछपति जामवन्त सब उस चुनौती को स्वीकार करते हैं। राम के रूप में इस महादेश का महानायक उभरता है। उस महानायक का निर्माण अयोध्या से बाहर आकर अर्थात् राजसत्ता की परिधि से परे व्यापक जनजातीय समुदाय और जीव समुदाय के बीच सबकी सहभागिता और सखाभाव से होता है।

जब युग के सन्दर्भ सृष्टि के प्रतिकूल होते हैं, तो उससे केवल पृथ्वी के निवासी ही त्रस्त होते हों, ऐसा नहीं है। उसके छींटे नभमण्डल और जलमण्डल पर भी पड़ते हैं। राम की जययात्रा के ध्वजाधारी जितने हनुमान, सुग्रीव, जामवन्त, अंगद, नल-नील, गयंद हैं, उतने ही गिद्धराज जटायु और सम्पाति हैं। जो जहाँ है, वहाँ से सत्य का समर्थन करते हुए असत्य को ललकार रहा है।

जटायु ने दो महत्त्वपूर्ण कार्य किये, जिससे राम के वनगमन का लक्ष्य और जययात्रा की दिशा इंगित होती है। असत्य के गढ़ की ओर ध्यान केन्द्रित होता है। सम्पाति ने उसे और सुनिश्चितता दी। जटायु ने पहला कार्य किया—अपनी समूची सत्ता के साथ असत्य से लड़ते हुए स्त्रीत्व की रक्षा का, दूसरा—अपने प्राणों को सम्पूर्ण इच्छा-शक्ति के साथ रोककर राम को सीता-हरण की खबर देने का अनाचार के खिलाफ लड़ाई लड़ने के लिए किस दिशा में बढ़ा जाये, यह तो जटायु ही बताता है। अपने वर्तमान की चुनौती नभचारी भी स्वीकार करते हैं और उससे पार पाने के लिए वे राम के साथ हैं। राम हैं कि जटायु को गोद में उठा लेते हैं। उसके देह-त्याग के बाद राम उसकी अन्तिम क्रिया अपने हाथों से करते हैं। यह सम्पूर्ण युग और समाज के लिए अनुपम उदाहरण बनता है। ये खगसमाजी सन्दर्भ राम की वनगमन-यात्रा की रामराज्य की फलश्रुति के बाद पक्षीराज गरुड़ और कागभुशुण्ड़ि के संवादों में विस्तारित होते हैं।

सुरसा सर्पों की माता है। वह समुद्र में रहती है। वह पवनपुत्र को ग्रसने का प्रयास करती है। वह असफल होती है। हनुमान उसे मारते नहीं हैं। वह स्वयं कहती है कि वह जिस परीक्षा हेतु यहाँ आयी थी, उसमें पवनपुत्र को सफल पा रही है। वह नव आशीष देकर चली जाती है। युग के सन्त्रास से मुक्ति के अभियान में सुरसा के बहाने जलचर भी सन्नद्ध हैं। थल, नभ और जल के निवासी एक मन होकर युग पर छाये हुए विद्रूप को छाँटना चाहते हैं, राम का हर प्रयास समूह-मन की आकांक्षा की पूर्ति

में किया गया सद्प्रयास बन जाता है।

राक्षसों के समाज में सब-के-सब रावण के समर्थक नहीं हैं। विभीषण की सात्विकता तो उजागर है। कई ऐसे पात्र भी हैं जो रावण के प्रभाव या भय से शरीर से उसके साथ हैं, लेकिन मन-मस्तिष्क से चाहते हैं कि रावण का आतंक समाप्त हो। लंकिनी इसका प्रमाण है। एक सीमा तक कुम्भकरण भी राम से युद्ध करने के पूर्व अपने अन्तर्द्वन्द्व से रावण की अनीति को प्रमाणित करता है। मंदोदरी, त्रिजटा, सुलोचना आदि ऐसी नारी शक्तियाँ हैं, जो लंका के वैभव के बीच भी सद्-असद् का विवेक नहीं खोती हैं। पूँजी और सत्ता के प्रभाव के बीच भी सत्य भाषती हैं। भयमुक्त रहती हैं। त्रिजटा नाउम्मीद को एक विश्वास देती है और मन्दोदरी अनीति को सीख भरी चुनौती। ये सब अप्रत्यक्ष रूप से असत्य के चरागाह में आग लगाना चाहते हैं। सोने की चमक से पेट की भूख नहीं मिटती। मूल्यहीनता से जीवन को रीढ़ नहीं मिलती। राम का वनगमन सिन्धु-पार भी कई पात्रों को जोड़ता है।

वनगमन के मार्ग में राम ऋषि-मुनियों के आश्रमों में जाकर उनके चरणों में बैठते हैं। उनके प्रति श्रद्धावनत होते हैं। ऋषि-मुनि युग के बौद्धिक हैं। वे अपने आश्रमों में प्रयोगशालाओं के द्वारा सारी विधाओं और सारी कलाओं का उत्कर्ष खोजते हैं। राम उनकी शरण में जाते हैं। उनसे वह शक्ति और कौशल प्राप्त करते हैं जिससे राक्षसों से युद्ध में निपटा जा सके। राम अनेक ऋषि-मुनियों से अस्त्र-शस्त्र प्राप्त करते हैं। ऋषि-मुनियों का राम को यह सहयोग, राम को वैज्ञानिक और सामरिक शक्तियों से समृद्ध बनाता है। समूह-मन की इच्छा, अपने समय का ज्ञान और अद्भुत सत्यवीर का तेज अनाचार का अन्त कर देता है। राम का वनगमन युग-युग का कथानक बन जाता है। वनगमन के मार्ग में वनवासियों-जनजातियों से समागम सामाजिकता और राष्ट्रीयता की अखण्डता के नये सन्दर्भ रचते हैं। जनजातियों के गीतों, पर्वों, नृत्यों, कलाओं, गाथाओं, वार्ताओं और आदर्शों में राम अटूट रूप से गहरे बैठते हैं।

आदिवासी जनजीवन में रामपरक साहित्य की सांस्कृतिक अवधारणा

डॉ. पूरन सहगल

संस्कृति हमारी सभ्यता की नियामक और नियंता होती है। यदि सभ्यता हमारा बाह्य आचरण है तो संस्कृति उस आचरण की सुविचारक एवं सुबोधक अनुशासक है। यदि और अधिक स्पष्ट कहूँ तो संस्कृति सभ्यतारूपी अश्व की वल्गा है। जब भी सभ्यता स्वच्छन्द होकर समाज की मर्यादाओं और परम्पराओं की बागड़ लाँघकर सरपट दौड़ने लगती है, तब संस्कृति उसका नियंत्रण कर पुनः लोकानुगामी बनाने का प्रयत्न कर उसे संयमित करती है।

जहाँ सभ्यता हमारे रहन-सहन, खान-पान, वेश-भूषा, वाणी-लालित्य आदि की परिचायक होती है, वहीं संस्कृति, शान्ति, अहिंसा, करुणा, दया, क्षमा, शील, शुचिता, सहिष्णुता, समभाव, सहभागिता का समुच्च्य होकर तथा हमारे समाज एवं राष्ट्र की भव्यता और दिव्यता की परिचायक होकर सभ्यतारूपी देह को प्राणवान, जीवन्त और सुशील बनाये रहती है अर्थात् संस्कृति सभ्यता की आत्मा होती है। इसके दर्शन हमें हमारी कलाओं और साहित्य में स्पष्ट रूप से होते हैं। संस्कृति व्यष्टिगत न होकर समष्टिगत होती है, इसके निर्माण में अनेक वर्ष एवं युग लग जाते हैं। जब भी परिवर्तन होता है, वह सभ्यता में ही होता है। संस्कृति के मूल्य सदा स्थायी रहते है। हमारे वेद, पुराण, रामायण, महाभारत आदि महाकाव्य सांस्कृतिक प्रतिमानों की स्थापना करते हैं। साहित्य ही वह शक्तिपुँज है, जो सांस्कृतिक प्रतिमानों का साक्षी होता है तथा भाषा साहित्य की कुशल प्रवक्ता।

जिस अंचल के आदिवासी समुदाय के वाचिक साहित्य पर मैं इस आलेख में चर्चा कर रहा हूँ, इसे दशपुर जनपद या दशपुर अंचल कहा जाता है। यहाँ की लोकबोली को 'दशौरी मालवी' के नाम से जाना जाता है। इस बोली पर मेवाड़ी (राजस्थानी) हाड़ौती, राठौरी तथा कुछ-कुछ वागड़ी का प्रभाव है। यह मालवी बोली की उपबोली मान्य है। इसे इस क्षेत्र के सारे आदिवासी भी बोलते हैं।

यह अंचल मूल रूप से आदिवासी अंचल है। यहाँ भील समुदाय एवं मीणा समुदाय दोनों आदिवासी जातियाँ निवास करती आयी हैं। अरावली का यह अंचल एक समय भील-सत्ता का क्षेत्र रहा। रामपुरा भीलों की राजधानी रही। उधर भानपुरा, शामगढ़, सालरमाला, केदारेश्वर जैसे प्रमुख नगर भील - सत्ता के क्षेत्र थे। कुल मिलाकर अरावली का समूचा पठार और तलहटी भील-सत्ता क्षेत्र था।

आड़ा अवला ठेठ तईं, भीलों कोईऽराज।
कीर, भील, मीणा, मुरा, सबै निसाना बाज॥ [1]

(विरद-वरवाण और गाथा साहित्य, डॉ. पूरन सहगल, पृ. 19)

मेवाड़ राजस्थान से चन्द्रावत राजपूतों ने भीलों से सत्ता हथिया ली और यहाँ चन्द्रावत राजपूतों की सत्ता कायम हो गयी। धीरे-धीरे क्षेत्र का विकास हुआ और अनेक जातियाँ राजस्थान और गुजरात-महाराष्ट्र से आकर यहाँ बसती गयीं। फलतः भील समुदाय सत्ताविहीन होकर पठार पर सिमट गया। कूटनीतिज्ञ राजपूत सत्ताधारियों ने उन्हें विपन्न बना दिया। वे शनैः-शनैः 'वोर बीनती' जाति बनते गये। बेर बीनती जाति अर्थात् विपन्नता की चरम स्थिति। यह मालवी कहावत है। इनके रीति-रिवाजों, भाषा व बोली पर, रहन-सहन पर, खान-पान पर और वेशभूषा पर यहाँ की अन्य कृषिधर्मी जातियों का प्रभाव पड़ता चला गया। भील समुदाय कृषिश्रमिक बनकर अपना गुजर-बसर करने लगा।

मूल रूप से भील समुदाय अवतारवाद को नहीं स्वीकारता। इस समुदाय के अपने मान्य लोक देवता होते हैं, किन्तु स्थानीय अन्य जातियों की धार्मिक एवं सामाजिक आस्थाओं और परम्पराओं का प्रभाव उन पर पड़ा और लगभग 300 वर्षों के मेलजोल के कारण उनकी भाषा तक में बदलाव आ गया।

आज भी इस अरावली पठार पर मेरी सर्वे-सूची के अनुसार लगभग 100 गाँव भील समुदाय के हैं। इनमें कुछ गाँव पूर्णतः भील समुदाय के हैं। कुछ भील बहुल हैं तथा कुछ भील अल्प भी हैं। इसके अतिरिक्त कुछ गाँव तलहटी में ऐसे भी हैं, जहाँ भीलों के इक्के-दुक्के परिवार हैं। सब पर दशौरी मालवी का स्पष्ट प्रभाव है। धार्मिक आस्थाओं के मान से भीलों ने अपने पूर्वज देवताओं आदि के अतिरिक्त शिव, राम और हनुमान पर अपनी आस्था बनाकर रखी है। आपस में या अन्य जाति-समाज वालों से मिलने पर वे 'राम-राम' कहकर अभिवादन का आदान-प्रदान करते हैं।

राम भले ही उनके आराध्य अथवा इष्ट नहीं हैं, किन्तु वे उनके आस्था पुरुष अवश्य हैं। मैंने पिछले कुछ वर्षों में भील समुदाय एवं अन्य सामाजिकों के गायकों से कुछ गाथाएँ और गीत, कथा, भजन सुनकर संकलित किये हैं। लगभग 54 लोकगीत ऐसे मिले हैं, जिनमें रामकथा का कोई-न-कोई सन्दर्भ है। राम, लक्ष्मण, सीता, रावण, हनुमान, शूर्पणखा आदि सभी में अनेक रामकथा पात्रों के सन्दर्भ निहित हैं। लोकमाता शबरी का गीत सन्दर्भ तो अत्यन्त मार्मिक है। सभी गीत कथा-क्रम में मेरे ग्रन्थ 'लोक रमंता राम' में संगृहीत हैं।

दशपुर जनपद की जावद तहसील का एक छोटा-सा गाँव ग्वालियरकला है। भील समुदाय का गाँव। मैं वहाँ एक बार शोधयात्रा के दौरान पहुँचा। मेरे साथ प्रिय भाई संजय शर्मा भी थे। हमने एक चबूतरे पर देखा, एक अधेड़ आयु का भील व्यक्ति बैठा था। लम्बे बाल, बढ़ी हुई दाढ़ी, सफेद धोती और लाल रंग की कमीज़। सिर पर पीला साफ़ा।

मैं उसके पास गया। तब उसने 'राम-राम' कहकर मेरा स्वागत किया। मैंने पूछा—बाबा यह कौन से देवता का चबूतरा है ? तब उसने कहा 'देवनारायण बावसी रो'। मैंने फिर पूछा—आप यहाँ अकेले क्यों बैठे हो ? तब उसने बताया कि आज चौकी है। 12 बजे चौकी शुरू होगी। अभी हजूरिया आयेगा। देव को स्नान कराएगा। सारी सामग्री जोड़ेगा। फिर ढोली आयेगा। ढोल बजेगा। तब गाँव को पता चल जायेगा कि चौकी का समय हो गया। मैंने कहा—'दादा' आपके पास घड़ी तो है नहीं ? फिर 12 बजने का पता कैसे चलेगा ? सूरज बावजी की धूप से। उसने बताया। आप यहाँ क्या करेंगे ? मैं भोपा हूँ। मैं ही चौकी करूँगा। मैंने थोड़ा-सा उसे कुरेदा—आपके गाँव में मन्दिर है ? उसने कहा—मन्दिर तो नहीं है। हणुवत बाबा का ओटला है। वहाँ सभी धोक लगाते हैं।

आप राम को भी धोक लगाते हैं ? अभी आपने राम-राम कहकर हमारा स्वागत किया। उसने

अत्यन्त धैर्य से कहा—राम तो सबके भीतर बसता है। वह हम लोगों से खुलकर बात करने लगा था। उसके पास पानी का मटका भरा था। उसने लोटा भरकर हमें पानी पिलाया। पानी पिलाकर उसने कहा—

'राम राखे, राम तारे, राम देवे दाणा।
राम जग को पारनहारो हारो, झूठा राजा राणा॥' [2]

उससे राम का ऐसा बखान सुनकर मैं सचेत हुआ। मुझे लग गया, यह भोपा है तो ज्ञानी। अनुभवी ज्ञानी। भोपे वैसे भी पूरे गाँव से अधिक सयाने होते हैं। इसी कारण उन्हें 'सयाना' भी कहा जाता है। अब वह भोपा गमेरी लाल खराड़ी (भील) कुछ वाचाल होने लगा था। वह स्वयं को समझदार सयाना भी सिद्ध करना चाह रहा था।

राम सचमुच उसके भीतर बैठा था—

'राम हे तो गाम हे, गाम हे तो राम।
ऊजड़ बसती में कूण भजे ला राम॥' [3]

राम है तो गाँव है। गाँव है तो वहाँ राम का भी वास है। आप ही कहो कि उजाड़ बस्ती में राम को कौन भजेगा? भले ही राम कण-कण में बसता है, किन्तु उसका स्मरण तो बस्ती के जन ही करते हैं। वह लगभग गाकर सस्वर रामपरक साखियाँ बोलने लगा था।

'राम हँसावे, राम रुआवे, राम गावे गाणो।
राम बोले, राम चाले, राम जगत रो राणो॥' [4]

राम ही हँसाता है, राम ही रुलाता है। राम ही गीत गाता है। राम ही दाता और विधाता है। राम ही पिता-माता है। राणा तो कुछ देकर अंहकार दिखाता है और रात-दिन बेगारी करवाता है। राम ही सच्चा दाता है।

'राम जितावे, राम हरावे, राम वताड़े मारग।
राम, गाम, गऊ, गंगा धोकाँ, सबै राम रा बारग॥' [5]

राम ही विजय और पराजय करवाता है। वह मार्ग भी दिखाता है। हम राम, गाम, गऊ और गंगा को सदा धोक लगायें। हम सब राम की ही सन्तानें हैं।

इस साखी में तो गमेरजी खराड़ी ने भील समुदाय की समूची धार्मिक मान्यता ही स्पष्ट कर दी थी। बस्ती माँ-बाप कही जाती है और बस्ती ही में राम का वास है। तब बस्ती ही राम का स्वरूप है। गमेरी के राम निश्चित रूप से दशरथनन्दन राम नहीं हैं, वे तो परमात्मा और परमतत्त्व राम हैं।

इसी बात को अगली साखी में वे और भी स्पष्ट कर देते हैं। वे गाते हैं—

'राम दसरथ, राम रावण, रामजी री माया।
हगरा रे घट राम वराजे, न्यारी-न्यारी काया॥' [6]

राम ही दशरथ हैं। राम ही रावण भी हैं। सब रामजी की ही माया है। सबके घट में राम बैठा है। केवल काया भिन्न-भिन्न है।

'कुटिल मंथरा रे घट बैठ्या, कैकेयी भम्माणी।
रावण रागस मारण खातर, माया राम रचाणी॥' [7]

राम ही कुटिल मंथरा के घट में बैठे और मंथरा ने रानी कैकेयी को भ्रमित कर दिया। राक्षस रावण

को मारने के कारण स्वयं रामजी ने ही सारी माया रची थी।

संजय और मैं चकित थे। मैंने पूछा कि गमेरजी आपने इतना ज्ञान कहाँ से पाया। सतसंगत से। उसने तत्काल उत्तर दिया। नीमच जिले का यह अन्तिम गाँव है। अरावली पठार के उत्तरी ढलान पर इस छोटे से गाँव में गमेरजी जैसा ज्ञानी भी बसता है। अद्‌भुत था। मैंने पूछा—आपने कभी रामकथा सुनी है? एक बार सुनी थी जावद में। फिर नहीं सुनी। मेरे बाप-दादा कथा-गाथा कहते थे। उनके पास कई कथा गाथा थीं। उनकी रची-रचाई। सब गुम-गुमा गयीं। कथा का सार यह है—

'चोरी, जारी, लूटणी, करो न पाप विपार।
निंदा करो न ईरसा, कथा भागवत सार॥' [8]

कथा भागवत का सार यह है कि न तो चोरी करो, न लूट करो और न पाप का व्यापार करो। किसी की निन्दा नहीं करनी चाहिए, ईर्ष्या नहीं करनी चाहिए। बस!

गमेरजी ने कहा—मैंने रामजी की कथा पर एक भजन लिखा है। फेर कदी आवजो सुणाऊँगा। म्हारी चौकी को समय वै गयो है। वह अपने काम में लग गया। हम वहाँ से चल पड़े, अगले किसी दिन वहाँ लौटने के लिए।

गमेरजी खराड़ी से रामपरक साखियाँ सुनकर इतना तो भान हो गया कि आदिवासी समुदायों में राम का अस्तित्व कायम है। वह भले ही दशरथनन्दन राम का हो अथवा परमेश्वर राम का। राम, सीता, हनुमान, लक्ष्मण के गीत-कथा सन्दर्भ भी समुदायों में सुने-सुनाये जाते हैं। मैंने अपने 'लोक रमंता राम' में कई बार कथापरक गीत आदिवासी समुदायों में जाकर सुने और संग्रहीत किये हैं। गमेरजी जैसे कथा-गाथा कहने-सुनाने वाले जन वहाँ आज भी हैं। भले ही अब उनकी संख्या और रुझान इस ओर से कम हुई है। पहले रेडियो आया। फिर टी.वी. आया। लोक-चौपाल बन्द होते चले गये।

जनजाति वाचिक साहित्य केवल मनोरंजन का ही साधन नहीं है, यह आदि संस्कृति की अमूल्य धरोहर है। इसकी जितनी भी उपेक्षा हम करते रहेंगे, उतनी ही हमारी संस्कृति, हमारी कलाप्रियता, हमारी पारम्परिक अवधारणाएँ खण्डित होती रहेंगी। आज इस सांस्कृतिक धरोहर का बहुत बड़ा भाग नष्ट हो गया है। समूची जनजाति और लोक-साहित्य वाचिक परम्परा में जीवित था। वह परम्परा समाप्त होती जा रही है, विशेषकर आदिवासी अंचलों में वाचिक साहित्य का अखुट खजाना था, जो अब भूल-भुलैया में फँस गया है। पारम्परिक गायक कलाकार और अन्य कलाओं के सर्जक आज अपना पारम्परिक व्यवसाय त्यागकर अन्य व्यवसायों में चले जा रहे हैं। भील समुदाय के एक गायक सम्मतजी ने बताया—'दा साब अबे अण गाण-माण ती पेट भराई नी वे। तम्बूरा टांगी दिया भीतां पर।' विशेषकर आदिवासी समुदायों में उनकी संस्कृति तो आज भी जीवित है। उनके बखान तो आज भी मुखर हैं। यद्यपि आदिवासी संस्कृति अवतारवाद पर विश्वास नहीं रखती, तथापि उनके अपने देवताओं की तरह राम तो उनके लिए आज भी तथा परम्परा से भी अवतारवाद और लोकवाद के मध्य सेतुबन्ध की भाँति लोकमान्य देव हैं।

वाल्मीकि स्वयं आदिवासी समुदाय के जन थे। भले ही हम आज उनके गले में जनेऊ डालकर ब्राह्मण स्वरूप प्रदान कर दें। वे तो पूर्व में लुटेरे थे। वनवासी थे। लूट ही उनका व्यवसाय था। सन्त जनों सम्भवतः सनकादि ऋषियों के प्रेरणा शब्दों ने उन्हें लुटेरे से भक्त बना दिया। तपस्या कर ज्ञानी बने और फिर ऋषि धर्म का निर्वाह किया। क्रौंचवध के दृश्य ने उनके मन में करुणा का संचार कर दिया।

वाल्मीकि के मुख से अनायास जो करुणा श्लोक के माध्यम से फूट पड़ी थी।

'मा निषाद प्रतिष्ठांत्वगमः शाश्वतीसमाः।
यत्क्रौंच मिथुनादेकम्वधी काममोहितम्॥'

सम्भवतः करुणा की यह पहली निझरणी पूरे लोक को करुणामय कर गयी। वह करुणा लोक में भिन्न-भिन्न गीत-कथा-गाथाओं में प्रकट हुई। जनजातीय समुदाय में कुछ अलग तरह से वह करुणा फूटी है—

एक चड़ी, एक चड़ो सुभागो
करता था नत, बागाँ बेठ कलोल।
तनको चण-चण धर्या डार
कर्यो जी घर को घोंसलो
चुग्गो लेवा जाता लारे-लार।
भरता जी वन में उड़ान,
ऊँचे आगस उडारी लेता
उड़ता जी गगना बीच।
एक चिड़िया थी एक चिड़ा था
बागों में साथ-साथ विचरण करते थे।

तिनका-तिनका चुनकर उन्होंने अपना घर-घोंसला बनाया था। चुग्गा लेने साथ-साथ जाते। आकाश में ऊँची-ऊँची उड़ाने भरते। आगे-पीछे निकलने की होड़ लगाते। दोनों बहुत खुश थे।

गीत खूब लम्बा चलता है और एक स्थान पर कह जाता है—

'एक भीलड़ो, वन में आयो, हाथाँ तीर कमाण।
कर्यो निसाणो, जुलम कमायो, छोड़ दिया रे बाण॥
जुल्मी ने कानां सूदी ताण।
बाण तो लागो हिरदे चरकली के
रामा लागो रे तीखो बाण।
बाण खा धरती पे पड़गी
तल्फ निकर्या पराण॥
होई रे ठण्डी ठार।
चरकलो रोवे डाणा मार।
जोर-जोर कुरलावे, अरे जीवड़ो बाहर क्युँ नी आवे।
ढब-ढब म्हारी चरकली दोई हंडे चालाँ।'

उन्हें किसी की नजर लग गयी। उनकी खुशी पर वज्रपात हो गया। वन में एक भील आया। उसके कन्धे पर तीर-कमान था। उसने निशान साधा। कान तक प्रत्यंचा खींचकर बाण चला दिया। बाण चिड़ी के कलेजे में जा लगा। वह तत्क्षण धरती पर आ गिरी। थोड़ी-सी तड़पी। उसके प्राण छूट गये। वह ठण्डी ठार हो गयी। चिड़ा बेचारा जोर-जोर से विलाप कर उठा। उसने रोते-रोते कहा—'मेरी चिड़िया, थोड़ी देर ठहर जा। दोनों साथ-साथ चलेंगे।' ऐसा कहकर उसने भी अपने प्राण त्याग दिये।

गीत आगे कहता है—

'सत का राखा राम
ड़ील तो रेह गयो धरती ऊपर
उड़ि गया ऊँचे आगास
राम-नाम का जुड्या फींकड़ा
उड़िचाल्या जीवड़ा आगासां के पार।
राम राखे, राम मारे, देवे राम की आण।
देख सिकारी भीलड़ो रोवे
वेवे आखां नीर, धनस बाण तो परे फेंकया।
हिरदै उपजी पीर।
अछतावे-पछतावे सिकारी, अपनी करणी जाण
सद्‌गुरु जाणूँ रे थने चरकला,
लग्यो कारजे बाण।
रे म्हारे लाग्यो सबद को बाण।' [१]

दोनों की देह ठण्डी ठार हो गयी। सत का रक्षक तो 'राम' है। दोनों की देह तो धरती पर रह गयी। उनकी आत्माएँ ऊँचे आकाश में उड़ चलीं। राम-नाम के पंखों पर बैठकर दोनों आकाश के भी पार चले गये।

राम ही रक्षक है। राम ही मारक है। शेष तो राम की आन ही रह जाती है।

शिकारी अपनी करनी पर पछता उठा। वह जोर-जोर से विलाप कर उठा। नेत्रों से अश्रु बह उठे। उसने अपना धनुष-बाण दूर फेंक दिया। उसके हृदय में करुणा की पीड़ा उठी। वह अपनी करनी पर पछताने लगा। उसके कलेजे में 'शब्द का बाण, करुणा का तीर, पश्चात्ताप की कटार चुभ गई। गीत कहता है—हिरदै लागी सबद कटार।' वह पश्चात्ताप की सरिता में डुबकी लगाकर निर्मल हो गया। वह वाल्मीकि हो गया।

गीत सुनाते-सुनाते कोज्या गाँव (तह. जावद) के भीमा भाई खेराड़ी की आँखों से तो अश्रु बह ही रहे थे। मेरे नेत्र भी सजल हो उठे थे।

पिछले पृष्ठों में मैंने जिस गमेरजी भील का ज़िक्र किया है। जिन्होंने कहा था, मैंने जीवन में केवल एक बार ही रामायण कथा सुनी और मुझे यह ज्ञान मिला कि किसी को लूटो मत, चोरी मत करो, जारपना मत करो। ईर्ष्या-द्वेष मत करो। उन्होंने यह भी कहा था कि मैंने रामकथा कैसी और कथा में क्या सुना, ऐसी मैंने वार्ता तैयार की है। दुबारा आना, तब मैं तुम्हें सुना दूँगा। वह चाहता तो उसी दिन सुना देता, किन्तु 'फिर कभी आना' में उसका किंचित अहंकार तुष्ट हो रहा था। मैं दो माह बाद श्रावण में वहाँ पहुँचा, तब पता चला कि वह पिछली चिड़िया के वियोग के समान चिड़ा बन गया। श्रावण के प्रारम्भ में उसकी पत्नी मरी और एक सप्ताह पश्चात् वह भी मर गया।

मेरे साथ संजय इस बार भी था। हमने शोक प्रकट किया। एक लोटा पानी पीकर जब हम चलने को हुए, तब उसके पौत्र ने एक कागज लाकर दिया। मरने के दो-तीन दिन पहले गमेरजी ने अपने इसी (5वीं उत्तीर्ण) पौत्र से वह कथा-वार्ता लिखाई थी। हम उसकी वचनबद्धता से धन्य थे। वह कथा भले ही सहज भाषा-बोली में है, किन्तु है पूरी रामकथा। आप भी पढ़ें-सुनें और गमेरजी को सराहें—

कथा सुणी थी एक दाण की, पेटी ढोलक गावण सुण्यो।
एक राम अजोयध्यावासी, लंकावासी रावण सुणयो ॥ 1 ॥

दुस्ट मंथरी रो केकई ने, खोटी सीख-सिखावण सुण्यो।
द्वेस, इरसा भरी केकई, दसरथ ने बेभावण सुणयो ॥ 2 ॥

अछता-पछता दसरथजी रो, राम ने वन म्होकलावण सुणयो।
सतवंती अरवीर लखन रो, राम लला संग जावण सुणयो ॥ 3 ॥

निसाद राज रो राम चरण धो, सरता पार उतारण सुणयो।
रिसि मुनियाँ रे आसरम जाताँ, चरण सीस नमावण सुणयो ॥ 4 ॥

पंचवटी री सरिता तीरे, आसरम जाऽर बणावण सुणयो।
सीता, लक्ष्मन, राम, हिल मिलां, कुटिया पाँच बणावण सुणियो ॥ 5 ॥

लीप-छापने सीताजी रो, कुटियाँ ने चितरावण सुणयो।
फूल क्यारियाँ, वेल-वेलड़ियाँ, आंगण रुचर मंडावण सुणयो ॥ 6 ॥

सूर्पनखी री बेसरमी रो, लखन पे जाल बिछाताँ सुणयो।
छीना झपटी सीता रे संग, जबरन घात लगाता सुणयो ॥ 7 ॥

रघुवरजी री आज्ञापाताँ, सूर्पनखी री नाक कटावण सुणयो।
खूनाझम, कलपती सूपा रो, रावण रे ढिग जावण सुणयो ॥ 8 ॥

सीताजी रो चित्र बणा, रावण ने ललचावण सुणयो।
सीताजी हरण करण रो, रावण ने बेहकावण सुणयो ॥ 9 ॥

होन मिरगडों बण मरीच रो, सीता मइयाँ ने लुभावन सुणयो।
राम-राम री टेर लगाताँ, सीता रोमन ने भटकावण सुणयो ॥ 10 ॥

साध बेस धर रावण रो, पंचवटी में आवण सुणयो।
छल-बल करताँ सीताजी रो, हरण जुड़ाता पुसपक में लेजाताँ सुणयो ॥ 11 ॥

सीता-सीता टेर लगाताँ, राम लखन भटकावण सुणयो।
राम-राम रटती सबरी रे, पम्पा आसरम जावण सुणयो ॥ 12 ॥

सबरी आसरम जा रघुवर रो, मीठा बोर खिलावण सुणयो।
कुटिया भीतर रघुवरजी री लीला रो चित्रावण सुणयो॥ 13॥

खोज करतां राम लखन री, हणुवंत भेंट करावण सुणयो।
रिस्यमूक जा सुग्रीव हेत, बाली रो बाण लगावण सुणयो॥ 14॥

समंद पार जा हणुवंत रो, सीता री सुधलावण सुणयो।
रीस भर्‌या हणुवंत बली रो, लंका लाय लगावण सुणयो॥ 15॥

फेरे सुणयो एक अजब अजूबो।
हाथ जोड़ समदर खुद ऊबो॥ 16॥

समंदरजी रो, समंदर ऊपर, बांधावण धारण सुणयो।
नल-नील दोइ भाइयाँ रो, सेतु बांध बणावण सुणयो॥ 17॥

सेतुबांध री पूजा कारण, बामण-रावण आवण सुणयो।
रामेसर री करी थरपणा, रावण परोत बणावत सुणयो॥ 18॥

जुद्ध ठण्यो, फौंजा चढ़ आयी, फौजाँ रो आवण-जावण सुणयो।
वीर लखन ने मेघनाद रो, सगती बाण लगावण सुणयो॥ 19॥

फेर सुणयो हणुवंत बली रो, सरजीवण बूटी लावण सुणयो।
वीर लखन रो मेघनाद पे, मारण घात लगावण सुणयो॥ 20॥

बड़ा-बड़ा जोध मर खुटया, मेघनाद रो मारण सुणयो।
कुंभकरण पूरो बलसाली, होयो धूर-धराणी सुणयो॥ 21॥

राम बाण नाभी में लागो, रावण रो मर जावण सुणयो।
बिभ्भीसण लंका पति होयो, सीताजी रो आवण सुणयो॥ 22॥

सतवंती सीता मइया रो, अगन परीख दिलावण सुणयो।
पुस्पक बैठ अयोध्या आतां, राम राज भरपावण सुणयो॥ 23॥

चतर-चकोरी नणदल रो, सीताजी ने भरमाणो सुणयो।
डावाँ पग रो अंगूठा लिख, रावण चित्र बणावण सुणयो॥ 24॥

रावण ने चीते नत सीता, रघुवर मन भटकावण सुणयो।
कुटल-कुलच्छनी नणदल रो, सीता पे दोस लगावण सुणयो ॥ 25 ॥

दुस्ट धोबड़े रो मइया पे, झूठो कलंक लगावण सुणयो।
सतवंती सीता राणी ने, देस निकाल दिलावण सुणयो ॥ 26 ॥

वालमीक रे आसरम रेहताँ, लवकुस जलम जमावण सुणयो।
लव, कुस री मधरी वाणी में, राम कथा रो गावण सुणयो ॥ 27 ॥

सुण ली-सुण ली कथा राम रीं, सीता रो धरती जावण सुणयो।
फेर सुणयो सिरि रामचंद्र रो, सरयु नदी सिरावण सुणयो ॥ 28 ॥

अतरो सुणयो वतरो सुणयो, परजा रो असु बहावण सुणयो।
दूजी दाण सुणी नी कथा, सत रो नेम निभावण सुणयो ॥ 29 ॥

ऊँच पठारी मंदर बीचे, हणुवंत रो गावण सुणयो।
राम-राम री मधरी धुन सुण, राम-राम चित लगावण सुणयो ॥ 30 ॥

तीस दोहों में एक आदिवासी गायक ने सम्पूर्ण रामकथा का सार संक्षेप में कह दिया है।

राम के राजतिलक में मंथरा द्वारा बाधा, दशरथजी द्वारा राम को वनवास, सीता-राम-लक्ष्मण का वनगमन, ऋषि-मुनियों और सीताजी द्वारा कुटियाओं को लीप-छापकर उनकी भीतों पर चित्रावण करना।

स्वर्णमृग द्वारा सीता को लुभाना, राम-राम टेर लगाकर सीताजी को भ्रमित करना, फिर छल-बल द्वारा सीता-हरण होना तथा इससे पूर्व शूर्पणखा द्वारा लक्ष्मण को अपने रूप से छलने का प्रयास, फिर अंग-भंग होने पर रावण के दरबार में जाकर सीता का चित्र बनाकर रावण को ललचाना और सीता के अपहरण हेतु प्रेरित करना, शबरी के आश्रम में जाकर शबरी से भेंट तथा शबरी द्वारा कुटिया की भीतरी दीवारों पर रामजन्म से लेकर तब तक की रामलीलाओं का अद्भुत चित्रावण। हनुमान-राम की भेंट, ऋष्यमूक पर्वत पर सुग्रीव-मैत्री, बाली-वध और फिर हनुमान द्वारा समुद्र लाँघकर सीता-सुधि, लंका-दहन। समुद्र-शरण, सेतुबंध-निर्माण, राम-रावण का युद्ध। समस्त बलशाली राक्षसों यथा कुम्भकरण और मेघनाद-वध। लक्ष्मण-शक्ति प्रसंग, संजीवनी बूटी लाना। रावण को पुरोहित बनाकर रामेश्वर की स्थापना रावण-वध, सीता की अग्निपरीक्षा। अयोध्या लौटकर राम का राजतिलक, सीताजी-नणदल (नणद) द्वारा सीताजी से रावण का चित्र बनवाना। सीताजी द्वारा केवल रावण के बाएँ पैर के अंगूठे को आधार बनाकर रावण का चित्र बना देना। ननद द्वारा यह प्रचार कि सीता तो निसि दिन रावण की स्मृति में लीन रहती है, फिर धोबी प्रसंग। सीताजी का दोबारा वनवास। लव-कुश का जन्म तथा अन्त में धरती-प्रवेश, रामजी का सरयू-प्रवेश।

अन्त में गायक का यह कथन, एक बार सुनी थी, फिर नहीं सुनी। उसके बाद ऊँचे पर्वत पर से हनुमानजी द्वारा राम-राम की वाणी सुनी। वही सार है। कथा का सार है—'सत्य का आचरण'।

कथा में दो–तीन प्रसंग ऐसे महत्त्व के हैं, जिन पर ध्यान देना अनिवार्य है। राम, लक्ष्मण और सीता द्वारा हिल–मिलकर पाँच कुटियों का निर्माण करना। आदिवासी समाज की सामुदायिकता, सहभागिता और श्रम की साझेदारी के सन्देश के अतिरिक्त आदिवासी समुदाय का कलाप्रियता के प्रति रुझान का भी यह गीत हमें आकृष्ट करता है। आदिवासी साहित्य के लोकगायक की सृजनशीलता तो अद्‌भुत ही है। केवल 30 साखियों में रामकथा को व्यक्त कर देना अच्छे–अच्छे लेखकों के बस के बाहर होता है। इसमें भी आश्चर्य यह कि ये गायक बिल्कुल भी पढ़े–लिखे नहीं होते। इसी प्रकार ऐसी गाथाएँ या कथागीत न तो एक बार में बैठकर लिखे जाते हैं और न ही किसी एक सर्जक द्वारा रचे जाते हैं। जितनी कड़ियाँ बनीं, पढ़ दीं। गा दीं। सुना दीं। खो–खो के खेल की तरह फिर अगला गायक गीत–गाथा को आगे बढ़ा देता है। गीत बनता जाता है और गाथा सृजित होती जाती है।

आदिवासी अंचलों में जाकर यदि हम उनके घर–आँगन निहारें, उनकी वेशभूषा देखें, उनकी बोली–भाषा और उनके गीत सुनें, तब हमें लगेगा कि यह आदिम लोक अद्‌भुत है। आर्थिक विपन्नता के बावजूद भी आदिवासी जन की जीवन्तता और जिजीविषा अजब और अनोखी है। लिपे–पुते घर, आँगन, दीवारों पर बनी चटक रंगों वाली सफेद, गेरू और काले रंग का अद्‌भुत संयोजन। अपने कुलदेवता–ग्रामदेवता और जनदेवता का अंकन देखकर आपको अवश्य यह आभास हो जायेगा कि जीवन की उमंग के लिए अर्थ नहीं समझ सामर्थ्य की आवश्यकता होती है।

जनपदों और जनजातियों की जीवन–धारा का अध्ययन करने के लिए हमारा मन–मस्तिष्क और नेत्र खुले हुए होना आवश्यक है। हमारी मानसिकता में जन, वन और उपवन के प्रति सजगता होनी चाहिए। उनके गीतों में जहाँ उमंग हैं, वहीं उल्लासमय थिरकन और स्वर भी कम नहीं हैं।

राम का होना और राम के प्रति आस्था का होना एक महत्त्व की बात है। किन्तु राम–परिवार के प्रति अपनत्व होना उससे भी बड़ी बात है। एक आदिवासी गीत देखें। सीताजी किस प्रकार भील युवतियों के साथ सखीभाव से हिल–मिलकर, उन्हें अपना अपनत्व, स्नेह देती हैं और बदले में कई गुना प्राप्त भी कर लेती हैं।

'वन जुवतियाँ रे संग–संग सीताजी निरत करें।
अपणे हाथाँ सीताजी, सबरो सिंणगार करें।
माथे टीकी, आँखाँ काजल, होठ गुलाल करें।
हाथाँ गजरा, चोरी बेणी, सुभ फूलहम भरें॥
पगाँ पलसमाँ, छमणकारी, वन जुबतीं संवरें।
तारी दे–दे सीताजी, रुच–रुच ने निरत करें।
वन जुवतियाँ रे संग–संग, सीताजी निरत करें।
अपणे हाथाँ सीताजी, सबरो सिंणगार करें॥
बाजे ढोल, ढोलकी बाजे, चंग उमंग भरें।
कद्यां तो झूमें चक्कर खाताँ, कद्याँ सूध कतार करें॥
सीता सीखें और सिखावें, नहीं इंकोच करें।
गल बहियाँ लेवें, दे वें तारी, कर–पग ताल भरें॥
वन री वासी सीता राणी, जुवतिन संग विचरें।
अपणे हाथाँ सीताजी, सब रो सिंणगार करें॥' [10-11]

वनवासी सीताजी किस प्रकार वनजीवन में रच-बस गयी थीं, यह बात गीत कहना चाहता है। वे वनयुवतियों को नृत्य के लिए तैयार करती हैं। उन्हें सीताजी सँवारती हैं। फूलों के गजरे बनाकर, हार बनाकर उनका श्रृंगार करती हैं। उन्हें काजल-टीकी लगाती हैं। इससे भी बड़ी बात यह कि वे उनके साथ गलबहियाँ डालकर नृत्य भी करती हैं। ढोल और चंग की धुन पर ताली का ताल देकर वे नृत्यमय हो जाती हैं।

भले ही इस गीत के सृजनहार ने वह सब नहीं देखा हो, किन्तु सीता का अपनत्व और वात्सल्य वनवासीजनों के प्रति कितना परिवारमय था, इसका आभास यह गीत करवा देता है।

वस्तुतः यह सभी गीत आदिवासी समुदाय के अपने जीवन का ही प्रतिबिम्ब प्रकट करते हैं। सीताजी का लेपन, आलेपन, चित्रावण, नृत्यमयता सब मिलकर आदिवासी जनजातियों की कलाप्रियता एवं उमंग-उल्लासमय जीवन के साथ-साथ राम-सीता और लखनलाल के प्रति अपना स्नेह और विश्वास प्रकट करने के माध्यम हैं।

जनजातियों में अनेक मिथक बनते और लोकमान्य हो जाते हैं। जैसे सीताजी की नणद द्वारा सीताजी से रावण का चित्र बनवाकर उन्हें राम के समक्ष दोषी सिद्ध कर देना। वस्तुतः यह मिथक तो व्यावहारिक जीवन में ननद-भौजाई के इसी प्रकार के सम्बन्धों का एक माध्यम है। यह मिथक गीत केवल जनजातियों के मालवांचल में ही प्रचलित नहीं है। अन्य बोलियों में भी प्रचलित है—बुन्देली लोकबोली का यह लोकगीत देखें—

आम निम्बोली की नन्हीं-नन्हीं पतियाँ, नीम की सीतल छाँह।
ओई तरे बैठी नणद भोजाई, कर रही रावण की बात॥
जोन रावण भौजी तुमें हर ले गब, हमें उरेह बताव।
रावण उरेहों जबई बारी ननदी, घर में खबर न होय।
जो सुन पाहें बीरन तुम्हारे घर से दें निकार॥ [12]

ऐसा ही गीत बघेली से भी मिल जाता है—

अपने ओसरवा सीतल बइठीं, जमरे ननदियऊ हो।
अब हंसि पूछै ननदी बात सुनहुँ भौजी सीतल हो।
भउजी तोहई, मोरी भौजी, तोहई मोरी सब कुछ हो।
भउजी जउन रामन तोहई हरिसि उरेह बतउतिह हो।
कछु नहिं बोली सीतल देई ननद हठ कीन्हस हो॥ [13]

मालवी (दशौरी) बुन्देली और बघेली में एक जैसे मिथक गीत को देखकर लगता है कि राम का चरित् लोक-साहित्य से लगाकर जनजातियों की वाचिक परम्परा तक विस्तार पा गया है। बघेली गीत खूब लम्बा चलता है और अन्त में मालवी गीत की भाँति सीता को राम के समक्ष भी और समूचे महल में अपराधबोध में घेर लेता है। सचमुच लोक-साहित्य पैरों पर नहीं, परों (पंखों) पर यात्रा करता है।

जनजातीय समुदायों की कला-परम्परा उनके अनुष्ठानों, उनकी सामाजिक परम्पराओं, उनके आस्था देवों-देवियों, मन्नत-मान्यताओं, उनके गीतों, कथाओं, गाथाओं, संगीत, गीत-नृत्य-चित्र-चित्रावण शिल्प आदि से ही ज्ञात हो सकती है। आदिवासी लोककला उनकी परम्परागत मान्यताओं पर आधारित होती है।

सीता द्वारा कुटिया की भीतों पर और द्वारों पर चित्रावण करना। वनवासी युवतियों के संग हिल-

मिलकर नृत्य-गान करना और आत्मीयता का सम्बन्ध स्थापित करना, वस्तुतः स्वयं आदिवासी समुदायों की ही सांस्कृतिक छवियाँ हैं। सीता तो उन छवियों की अभिव्यक्ति का एक सुलभ माध्यम है।

राम से आदिवासी समुदायों का कैसा सम्बन्ध है? यह तो इसी बात से स्पष्ट हो जाता है कि दशपुर अंचल में जिस भील-सत्ता का उल्लेख पिछले पृष्ठों में यह कहकर किया गया है कि 'आड़ा अवला ठेठ तई, भीलां को ईऽराज' अर्थात् अरावली पठार पर ठेठ तक अर्थात् ओर-छोर तक भीलों का ही राज था। इस राज्य का संस्थापक रामा भील था। आज भी इस अंचल में भील समुदाय में भीलों के नाम 'राम' बोधक मिल जाते हैं।

एक शोधयात्रा में बस द्वारा सफर करते हुए एक वृद्ध भील से चर्चा होने लगी। राम का सन्दर्भ मैंने उगेरा। मैंने कहा—भील समुदाय तो अपने देवताओं को ही पूजता है, फिर वहाँ के गीतों में राम, सीता, लक्ष्मण नाम कैसे आ जाता है?

उस वृद्ध सज्जन ने मुझे जो उत्तर दिया, वह अद्भुत था। वृद्ध बोला—'हमारे आराध्य हणुवंत बली हैं। हणुवंतजी के आराध्य रामजी, सीताजी। जिस प्रकार हणुवंतजी के हृदय में राम-सीता-लक्ष्मण निवास करते हैं, उसी प्रकार हम भीलों के हृदय में तीनों और चौथे हणुवंतजी निवास करते हैं। राम तो हमारे भीतर बसे हैं, फिर उन्हें बाहर पूजने से क्या मतलब।'

मैं वृद्ध बाबा का ऐसा तर्कपूर्ण एवं भावपूर्ण उत्तर सुनकर सचमुच भाव-विभोर हो उठा था।

उसी वृद्ध बाबा ने आगे कहा—राम की कथा तो वनवास समाप्त होते ही समाप्त हो जाती है। आगे तो तुलसी बाबा का आनन्द है। चौदह वर्ष राम हम वनवासियों, भीलों और अन्य जातियों के बीच रहे। सारे दुख-सुख हमने हिल-मिलकर बाँटे। सीताजी ने हमारी बेटियों और बहुओं को घरों को लीप-छापकर सुन्दर बनाना सिखाया। चित्रावण करना सिखाया। शस्त्र चलाना सिखाया। स्वयं अपनी रक्षा करना सिखाया। लक्ष्मणजी ने हमारे युवकों को शस्त्र चलाना सिखाया। अपने गाँवों की रक्षा करना सिखाया। गाँवों के चारों ओर कोट बनाना सिखाया। सबके मन में से रामजी ने राक्षसों का भय दूर कर दिया। तब लक्ष्मण को राक्षस जनजाति और भील जाति कैसे भूल सकती है?

मैंने पहली बार किसी आदिवासी जन से राम के प्रति-सीता और लक्ष्मण के प्रति ऐसी आस्था सुनी थी।

आदिवासी समुदायों में आँगन के माँडनों और अपने कच्चे-पक्के घरों को चित्रमय बनाकर सुन्दर बनाने की रुचिर परम्परा तो है ही, अपनी देह को चित्रमय बनाने की परम्परा भी आदिवासी से देखने-सुनने और पढ़ने में आती है।

आदिवासी कन्याएँ और बहुएँ अपनी देह पर गोदना गुदवाकर स्वयं को धन्य मानती हैं। गोदना गुदवाने में जहाँ सौन्दर्य भाव निहित है, वहीं उनके व्याधियों से छुटकारा पाने का प्रसंग भी बतलाया जाता है। केवल महिलाएँ ही नहीं पुरुष वर्ग भी अपनी देह पर गोदना गुदवाने में पीछे नहीं रहते। बहुधा विवाह से पूर्व ही गोदना गुदवा लेना शुभ और अनिवार्य माना जाता है।

मान्यता यह है कि अन्य आभूषण और शृंगार के प्रसाधन तो यहीं छूट जाते हैं, किन्तु गोदना साथ जाता है। स्त्रियों और पुरुषों के गोदने भिन्न-भिन्न प्रकार के होते हैं। स्त्रियों के गोदने शृंगारपरक तथा पुरुषों के गोदने पहचानपरक होते हैं। कभी-कभी कुलदेवता भी चित्रित होता है।

गोदना गुदवाने में भी राम का प्रसंग तो आ ही जाता है।

छत्तीसगढ़ की माता अपनी बेटी को गोदना गुदवाने के लिए प्रेरित तो करती ही है, उसे यह भी कहती है कि वह कौन-कौन-सा गोदना गुदवाए।

का गोदना ला गोदो मय, का गोदना ला गोदो।
मोर दुलैरिन बेटी, मंय का गोदना ला गोदो।
नाक गोदा ले, नाक मां फूलो, माथ गोदा ले बिंदिया।
बाँह गोदा ले बाँह बहूटा, हाथ गोदा ले ककनी।
माँग ऊपर छै बुंदिया ले, पाँव गोदा ले बिछिया।
हिरदे में 'हे राम' गोदा ले, दाग लगा ले छतिया॥ [14]

छत्तीसगढ़ एवं अन्यत्र भी एक पुरुष वर्ग अपनी पूरी देह पर गोदना गुदवाते हैं। इसे 'रामनमिहा या रामरमिहा' कहा जाता है। रामरमिहा अर्थात् रामरमैया—जो पूरी तरह राममय हो जाये। ऐसे पुरुषों के पूरे शरीर पर 'राम' शब्द गुदा रहता है। यहाँ तक कि आँखों की पलकों पर भी राम गुदा रहता है। हम इसे राममयता तो कह ही सकते हैं, किन्तु यह गोदना प्रथा सौन्दर्यबोध और आदिवासी समुदाय की कलाप्रियता का एक विशेष सन्दर्भ भी है। गोदना गुदवाने के लिए माता ने अपनी लाड़ो बिटिया को जो भी निर्देश दिये हों, किन्तु यह निर्देश बहुत गरिमामय और आदिवासी समुदाय की अखण्ड आस्था का प्रतीक है। वह है—हिरदे में 'हे राम' गुदा ले। राम का स्थान तो आदिवासी समुदाय के हृदय के भीतर है। मालवी दशौरी में एक गीत राम को पूर्णता के साथ प्रस्तुत कर देता है—

'महल आंगणे, माणक चौरे, सीतल चौक चौबारे।
नणदल-भावज बैठ्याँ-बैठ्याँ, मधर-मधर वतरावे॥
सीता राणी मगन चौक में, चुग्गो चुगर चुगावे।
नणदल बाई, बणी-ठणी सज, हिरदा में इतरावे॥

चत-चातर नणदल यूँ पूछे, केवे सीता भाभी।
पंचवटी में रेहताँ-रेहताँ, कसतर काया ढाबी॥
कसतर आयो रावण रागस, केसो थो उणियारो।
दुबलो थो के पतरो थो, के डील बदन में भारा॥

हाथ ढाब जबरन जालम ने, केसो जुलम कमायो।
रूप आप रो केवो भाभी, केसो वण ने भायो॥
कूंची, रंग मंगा दासी ती, रावण ने चितराओ।
चित्र बणा नै भाभी, मन्ने, रावण रूप दिखाओ॥
सीता कह्यो, सुणो नणदली, आँखाँ ती नी देख्यो।
कसतर चित्र उकेरू केहवो, हे रावण अणयेख्यो॥
परक झुका, तृण ओट राखताँ, धरती आखाँ राखी।
डावाँ पग रो एक अंगूठो, देख्यो, गौरा साखी॥

चित्रावण रो जस वडेरो, भाभी थांको जाणूं।
म्हारो मन राख लो भाभी, चित हंकोच मति राखो॥
एक अंगूठो राख चित्त, पूरोईऽ चित्र बणाओ।
जसतर भी बण पावे भाभी, रावण रूप दिखाओ॥

भोरी भाभी सीता री चतराई जाण नी पाई।
दासी ने बुलवा मेहलाँ ती, रंग-कूँची मंगवाई॥
अंगूठो चितरायो पेहलाँ, फेर रावण चितरायो।
चुगल खोरनी नणदल ने, मेहलाँ में जा टंगवायो॥
फेर राम ती कह्यो, देखो भाभी री चित्रावण।
हिरदा में थो दुबक्यो बैठ्यो, बाहर आयो रावण॥

चित्र देखताँ राजा रो मन, गुस्सा में भर आयो।
दूजे दन पापी धोबी ने, नवरो दोस लगायो॥
मेहलाँ री राणी सीता ने, वियो वनवास।
राम सदा हिरदा में रोवे, रेहवे सदा उदास॥

वाह री बेहना आछी की दी, आच्छो जुलम कमायो।
सत सतवंती सीता ने, दूपट वनवास करायो॥
भलो कर्‌यो सिरि राम, आप जी, आछो वैर रचायो।
अपणो जस राखण रे कारण, सीता ने दलकायो॥ [15-16]

महल के आँगन और शीतल चौबारे में बैठकर सीताजी और उनकी ननद प्रतिदिन मधुर-मधुर बातें करती थीं। सीताजी वहाँ बैठकर पक्षियों को चुग्गा चुगाती रहती थीं। एक दिन ननद ने कहा— 'भाभी, आपने पंचवटी में रहते हुए अपने शरीर (लज्जा-सत) की रक्षा कैसे की? वहाँ रावण कैसे आया और वह आपका हाथ पकड़कर बलात् कैसे ले गया? उसका आकार कैसा था? वह दुबला था कि भारी-भरकम शरीर वाला डरावना था अथवा सुन्दर था? वह आपके रूप पर किस प्रकार मोहित हो गया? आप रंग और कूची मँगवाकर उस रावण का चित्र बनाकर मुझे रावण का रूप दिखलाओ? मैं भी तो देखूँ कि कैसा था वह राक्षस रावण?'

सीताजी ने अपनी ननद की बात सुन कहा—'मैंने तो उसका मुख नहीं देखा। उसका चित्र कैसे बनाऊँ? सदा पलकें धरती की ओर झुकाकर तथा मध्य में तृण की ओट रखकर मैंने उससे बात की। हाँ! उसके बाएँ पैर का अँगूठा मैंने अवश्य देखा।'

ननद ने कहा—'भाभी, आपकी चित्रकला का यश तो बहुत विख्यात है। मेरा मन रखने के लिए आप कुछ भी करें, अपनी कला का उपयोग कर मुझे रावण का रूप दिखला दो।'

भोली सीताजी अपनी ननद की चतुराई और कुटिलता नहीं जान पायी। उन्होंने दासी द्वारा रंग-कूची मँगवाकर पहले रावण का अँगूठा बनाया, फिर उसे आधार बनाकर पूरा चित्र बना दिया। रावण का चित्र

देखकर ननद मन-ही-मन मग्न हो उठी। उसने सीताजी की खूब प्रशंसा की और चित्र ले जाकर महल में टाँग दिया। फिर राम को चित्र दिखाकर बोली—'राम भैया, देखो सीता भाभी ने रावण का कितना सुन्दर चित्र बनाया है? भाभी के मन में रावण दुबककर बैठा था। भाभी उसे भूल नहीं पायी। उसने चुपके-चुपके रावण का यह चित्र बनाया है।'

अपनी बहन की बात सुनकर और चित्र देखकर राजा (राम) का मन गुस्से से भर आया। अगले दिन धोबी ने भी सीताजी पर व्यर्थ का दोषारोपण कर दिया। राजा राम ने सीताजी को दुबारा वनवास दे दिया।

गीत आगे कहता है—'अरे वाह री ननद, वाह! आपने खूब व्यवहार निभाया। सीताजी को दुबारा वनवास करवा दिया।' गीत राम से भी कहने से नहीं चूकता—'अरे रामजी, आपने भी खूब करी। अपना यश बचाने और कायम रखने के कारण सीताजी को दण्डित कर दिया।'

एक और गीत में भी गायक ने सीता के वनवास पर राम से स्पष्ट और बेलाग कहा है—

'सिया ने दियो वनवास, राम जी आछी नी करी।'[17]

(देखें लोक रमंता राम, डॉ. पूरन सहगल पृ. 148 तथा वही, पृ. 152)

कहा नहीं जा सकता कि रामजी की भी कोई बहन थी अथवा नहीं? थी भी तो वह कहाँ विवाहित थी? लोक तथा कुछ पुराण कथाओं में तो वह ऋषिका थी। फिर महलों में बनी-ठनी कैसे रहती थी? लोक की महिमा अपरम्पार है। वस्तुतः लोक सामाजिक और पारिवारिक लोक-व्यवहारों को किसी-न-किसी माध्यम से कह देता है।

इस गीत की कथा को एक बार दरकिनार भी कर दें, तब भी सीता द्वारा अपनी चित्रकला का उत्कृष्ट प्रमाण देकर गायक आदिवासी समुदाय की चित्रकला को ही प्रदर्शित करना चाहता है। आदिवासी लोक-साहित्य में ऐसे अनेक प्रसंग हमें मिल जाएँगे, जिनमें इस समुदाय की कला-दक्षता एवं कलाप्रियता का उल्लेख हमें मिल जाता है। इसी सन्दर्भ में शबरी द्वारा अपनी कुटिया की भीतों पर राम की समस्त (अवतारी) लीलाओं का चित्रांकन भी तो आदिवासी समुदाय की कलाप्रियता और दक्षता का प्रमाण है। चित्रांकन, वास्तुशिल्प, नृत्य-गान, संगीत, केशसज्जा, शृंगार आदि कलाओं का उल्लेख आदिवासी समुदायों के साहित्य में हमें खूब मिल जाता है। फिर यह समुदाय किसी भी अंचल का क्यों न हो। थोड़े-बहुत अन्तर-परिवर्तन से हम जनजातियों की रुचियों, रहन-सहन, खान-पान, वेशभूषा अर्थात् सभ्यता और संस्कृति में समानता देख सकते हैं।

भील जाति में शिल्प कलाओं के प्रति विशेष रुचि देखी जाती है। भील स्त्रियाँ अपने घर-आँगन में मँडावण करती हैं। ये माँडने अत्यन्त आकर्षक होते हैं। अपने घरों की दीवारों पर विशेष प्रकार के एवं विविध प्रकार के चित्र उकेरे जाते हैं।

इस आदिवासी समुदाय में पिथौरा पर्व पारम्परिक रूप से मनाया जाता है। इस पर्व पर कई प्रकार के चित्रावण किये जाते हैं। ये चित्र एक विशेष शैली के होते हैं। इस शैली को हम पिथौरा शैली कह सकते हैं। भीली चित्रकला शैलियों में पिथौरा चित्र-शैली का विशेष स्थान है।

ऐसा ही चित्रांकन रुचि भारिया, कोरकू व अन्य जनजातियों में भी पाया जाता है।

सीताजी द्वारा घर-आँगन का मँडावण और द्वार तथा भीत चित्रावण का गीत-सन्दर्भ वस्तुतः आदिवासी समुदायों की अपनी कलाप्रियता का ही सन्दर्भ है। गीत के माध्यम से सीताजी और राम-लक्ष्मण की दिनचर्या का अति मनोरम चित्रण कर मानो गायक ने एक भील गृहिणी की दिनचर्या ही

चित्रित कर दी हो—

'सीता मइया तपे तपस्या पंचवटी रे धाम।
लच्छमन वीरो करे रखारी, आसीसे सिरिराम॥
पेल परोड़े सीता जागे, लच्छमण जाग्यो रेहवे।
चेतमान वै करे चौकसी, तनक झपक नी लेवे॥
गाय गोठड़े सीता माता, जा गायाँ पुचकारे।
पाँचईऽगायाँ पंचवटी री, माता ने सत्कारे॥
सीता ने निकटायाँ देखे, मधर-मधर रंभावे।
सीता बछड़ा-बछड़ी छोडे, मीठो दूध-चुघावे॥
पेल बुहारी, फेर दूधारी, सीताजी रो काम।
सीता मइया तपे तपस्या पंचवटी रे धाम॥
नदी स्नान कर सीता मइया, लीपे आंगण द्वारो।
खड़िया गेरू का घोलण ती, मंडे मांडणो न्यारो॥
भाँत-भाँत रा रंग बिरंगा, पुस्प चुणी ने लावे।
पाँचइऽवट ने जल सिंचण कर, सिव ने पुस्प चढ़ावे॥
माता गौरा रगसा करजे, सत मत राखण हारी।
वीर लखन सिरि आर्य राम जी, आसा राखे थारी॥
पर्ण कुटी ती बाहर आवे, मुलकाता सिरि राम।
सीता मइया, तपे तपस्या, पंचवटी रे धाम॥
पर्ण कुटी रे द्वार सिया ने खूब करी चित्रावण।
रंग बिरंगी भाँत-भाँत री, अजब करी मंडावण॥
चार चुमेराँ कुटियाँ भीताँ, पसु पंछी चितराया।
दाणो चुगताँ सुन्दर पंछी, सीता ने दरसाया॥
कल-कल करती नदी उकेरी, हंस तेरता दीखे।
सिंघ-मिरग संग पाणी पीवे, तनक न हिरदै भीखे॥
खग-मृग आंगण में आ जावे, सीताजी रे हाम।
सीता मइया तपे तपस्या, पंचवटी रे धाम॥
कर असनान रामजी आया, लखन स्नान ने जावे।
दोई खाँदे सीतल जल रा, करसा भर ने लावे॥
सीता मइया पुस्प चुणे, फेर गजरा, हार बणावे।
गजरा पेहरे, वेणी बाँधे, मिरगी ने पेहरावे॥
घुरी-घुमचा कौड़ी-मणियाँ, नौसर हार बणाया।
बीच-बची में घंटी-घंटिका, घुंघरमाल बणाया॥
अजब कलाकारी सीता री, केहवे लच्छमन राम।
सीता मइया तपे तपस्या, पंचवटी रे धाम॥ [18]

आदिवासी समुदाय का यह गीत सीता के माध्यम से अपने समुदाय की कुशल गृहिणी की साधनामयी, स्वच्छतामयी, आस्थामयी, स्नेह–वात्सल्यमयी और कलामयी दिनचर्चा का सात्विक चित्रण करता है।

सीताजी पंचवटी में तपस्या कर रही हैं। लक्ष्मण भैया रक्षा का कार्य सम्हाल रहे हैं। श्रीराम जी सबको आशीर्वाद देते हैं।

सीताजी ब्रह्ममुहूर्त में जागकर अपने कार्य में लग जाती हैं। लक्ष्मण वीर बिना पलक झपकाए रात भर चौकस रहते हैं।

सीताजी उठते ही गायों के घर में जाकर उन्हें दुलारती हैं। बछड़ों व बछड़ियों को खोलकर उन्हें उनकी माताओं का दूध पिलाती हैं। फिर वे आँगन बुहारती हैं। गायों का दूध दोहती हैं।

उसके पश्चात् नदी–स्नान कर खड़िया और गेरू से चौक पूरती हैं। सुन्दर–सुन्दर माँडने माँडती हैं। फिर पुष्प चुनकर लाती हैं। पाँच वटवृक्षों को जल सिंचन कर भगवान शिव को पुष्प अर्पित कर गौरा (पार्वती) माता से अपने सत्त और लक्ष्मण तथा आर्य राम की कुशलता की प्रार्थना करती हैं।

उसके बाद वे पर्णकुटियों पर सुन्दर–सुन्दर चित्रावण करती हैं। कुटियों के चारों ओर सुन्दर–सुन्दर पशु–पक्षी चित्राती हैं। कल–कल करती नदी और उसमें तैरते हंस चित्राती हैं। एक ही घाट पर सिंह और मृग को जल पीते हुए दर्शाती हैं।

तभी मुस्कुराते हुए श्रीरामजी कुटिया से बाहर आ जाते हैं और वे नदी–स्नान करने चले जाते हैं। उनके लौट आने के पश्चात् लक्ष्मणजी नदी–स्नान करने जाते हैं। लौटते समय वे पानी के दो कलश कन्धों पर रख लाते हैं।

सीताजी वन के घोंघे, मणियाँ आदि चुनकर तथा उनके बीच में घण्टियाँ पिरोकर घुँघरमाला (बजने वाली माला) बनाकर गायों को पहनाती हैं। सीता का कला–कौशल देखकर राम–लक्ष्मण उनकी प्रशंसा करते हैं।

इस प्रकार सीताजी की दिनचर्या प्रारम्भ होती है जो निरन्तर चलती रहती है। यही दिनचर्या और कला–कौशल कमोबेश एक आदिवासी गृहिणी की भी होती है। आदिवासी संस्कृति एवं लोक–परम्परा का एवं पारिवारिक जीवन को जीवन्त करता यह गीत एक आचार संहिता की भाँति आदिवासी परिवारों की छवि उजागर कर देता है।

आदिवासी जगत् उमंग और उल्लास का जीवन है। अभावों को स्वभाव और विपन्नता को मान की मौज वाली सम्पन्नता में बदल लेने का जज्बा यदि देखना हो तो आदिवासी समुदायों में जाकर हम देख सकते हैं।

भले ही राम उनकी भीतों और दीवारों पर चित्रित नहीं होते। भले ही सीताजी और लक्ष्मण का चित्रांकन हमें उनकी भीतों पर नहीं मिले, किन्तु अन्तर्मन की भीतों पर राम–सीता और लक्ष्मण अंकित हैं। हनुमान तो स्वयं ही जनजाति के व्यक्ति थे। देवपुरुष थे। वे आज भी घोटेवाले बाबा के नाम से समुदायों में आस्था के देव हैं।

आदिवासी जन अपनी दीवारों पर जो चित्र उकेरते हैं, वे उनके ही अपने स्थापित देवी–देवता होते हैं। भराड़ी हो या देवारी, भैरव हों या काली, मेरी निजी मान्यता के अनुसार तो साँझी, दशामाता और गणगौर भी मूल रूप से आदिवासी समाजों के ही उत्सव–पर्व–व्रत हैं। गाय के गोबर से संझा की मँडावण, ऋतु–पुष्पों से सजावट, दशामाता पीपल वृक्षदेव की पूजा, गणगौर गिरि काननवासी गण (शिव) और गौरी की पूजा आदिवासी जनजातियों के ही प्रसंग लगते हैं। भले ही बाद में वे सर्वमान्य एवं सर्वपूज्य पर्व–त्योहार हो गये हैं। व्रत–त्योहारों के अलग–अलग देवता उन्होंने स्थापित किये हैं।

कुलदेवता, गोत्रदेवता, वृक्षदेवता, ग्रामदेवता और ऐसे अनेक अंकन-चित्रांकन हम इस दिव्य और भव्य लोक में देख सकते हैं। इसके लिए हमारी दृष्टि भी वैसी ही भव्य और दिव्य होना चाहिए। वन जनजातियों का प्राणाधार है। प्रत्येक गोत्र का एक गोत्र वृक्षदेव। उसकी रक्षा 90-94 गोत्रों के इतने ही वृक्षदेव। यह है वन-रक्षा का रक्षाकवच।

वागड़ अंचल आदिवासी समुदाय का अंचल है। कहूँ! वनांचल है। गवरी बाई उसी अंचल की कृष्णभक्त लोक कवयित्री हुई हैं। वन के विषय में उन्होंने कहा है—

वन रा पूजूँ बिरछ अर, वन पसु वन रा लोग।
गवरी सरवर कूप जल, ई सब रगसा जोग॥
आदिवासी जगत रो सबदां नही बखाण।
गवरी गाणो, नाचणों, खांदे तीर कमाण॥
मति करो वन बिरछ ने, वागड़ रा मां बाप।
गवरी पोखे सब जणा, पसु पंखी ने घाप॥
बिरछ कार्‌याँ पापो बड़ो, जाणे हन्यो जीव।
गवरी ब्रछ देवत कहयो, सिरजण हारो जीव॥[19]

गवरी ने वन की जो महिमा बखानी है, वही परम और चरम है। वनवासी वनों की सन्तानें हैं। अलग-अलग अंचलों में भाषा और रीति-नीति में तनिक अन्तर सम्भव है। वन-संस्कृति और जन-संस्कृति परस्पर पूरक एवं पर्याय शब्द हैं।

राम स्वयं वनवासी रहे। 14 वर्षों तक उन्होंने जनजातियों के मध्य रहकर अपना जीवन बिताया। दुख-सुख में साझेदारी की। इसीलिए प्रत्यक्ष या परोक्ष 'राम' तो वनवासियों के अन्तर्घट में विराजित हैं।

यही कारण है कि आदिवासी जनजीवन में राम का अस्तित्व सदा से कायम है। वह कायम ही रहेगा। उनकी संस्कृति, कला, साहित्य, वास्तुशिल्प, उनकी जीवनधारा और उनके नृत्यगान सबमें राम ही राम बसते हैं।

आज भी आदिवासी साहित्य का अक्षय भण्डार वाचिक परम्परा में सुरक्षित है। उनके अधर धरे गीतों को, गाथाओं को और कथाओं को सहेजने के लिए संकल्पवान शोधार्थियों की आवश्यकता है। और अन्त में वर्षा की चर्चा, सरसता की और हर्ष-उल्लास की चर्चा करता यह एक आदिवासी कन्या द्वारा गाया गया वर्षा-गीत पृथ्वी की तपन को शान्त कर ही देता है। मन को भी शीतल कर देता है।

'धराऊ दिशा ती इन्दर गरज्यो।
झमकण लागी बीजू हो राम।
आतमणे ती चन्दा आयो, लारे नवलख तारा हो राम।
लंका ती हणमत जी आया, गोठो खांदे धर्‌यो हो राम।
राम-राम रा भजन सुणाया, भजन भाव में झूम्या हो राम।
सीता राणी परगट होया, मधर-मधर मुलकावे हो राम।
धनस बाण ले राम जी परगट्या, धरती आणद हो जी राम।
झम-झमाझम बरखा होई, खेती माता हरसी हो राम।

बिरछ रुखड़ा झूमण लागा, ठण्डो वायरो चाल्यो हो राम।
सरत-सरोवर तरमर होया, सब रो हिरदो उमग्यो हे राम॥'[20]

उत्तर से बादल आया। इन्द्र राजा गरज उठा। बिजली चमकने लगी। पश्चिम दिशा से चन्द्रा आया, नवलख तारे साथ लाया। लंका से हनुमान आये। उनके कन्धे पर घोटा (गदा) है। उन्होंने राम-राम के भजन सुनाये। सब लोग झूम उठे। मुस्कुराती हुई सीताजी प्रकट हुई। धनुष-बाण लेकर रामजी प्रगट हुए। धरती पर आनन्द छा गया। झमाझम वर्षा होने लगी। खेती माता हर्षित हो उठी। वृक्ष आनन्द से झूम उठे, ग्रीष्म (वैशाख-जेठ) की असह्य गर्मी शीतल हो गयी। ठण्डी हवा चलने लगी। सरिताएँ-सरोवर जल से सराबोर हो उठे और सबका हृदय उमंगित हो उठा।

यह वर्षा-गीत केवल गीत ही नहीं है। इसमें लय, ताल और नृत्यमयता भी निहित है। आदिवासी लोकजन जब भी आनन्द-विभोर हो उठता है, तब सारा अग-जग भूलकर नृत्यमय हो उठता है। ढोल बज उठता है। चंग खनक उठता है। पाँव थिरकने लगते हैं। हृदय हुलसित हो उठता है।

समूची आदिम संस्कृति उजागर हो उठती है। यही तो है आदिवासी संस्कृति की जीवन्तता। गीत की प्रत्येक पंक्ति के साथ 'राम' की टेक केवल ताल-लय के लिए नहीं, अपितु राम के प्रति आस्था और विश्वास की तथा भावाभिव्यक्ति की मिठास है, जो जन-मन में समायी हुई है।

सन्दर्भ

1. विरद-वखाण और गाथा साहित्य—डॉ. पूरन सहगल, पृष्ठ 7.

2-8. क्रमांक 2 से 8 श्री गमेरा जी खराड़ी, ग्वालियर कलां, तह. जावद, जिला नीमच (मालव लो.स. अनुष्ठान मनासा में संगृहीत).

9. लोक रमंता राम—डॉ. पूरन सहगल, गीत क्र. 3, पृष्ठ 32.

10. श्री गमेरा जी खराड़ी, ग्वालियर कलां, तह. जावद जिला-नीमच, म.प्र. (मालव लोक संस्कृति अनुष्ठान मनासा के संग्रहालय में सुरक्षित).

11. भीमाजी भील एवं सौ. सुगना बाई भील के सौजन्य से गाँव भीलखेड़ी, तह. मनासा, म.प्र.। (मालव लोक सं. अनु. मनासा में संगृहीत).

12-13. लोकगीतों में सीता-वनवास प्रसंग—डॉ. गायत्री वाजपेयी, पृष्ठ 11 से 19, जुलाई-अक्टूबर, 2004, चौमासा. आदिवासी लोककला अकादमी भोपाल.

14. गोदना गीत, जनजातियों में गोदना परम्परा—डॉ. बजरंग बहादुर सिंह, चौमासा-नवम्बर 2002, फरवरी-मार्च पृष्ठ 52.

15. मगन जी भील एवं रुक्मी-रामी भील, शेषपुर, मनासा, जिला नीमच, म.प्र. (लोक सं. अनु. मनासा के संग्रहालय में संग्रहीत).

16. संतो बाई भील गाँव सखानिया जावद-नीमच, म.प्र. (मालवल लो. सं. अनु. मनासा में संगृहीत).

17. लोक रमंता राम—डॉ. पूरन सहगल, पृष्ठ 148-152.

18. लच्छमण जी भील-माता रुंडी-पड़दां (मनासा).

19. गवरी—डॉ. पूरन सहगल, साखी प्रसंग.

20. वर्षागीत—मालव लोक संस्कृति अनु. संगृहीत. सौजन्य-रामी जी भील.

परधानों की वाचिक परम्परा में रामकथा

डॉ. रोमा चटर्जी *अनुवाद : डॉ. के. जी. व्यास*

एक परधान-गोंडा* कलाकार ने मुझसे कहा था कि आपने खाली खेतों में पैदा होती लम्बी घास देखी होगी। घास के बारे में उसका कहना था कि वे सीता के केश (सीता की लट) हैं। ये सीता के वही केश हैं जो उस समय राम के हाथ लगे थे, जब धरती फटी थी और पृथ्वी माता ने सीता को अपनी कोख में पुन: आश्रय (देखें चित्र 1) दिया था। मैंने सीता के केशों के बारे में इसी प्रकार की कहानियाँ पश्चिम बंगाल के पुरलिया के भूमिज आदिवासियों** के मुँह से भी सुनी हैं। स्थानीय जनजातीय कथाओं के अनुसार, दैवी युगल ने अपने वनवास का कुछ समय पुरलिया में बिताया था। यह रोचक है कि राम ने नहीं, अपितु सीता ने वनवास-यात्रा के दौरान सामान्यत: अपनी उपस्थिति के चिह्न छोड़े हैं। कथाओं में राम को एक आदर्श राजा-मर्यादा पुरुषोत्तम के रूप में प्रस्तुत किया गया है। कथाओं में जहाँ कहीं भी उनकी सांकेतिक उपस्थिति दर्ज है, वह महिमामण्डित उपस्थिति महान सुवर्णरेखा नदी की ही तरह है। सुवर्णरेखा नदी पूर्वी भारत की ऐसी नदी है जिसके बारे में कहा जाता है कि उसका उद्भव, राम द्वारा मुख-प्रक्षालन में प्रयुक्त पानी से हुआ है। वह धरती पर मौजूद अन्य किसी सामान्य नदी की तरह नहीं है। मध्य तथा पूर्वी भारत के जनजातीय समुदायों के विवरणात्मक संसार में उनकी (राम) उपस्थिति

सीता की लट *(चित्र : वेंकटरमन सिंह श्याम)*

* मैंने इस संयुक्त शब्द का उपयोग दो समुदायों के बीच मौजूद सांकेतिक सम्बन्ध को दर्शाने के लिए किया है। कई स्थानों पर उन्हें पृथक्-पृथक् भी दर्शाया है।

** मैं आदिवासी तथा जनजातीय शब्द का प्रयोग सन्दर्भ के अनुसार करती हूँ। मेरे लिए दोनों शब्दों का एक ही अर्थ है।

रहस्य से परिपूर्ण है। इन इलाकों में रामकथा बेहद प्रचलित है। इस कारण स्थानीय मान्यताओं में अनेक बार रामायण के प्रसंग तथा अभिप्राय दृष्टिगोचर होते हैं। वन में गर्भवती सीता के अल्पकाल के एकाकी प्रवास की महान भावुक कथा ने अनेक जनजातीय राजवंशों को अपने वंश के उद्भव से सम्बद्ध करने का अवसर प्रदान किया है। एक उदाहरण प्रस्तुत है जिसके अनुसार पुरलिया के बारभूमि के भूमिज राजा स्वेत–वाराह और नाथ–वाराह से अपनी उत्पत्ति मानते हैं। उल्लेखनीय है कि उनका लालन–पालन एक वाराह (सूअर) ने किया था। स्वेत–वाराह और नाथ–वाराह राजपूताने की गर्भवती महारानी के जुड़वाँ पुत्र थे जो तीर्थयात्रा पर पुरी जा रही थी। उसने अकारण ही उन जुड़वाँ पुत्रों का परित्याग किया था। भूमिज शिकारी (मिश्रा 1993) ने उन जुड़वाँ बच्चों को सूअर से मुक्त कराया था।

आदिवासियों ने अपने वंश का राजपूतीकरण तथा कतिपय पौराणिक कथाओं की मान्यताओं तथा विश्वास के आधार पर खुद को क्षत्रिय सिद्ध करने का प्रयास किया है। इसका विस्तार से उल्लेख सुराजित सिन्हा तथा अन्य विद्वानों ने (सिन्हा 1962) किया है। मैंने उसके स्थान पर, इस आलेख को रामायण की कथा पर केन्द्रित किया है जो मध्य प्रदेश के परधान–गोंड गायकों द्वारा गोंडी–रामायणी के अनुसार गायी जाती है। मैंने उस बदलाव की चर्चा की है जिसके अनुसार परधान–गोंड कलाकार गायकी की प्रेरणा से चित्रकला की ओर बढ़े हैं—खासकर उस समय जब आदिवासी समाज में गायकी की विवरण परम्परा धीरे–धीरे विलुप्त हो रही थी। इन पेंटिंगों से आदिवासी परम्पराओं को जीवनदान मिल सकता है पर उतना नहीं जितना सचित्र कहानियों से मिलता है। स्मरण हो कि सार्वभौम कला–जगत् (चटर्जी 2012) में परधान–गोंड कलाकार अपनी पेंटिंगों के लिए विख्यात हैं। इस प्रकार वेंकटरमन सिंह श्याम (इस उल्लेख के उपरान्त केवल वेंकट) की सीता की लट शीर्षक वाली पेंटिंग जो इस आलेख की परिचय कथा पर आधारित है, विख्यात है। वह भारत के सबसे अधिक प्रिय चरित्र की पौराणिक गाथा है। नगरीय इलाकों के श्रोताओं के बीच भले ही वह थोड़ी अल्पज्ञात कथा हो पर कतिपय बदलावों के साथ, वेंकट की इसी विषय पर बनायी पेंटिंगों की अनेक बार प्रदर्शनी लग चुकी है। यह वास्तविकता उन पेंटिंगों की लोकप्रियता को जाहिर करती है। मुझे परधान–गोंड पेंटिंगों के सन्देशों के बारे में बहुत कुछ कहना है पर उसके पहले बात जनजातीय समाज की।

मध्य प्रदेश के परधान गायक

परधान, गोंड जनजाति की उप–शाखा है। एक समय वे संभवत: गोंड राजाओं के दरबार में उनकी वंश–परम्परा के गीत गाया करते थे। भारत के मध्य क्षेत्र में गोंड जनजाति का विस्तार नौवीं सदी से तेरहवीं सदी के बीच हुआ। इस इलाके में पहला गोंड राज्य चौदहवीं सदी के उत्तरार्द्ध में मुगल बादशाहों के अल्प राजनैतिक नियन्त्रण में स्थापित हुआ। गोंड राजाओं तथा राजपूत रियासतों के बीच सम्बन्ध थे। रानी दुर्गावती, गोंड शासकों में सबसे अधिक प्रसिद्ध थीं। वे चन्देल राजवंश की राजकुमारी थीं और गोंड राजा दलपतशाह की विधवा थीं। मुगल बादशाह अकबर के विरुद्ध हुए युद्ध में वह शहीद हुई थीं। अठारहवीं सदी में गोंडों के तीनों राज्यों ने मराठाओं के सतत आक्रमणों के आगे अन्तत: समर्पण किया। अबुल फजल की किताब आईने अकबरी (नाइट 2001) में गोंडों के राज्यों के अनेक संदर्भ मिलते हैं।

परधान तथा गोंडों के कुलों के बीच अनेक समानताएँ हैं। उनके कुल–नाम भी एक समान हैं। परधान–गोंडों को अभी भी गोंड समाज में संगीतज्ञ तथा गायक माना जाता है। वे उनके पुरोहित तथा

ओझा भी हैं। एक ही नाम के गोंड तथा परधान कुलों के बीच मँगेतरी सम्बन्ध सम्भवत: उनके बीच के पुराने एवं अधिक प्रगाढ़ सम्बन्धों को जाहिर करता है। मँगेतरी एक यात्रा है। परधान-गोंड हर तीसरे साल इसे आयोजित करते हैं। इसके दौरान परधान-गोंड अपने मालिक/संरक्षक के घर जाकर गीत गाते हैं, उनका मनोरंजन करते हैं तथा बदले में सौगात पाते हैं। एक ही कुल-नाम (हिवाले, 1946) वाले गोंड ठाकुर (संरक्षक) तथा उसके परधान (दासैन्दी) के बीच संस्कारजन्य सम्बन्ध होता है। दासौन्दी शब्द का उद्भव दान शब्द से हुआ है। दासोंदी गायक लम्बे विवरणात्मक गीत गाते हैं। उन गीतों में गोंड राजाओं की परम्परागत कथाओं का विवरण होता है। उन गीतों को गोंडवानी कहते हैं। कुछ गीत रामायण या महाभारत की घटनाओं पर आधारित होते हैं। उन गीतों को क्रमश: रामायनी और पंडवानी कहते हैं। गाथाओं की बोली छत्तीसगढ़ी है जिसे बाना की मदद से गाया जाता है। बाना, एक तार वाला वाद्ययन्त्र है। माना जाता है कि बड़े देव ने यह वाद्ययन्त्र परधान-गोंडों (महावर, 2013) के पूर्वजों को भेंटस्वरूप प्रदान किया था।

नामों की समानता के बावजूद, गोंडी गाथायें या गीत, पौराणिक ग्रन्थों (रामायण तथा महाभारत) में वर्णित कहानियों से काफी हद तक अलग हैं। उन पर भारत के मध्य क्षेत्र के जनजातीय समूहों की जीवन्त परम्पराओं का उल्लेखनीय प्रभाव है। इस प्रकार वे छत्तीसगढ़ की पँडवानी परम्परा से अलग हैं। छत्तीसगढ़ की पँडवानी, अवधी महाभारत-जिसकी रचना अठारहवीं सदी के उत्तरार्द्ध में दोहा तथा चौपाइयों की शैली में (महावर, 2013) सबल सिंह चौहान द्वारा की गई थी, पर आधारित है। गोंडी रामायण के गायक, राम से अधिक महत्व लक्ष्मण को और उनके अपनी भाभी सीता से सहज तथा प्रगाढ़ सम्बन्धों को देने का प्रयास करते हैं। उसकी कुछ कहानियों में राम का उल्लेख सक्रिय नायक के स्थान पर बड़े भाई, सीता के पति तथा भगवान के रूप में ही है। परधान गायकों की मान्यता है कि उनकी परम्परायें संस्कृतनिष्ठ शास्त्रीय संस्कृति से अलग हैं। उनका उद्भव पृथक् सांस्कृतिक कुल से हुआ है। इस मान्यता के कारण वे लिपि का उपयोग नहीं करते। उनकी बोली में नवेदा (जो वेदों में नहीं है) तथा लवेदा (वेदों से बेहतर) जैसे शब्द प्रयुक्त होते हैं। उनकी परम्परा मौखिक है। वह किंवदन्तियों पर आधारित है। उसका स्रोत पुस्तक या ग्रन्थ नहीं है। वह वाचिक है। अब कथाओं की चर्चा करें ताकि उन दोनों के बीच के अन्त:सम्बन्ध को समझा जा सके। इस आलेख में प्रयुक्त सारा विवरण जनजातीय गाथाओं के विशेषज्ञ शेख गुलाब (1964) द्वारा संकलित गाथाओं पर आधारित है।

लक्ष्मण की सत् परीक्षा : सीता-वनवास

राजा राम की कारी अंजनी नामक बहन थी। उसका विवाह रायपतनगर के राजा से हुआ था। एक बार वह अपने भाई तथा भाभी के घर आई। पहरेदारों ने उसके आने की सूचना राम को दी। सूचना पाकर राम अपनी बहन का स्वागत करने महल से बाहर आये। उन्होंने उसके चरण स्पर्श किये और उसे आदरपूर्वक (चित्र 2) महल के अन्दर ले गये। राम ने लक्ष्मण को कहा कि बहुत दिनों के उपरान्त अपनी बहन आयी हैं इसलिए उनके स्वागत-सत्कार के लिए हिरण का मांस पकाया जाये। राम और लक्ष्मण तत्काल धनुष-बाण लेकर जंगल चले गये। वहाँ उन्होंने एक हिरण का पीछा किया और अन्तत: उसे उन्होंने अपने बाणों से मार गिराया। लक्ष्मण ने हिरण का शिकार कजली पहाड़ में किया था। वे उसे अपने कन्धों पर रखकर महल में वापस आये। इस दौरान राजमहल में बैठी ननद-भौजाई आपस में बातचीत करती रहीं। बातचीत

बदन महल में कारी अंजनी प्राप्त करते राम *(चित्र : मँगरू उइके)*

के दौरान कारी अंजनी ने सीता से जानना चाहा कि चूँकि वे लंका में बारह साल तक रावण की कैद में थीं, बतायें कि रावण कैसा दिखता था? सीता ने बताया कि रावण दिखने में बहुत डरावना था। उसके दस सिर थे, बीस हाथ थे। पहाड़ जैसा शरीर था। बड़े-बड़े कान थे और सुरंग जैसे नाक के छिद्र थे। करिया पहाड़ जैसी बड़ी-बड़ी भौंहें थीं। सीता ने ज्यों ही रावण का चित्र पूरा किया, उसके डरावने चित्र को देखकर दोनों महिलाएँ मूर्च्छित हो गयीं। इसी बीच लक्ष्मण राजमहल में वापस आये। उन्होंने हिरण को नीचे उतारा और सीता को पुकारा। सीता अचेत थीं इसलिए उन्होंने उत्तर नहीं दिया। हार-थककर लक्ष्मण ने राजमहल में प्रवेश किया। उनका सामना रावण के चित्र से हुआ-वही रावण, जिसने कभी सीता का अपहरण किया था। लक्ष्मण ने सोचा यदि राम ने इसे अर्थात् रावण को राजमहल में देख लिया तो वे सीता का सिर काट देंगे। वहीं कारी अंजनी ने स्वीकार किया कि उसके कहने पर ही सीता ने रावण का चित्र बनाया है अर्थात् सीता निरपराध हैं। कारी अंजनी का उत्तर सुनकर लक्ष्मण क्रोध से लाल-पीले हो गये। उन्होंने रावण के चित्र को पीटना प्रारम्भ कर दिया। अचानक रावण उठ खड़ा हुआ। दोनों के बीच युद्ध प्रारम्भ हुआ। लक्ष्मण की तलवार के वार से फर्श पर जहाँ-कहीं भी रावण के खून की बूँदें गिरीं, उतने ही नये रावण पैदा हुए। सीता ने लक्ष्मण से कहा—''देवरजी! निराश नहीं हों। हम दोनों मिलकर इन सारे रावणों को एकत्रित कर लें। फिर उन्हें कुएँ में डाल दें। कुएँ का मुँह पत्थर से बन्द कर दें।'' रावण का अन्त कर लक्ष्मण राजमहल से बाहर आये। उनका पूरा शरीर खून से नहाया हुआ था। वहाँ अचानक उनका सामना राम से हुआ। राम ने जानना चाहा कि वे किससे युद्ध कर रहे थे? लक्ष्मण ने सारी बात सच-सच बता दी। शंकालु राम क्रोधित हो बगीचे में चले गये। फूलों को निहारकर भी उनका गुस्सा शान्त नहीं हुआ। वे तालाब पर पहुँचे, जहाँ धोबी-धोबिन आपस में लड़

रहे थे। उन्होंने सुना कि धोबिन कह रही थी कि वो उसे छोड़कर चली जायेगी। धोबी कह रहा था कि वो उसे नही रोकेगा। वो राजा राम की तरह नहीं है जिन्होंने अपनी अपहृत पत्नी, जो लम्बे समय तक लंका में राजरानी की तरह रही, को वापस रख लिया। राम ने लक्ष्मण से सीता को जंगल ले जाने तथा वहाँ उनकी हत्या करने को कहा। लक्ष्मण घुमाने के बहाने सीता को जंगल ले गये। कुछ देर जंगल में निरर्थक घूमने के उपरान्त सीता थक गयीं। वे एक वृक्ष के नीचे विश्राम के लिए बैठ गयीं। उन्होंने लक्ष्मण को पानी लाने के लिए भेजा। लक्ष्मण दूर-दूर तक पानी तलाशते रहे। अन्ततः उन्हें छिता-रापतन (Chhita Raptan) नामक स्थान पर पानी मिला। लौटते समय उनके मन में विचार आया कि 'वे कैसे अपनी सीता भाभी, जिसने उनकी पुत्रवत देखभाल की है, की हत्या कर सकते हैं? पर मुझे अपने भाई के आदेश का पालन तो करना पडेगा।' वापस आकर उन्होंने सीता को, दीन-दुनिया से बेखबर, गहरी निद्रा में सोता पाया। गहरी नींद में होने के कारण उनकी साड़ी का पल्लू हट गया था। पल्लू हटने के कारण सीता का पेट, जिसमें हलचल हो रही थी, दिखाई दे रहा था। हलचल को देखकर लग रहा था मानो उनके पेट में कोई जीवित जीव मौजूद है। लक्ष्मण ने सोचा यदि वे सीता की हत्या करते हैं तो उनके गर्भ में पल रहे शिशु की भी हत्या हो जायेगी। उन्हें शिशु-हत्या का पाप लगेगा। यह सोचकर लक्ष्मण छिलवाह बढ़ई (Chhilvaha Carpenter) के पास गये। उसे पूरी कहानी सुनाई। छिलवाह बढ़ई ने सीता की मूर्ति बनाई। लक्ष्मण, सीता की मूर्ति लेकर वापस लौटे। रास्ते में उन्हें हिरणों का झुण्ड दिखाई दिया। उनके मन में विचार आया कि क्यों न वे हिरण को मारकर उसकी आँखें सीता की मूर्ति में लगा दें। तदनुसार उन्होंने हिरण का शिकार किया, सीता की मूर्ति में उसकी आँखें लगायीं और मूर्ति राम को सौंप दी। सीता की मूर्ति देखकर राम विलाप करने लगे। उधर जंगल में जब सीता की नींद खुली तो उन्हें लक्ष्मण नहीं दिखे। उन्हें अपने पास पानी का पात्र रखा दिखा। उन्होंने कजलीवन में लक्ष्मण को खूब खोजा। उन्हें खोजते-खोजते वे एक नदी के किनारे पहुँचीं। घाट पर पहुँचकर उन्होंने जब पानी पीना चाहा, तभी वहीं रह रहे कुछ साधुओं ने उन्हें देख लिया। साधुओं को लगा कि उन्होंने राम की पत्नी सीता को पहचान लिया है। एक साधु ने दूसरे साधु से कहा—"चलो, उनसे परिचय पूछा जाये।" दूसरे साधु ने कहा—"नहीं, हम उनकी परीक्षा लेंगे।" साधुओं ने सीता का परिचय जानना चाहा। सीता ने राम की पत्नी के रूप में अपना परिचय दिया। परिचय सुनकर साधुओं ने उनसे प्रमाण में हवा और बरसात माँगी। सीता ने मेघ महाराज, जो झंझावात के देवता हैं, से प्रार्थना की। मेघ ने जोरदार हवा तथा वर्षा भेज दी। उसके कारण साधुओं की कुटिया पानी में बह गई। साधुओं ने हाथ जोड़कर सीता से झंझावात को बन्द करने तथा अपनी कुटिया की बहाली की प्रार्थना की। सीता ने मेघराज (पवन देव) से शान्त हो जाने के लिए अनुरोध किया। मौसम ठीक हो गया। सारे साधु सीता को अपने साथ अपनी कुटिया में ले गये। वहाँ उनकी देख-भाल प्रारम्भ की। नौ माह बाद सीता ने बच्चे को जन्म दिया। वे सब आनन्द से रहने लगे। एक दिन बच्चे को साधुओं के पास छोड़कर सीता उसके कपड़े धोने के लिए नदी गयीं। बच्चे को झूला झुलाते-झुलाते साधुओं की नींद लग गई। जब उनकी नींद खुली तो बच्चा झूले में नहीं था। उन्हें लगा कि बच्चे को भालू अथवा शेर ने मार डाला। साधुओं ने कुश घास की टहनी पर कुछ मन्त्र पढ़े। मन्त्र के प्रभाव से कुश घास बच्चे में बदल गयी। उन्होंने उसे झूले में रख दिया। ऐसा प्रतीत हुआ मानो कुछ घटा ही नहीं। बच्चे ने रोना प्रारम्भ किया। सीता को वह आवाज किसी बच्चे की लगी। वे लव को गोद में लेकर बाहर आयीं। उन्होंने लव जैसे ही एक और बच्चे को झूले में देखा।

साधु के आश्रम में सीता *(चित्र : मँगरू उइके)*

उस बच्चे को देखकर साधु गण भौचक्के रह गये। सीता भी भौचक्की रह गयीं। उन्हें लगा जैसे वे स्वप्न देख रहीं हैं। एक बच्चा उनकी गोद में है। दूसरा बच्चा जो हूबहू लव की तरह है, झूले में है। यह दृश्य देखकर सारे साधु डर के मारे भाग खड़े हुए। सीता ने दोनों बच्चों (चित्र 3) का लालन-पालन किया। कुछ समय बाद साधु लौट आये। सीता ने उन पर दबाव डालकर सच्चाई जानी। जब दोनों बालक बड़े हुए तो उन्होंने शिकार पर जाने के लिए सीता से धनुष-बाण दिलाने का आग्रह किया। एक बार जब वे जंगल में शिकार खेल रहे थे तो उनकी भेंट राम और लक्ष्मण से हुई। राम और लक्ष्मण ने उनका परिचय जानना चाहा। उन्होंने बताया कि वे लव और कुश हैं। वे छिता रापतन में रहते हैं। उनकी माता का नाम सीता है। उनके पिता रामचन्द्र तथा लक्ष्मण चाचा हैं। लव और कुश की परीक्षा लेने के लिए राम ने कहा कि वे उनके बाणों को रोककर दिखायें। यदि वे वास्तव में उनके पुत्र हैं तो ऐसा करने में सक्षम होंगे, अन्यथा नहीं। राम द्वारा चलाये बाण उन बालकों के पास तक गये तथा उन्हें बगैर स्पर्श किये लौट आये। तब राम ने लक्ष्मण से पूछा कि क्या उन्होंने सच में सीता का वध किया था? लक्ष्मण ने राम को सारी सच्चाई बता दी। जब सीता ने राम और लक्ष्मण को जुड़वाँ बच्चों के साथ कुटिया की ओर आते देखा तो वे पाताललोक की ओर भागीं। राम ने किसी प्रकार उनकी चोटी पकड़ ली। वे रोने लगे। उन्होंने सीता से क्षमायाचना की। उसके उपरान्त वे सब लौटकर राम के राजमहल बदन-महल आये तथा सुखपूर्वक रहने लगे।

अनेक रामगाथाओं से हटकर यह कहानी अनेक मायनों में रामायण महाकाव्य की मूल कहानी जैसी ही है। कहानी में दो उल्लेखनीय अन्तर हैं। पहला अन्तर है-रावण के खून में रक्तबीज के खून जैसे गुण जिसके कारण खून की प्रत्येक बूँद से हजार गुना अधिक शक्तिशाली एक और रावण का जन्म होता है। दूसरा अन्तर है-सीता की सक्रिय भूमिका जिसके कारण उन रावणों का सामूहिक वध होता है। रावण की

छाया/प्रतिमूर्ति के उद्भव का उद्देश्य, अपनी हत्या का राम से बदला लेना है। यह कहानी भारत के सकल जनजातीय समाज की उस आम मान्यता से बिल्कुल अलग है, जिसके अन्तर्गत कोई व्यक्ति अपने कुत्सित उद्देश्य की पूर्ति के लिए किसी व्यक्ति को कोई खास चित्र बनाने के लिए उकसाता है। उस कुत्सित उकसावे की तुलना रावण की बहन शूर्पणखा या कैकेयी की बेटी के उकसावे से की जा सकती है। लेकिन जनजातीय कथा में वर्णित उपर्युक्त उकसावा सहज उत्सुकता का परिणाम है। उस उत्सुकता में लेशमात्र भी दुर्भावना (पटनायक, 2013) नहीं है। वह दुर्भावना रहित है। कथा में राम एक आम पति की तरह व्यवहार करते हैं। ऐसा पति जो शक्की होने के बावजूद अपनी पत्नी को बिना शर्त बेहद प्रेम करता है। उनका उक्त व्यवहार किसी विरोधाभासी राजकीय माँग या वैवाहिक जिम्मेदारियों के निर्वाह के विपरीत नहीं है। उपर्युक्त कथा ने राम की बहन के चरित्र को सकारात्मकता प्रदान की है जिसने दुर्भावना नहीं अपितु जिज्ञासा के वशीभूत हो रामायण के एक खास आख्यान से सम्बद्ध भ्रम को दूर कर हकीकत को उजागर किया है। वाल्मीकि के उपरान्त राम-भक्ति की भावनाओं के प्रभाव से रामायण की अनेक घटनाओं ने राम के सम्बन्ध में विरोधाभासों को जन्म दिया है। यह विरोधाभास उनके भगवान (विष्णु के अवतार) होने अर्थात् सर्वज्ञ होने या मनुष्य होने, जो एक राजा और एक पति हो और जिसका जन्म सीमित क्षमताओं के साथ हुआ हो, के कारण है। ईश्वर का अवतार होने के कारण वे रावण का वध आसानी से कर सकते थे। कतिपय घटनाओं में लीला तथा माया के उपयोग ने विरोधाभासों को बल दिया है। इस कहानी में ईश्वरीय लीला की भूमिका वास्तव में माया का हिस्सा है। यह माया महत्त्वाकांक्षी रावण का वध करने तथा तीनों लोकों को उसके कष्टों से मुक्ति दिलाने के लिए थी। ईश्वरीय लीला के लिए उक्त भूमिका का पालन करना आवश्यक था। सीता की सच्चरित्रता के सम्बन्ध में उनके सन्देह को जिसे वाल्मीकि रामायण में प्रचारित किया गया है, वह सन्देह लीला का ही हिस्सा था। इस तरह मायावी सीता या सीता की छाया की कल्पना, जिनका उल्लेख रामायण की अनेक कथाओं में उपलब्ध है, वास्तव में सीता की पवित्रता की रक्षा के लिए की गई है। सीता वास्तव में भगवती लक्ष्मी का अवतार हैं। दूसरी ओर रावण की प्रतिछाया वास्तव में उसकी मायावी शक्ति है। उसने राम के विरुद्ध जीत हासिल करने के लिए अनेक बार इस मायावी शक्ति का प्रदर्शन किया है। यह सर्वज्ञात तथ्य है। लेकिन जनजातीय समुदाय में रावण का मायावी रूप एक हकीकत है। रावण के मायावी रूप के बारे में जनजातीय समाज तथा आदिवासी रामायण का सम्बन्ध क्या कहता है, उसकी पड़ताल के पहले हम भारतीय परम्पराओं में प्रतिछायाओं के बारे में विचार-विमर्श करेंगे।

भारतीय मिथकों में खुद की छाया

निम्न वाक्यांश पर विचार करें :

उड़ीसा में छाया कठपुतली का खेल, रावण छाया या रावण की छाया कहलाता है। इस खेल के मुख्य आख्याता खगेश्वर परधान हैं। उनके अनुसार रावण ही रामायण का मुख्य नायक है। रामायण की वास्तविक कथा सीता-हरण के बाद ही प्रारंभ होती है। छाया थियेटर के माध्यम से कही जाने वाली रामायण की प्रस्तुति को राम-छाया नहीं कहा जा सकता क्योंकि उसमें वर्णित राम का चरित्र तो उज्ज्वल है। यह रावण ही है जिसका चरित्र काला है। काला चरित्र होने के कारण स्वाभाविक है किउसकी छाया भी काली ही होगी। —शंखजीत डे (2014)

राम ने सीता की अग्नि परीक्षा क्यों ली ?

यह केवल दिखावे के लिए थी—लिन्डा हेस (1999)

रामायण की सभी कहानियों, जिनमें छाया रावण का विवरण दिया गया है, में जोर देकर कहा गया है कि सीता ने कभी भी रावण की ओर दृष्टिपात नहीं किया। कुछ कथाओं में कहा गया है कि उन्होंने अपने अपहरण के समय, पुष्पक विमान से लंका की ओर जाते समय, समुद्र के पानी में रावण की प्रतिछाया (Reflection) देखी थी। इसी आधार पर उन्होंने रावण का चित्र बनाया था। भारत की पौराणिक कथाओं में प्रतिछायाओं का बहुत महत्त्व है। वे वस्तु तथा उसकी प्रतिछाया के बीच के भेद को धुँधला करती हैं, आन्तरिक तथा बाह्य के भेद को समाप्त करती हैं। यह हकीकत है। इस कारण जो हम बाहरी दुनिया में देखते हैं, वह हमारी ही (चटर्जी 2015) प्रतिछाया है।

छान्दोग्योपनिषद में वर्णित कहानी की व्याख्या को लेकर भारतीय विद्या के ज्ञाता डेविड शलमेन नश्वर शरीर को देखने की क्रिया और अभेद्य आत्मा के अन्त:सम्बन्धों की चर्चा करते हैं। देवाधिपति इन्द्र तथा दानवों के अधिपति विरोचन, प्रजापति के पास आत्मा के सत्य (अहम) की खोज में जाते हैं। प्रजापति कहते हैं कि "अपनी आँख में दिखने वाला व्यक्ति ही आत्मा है" (ibid : 1)। दोनों ही छात्र पानी के बर्तन में अपनी प्रतिछाया पर ध्यान केन्द्रित करते हैं और खुद को पहचान जाते हैं। विरोचन सन्तुष्ट हो वापस चले जाते हैं। उन्हें लगता है कि उन्होंने परावर्तित प्रतिछाया की मदद से सत्य को समझ लिया है। इन्द्र सन्तुष्ट नहीं होते। उन्हें शंका बनी रहती है। उन्हें लगता है कि आत्मा के लिए नष्ट होता क्षणभंगुर शरीर सहायक नहीं हो सकता। कई वर्षों तक ध्यान करने एवं बार-बार प्रजापति के पास जाने के बाद उन्हें अनुभव हुआ कि आत्मा पृथ्वी पर स्वत: ही अपनी प्रतिछाया देख लेती है। वह अपने ही शरीर से बाहर आती है। आत्मज्ञान की खोज में अपनी इच्छा से प्रकाश में आती है। फिर भी ऐसा प्रत्येक प्रयास उसे कमजोर करता है। इन्द्र को अन्तत: ज्ञान प्राप्त होता है—आत्मा आईने तथा आँख में मौजूद है। वह आत्मचिन्तन की क्रिया में मौजूद है।

सीता ने जो कुछ भी देखा था, वह वे खुद नहीं अपितु उस राक्षस का प्रतिबिम्ब था जिसने उनका अपहरण किया था। वह प्रतिबिम्ब उनकी स्मृति में इतनी अच्छी तरह अंकित हो गया था कि जब उन्होंने उसका चित्र बनाया तो वह चित्र जीवन्त हो गया। राम ने सीता तथा उनके अपहरणकर्ता के बीच के गुप्त सम्बन्धों को देखा—वह वास्तव में सच्चाई थी, उनके मन में छुपे सन्देह की। सत्य पर सन्देह के कारण प्रतिछाया भी हकीकत बन जाती है। यह राम-भक्ति पर व्यंगात्मक राहत का उदाहरण है जो सीता की अग्निपरीक्षा को मात्र दिखावा प्रतिपादित करता है। राम अपने कृत्य से सारी दुनिया को दिखाना चाहते थे कि वे न्यायप्रिय हैं तथा व्यक्तिगत लिहाजों के परे हैं। उदाहरण द्वारा दर्शाया गया है कि प्रतिछाया की सत्यता, हकीकत के धरातल पर आकर, किस प्रकार खुद को सम्प्रेषित कर देती है। देखने-दिखाने का आग्रह दुधारी तलवार की तरह होता है। उसकी मंजिल ज्ञान को कमजोर करने वाली होती है।

जनजातीय रामायण की परम्पराओं में रावण की प्रतिछाया की प्रस्तुति सामान्य है। अपेक्षाकृत कम सामान्य प्रस्तुति वह है जिसमें कहानी का अन्त सुखद होता है। जिसमें राम, सीता और उनके बच्चे, एक बार फिर सपरिवार रहने लगते हैं। सीता को दुबारा छोड़ने की कथा को रामायण में सामान्यत: सम्मिलित नहीं किया जाता पर गोंडी रामायण की कथा में राम उस क्षण उनको खींचने का प्रयास करते हैं, जब वे

पंचवटी वन में राम और लक्ष्मण को ले जाते हुए गुहा
(चित्र : वेंकटरमन सिंह श्याम)

धरती माता की गोद में समाधि ले रही थीं। इस अन्त का लक्षण स्वप्न जैसा है मानो वह स्वप्न अन्य सम्भावना व्यक्त कर रहा हो। जो सम्भव तो थी पर हकीकत नहीं बनी। यह उस अपरिहार्यता को तोड़ती है जिसे हम सामान्यत: भाग्य कहते हैं। वह सम्पूर्ण पौराणिक गाथा में व्याप्त है। ऐसा छाया-नाटक जिसकी कहानी छायाओं पर आधारित है। इस आलेख की प्रस्तावना में हमने देखा था कि परधान-गोंड गायक, विशुद्ध संस्कृत परम्परा का प्रतिकार, अपने विवरणों जिसे वे नवेदा कहते हैं, से करते हैं। इस प्रकार हम देखते हैं कि चरित्र-चित्रण द्वारा वे बहुत कुछ कह रहे हैं। वे कह रहे हैं कि विशुद्ध संस्कृत सम्मत रामायण की कथा की मुख्यधारा पर टिप्पणी करना उनका अधिकार है—ऐसी रामकथा जिसका मुख्य नायक आदर्श नहीं है, वह सामान्य मनुष्य है। वह भविष्य के लिए उम्मीद जगाता है। उम्मीद की ऐसी यात्रा जिसमें आत्म-चिन्तन द्वारा स्वत: को जानना सम्भव हो।

हाल के सालों में हुए आदिवासी अध्ययन इंगित करते हैं कि भारत की जनजातीय संस्कृति, उसकी मुख्यधारा की शात्रीय संस्कृति से हटकर है। उपर्युक्त जनजातीय परम्पराओं को सामने लाने का प्रयास महत्वपूर्ण है। यह नहीं भूलना चाहिए कि ऐसी वर्णनात्मक धाराएँ, जिन्हें इस आलेख में खोजा गया है, भी किसी हद तक अत्यन्त प्राचीन सभ्यता की याददाश्त के स्रोत होते हैं। जैसे छाया रावण की लक्ष्मण से विविध रूप धारण कर युद्ध करने की वंशानुगत क्षमता, एक वैदिक कथा का स्मरण कराती है। वैदिक कथा के अनुसार सृष्टि की रचना ब्रह्मा के आदि जल में अपने प्रतिबिम्ब को देखने के कारण हुई थी। वेदों के अध्येता सदाशिव डांगे (2000) ने अपने जानकारीपरक अध्ययन में वेदों के सन्दर्भ से, युद्ध के देवता इन्द्र को युद्ध के लिए प्रस्थान करते समय मृदंग की धुन पर अपनी प्रतिछाया से युद्ध करते दर्शाया है। यह उल्लेख अथर्ववेद में उपलब्ध है। डांगे कहते हैं कि छाया वास्तव में इन्द्र की काली शक्ति है। इन्द्राणी उनकी उज्ज्वल शक्ति है। इस चर्चा के आधार पर रामायण की कुछ परम्पराओं में राम की शक्ति सीता हैं। वे लक्ष्मण को रावण की छाया को हमेशा के लिए समाप्त करने हेतु पुन: प्रयास करने के लिए प्रेरित करती हैं। इस मान्यता के अनुसार सीता राम का प्रक्षेपण है। यह उस मान्यता से मेल खाता है जिसमें राम

का व्यक्तित्व कमतर नहीं होते हुए भी हमेशा रहस्यमय तथा पृष्ठभूमि में रहता है। अपनी गाथाओं में राम की रहस्यमय उपस्थिति से परधान-गोंड कलाकार वाकिफ हैं। वे अपनी पेंटिंगों में राम को शायद ही कभी केन्द्रीय भूमिका में प्रस्तुत करते हैं। मैंने वेंकट की पेंटिंग के भण्डार में केवल एक ही चित्र देखा है। चित्र में गुहक चन्देल राम, लक्ष्मण और सीता को वनवास (चित्र 4) के आरम्भिक दिनों में जंगल जाते समय नदी पार कराता है। यह पेंटिंग विशुद्ध गोंडी शैली में होते हुए भी उनकी विवरण परम्परा को नहीं दर्शाती। वह सीता की लट (चित्र 1) के प्रकार की पेंटिंग है जिसमें सीता की वंशानुगतता तथा नागलोक से उनका स्पष्ट झुकाव परिलक्षित होता है। मँगरू उइके के सीता वनवास के प्रथम चित्र में राम की बहन को रावण से भी अधिक बड़े आकार में दर्शाया गया है। गोंडी रामायणी (चित्र 2) में ऐसा चित्रण सम्भवत: नारी को महत्त्व देने के लिए हो सकता है जो उनकी विवरण परम्परा के लिए सच है।

संदर्भ

1. चटर्जी, रोमा, 2012, स्पीकिंग विद पिक्चर्स. फोक आर्ट एण्ड नरेटिव इमेजिनेशन इन इण्डिया. दिल्ली: राउटलेज.
2. चटर्जी, रोमा, 2015, ''दि मिरर एज फ्रेम. टाइम एण्ड नरेटिव इन दी फोक आर्ट ऑफ बंगाल'' इन रोमा चटर्जी एडी. वर्डिंग दि बर्ड. वीना दास एण्ड सीन्स ऑफ इनहेरिटेन्स. न्यूयॉर्क : फोर्डम यूनिवर्सिटी प्रेस 347371.
3. डांगे, सदाशिव ए., 2000, इमेजेज फ्रॉम वैदिक हिम्स एण्ड रिचुअल्स. : अर्यन.
4. डी, शंखजीत, 2014, रीव्हिजिटिंग रावन छाया. दि शेडो पपेटरी ट्रेडीशन ऑफ ओडीसा आफ्टर फोर्टी इयर्स ऑफ इट्स रीव्हायवल. एनएफएससी रिपोर्ट.
5. गुलाब, शेख. 1964, रामायनी : लक्ष्मन के सात परीक्षा. छिन्दवाड़ा : आदिमजाति अनुसन्धान एवं प्रशिक्षण संस्थान.
6. हेस, लिन्डा, 1999, ''रिजेक्टिंग सीता : इण्डियन रिस्पांस टू दी आइडियल मेन्स क्रूयल ट्रीटमेंट ऑफ हिज आइडियल वाइफ'' जर्नल ऑफ दी अमेरिकन एकेडेमी ऑफ रिलीजन. वॉल्यूम 67 (1)1-32.
7. हिवले, शामराव, 1946, परधान्स ऑफ अपर नर्मदा व्हेली. मुम्बई : आक्सफोर्ड यूनिवर्सिटी प्रेस .
8. नाइट, रोड्रिक, 2001, ''दि बाना, एपिक फिडल ऑफ सेण्ट्रल इण्डिया'' एशियन म्यूजिक. वॉल्यूम 32 (1)101-140.
9. महावर, निरंजन, 2013, फोक थियेटर बेस्ड ऑन दि एपिक महाभारत. दिल्ली, अभिनव.
10. मिश्रा, एम.के., 1993, ''इन्फ्लुएंस ऑफ दि रामायण ट्रेडीशन इन दि फोकलोर ऑफ सेण्ट्रल इण्डिया'' इन के. एस. सिंह एण्ड बीरेन्द्रनाथ दत्ता, एडि. रामकथा इन ट्रायबल एण्ड फोक ट्रेडीशन्स ऑफ सेण्ट्रल इण्डिया. सीगुल, 15-30.
11. पटनायक, देवदत्त, 2013, सीता : एन इलस्ट्रेटेड रामायण. दिल्ली. पेंगुइन.
12. शलमेन, डेविड, 2006, ''इंट्रोडक्शन'' इन डेविड शलमेन एण्ड देवोराह ध्यागराजन एडिस. मास्कड् रिचुअल एण्ड परफार्मेस इन इण्डिया. डान्स, हीलिंग एण्ड परफार्मेंस. एन अरबोर : यूनिवर्सिटी ऑफ मिशिगन प्रेस. 1-16.
13. सिन्हा, सुरजीत, 1962, ''स्टेट फॉर्मेशन एण्ड राजपूत मिथ इन ट्रायबल सेण्ट्रल इण्डिया''. मेन इन इण्डिया. वॉल्यूम 42 (1)35-80.

राम-रज की हठ मची

डॉ. महेन्द्र भानावत

किस्सा तब का है जब रामचन्द्र भगवान, माता जानकी और लक्ष्मण वीर चौदह वर्ष का वनवास पूरा कर अयोध्या लौट रहे थे, तब देश-देशान्तर के लोग अयोध्या पहुँचे और खुशी में फूले नहीं समाये। इन सबमें वे आदिवासी भी थे जिन्होंने वनांचलों में भगवान राम की जितनी बन आई, सेवा-शुश्रूषा की, सान्निध्य लिया और अपने जीवन को धन्य किया। अयोध्या का हर घर, गली मार्ग, चौराहा, महल, मालिया, छाजा, कंगूरा अनन्त-अनन्त दीपकों की रोशनी से जगमगा उठा और वहाँ उपस्थित हर दिल ज्योति की जगमगाहट से अन्तर-बाहर ज्योतिर्धर हो गया। मेवाड़ में प्रचलित रामधारी ख्याल में साँगडिये रामदला की आरती के समय गाते हैं—

जगमग-जगमग जोत जगी रे।
रामजी की आरती होन लगी रे॥
केसर धूप कपूर की बतियां।
आरती करत सखा मिल सखियां॥
रामजी की रटना होन लगी रे।
काली कलूटी रात भगी रे॥ [1]

कहते हैं, ऐसी दीपकों की दिव्य-ज्योति सर्वत्र पूरे देश में की गई और तब से ही दीपावली का त्योहार प्रारम्भ हो गया, जो अब तक भी उसी श्रद्धा-भावना तथा आस्था-उमड़ाव का प्रतीक बना हुआ है। रामधारी ख्याल आगे जाकर रासधारी ख्याल के नाम से जाने गये, किन्तु उनका कथानक रामजीवन का ही बना रहा।

राम की अगवानी में राम के भक्तों ने अयोध्या में अपनी उपस्थिति से रामदर्शन के प्रमाणस्वरूप राम-रज और उनकी अनुपस्थिति में राजपाट सँभालने वाली उनकी खड़ाऊँ का धोवन-पानी प्राप्त किया। अयोध्या से लौटकर भक्तों ने जहाँ-जहाँ राम-रज डाली, वहाँ कालान्तर में गेरू रंग की एक विशाल खान बन गई और जहाँ खड़ाऊँ के धोवन का छींटा गिरा, वहाँ श्वेत-धवल खड़ी की खान निकली।

राम-रज हड़मची

मेवाड़ में गेरू रंग की मिट्टी और डलों के रूप में जो खान-सम्पदा मिलती है, उस राम-रजी माटी को हड़मची कहते हैं। दरअसल उस राम-रज को प्राप्त करने की जो हठ-होड़ मची थी, वही हड़मची के रूप में आंचलिक पहचान बनी हुई है।[2] यही स्थिति खड़ी अर्थात् खड़िया मिट्टी की है। दीपावली पर हर घर की सफाई के उपरान्त हड़मची के घोल की लिपाई कर आँगन में खड़ी से भाँति-भाँति के माँडने माँडे

जाते हैं। इन माँडनों में चौक और आँगन की सज्जा के प्रतीक बड़े ही आकर्षक तथा मनमोहक सुहावनी भाँतों के माँडनों के साथ-साथ रामजी की खड़ाऊँ के रूप में पगल्याजी की दर्शना देते माँडनों की मुलकान राम-रंजन की सौगात देती है।

राम-पधारन का अयोध्या में विविध रूपों में मंगलाचार हो रहा है। एक हरजस में सियावर की जै-जैकार के साथ उन्हें बधाने का मंगलाचार गाया जाता है, जिसमें कहा गया है—आज का दिन बड़े ही आनन्द का है। अयोध्या में राम-लक्ष्मण-जानकी का पधारना हो रहा है। उनके मंगल गायन पर सोने-चाँदी की ईंटों से नवखण्ड वाला महल बनवाओ। सोने-चाँदी के कलश से उनकी आरती करो। रघुवर को कत्था-चूना लगा हुआ पान चबाने को दो। सोने की थाली में उन्हें भोजन कराओ। सोने की झारी में गंगाजल पिलाओ। सोने की थाल में रत्नजड़ित पासे से उन्हें खेलाओ। हिंगलू के ढोलिये पर फूलों की सेज सजाकर उन्हें पोढ़ाओ। आज का दिन बड़े आनन्द का है। अयोध्या में राम का पदार्पण हो रहा है—

आज को दन आनंद अयोध्या में राम पधार्या।
राम पधार्या ने लछमण आया, अयोध्या में हुया मंगलाचार॥
अयोध्या में हुया जैजैकार॥ अयोध्या.॥
सोना रूपा की ईंट पडावो, नौ खण्ड्यो म्हेल चुणावो॥ अयोध्या.॥
सोना रूपा को कलस मंगावो, सियावर ने जाय वंदावो॥ अयोध्या.॥
सोना रूपा की आरती संजोवो, सियावर ने जाय उतारो॥ अयोध्या.॥
पाको सो पान कलाई को चूनो, रघुवर ने जाई चबावो॥ अयोध्या.॥
सोना की थालों में भोजन परुसो, रघुवर ने जाय जिमावो॥ अयोध्या.॥
सोना की झारी में गंगाजल पाणी, सियावर ने जाय पिलावो॥ अयोध्या.॥
सोना की थाल जडाऊ का पासा, सियावर ने जाय खेलावो॥ अयोध्या.॥
हिंगलू को ढोल्यो ने फूलां छाई सेजां, सियावर ने जाय पोढावो॥ अयोध्या.॥
अयोध्या में राम पधार्या, आज को दन आनंद अयोध्या में राम पधार्या
राम पधार्या ने लछमण पधार्या, अयोध्या में हुवा मंगलाचार॥ अयोध्या॥ [3]

भारतीय पट्ट चित्रों की परम्परा में कपड़े पर विशेष विधि से जो चित्र माँडे जाकर विशिष्ट वाचकों द्वारा ग्राम्य-जीवन में जो मनौती मूलक रंजन किया जाता है, वह चित्रफलक पड अथवा फड नाम से लोकप्रिय है। इनमें देवनारायण तथा पाबूजी की पडों ने पूरे विश्व में ख्याति अर्जित की है। इन पडों के अलावा उनके अत्यन्त लघु रूप में जो पडक्या प्रसिद्धि लिये हैं, उसे रामदला नाम से जाना जाता है। इसके प्रचलित अन्य नामों में 'भगवान का चँदोवा' तथा 'रामदला का पाटिया' है।

रामदला की पड

इस पड के साथ अन्य पड की तरह लम्बी गाथा तथा उसकी गावणी अथवा गायकी नहीं होती। केवल चित्रफलक होते हैं, जिन्हें दर्शाकर एक-एक पंक्ति में वाचना की जाती है। इसमें राम से सम्बन्धित निम्नांकित चित्र-वाचना उल्लेखनीय है—

—अयोध्या नगरी में भगवान राम, सीता, लक्ष्मण क्रे दर्शन हैं।

—राजा दशरथ अपनी तीनों रानियों कौशल्या, कैकेयी और सुमित्रा के साथ मन्त्रणा कर रहे हैं।

—राम अपने भाई लक्ष्मण, भरत और चरत के साथ।

—सीता माता अपनी तीनों बहनों के साथ।

—दासी मंथरा को पाप सूझा। वह रानी कैकेयी के कान भरती है।

—कहती है राजा दशरथ ने दो वरदान दिये। उनकी माँग कर तुम पटरानी बन जाओ।

—वो कैसे?

—एक तो राम को वनवास माँगो।

—और दूसरा?

—दूसरा अपने बेटे भरत को राजगद्दी।

—रानी सोच में पड़ गई।

—मंथरा कैकेयी को उचकाती है।

—रानी दशरथ के महल जाती है।

—दशरथ प्रसन्न मुद्रा में बैठे हैं।

—रानी वर माँगकर उन्हें निराश करती है।

—सब ओर यह बात फूटती है।

—शोकमग्र रानियाँ और चारों बहुएँ।

—राम को पता लगता है। उनके राजतिलक की तैयारियाँ ठण्डी पड़ जाती हैं।

—सब ओर उदासी ही उदासी छाई है।

—राम दशरथ को नमन कर वन जाने की आज्ञा लेते हैं। सीता भी उनके साथ जाती है। लक्ष्मण भी तैयार होते हैं।

—राजा दशरथ गमगीन हो गिर पड़ते हैं। उन्हें होश नहीं आता है।

—राम-लक्ष्मण-सीता का वनवास।

—रामदल का पंचवटी में विश्राम।

—लक्ष्मण पहरे पर बैठे हैं।

—रात्रि को रावण की बहन शूर्पणखा आकर उन्हें विवाह के लिए मोहित करती है।

—लक्ष्मण परेशान हो उसके नाक-कान काट देते हैं।

—वह रोती-बिलखती चली जाती है।

—छद्म वेश में राक्षस सोने का मृग बनकर सीता को मोहित करने आता है।

—सीता उसके पीछे-पीछे भागती है। वह अलोप हो जाता है।

—सीतामाई राम से उसकी खाल लाने और अपनी कंचुकी बनाने को कहती है।

—राम जाते हैं। लक्ष्मण को सीता की देखभाल के लिए कह जाते हैं।

—राम के बाण से मृग 'हा लक्ष्मण' कहने का उच्चारण करता है।

—इसे सुन लक्ष्मण भाई के ऊपर संकट की छाया मान सीता के चारों ओर कार लगा सहायता को जाते हैं।

—पीछे से छद्मवेशी रावण साधु का वेश बना सीतामाता का हरण कर ले जाता है।

रामदला के इस चित्रपट को भोपे दिखाकर धानचून इकट्ठा करते हैं। कालान्तर में रामदला में रामचरिताख्यान के अलावा अन्यान्य तीर्थों, देवताओं, भक्तों तथा उन विशिष्ट यजमानों के चित्र-नाम भी जुड़ते गये, जिन्होंने रामदला वाचक को विशिष्ट भेंट-भेंटावण से सम्मानित किया।[4]

रामदला की पड

राम-कावड

ऐसा ही कुछ राम-कावड के वाचकों ने भी किया। प्रारम्भ में काष्ठ-निर्मित एक पाट अर्थात् पटिया की ही कावड थी, जिस पर राम-जानकी के चित्र मंडे होते थे। धीरे-धीरे रामजीवन की विविध झाँकियाँ दर्शाई गयीं और ज्यों-ज्यों चित्रकथा के रूप बढ़ते गये, त्यों-त्यों कावड में पाट जुड़ते गये और एक पाट की कावड ने आठ-आठ, दस-दस पाट तक का रूप ग्रहण कर लिया। लेकिन कावड का भी वही हश्र हुआ जो रामदला का हुआ। विभिन्न तीर्थों, देवी-देवताओं के अलावा वे यजमान अधिक जुड़ते गये, जो हर तीसरे वर्ष की फेरी में कावडियों को खासा इनाम बख्शीश करते थे।

कावड का प्रारम्भिक रूप रामजीवन की चित्रात्मक गाथा का वाचन-श्रवण ही था। इसीलिए उसे 'रामजी की कावड' कहा गया। वाचक कावडिया भाट कावड को बड़े यत्न से लाल कपड़े में बाँधे रखता है और सुनाते समय पवित्र तन-मन से जमीन पर आसन लगाकर एक हाथ में, गोदी में थामे रहता है। दूसरे हाथ से पट-चित्रित चित्रों को मयूरपंख का स्पर्श दिये विशिष्ट लहजे में प्रत्येक चित्र का अरथावण करता है। प्रारम्भ में उसी लहजे में अपने गाम-नाम का परिचय देता कावड-वाचक प्रारम्भ करता है। पूरी कावड में लगभग सौ के करीब चित्र होते हैं। इन चित्रों से कई तरह की जानकारी मिलती है। रामायण के अलावा महाभारत के चरित्रों तथा लोकजीवन में चर्चित विशिष्ट व्यक्ति, सन्त, महन्त, विशिष्ट भक्त तथा प्रमुख दानदाता का स्मरण कावड में पाकर तत्कालीन समाज परिवेश का कई दृष्टियों से अध्ययन किया जा सकता है। पौराणिक आख्यानों के चरित्रों पर भी जो कुछ दरसाव मिलता है, उनके साथ लोकजीवन में जुड़े जो मिथक हैं, वे भी बड़ी रोचक जानकारी संकेतित करते हैं। वाचन के समय कावडिया बार-बार राम का नाम उच्चरित कर सबको राम-शरणमय होने की सुगत देता है। यथा—

—ये देखो भगवान की कावड के दर्शन हैं।

—श्री रामचन्द्र भगवान की कावड है।

—यह देखो भगवान की कावड है।

—भगवान की कावड बाँचते हैं, सो ध्यान लगाकर सुनिये।

—यह श्री भगवान रामचन्द्रजी की रामायण कावड पढ़ते हैं।

—नाम तो देखो परमात्मा की कावड का दरसणा।

यहाँ कावड-पाठ के कुछ वाचन-कथन प्रस्तुत हैं—

—रियासत जोधपुर के रेणे वाले हैं। गाम हमारा भोपालगड़ है। कोमी के राव हैं। नाम हमारा शैतानसिंघ है।

—ये श्री भगवान रामचन्द्रजी की रामायण कावड पड़ते हैं। इनको आप ध्यान लगाके सुणिये।

—ये श्री रामचन्द्र भगवान की कावड है।

—जैसे पाँच तो पाँडू हैं अर छठा भगवान हैं।

—अरजन और भीम नकुला सहदेवा।

—जेठलजी म्हाराज रा दरसण है।

—एक सोमती अमावस नी आई जिणरे कारणे पाँचूंई पाँडू हीमाले गलिया।

—मीरांबाई जलम्या मेडते र राणोजी गड चित्तौड। विष रा प्याला मोकलेर दो मीरां रे हात। इमरत कर मीरा विष अरोगियो। साय करी रघुनाथ। राणाजी समझियो नई ले जाती बैकुंठ।

—कंस री दूती कानजी ने जैर रो आंचल दे बिलमायो।
—मां जसोदा हाथ जोडे।
—चन्द्रावल गूजरी दई घमोडेरे कानजी म्हाराज माखण री चोरी करे। टाँगडी बाँध गूजरी उल्टा लटकावे।
—ये देखो भेरजी भाटी गाम पली में व्हीया। ऊँट दिया हेंद रूप कावडा में देखो।
—भगवान री कावड रा दरसण। मोरधज राजा। राणी संझावती। पेट रो पुत्तर चीर सिंघ ने चरायो।
—सत नी हारियो बांरो कारज श्री भगवान सरियो।
—वैणाराम छापरियो जोडायत मांडी। गाम तो देखो बावडी डाओला बंचीजे। कावड खोलाय इक्कीस रिपिया रोकडा, हात मण बाजरी धरम री दी ज्यांरो धरम कावडां बंचीजे। भगवान री कावड में।
—धन्ना भगत री खेती। तूंबा रा बीज बाया मोती निपजिया। बीज-बीज साधां बरताया। जाट धन्ना री खेती।
—कूंजोजी म्हाराज पुरमांडल में धरम रा बर्तन घडे। सब दिन में छैः। भगवान रे भगती रे कारणे तीन धरम रा बांटेर तीन ताव णीऊँ घरधंधा चलावे।
—रेदास भगत धरम री जोडी बणावे।
—कबीरजी म्हाराज काशी में धरम रा रेजा बिणे। सब दिन में बारे हाथ पिछोवडी बिणता। छै हाथ धरम री बांटतार छै हाथ पिछोवडीऊं घरधंधो चलावता। कबीरा-कबीरा क्या करोर सोचो आप शरीर। मन मरी माया मरी मर-मर गिया शरीर। आशा त्रिसना नी मरी केग्या दास कबीर।
—गिणका वेश्या उजेणी में सुवो पडायो। सेण भगत रा सांसा मेटिया। मिल्या हर नाई। किशन भगवान राजा बल री हाथां हजामत बिणाई।
—आंका तारिया बाँका तारिया। तारिया कालू कीर। सुवा पडावतांई मिलग्या रूकमण बीर।
—ये देखो भगवान री कावड रा दरसण है। धोरोधोरो गाम सांभेर में ऊंट दियो हेंदरूप। सती रो नाम कावडां बंचीजे।
—नामदे छींपो धरम री भांत चलावे।
—अणदोजी सोनी धरम रो गेणो घडे।
—डूंगरपुरी म्हाराज बाजां चेली चोवटण में भगत व्हीया।
—सूंडाला दुख भंजणार सदा नबाली बेस। सारा पेली सिमरजो गवरी पुत्र गणेश। उतरिया पाणी नी पडे, नलां पारडां नीर।
—ए ऐखो भगवान री कावड है। गोपियाँ गंगा में सिनान कर रई। कानजी म्हाराज कपडा ले उल्टा दरखत पे चडिया।
—देखो भगवान री कावड में किशन भगवान कालारदे में नाग नाथियो। फूँकार मारी बदन साँवलो पडियो।
—सगताराम कारीगर गाम दादाणो बंचीजे।
—श्री रामचन्द्र भगवान री कावड है। दियां री देवल है। देखो बद्रीनाराण रा छींका। धरमी ठाय-ठाय पग धरे। पापी उल्टा पडिया खुरडा खोतरे।
—गिया तो बद्दरी काया नर सद्दरी। नी गिया बदरी रेणा दलद्दरी।
—देखो सगजी मोडाणी गंगा सेठाणी मूंडवो बंचे। सेर रो हुकुम करे सवा सेर तोले। घर धरियाणी

बैकुंठ में माले। भगवान आपोआप दरवाजे आया।

—देखो भागीरथ पिडियारा। गरवर सूं गंगा आई। भागीरथ पिडियार लायो ज्यांरो एक नाम कावडां बंचीजे।

—देखो फतेसिंगजी चोबेदार जोडायत देखो। भगवान री कावड सोडीजीसा खोलाय ने सवासे रिपया दान रा दिया। फतेसिंगजी साब रो धरम कावडां बंचीजे है।

—एक नाम कावडां बंचीजे। जात रो रेबारी बंचीजे। बाघोजी रेबारी मूरत रंग ने तीजां ने गंगा कावड खोलाय दान दियो।

—गाम नेतडां बंचीजे। एक नाम कावडां बंचीजे। भगवान री कावड में भेरसिंगजी ठाकर जोडायत लाडी चवाणजीसा हंसां री पालकी रो दान कावड में पच्चीस रिपिया दिया ज्यांरो पुन्न कावडां बंचीजे।

—कंवर रूगसिंग चांपावतजीसा। पैंतीस रिपया रोकडा ओडावणी करी गाम बणाड में।

—मगनीराम बांगड गाम डीडवाणे बंचीजे है देखो।

—राजूरामजी तेली गाम बगडी रा बंचीजे। घाणी ले बैकुंठ में गिया हेंदरूप घाणी रो दान कावड में दियो ज्यांरो धरम कावडां बंचीजे है।

—एक नाम दूजो बंचीजे है। देखो भगवान री कावड रा दरसण है। रावल रूपांदे नगर में व्हीया। भगत केवाया कावडां में।

—जैसल तोलां देखलो भगवान री कावड में। ये परमात्मा री कावड। रावल रूपांदे नगर में व्हीया। जैसल तोलांदे कच्छभुज में भगत व्हीया इण सतियां रा नाम कावडां बंचीजे।

—एक नाम दूजो बंचीजे। लिकमोजी जात रा पिरोइत है जिंका रे जोडायत सुवा बंचीजे। बलदां रो दान दियो कावड में ज्यांरो पुत्र कावडां पच्चीस रिपिया बंचीजे।

—ये देखलो भगवान री भगती रा कावडां रा दरसण है। सवाईसिंगजी ठाकर जोडायत सोडीजी कावड खोलाय गाम पीपलली में दान दियो ज्यांरो पुत्र कावडां बंचीजे।

—एक नाम अमर बंचीजे है देखो। भगवान री भगती रे कारणे दियां री देवलां अमर बंचीजे। दूती ए देखो भगवान री कावड।

—देराणी कावड खोलावती जेठाणी आडी फिरी। पुत्र से टाँग लगायी। घाणी में माथो जम पिले। भगवान री कावड में।

—एक इण कावड खोलाय गऊ मिंदर रो दान दियो। उल्टी पडी गऊ कीचरे।

—राम-राम सब कहे दसरथ कहे न कोय। एकदाण दसरथजी राम-राम कहे क्रोड जून सम्पूरण होय।

—तीन राणी कैकया, कौसला, समीतरा रा दरसण है।

—गोपीचन्द भरतरी भजन करे। देखो भगवान री कावड रा दरसण है।

—राजा गरदबसैण रा दरसण है। देखो धरम कर पिछताया। हाथ-पग मिनख रा मूंडा-पूंछ गधा रा व्हीया।

—दूजो देखो भगवान री कावड रा दरसण। भूरसिंगजी ठाकर अर लाडी जात रा देखलो लखावतजीसा कावड खुलाई।

—गाम तो भगवान री कावड रूडवाडो बंचीजे। नैणजी पिरोईत ने चूली जोडायत कावड खोलाय।
—लुद्रवो देखो भगवान री कावड। बैल रो दान दियो ज्यांरो पुत्र कावड में छपियो।
—भगवान री कावड रा दरसण है देखलो। दिया री देवला बंचीजे।
—पेमाजी रेबारी मथुरी जोडायत ऊंटरो दान हवा पच्चीस रिपिया दिया। गाम तो जोजावर बंचीजे। ढाणी शेखावतां री।
—बीजा नाम कावडां बंचीजे। मोती पिरोईत हैं जिंका रे जोडायत देखो सूवा ने गंगा बंचीजे। कावडां खोलाय गाम तो चवे दान दियो ज्यांरो धरम कावडां बंचीजे।
—एक नाम अमर बंचीजे। देखो म्हादेव शंकर भगवान रो फोटू है।
—किशनसिंगजी ठाकर जिंका रे जोडायत लाडी जात रा। चंवाणजीसा कावड खोलाई। गाम तो सेवाणो बंचीजे भगवान री कावड में।
—बीजा जवारसींगजी ठाकर बंचीजे। जोडायत लाडी सोडीजी। गाम सेवाणो बंचीजे। कावडां खोलाय दान दिया ज्यांरो पुत्र कावडां अमर बंचीजे।
—एक नाम दूजो बंचीजे। तारादे राणी हरिचन्द राजा राईदास कंवर। विखो पडियो भारी जणे भरियो भंगी रे घर पाणी। नीं छोडी सत री वाणी। सत मत छोडो सांवरा सत छोड्यां पत जाय। सत रे बाँधी पिरथमी आण मिलेला आय।
—बेमाता हंस री असवारी।
—कालकादेवी सींघ री असवारी।
—ओ सरवण बेटो। मात-पिता री कावड ले अठ्ठयोतर तीरथ कराया। जाय झिकोलिया समंदरां नीर। मामे दसरथ हांदियो तीर। मारियो भाणेज वीर। सुण रे मामा पाप कियो। भाणेजो मार कांई जस लियो।
—ये देखो भगवान री कावड रा दरसण है। हरि रे नाम री कावड है। दियां री देवला बंचे।
—या करमांबाई जाटणी। खीचडो पकायो। धाबला रो परदो किया। भगवान रुच-रुचने भोग लगायो। भगवान री कावड रा दरसण है।
—बल राजा बीलाडे व्हीया। अडाई पांवडा जमीं नापी। एक पांवडो जमीं घटगी। पीठ दे भाणजी री पूरी की।
—छ्दामोजी ब्राह्मण किशन भगवानूं बाथ घाल मिलिया। झूंपडी नीं जठे झरोखा व्हीया। परमात्मा री कावड रा दरसण है।
—जै बोला सरी रामचन्द्र भगवान की जै। सुण सभा जिंका री जै। ईश्वर रे वास्ते चडावे सो पावे। बावे सो लूणे। बंद कावड खोलावे ज्यांरो नाम अमर हो जावे।
—सरी रामचन्द्र भगवान की जै हो।[6]

रामजी के चीडा-चीडी

फसल पकाई पर जब मक्की के पौधे में माँजर-मूँछ का गुच्छा भुट्टे के सिर पर चोटी की तरह पत्तों के आवरण से बाहर निकलने को होता है, तब धीरे-धीरे श्वेत मूँछें कच्चेपन की कंचुकी छोड़ पक्केपन की प्रतीक रूप में भूरापन लेती हुई काली यानी गहरी भूरी दिखने लग जाती हैं। यह स्थिति भुट्टे में दाने

आकर उसके पकने की स्थिति का दरसाव होता है। ऐसी स्थिति में कुछ भुट्टे उसके डंठल से अलग कर रामजी के नाम रख दिये जाकर या तो किसी देवरे में चढ़ा दिये जाते हैं या फिर किसी साधु-तपसी को दे दिये जाते हैं। यही स्थिति ज्वार के कण भरे पके हुए गुच्छे की होती है जिसे पेंकडा कहा जाता है। सन् 1945 से 1952 के बीच मैं अपनी माँ के साथ अपने गाँव कानोड से बाप-दादा के छोटे से गाँव अरनिया जाया करता था और सप्ताह-दो सप्ताह रहता था, तब पटेल हेमाबा, भेराबा की चौपाल-धूणी पर कई लोग जब जाओ, तब ही बैठे तापते, तमाखू पीते मिल जाया करते थे।

मैं उनकी आपसी बतरस को बड़े ध्यान से सुना करता था। वहीं पता लगा कि कोई भी फसल पकने पर पहली बार उसे राम के नाम खेत से निकाल स्वयं उपभोग नहीं करते हैं, बल्कि धर्मार्थ अन्यों के लिए निकालते हैं। गेहूँ, मक्की, ज्वार, बाजरा, चीणा जैसी फसल का आंशिक हिस्सा उसके मूल डंठल सहित खेत में ही खड़ा छोड़ देते हैं ताकि कोई भी चीड़ा-चीड़ी उसे अपना चुग्गा बना सके। छोड़ते समय वे जोर-जोर से उनको हेला भी देते-कहते—

रामजी रा चीडा, रामजी रा खेत।
आओ रा चीडा, खाओ धप पेट॥

अर्थात् रामजी के सभी चीड़ा-चीड़ी और रामजी के ही सारे खेत। सभी चीड़ा-चीड़ी आओ, खाओ भरपेट।

यहीं पूरे गाँव की गायें चरने के लिए चोपे पर इकट्ठी होतीं। बचपन से गायें चराती-चराती साठ वर्षीय बुढ़िया गाँववालों के लिए 'गायां माँ' ही बनी हुई थी। छोटे-बड़े सभी उसे इसी नाम से जानते थे। चोपे से ठीक समय वह सारी गायों को चराने के लिए छापरडे ले जाती और संध्या को जब गायें आतीं तो धूल भरा आकाश गोधूलि का समय सार्थक करता लगता।

राम डींगरा

एक दिन मैं अपनी गाय चोपे छोड़ भलावणी देता गायां माँ से पूछ बैठा—माँ, गाँव की इतनी सारी गायों को घेरकर ले जाना और वापस सुरक्षित लाना हर एक के बूते की बात नहीं है। गायें भी कई तरह की रींडी-भींडी, छालर-मोगर, मारकाणी, भेटी देणी, बाड़ कूद फसल बिगाड़नी, हरियावड़ी तथा कई खोट की होती हैं। मां अपने हाथ में पकड़े लट्ठ को आकाश की ओर ऊँचा करती बोली—हरियावड़ी गाय के गले से लेकर दोनों पाँवों के बीच तक का लकड़ी का मोटा 'राम डींगरा' बाँध देते हैं। यों इशारों और आंकड़ बोली से सभी गायें मेरे इशारे को समझ जाती हैं। नहीं समझने पर हाथ में रखा 'रामलट्ठ' सब पर धाक जमाये रखता है। इसका जोर का एक सौटा पड़ जाये तो सब ठिकाने आ लगती हैं। कहावत भी है—'मार आगे भूत भागे।' अर्थात् लट्ठ की मार-वार से तो गाय क्या भूत तक भागते नज़र आते हैं। वैसे सबका रखवाला राम है—राम राखे एने कोण मारे। उम्र के अनुसार रामली, रामीबाई, रामी भाभी, रामा भाभा, राम्या, रामल्या, नानोरामो, रामलाल, रामलला, रामशंकर, राम बा, रामरसिया जैसे नामों से कोई गाँव अछूता नहीं मिलेगा।

कहना नहीं होगा कि राजस्थानी आदिवासी जीवन संस्कृति और कला के किसी पक्ष का छुअन अथवा स्पर्श भगवान राम के बिना अधूरा है। कोई त्योहार, उत्सव अथवा उमंग का अवसर हो, घर की लिपाई-पुताई-सफाई हो, पशुओं को सजाने-सँवारने का मौका हो; राम का नाम, राम नाम के छप्पे, छापे और राम

भगवान से सम्बद्ध माँडणे, थापे मुलकाते मिलेंगे। राम-रज हड़मची घर-बाहर की शोभा ही नहीं बनती, गायों, बैलों के सींग और शरीर तक उसके रंग-थापों से रंगे-थपे जाकर शोभित होते हैं।

रामजी का घोड़ा

राजस्थान में टिड्डीदलों की फसल बरबादी बहुप्रसिद्ध रही है। टिड्डी समूह रूप में आक्रामक तेवर लिये किसी खेत पर टूट पड़ता है और देखते-देखते पूरे खेत की खड़ी फसल चौपट कर देता है। छोटी ऊंदरी के कालाजी गोराजी देवरे पर केसोजी ने बताया कि टिडुए मारवाड़ में बहुतायत से देखे जाते हैं। इसीलिए उधर इनके कई गीत मिलते हैं। एक गीत में टिडुए से विनती की गई है कि सब कुछ चौपट कर दिया है। फसलें की फसलें बरबाद हो गई हैं। मोठ बाजरे का कहीं नामो-निशां बाकी नहीं रहा। छोटे-छोटे बालक बिलख रहे हैं। खाने को तरस रहे हैं, अत: टिडुए तुम मेहरबानी कर इस देश से चले जाओ। भूलकर भी कभी मारवाड़ की धरती मत देखना। गीत की इन पंक्तियों में करुणा का रुआँसीभरा स्वर जब कानों में पड़ता है, तब श्रोता भी अपने को रोक नहीं पाता है। भीगे आँसुओं से वह भी अनुनय विनय करता पाया जाता है—

म्हारा टिडुआ रे... टिडुआ रे...
फेर मती आजे भोली मारवाड़ में
मोठ भी खाग्यो टीडु, बाजरो भी खाग्यो
खाग्यो म्हारे नानडिया रो नूर म्हारा...

इसीलिए रेगिस्तान का यह टिडु मेवाड़ में रामजी का घोड़ा नाम से आदरित है। इस क्षेत्र में इन्द्रदेव के कुपित होने से कई अकाल पड़े हैं, पर टिडुओं ने कभी इस क्षेत्र को बरबादी नहीं दी। कोई दल भी आक्रामक रूप में नहीं देखा गया। यदा-कदा कोई टिडु कभी उड़ता आ भी जाता है तो सभी प्रसन्न हो शुभ मानते हैं।

रामजी के घोड़े की तरह इधर रामदेव बाबा का घोड़ा भी चर्चित रहा। प्रसिद्धि है कि रामदेव अपने घोड़े पर सवार हो इधर से निकल रहे थे, तब किसी भक्त पर संकट आया सो वे अपने घोड़े को उसके चरवादार जरगा के भरोसे छोड़, कह गये कि तत्काल ही लौट रहा हूँ। जरगा घोड़े के साथ खड़ा-खड़ा उनकी बाट जोहता रहा, पर रामदेवजी नहीं लौटे। घोड़ा और जरगा खड़े-खड़े ही कंकाल हो गये। रामदेव को अचानक स्मरण आया। भूल का अहसास हुआ तो लौटे। देखा तो दोनों कंकाल रूप में मिले। दोनों को उन्होंने सरजीवित किया और जरगा की चाह के अनुसार उस पूरे पहाड़ी परिक्षेत्र में धूणी कायम कर उसका नाम ही जरगा रख दिया, तब से वहाँ जरगाजी का मेला लगता आ रहा है। रामदेवजी के साथ जरगा का नाम भी अमर बना हुआ है। सब राम में समाविष्ट हैं। राम-नाम सबमें बीज मन्त्र है, जो अपने में सर्वथा पूर्ण है। बीज निरन्तर फूलता, फूटता विकसित होता है। समग्र सृष्टि इसी राम-नाम से संचरित एवं संचालित है।

कद आवोला रमैया

भगवान राम के साथ इधर प्रत्येक आदिवासी गर्व महसूस करता है कि उन्होंने शबरी के घर मेहमानी की और उसके हाथ का बोर खाया। मेवाड़ में दो तरह के बोर मिलते हैं। एक तो पेमली बोर जो कि किंचित् हरापन लिये होता है और दूसरा चणबोर जो पकने पर लाल होता है और छोटे आकार का काँटेदार झाड़ियों में लगता है। यह ऊँची जमीन और सूखे स्थानों पर बहुतायत में मिलता है। दीपावली-पूजन पर

मिट्टी के दीयों में शुभ-मंगल के प्रतीकार्थ चणबोर भी तेल को तरी देता है।

शबरी की तरह हर आदिवासी महिला मेलों-ठेलों या अन्यत्र उल्लास के अवसरों पर जब समूह रूप में गाती-नाचती-ठुमकती एकत्र होती है तो रामजी के रूप में अपने गाँव में रमैया का आह्वान कर फूली नहीं समाती है—

कद आवोला रमैया म्होरे गाम
ऊबी जोऊं बाटडली

अर्थात् मेरे गाँव कब आओगे रमैया! मैं खड़ी-खड़ी तुम्हारी बाट जो रही हूँ।

राम सर्वत्र व्याप्त हैं। चेतन में ही नहीं, जड़ में भी। वे हर समय अपनी उपस्थिति की छाँह तथा छाप देते लगते हैं। दो किनारों के बीच जैसे नदी सुरक्षित हो, निरन्तर प्रवाह लिये बहाव दिये रहती है, किन्तु उनसे मिलने का अहसास करती हुई भी मिल नहीं पाती है। आदिवासी जनजीवन में राम भी ऐसे ही रमते रहते हैं।

आदिवासी मानते हैं कि राम हमारे सबके आम हैं। उनके होने से ही हमारे चौपाये चुस्त-दुरुस्त हैं। रुंख-वनराई आबाद है। बस्ती आबाद है। नदी-नाले साबत हैं। कहीं कोई ओझका नहीं है, लेकिन जब अतिवृष्टि होकर जोर-शोर का पानी बस्ती को घेर लेता है। तालों-सरोवरों का पानी बेतहाशा होकर ओटे चलते बस्ती को जल-मग्न कर देता है। अनावृष्टि में सब ओर सूखा-ही-सूखा हो जाता है। वनराई की हरीतिमा टाटली हो जाती है। दुधारू पशुओं का दूध सूख जाता है। धरती धूजा मारने लगती है। लोग दाने-दाने के लिए मोहताज हो जाते हैं, तब लगता है राम ने रूठा मान लिया है। ऐसी स्थिति में गाँव के किसी राम नामधारी रामधनिया, रामरखिया, रामलछिया, रामरूणिया अथवा रामरसिया को पंच-पंचायती में बुलाकर पंचायती ढोल का डाका दिलाया जाता है। तब अतिवृष्टि का पानी संयत हो जाता है और अनावृष्टि में रिमझिम-झिरमिर बरसात होने लगती है। यही राम-नाम की सार्थकता है। अपने बचपन में कमलवाले तालाब के ओटे से अति वर्षित पानी पूरे गाँव में पसर गया था, तब ऐसा ही टोटका किया गया था और देखते-देखते पानी का बहाव मन्दा पड़ गया था। याद यह भी पड़ रहा है कि तब मन्ना मीणा के घर जिस बालिका ने जन्म लिया था, उसका नाम रामजन्मी रखा था जो चलता नाम रामजणी के रूप में जानी गई।

ऐसा भी होता है जब गाम पटेल की उपस्थिति में किसी होशियार समझे-बूझे ज्योतिषियों को बुलाकर राम मनावण का टीपणा दिखाया जाता है, महिलाएँ तब समूहबद्ध गीत गाती हुई टेर-पर-टेर देती हैं—

म्हारा जूना जोसी राम मिलण कद होसी।

अर्थात् हे जूने पुराने जोशी! हमारा राम-मिलन कब होगा?

राम-नाम की महिमा

सच तो यह है कि राम की ही पकड़ में पूरा पर्यावरण है। हवा, रोशनी, अगन, पानी, वनस्पति सबमें उसकी आतम बसी हुई है। सारे उसके इशारे में खूँटी-बंध हैं। वही रसवटी है। वही रसायन है। रस खान है। उसकी मुट्ठी में आकाश कैद है। उसके पाँवों में पृथिमी परिचालित है। उसकी हवाखोरी में सबकी साँसें हिंडोले ले रही हैं। उसकी अगन में सभी तपसी बने हुए हैं। उसके जल में सब जलजात बन खिलखिला रहे हैं। वही एक है। अनेकों में एक और एक में अनेकानेक।[6]

राजस्थान के मेवाड़-वागड़ में आदिवासियों की सबसे घनी बसावट है। किसी भी आदिवासी से जब उसका नाम पूछा जाता है तो वह प्रथमत: तो यही कहता है—'नाम तो श्रीराम को'। फिर अपना नाम जिस दिन वह पैदा हुआ, उस दिन से जोड़ता बताता है—'म्हारो नाम दीतो, होमो, मंगलो, हकरो, थावरो।' यहाँ दीतो से तात्पर्य दीतवार-रविवार से, होमा सोमवार से, मंगलो मंगलवार से, हकरो, हकरवार-शुक्रवार से तथा थावरो थावर-शनिवार से है।

लोककला की संस्था भारतीय लोककला मण्डल में रहते हमारी प्रार्थना ही—'थोडा नेडा बसोनी म्हारा राम रसिया' भजन की होती थी। मीरांबाई की छापवाला यह भजन आदिवासी भजन मण्डली से कलाकार दयाराम भील लाया था। वह भवाई नृत्य करते-करते भवाई नाम से ही अधिक जाना गया। इस भजन में मीरां का कृष्ण भी रामरसिया है। सौ से अधिक वर्ष पुराना यह भजन अब भी मुझसे विलग नहीं होकर अँधेरे का उजाला बन मेरा मार्ग प्रशस्त करता है—

थोडा नैडा बसोनी म्हारा राम रसिया
राम रसिया, मीरकणी रे हिरदां बसिया ओ रामा...
राज रे कारणिये म्हैं तो घोडी पलाणी रामा
ऊपर जीणा कसिया ओ रामा...
राज रे कारणिये म्हैं तो म्हेल चुणाया रामा
और लगाया जारी जसिया ओ रामा...
राज रे कारणिये म्हैं तो भोजनियो बणायो रामा
और बणाया घेवर चकिया ओ रामा...
बाई मीरां ने प्रभु राम मिलाद्यो
हरि रे चरणां में म्हारा मन बसिया
थोडा नैडा बसोनी म्हारा राम रसिया।

अर्थात् रामरसिया! तनिक मेरे नज़दीक आ बसो। मीरां के हृदय में आ बसो। तुम्हारे लिए मैंने घोड़ी पर जीण पलाण कसे। महल बनाकर झाली झरोखे लगवाये। भोजन में घेवर चकी बनाये। मीरां के प्रभु मुझे राम से मिला दो। उनके चरणों में मेरा मन बस गया है। तनिक नजदीक आकर सदा के लिए मेरे हृदय में बस जाओ।

सन्दर्भ

1. मेवाड़ के रासधारी—डॉ. महेन्द्र भानावत, भारतीय लोककला मण्डल, उदयपुर, पृ.19, वर्ष 1970.
2. उदयपुर के निकट के आदिवासी गाँव बड़ी ऊंदरी के सौ वर्षीय उदा पारगी से 2 जून, 2004 को हुई भेंट के दौरान बातचीत तथा जनजातियों के धार्मिक सरोकार—डॉ. महेन्द्र भानावत, मुक्तक प्रकाशन, उदयपुर, वर्ष 2006.
3. रामदला की पड—डॉ. महेन्द्र भानावत, भारतीय लोककला मण्डल, उदयपुर पृ. 4-5, वर्ष 1968.
4. वही, पृ. 1-14.
5. कावड, डॉ. महेन्द्र भानावत, कावड-पाठ, पृ. 13-29, भारतीय लोककला मण्डल, उदयपुर, वर्ष 1975 तथा पड कावड कलंगी, मुक्तक प्रकाशन, उदयपुर, वर्ष 1986.
6. आदिवासी लोक—डॉ. महेन्द्र भानावत, सुभद्रा पब्लिशर्स एण्ड डिस्ट्रीब्यूटर्स, दिल्ली, वर्ष 2015.

जनजातियों में रामधर्म : जीवन-शैली का स्वरूप

डॉ. श्रीकृष्ण 'जुगनू'

जनजातियों में श्रीराम और उनकी मर्यादाओं का महत्त्व न जाने कितने युगों से यथारूप विद्यमान है। श्रीराम जनजातियों में उस आदर्श के रूप में स्मृत है, जिन्होंने लम्बे समय तक जिस राज्य-व्यवस्था का संचालन किया, वह सार्वकालिक रही। रघुकुल ने जन-जन के आचरण के योग्य जिस जीवन पद्धति को प्रवर्तित करते हुए जिन मर्यादाओं को नियमित किया, वे जनजातियों में आज 'रामस्मृति' के रूप में स्मरणीय हैं—यह उनके लिए 'रामधर्म' है। राम ने चौदह वर्ष के वनवास के दौरान वनेचर जातियों के बीच जो लोकप्रियता प्राप्त की, उसका प्रभाव आज तक विद्यमान है। निषादराज, केवट, शबरी जैसे पात्र रामकथा के अभिन्न अंग हैं। हर युग में उन पर राम के अनुग्रह के प्रसंगों को लिखा जाता रहा है। रघुवंश तक में किरात और किरातियों के प्रसंगों की अनदेखी नहीं हुई है। यही कारण है कि राम और वनवासियों का साहचर्य-सम्बन्ध अटूट रहा है। देखकर सीखने की सहजता के धनी जनजाति समुदायों ने राम से बहुत कुछ सीखा और जो सीखा, वह कभी अवधिपार नहीं हुआ।

जनजातीय क्षेत्र में रामधर्म का बड़ा महत्त्व है। जो मूल्यनिष्ठ जीवन जीता है, आचरण और व्यवहार में सार्वकालिक मूल्यों को महत्त्व देता है, वह रामधर्मी है। उसकी बात रामधर्म की बात है और उसका आचरण सर्वथा रामधर्माचरण है। इसके विपरीत जो जीवन में उक्त मूल्यों को महत्त्व नहीं देता है, उसके लिए कहा जाता है कि वह रामधर्मी नहीं है—वंन्नै तो रामधरम ई कोनी... वो बापड़ो रामधरम नीं पालै। जनजातियों में राम कभी अतीत नहीं हो सकते क्योंकि वे मूल्यगत होकर अपनी सार्वकालिक उपस्थिति रखते हैं। मरजाद या मर्यादा रूप में राम सदैव निर्देशन करते प्रतीति देते हैं। इसलिए कहा जाता है—

राम रिया सबै आरांम, राम निकलिया फाळ्या रा डांम।

अर्थात् यदि हृदय में राम है तो आराम है और राम के निकल जाने पर गर्म लोह के फाल से दागने जैसी पीड़ा होगी।

के तो राखै राम, कै राखै दवा-डांम।

अर्थात् जीवन या तो राम के रखने से रहता है या फिर औषधि-उपचार से ही सम्भव है।

वाग राखौ, वागौ राखौ, राखौ हिय में राम।
वचन रियां, कायां रियां, सब ठौड़े आराम॥

अर्थात् वचन का पालन करना चाहिए, शरीर को वस्त्रादि से जतनपूर्वक रखना चाहिए, हृदय में राम को विराजमान रखना चाहिए, यदि वचन का पालन किया, काया निरोग रही तो सभी स्थान पर सुख ही मिलेगा।

वनांचल और जनजाति समुदाय का विस्तार

राजस्थान के दक्षिणांचल में भील, मीणा जनजातियाँ मुख्य रूप से निवास करती हैं। इस अंचल के प्राचीन मेवाड़ और वागड़ तथा कांठल जैसी रियासतों में उक्त जनजातियों का मुख्य नगरों और पुरों से दूर गाँवों और पालों में टापरा-टापरा निवास देखा जा सकता है। आदिवासियों में श्रुत परम्पराएँ बहुत समृद्ध मानी जा सकती हैं, क्योंकि अकेले बाँसवाड़ा जिले के घाटोल क्षेत्र में वनवासी भील समुदाय के 100 गोत्र विद्यमान हैं और सबके गोत्रों और अटकों के मूल नायक का अपना-अपना गौरवशाली आख्यान प्रचलित रहा है। जोगी समुदाय के लोग उनके अटक आख्यानों को गाते हुए अपना जीवन चलाते हैं। पौराणिक सन्दर्भों से यह ज्ञात होता है कि कभी इस क्षेत्र में जनजाति राज्य के शासकों का प्रभुत्व था और उनके प्रभाव व कार्यों के सन्दर्भ में जो चर्चाएँ होती आई हैं, उसे आदिवासियों के आश्रितों, वंशप्रवाचकों ने स्मृत: किया, इसी क्रम में वे गेय होकर कण्ठ कोश बन गयीं।

आदिवासियों में मिलने वाले एक सौ आठ गोत्र हैं—इनकी 108 साखें हैं—अंगारी, अमरात, अहारा (अहार, अहीर) उठेड़, उदावत, कटारा, कपासा, कलउवा (कलासुआ), कसीटा, कूरिया, काटेड़, खरवड़, खराड़ी, खूंखड़, खोखरिया, गमेती, गराया (गरासिया), गेलोत (गहलोत), गोगरा, गोदा, गोरणा, घुघरा, घोड़ा, चदाणा, चह्वाण, चरपोड़, जोगात (जगावत), जोसियाला, झड़पा, डगासा, डागर, डामर (डामरल), डामोर, डेंडोर (हींडोर, डोडियार), डूंगरी, तंवर, तावड़ (तावेड़), तामड़, तेजोर, दमणात, दरांगी, दाणा (दायणा) तथा दाम (दायमा), धलोविया, धांगी, धोरण, नटारा, नेनामा (नीनामा, ननोमा या नगामा), नानोत तथा नबीबो।

इसके अतिरिक्त शेष गोत्रों में पड़ियार, पटेला, परमार, पाण्डेर, पाण्डोट, पारगी, पलिपी, बंडोड़ा, बड़, बरंडा, बरगट, बारोड़ (बरड़), बाणिया, बामणा (बामणिया, बूमड़िया), बूज (बोज), भगोरा, भदउवत, भणात, भाकलिया, भाटी, मण्डोत, मनात, मसार, महेड़िया, माल (मालर), मालीवाल, मावी (मारी, मोरी), मोगिया, रंगोत, रतनात, राठौड़, राणा (राणोत, रेड़ोत), रावत, रेलवात, रेवाल, रोत, लअर, लट्ट, वगाणा, वडेरा, वरहात, वराड़ा, वाहिहया, सदा, सरपोटा, सांगिया, सारल, सीवणा (सीवाणा), हड़ाता (हड़ाल), हरमर (हारमोर), हिण्डोर, हीराता (हीरोत, हुरात) तथा हेंता जैसे गोत्र आते हैं। इनमें परस्पर विवाह नहीं होता। विवाह के लिए माँ और पिता के गोत्र को टाला जाता है।

यूँ तो वंश जैसी परम्परा को सर्वदा स्मरणीय रखने के प्रारम्भिक प्रयासों की जानकारी का स्रोत वैदिक एवं उत्तर वैदिक साहित्य हैं ही, किन्तु पाणिनि के सूत्र (3,1, 145-46) 'गाथक' नाम से गाथा गाने वालों का संकेत करते हैं। इसके चौथे सूत्र में किसी प्रसिद्ध व्यक्ति से वंश-परम्परा के चलने का संकेत मिलते हैं, जैसे मुखर से मौखिर। तब ऐसे लौकिक गोत्र गोत्रावयव कहे जाते थे। पिता के अज्ञात होने पर माता के नाम से भी वंश या गोत्र, परम्परा आरम्भ मानी जाती थी। जनजातियों में इस प्रकार की परम्पराएँ मिलना अध्ययन की दृष्टि से बहुत महत्त्वपूर्ण है।

आदिम संस्कृति में रामधर्म का स्वरूप

जनजातियों में सबके सब कुल-परिवार आदिम संस्कृति के जीवन्त प्रतिनिधि दिखाई देते हैं लेकिन वचन के निर्वाह में जिस मूल्यनिष्ठ शैली को स्वीकारते हैं, वह रामधर्म है। इस रामधर्म का कोई लिखित रूप नहीं, न ही इसका कोई निर्देश है लेकिन सत्य वचन, सामुदायिक हित-चिन्तन, आवश्यकता

होने पर सभी का सहयोग, सभी को आदर, पुकार होने पर मदद के लिए प्रस्तुत रहना— जैसे कई विचार हैं जिनका पालन करना रामधर्म का पालन कहा जाता है। इनमें उक्त आचरण रामधर्म का रूप है, इसके लिए कहावत के रूप में सूत्र है—

बोलो तो हाँच, केवो तो हाँच, हामळो तो पण हाँच।

अर्थात् बोलो तो सत्य, कुछ सुनकर सुनाता हो तो सत्य कहे, मिलावट नहीं करें। कुछ सुनना भी हो तो सत्य सुनो।

संप राखौ, भेलां रो भाव राखो, आपणो इज नीं, परायो पण होचो।

अर्थात् मिल-जुलकर रहिये, हिल-मिलकर रहना चाहिए, अपना ही नहीं, परहित भी विचारना चाहिए।

कांम पड्यां नाटीन् जावणौ, टसको नीं राखणौ।
गज पुकारियां हरजी अरवाणां पगां दौड्या॥

किसी को कोई काम पड़ जाये तो भागकर जाना, दुराव नहीं रखना। हाथी ने पुकारा तो वैकुंठपति बिना जूते पहने ही भागकर आ गये थे।

वना कियां आवै तो मनवार करणी, आसण पै बेसावणो।
वणै आवै जो भांणो परूसणो, ठंडो जल आगो करणो॥

अर्थात् कोई अतिथि आ जाये तो उसको आदर देकर आसन पर विराजित होने को कहना, जैसा बन पड़े, वैसा भोजन करवाना और शीतल जल का पात्र उस तक पहुँचाना चाहिए।

रामजी भाव रा भूखा, कदी कई नीं माँगे।
मनुवार कियां रामजी काचा बोरां पण आरोगे॥

अर्थात् श्रीराम तो भाव के ही भूखे हैं, भक्ति से प्रसन्न होते हैं। उनके प्रति सहज रहना चाहिए। वे कभी कुछ नहीं मांगते हैं। मनुहार की जाये तो रामजी (शबरी के) कच्चे बेर तक जीम गये थे।

केवट सेवे रामजी, नंदी उतरै पार।
पण राम करै है जीवतां, भौ सागर उतार॥

अर्थात् केवट की तरह सेवा में तत्परता दिखाए जिसने रामजी को नदी के पार उतारा लेकिन सेवा का फल उसे राम ने ऐसा दिया कि जीते-जी भवसागर से पार लगा दिया।

इसी तरह जनजातियों में रामधर्म को आचरण सम्मत स्वीकारा गया है। यह धर्म स्मृतियों के लिए व्यवहार्य रहा है और उसको पुस्तकीय ज्ञान की अपेक्षा आगे-से-आगे बताते-चेताते हुए जीवन्त रखा जाता है। इसमें स्वदेश भाषा की सेवा का अनोखा भाव भी निहित मिलता है क्योंकि प्रायः उनकी बोलियों में ही यह रामधर्म व्यवहृत है। रामधर्म का यह निर्देश शास्त्रीय मत से भिन्न नहीं है, जिसमें कहा गया है कि जो कहे गये सार वचनों को आचरण में लाकर इच्छानुसार मनमानी करता है, वह न तो सुख को पाता है, न ही परमगति को प्राप्त करता है—यः शास्त्रविधिमुत्सृज्य वर्तते कामकारतः। न स सिद्धिमवाप्नोति न सुखं न परां गतिम्॥ (गीता 16, 23) यह बात इस अंचल के जनजातियों में इस तरह में यथारूप मिलती है—

कियो नीं करै, हियो नी मानै,
हामंलियौ नहीं करै तो कुण हमजावै,
चितचायौ करै तो नीं दाम पावै, नी राम।
अंत काले पछतावौ करे।

अर्थात् जो कहा हुआ नहीं करता, जिसका हृदय परम्परा की साक्षी नहीं देता, जो सुनकर भी वचनों को आचरण में नहीं लाता, तो उसे कौन समझा सकता है। जो मनचाहा ही करता है, उसे न तो द्रव्य मिलता है और न ही राम भगवान्, ऐसों को अन्ततः पछतावा ही होता है।

इसी प्रकार जीवन के प्रत्येक व्यवहार में राम द्वारा प्रवर्तित मर्यादाओं का पालन करने के निर्देश वैसे ही मिलते हैं, जिनको प्रायः हमारी स्मृतियों में सुरक्षित रखा गया है। इसमें मुख्य रूप से सदाचार पर जोर दिया गया है। राम के कुलपुरोहित वसिष्ठ का एक वचन महाभारत में है और वसिष्ठ स्मृति में भी कि आचार से धर्म और धन दोनों फलते हैं— आचारः फलते धर्माचारात्फलते धनम्॥ (वसिष्ठस्मृति 6, 7 और उद्योगपर्व 113, 15) यह मत वागड़ व मेवाड़ की जनजातियों में इसी रूप में जीवन्त है— पाळ्या ऊं धरम ने धन दोई पळै नै फलै। इसी प्रकार समयानुकूल कर्तव्य-अकर्तव्य पर विचार किया जाता है। यथा— टेमसर कीधो काम नै टेमसर दीधो दान, आपाणौ, बाकी तो रागस रो। यह इस श्लोक का भाव रूप ही है— कालहीनं तु यद् दानं तं भागं रक्षसां विदुः॥ (अनुशासनपर्व 23, 3) समयबद्ध सब काम उचित होता है। संक्रान्ति, ग्रहण, पूर्णिमा व अमावस्या पर जड़ी-बूटी का छेदन नहीं करना चाहिए। इसके लिए कहा है— हकरांत, गरेण, पूनम नै अंधार। रुंगड़ो, चारो ने जड़ेली ने वंचावणी। इसी प्रकार शयन, मलोत्सर्ग, शौचाचार, दंतधावन, स्नान, वस्त्र, भोजन, पेयजल, न करने योग्य चेष्टाएँ आदि के सम्बन्ध में भी निर्देश मिलते हैं। इसी प्रकार गृहस्थजनों, संन्यासियों, गुरु-शिष्य आदि को लेकर भी रामधर्म निर्धारित है।

चाल-चलावा सीता जैसा हो

जनजातियों और उनके बीच बसे लोक-समुदायों में स्त्रियाँ सदैव सीता जैसा 'चाल-चलावा' माँगती है। चाल-चलावा अर्थात् जीवन-शैली और वे चारित्रिक विशेषताएँ जिनको जनकनन्दिनी ने स्त्रीजनार्थ लोकादर्श के रूप में प्रस्तुत किया था। नारी-जीवन की सावधानियाँ तो जीवनभर हों ही, अन्तकाल में भी सीता की तरह का आदरभाव सुलभ हो। एक बुढ़िया की कहानी में यह भाव प्रदर्शित है जो जीवनभर तुलसी-पूजा करते हुए यही अपेक्षा रखती थी कि उसके लिए निर्बाध चलने का सामर्थ्य रहे, यदि मृत्यु आये जो अनायास, बिना किसी को कष्ट पहुँचाये निधन हो जाये। सीता जैसा आचरण देना, राम-लक्ष्मण उसको कन्धा देकर श्मशान तक पहुँचाए और जय-जयकार के बीच वैकुण्ठ में पहुँचाना—

जूना जुग री वात।
डुमड़ी डोकरी रोजीनां तुलसां जी री पूजा करती।
तुलसी क्यारौ सींचती। दीवौ करती, मंजरियां उतारती।
माला वणावती, सालग्राम भगवान रे चढ़ावती।
घड़ी-घड़ी मुंडां ऊं केवती जाती-
चटक चाल दीजै, मटक मौत दीजै।
सीताजी रौ चाल-चलावौ दीजै।
राम लछमण री काँध दीजै।
जै-जै करतां वैकुण्ठा पोंछावजै।

अर्थात् सीता जैसा चाल-चलावा अर्थात् आचरण आयु को बढ़ाने वाला है, यह आचरण इच्छित वंश को बढ़ाने वाला है, अभीष्ट धन को देने वाला है और अनिष्ट से निजात देने वाला है। यह निर्देश मनुस्मृति

के उस श्लोक का आचरण सम्मत रूपक है जिसमें आया है—आचाराल्लभते ह्यायुचारादीप्सिताः प्रजाः। आचाराद्धनमक्षय्यमाचारो हन्त्यलक्षणम्॥ (मनुस्मृति 4, 156) चाल-चलावा अन्तकाल में शव के साथ जुड़ी क्रियाओं का भी द्योतक है। इसमें स्नान, शृंगार, मुँह में गंगामाटी, गंगाजल देने जैसे कार्य आते हैं। जनकनन्दिनी ने सुहागिन ही अपनी समस्त लीलाएँ पूरी की थीं, ऐसे में महिलाएँ पति के रहते हुए ही सांसारिक क्रियाएँ पूरी कर महाप्रयाण चाहती हैं।

श्रीराम के दरबार में भविष्य का ज्ञान

रामजी की कृपा जनजातीय जीवन में सर्वत्र देखने को मिलती है। भविष्य के ज्ञान की जिज्ञासा सबको रहती है। यह कृषि उपज के रूप में भी जानी जाती है। इस प्रसंग में एक परम्परा उल्लेखनीय है। डूँगरपुर जिले के भीलूड़ा गाँव में रघुनाथजी का मन्दिर वागड़ क्षेत्र में बड़ा प्रसिद्ध है। वहाँ पर रक्षाबन्धन को शाम के समय 'टी' आकार की एक लकड़ी का डण्डा अपार जनजातीय समुदाय की उपस्थिति में पूजा-अर्चना के बाद रोपा जाता है। ग्रामीण लोग इसे हरिया कहते हैं। यह सरिया या बल्ली का रूप है। इस हरिया के दर्शन के लिए ग्रामीण लोगों की भीड़ उमड़ पड़ती है। उसको राखी बाँधी जाती है। उसका पूजन किया जाता है। इसके उपरान्त नृत्य-गायन का दौर चलता है।

जब इस हरिया को उखाड़ा जाता है तो लोग उसे सँभालने और सहारा देने के लिए उमड़ पड़ते हैं। जोर-आजमाइश का यह दौर लगभग एक घण्टे तक लगातार रहता है। इसी दौरान इसे गाँव के लक्ष्मीनारायण मन्दिर ले जाया जाता है। पूरे रास्ते में लम्बा जुलूस चलता है। नाच-गान, कौतुक प्रदर्शन होते हैं। वहाँ जब इस हरिया को उछाला जाता है तो लोग जयकारा लगाते हैं। यह इसका रोचक प्रदर्शन है।

इसके बाद गाँव के अलग-अलग समुदायों के चार प्रतिनिधि आगे आते हैं। वे मिट्टी के बने कलशों में गाँव के तालाब का पानी भरकर लाते हैं। इन कलशों पर वर्षा के चारों महीनों आषाढ़, श्रावण, भाद्रपद और आश्विन के नाम लिखे जाते हैं। इस लेखन के बाद हरिया की लकड़ी से उन कलशों को फोड़ा जाता है। जब वे फूट जाते हैं, तब कलशों की ठीकरियों या टुकड़ों का निरीक्षण किया जाता है। देखा जाता है कि कलश पर लिखे गये मासों के नाम के कितने अक्षर सुरक्षित हैं। समझदारों द्वारा प्रत्येक अक्षर के 10-10 दिन मानकर देखा जाता है कि अगले वर्ष बारिश का क्या और कैसा संयोग रहेगा? जितने शब्द टूटे हुए होते हैं, उतने ही दिन वर्षा का योग मानकर एकराय होकर सबको बता दिया जाता है। इसी आधार पर अगले वर्ष आसपास के किसान खेती-बाड़ी का निर्धारण करते हैं। यहाँ पण्डितों द्वारा पंचांग के अनुसार भी आगामी वर्ष के फल का वाचन किया जाता है और लोगों को तद्नुसार आचरण करने का मन्तव्य दिया जाता है।

कहना न होगा कि जनजातियों के धर्म के सम्बन्ध में अध्येताओं की चाहे जो राय हो, लेकिन उनके लिए आचरण का आधारभूत पहलू रामधर्म का स्वरूप कहा जाता है और उसके सम्बन्ध में ज्ञात निर्देश अध्ययन का विषय है। उनके लिए परम्परित 'रामस्मृति' समूचे समुदाय में आज कथनी से अधिक व्यवहार में पालनीय और आचरणीय ही अधिक बनी हुई है। इन नियमों का विस्तार से संकलन शेष है, किन्तु जो भी स्वरूप सामने आयेगा, वह हमारे जनजातीय स्मृति का वह स्वरूप होगा जो लिखित होकर धर्मशास्त्र का रूप ग्रहण करता है।

वन्य-जातियों में रामकथा

डॉ. रमानाथ त्रिपाठी

राम का पारिवारिक आदर्श साहित्यिक भाषाओं में ही मान्य नहीं हुआ, उसे जन-साधारण ने भी अपनाया। उन्होंने राम का चरित अपने परिवेश और अपनी समझ के अनुसार ढाल लिया। राम के प्रति परम्परागत धर्म-भावना रखने वाले लोग इन साधारण लोगों की रामकथा सुनकर नाक-भौं सिकोड़ सकते हैं। अयोध्या और चित्रकूट की जनसभाओं में मैंने आदिम-जनों की रामकथा का परिचय दिया तो एक-दो वक्ताओं की विरोधात्मक टिप्पणियाँ सुनने को मिलीं। ऐसा दृष्टिकोण रखने से जनजातियों के साथ न्याय न होगा। 'जाकी रही भावना जैसी, प्रभु मूरत देखी तिन तैसी।' हमें गर्व करना चाहिए कि हमारे राम कितने महान हैं कि वे घोर अरण्य में रहने वाली जनजातियों तक पहुँचे हैं। जब भारत के ही साहित्यिक ग्रन्थों में रामकथा ने अनेक रूप विकसित किये तो जनजातियों की कथा के प्रति विराग क्यों?

मैं वन्य-जाति को आदिवासी कहना पसन्द नहीं करता, आदिम-जन कहता हूँ।[1] पूरे भारत में आदिम-जनों को 212 समूहों में विभाजित किया गया।[2] इनमें कई प्रजातियाँ (Races) ऐसी हैं जिनमें रामकथा प्रचारित है। राम उन्हें बहुत अपने लगे हैं। राम उन्हीं की तरह धनुर्धर हैं, उन्हीं की तरह वन-वन भटकते हैं। उन्हीं की तरह पशु-पक्षियों को प्यार करते हैं। परिवार के जनों के साथ, विशेषतः पत्नी के प्रति राम आदिम-जनों के समान ही सहृदय हैं।

वन-जातियों अथवा अल्प शिक्षित और अशिक्षित जनों में रामकथा का सरलीकरण हो गया है। जैसे कि रामकथाओं में पुत्रेष्टि-यज्ञ का जटिल व्यापार है, इसे साधारण-जन कैसे समझ सकता है। संथाल जाति की रामकथा बताती है कि किसी योगी ने दशरथ को चार आम दिये थे, इसी से रानियाँ गर्भवती हुईं। इस प्रकार का वर्णन जावा, तिब्बत और खोतान की रामकथाओं में भी है। किसी-किसी लोकगीत में तपस्वी दशरथ को जड़ी देते हैं। मुण्डा जनजाति के अनुसार ऋषि ने फल दिया था। इसे कौसल्या और सुमित्रा अकेले ही खा जाना चाहती थीं कि कैकेयी आ गयी, तब उसे भी खाने को दिया।[3] असम की कारबी रामकथा में सन्तरे का फल खाने को दिया जाता है। हरियाणा के लोकगीत में माली 'बूटी' लाता है, जिसे पीसकर तीनों रानियों को पिलाया जाता है। मंगोलियायी रामकथा में गूलर खिलाया जाता है।

मैं समझता था कि दक्षिण की वन्य-जातियों में रामकथा का अभाव होगा, क्योंकि वह आर्यावर्त से दूर पड़ता है। डॉ. तंकमणि अम्मा ने 'रामकथा : विविध आयाम' ग्रन्थ में सूचना दी है कि वहाँ की जन-जातियों में रामकथा का प्रचार है। 'काटर' जाति की रामकथा में बताया गया है कि सीता का जन्म भूमि में गड़े सन्दूक से हुआ। उनके निर्वासन तक की कथा का प्रचार है। 'मलयर' जनजाति अपने को शूर्पणखा

की सन्तान बताती है। 'मलयरयर' एक और जनजाति है जो घने वनों में रहती है। ये लोग अपने को गौतम-अहल्या की सन्तान बताते हैं, जिनका जन्म अहल्या के उद्धार के पश्चात् हुआ। इसी प्रकार 'उल्लाटर' लोग अपने को वाल्मीकि का वंशज मानते हैं।

रामकथा के पात्रों से ऐसा लगाव या जुड़ाव तो कुछ अन्य जनजातियों में भी है। सिंहभूम के भुइया अपने को हनुमान का वंशज बताते हैं। ओराँव राम-सीता को दादा-दादी और हनुमान को चाचा मानते हैं। वे बन्दर का मांस नहीं खाते। कोल शबरी को अपनी पूर्वजा मानते हैं। रायपुर के गोंड रावण को अपना पूर्वज बताते हैं।[4] संथाल, औराँब और मुण्डा लोगों की मान्यता है कि लंका के युद्ध के समय वे राम की सेना में थे। ओडिया-रामायण में वहाँ की कन्ध जनजाति को राम की सेना में दिखाया गया है। संथालों के अनुसार रावण-वध के पश्चात् राम ने लौटकर संथालों के साथ रहते हुए शिव-मन्दिर बनवाया था, जहाँ वे सीता के साथ नित्य पूजन के लिए जाते थे। छोटा नागपुर की असुर जनजाति के अनुसार जब उनका पूर्वज लोहा गला रहा था, तब हनुमान की शरारत से परेशान होकर उसने इनकी पूँछ में आग लगा दी। पूँछ की आग से लंका जल गयी। ऐसा बताया जाता है कि कारबी जनजाति अपने को बाली-सुग्रीव की सन्तान बताते हैं। वे बताते हैं कि चूँकि वे कावेरी नदी के प्रदेश से आये, इसलिए उनका यह नाम है। असम की ही तीवा जनजाति अपने को सीता की सन्तान बताती है। यह जनजाति मातृसत्तात्मक है। जब समाज के दो पक्षों में सत्यापन या वार्ता होती है तो बीच में तीन रेखाएँ खींची जाती हैं। ये लक्ष्मण-रेखाएँ मानी जाती हैं। इनका उल्लंघन नहीं हो सकता।[5] कुछ जनजातियाँ रामकथा में अपने जीवन की झलक पाती हैं। मध्य भारत की कोरवा जाति की रामकथा में राम-सीता-लक्ष्मण उन्हीं की तरह जूम की खेती करते हैं—अर्थात् वे जंगल काटकर आग लगा देते हैं और इसी प्रकार खेती करते जाते हैं। असम की जनजाति कारबी में भी राम आदि जूम की खेती करते हैं।[6] कहीं कोरवा और कारबी मूलत: एक ही जनजाति तो नहीं थी ? साधारण लोगों की रामकथा में सीता दास-दासियों से घिरी राजरानी न होकर सामान्य गृहिणी हैं। बिर्होर और कारबी जनजाति की कथा में वे आँगन लीपते समय बायें हाथ से धनुष उठा लेती हैं। कई भाषाओं के लोकगीतों में भी यह प्रसंग है। मुण्डा जाति के जनकवि बुदू बापू की कविता के अनुसार सीता गूलर के पेड़ के नीचे बकरी चरा रही थीं, तब रावण उन्हें उठा ले गया।[7] कारबी रामकथा में सीता पीठ पर लदी टोकरी में भात और लाओ पानी (एक प्रकार की शराब) रखकर पिता को देने खेत पर जाती हैं। वे करघे पर सुन्दर वस्त्र बुन लेती हैं।[8]

ओड़िया भाषा की प्रसिद्ध कथा-शिल्पी डॉ. प्रतिभा राय बोंडा जनजाति पर शोधकार्य कर रही हैं। उन्होंने बताया है कि यह प्रजाति घोर अरण्य में रहती हैं। पुरुष प्राय: नग्न रहते हैं। यहाँ भी रामकथा पहुँची है। ये पहाड़ियाँ ओड़िशा के जयपुर (कोरापुट) से लगभग चालीस मील दूर हैं। कहा जाता है कि यहाँ बाली-सुग्रीव की कन्दराएँ हैं। यहाँ सीताकुण्ड भी है। यहाँ सीता ने स्नान किया था। डॉ. ब्रह्मदेव शर्मा ने 'बेजुबान' पुस्तक में जो वर्णन किया है, वह यहाँ संक्षेप में प्रस्तुत है। जेठ की दुपहरी में जब सीता माता इस कुण्ड में स्नान कर रही थीं, गाँव की कुछ लड़कियाँ उन्हें देखकर खिलखिला पड़ीं। सीता माता ने शाप दिया—'आज से तुम निर्वस्त्र घूमोगी, तुम्हारा सिर मुण्डित होगा। दुनिया के लोग तुम्हें देख ऐसे ही हँसेंगे।' तब से ये कमर में एक छोटा वस्त्र पहने, सिर मुँडाये, गले में एल्युमिनियम की कई हँसली तथा रंग-बिरंगी मालाएँ पहने दिखायी देती हैं। बाली-सुग्रीव की ये सन्तानें सीता के अभिशाप की जीती-जागती यादगार हैं।

राम, लक्ष्मण और हनुमान

मध्य-भारत की परजा और जुआंग जन-जातियों में भी इसी से मिलती-जुलती कथा प्रचारित है। इनके अनुसार जब सीता यहाँ से साधारण वस्त्र पहने हुए निकली थीं, इनकी पूर्वजाओं ने अपने सुन्दर वस्त्रों पर गर्व करते हुए सीता का उपहास किया था। तब सीता ने उन्हें शाप दिया था—'आज से तुम नंगी रहोगी।' तभी से ये स्त्रियाँ नंगी रहती हैं। जाड़े की रातें ये आग तापकर बिताती हैं। कितनी श्रद्धा है सीता के प्रति कि ये युगों से यह अभिशाप स्वेच्छा से ढोती आ रही हैं।

राम के प्रति कितना गहरा लगाव है इनका कि प्रकृति में जो भी अच्छाई-बुराई है, उसे ये राम-विषयक वर या शाप से जोड़ती आ रही हैं। कई ऐसी कथाएँ हैं जिन्हें साहित्यिक रामकथाओं में भी स्वीकृति मिल गयी है। इनमें एक है—गिलहरी-प्रसंग।

संथालों की रामकथा के अनुसार राम को एक गिलहरी मिली, वह सीता के विरह में रो रही थी। उसने राम को सीता का पता बताया। राम ने उसकी पीठ थपथपायी, इससे उसकी पीठ पर धारियाँ बन गयीं। मुण्डा और बिर्होर जातियों में भी यह प्रसंग है, यहाँ गिलहरी को रोता नहीं दिखाया गया है।

तेलुगु-रामायण में सेतु-बन्ध के समय गिलहरी समुद्र में गोता लगाकर बालू पर लोटती और उसे पुल पर झाड़ देती है। राम ने प्रसन्न होकर उसकी पीठ पर हाथ फेरा। राम ने आदेश दिया कि इसे चन्दन, मन्दार, चम्पक, पूगीफल, पुन्नाग, सहकार आदि वृक्षों से युक्त सुन्दर प्रदेश में छोड़ दिया जाये।

बांग्ला-रामायण में गिलहरियाँ समुद्र में कूदकर बालू में लोटकर उसे पुल पर झाड़ने लगीं। इससे संधियाँ भरने लगीं। हनुमान उन्हें पकड़कर समुद्र में फेंकने लगे। वे राम के पास जाकर रोयीं। राम ने हनुमान को बुलाकर कहा—'गिलहरियों का अपमान क्यों करते हो? जिसका जितना सामर्थ्य है, करने दो।' ऐसा कहकर राम ने उनकी पीठ पर हाथ फेरा। यहाँ धारी बनने का उल्लेख नहीं है।

सदय ह्रदय बड़ प्रभु रघुनाथ।
काष्ठ-बिड़ालेर पृष्ठे बुलाइल हात॥

ओड़िया-रामायण में बालू झाड़ने का कार्य चूहा कर रहा था। हनुमान उसकी प्रशंसा कर उसे राम के पास लाये। राम ने प्यार-सहित हाथ फेरकर कहा—'तुम परोपकार में निरत महात्मा हो।' राम की पाँच उँगलियाँ उसकी पीठ पर अंकित हुईं।

ओड़िया भाषा में गिलहरी-प्रयास एक मुहावरा बन गया है, जिसका अर्थ होता है कि एक शक्तिहीन (नम्रतावश कथन) का उसकी शक्ति के अनुसार किया गया प्रयास।

सीता का पता बताने और न बताने से सम्बन्धित कई वरशाप की कथाएँ भी उपलब्ध हैं। मुण्डा जनजाति की कथा के अनुसार बेर वृक्ष सीता की साड़ी के टुकड़े कर देता है, राम उसे अमरत्व का वरदान देते हैं। बगुला सीता का पता नहीं बताता तो उसकी गरदन खींच दी जाती है। बिर्होर और संथाल जाति की कथा में भी ये दोनों प्रसंग हैं। ओड़िया-रामायण में कुछ परिवर्तन है। मुर्गा सीता का पता बताता है, उसे सप्त-शाखा मुकुट धारण का वर मिलता है। पहाड़ों ने सन्धान नहीं दिया, वे हरियाली रहित होने का शाप पाते हैं। बगुले पर सीता के आँसू गिरे, वह श्वेत रंग का हो गया।

बन्दरों का काला मुख

संथालों के अनुसार लंका-दहन के पश्चात् पूँछ की आग बुझाने से हनुमान का मुख काला हो गया। इण्डोनेशिया की 'सेरीराम' कथा में आया है कि हनुमान ने नारद से आग बुझाने का उपाय पूछा। उन्होंने

मुँह से बुझाने को कहा।

बांग्ला-रामायण में जब हनुमान अपनी पूँछ सागर में डुबाकर भी आग न बुझा पाये तो सीता के आदेश पर उन्होंने अपने मुख के अमृत से इसे बुझाया। इससे मुँह झुलस गया। उन्हें चिन्ता हुई कि जाति के लोग हँसेंगे। सीता ने कहा—'तुम्हारी जाति में कोई नहीं बचेगा। मेरे वचन से सभी के मुख काले हो जायेंगे।'

'मम बाक्ये सकलेर हबे मुख पोड़ा।'

लक्ष्मण का संयम

बिर्होर जाति की कथा के अनुसार लक्ष्मण 12 वर्षों तक केवल मिट्टी खाते रहे। अध्यात्म रामायण में वर्णन है कि जो व्यक्ति 12 वर्ष तक निद्राहार छोड़ देगा, वही मेघनाद का वध कर सकता है।

तेलुगु और कन्नड़-रामायणों में 14 वर्ष के संयम का उल्लेख है। बांग्ला-रामायण का वर्णन विस्तृत है। अगस्त्य ने बताया कि जिस व्यक्ति ने 14 वर्ष तक नारी-निद्रा-आहार का त्याग किया हो, वही मेघनाद को मार सकता था। राम के पूछने पर लक्ष्मण ने प्रमाण दिये—

1. मैं सीता के अलंकार नहीं पहचान सका, यह नारी का मुख न देखने का प्रमाण है।
2. मैंने नींद को बाण से बींधकर कहा था कि वह आपके अभिषेक तक न आये। अभिषेक के समय मैं झींम गया था और मेरे हाथ से छत्र गिर गया था।
3. आप मुझे फल देते थे, खाने को न कहते थे। मैं वे सभी फल रखता जाता था। राम ने हनुमान से वे सभी फल लाने को कहा। हनुमान नहीं उठा पाये। मैं उन्हें उठा लाया। गणना करने पर पता चला कि सात दिन के फल कम हैं। इन दिनों रामादि पर आपत्ति आयी हुई थी, अतः फलों का संग्रह ही नहीं हुआ था।

विश्वामित्र प्रवंचित

बिर्होर जाति की कथा के अनुसार दशरथ विश्वामित्र को धोखा देकर राम-लक्ष्मण के स्थान पर पहले भरत-शत्रुघ्न को देते हैं। छोटा नागपुर की कई जनजातियों में प्रसंग प्रचारित है कि निःसन्तान दशरथ को एक ब्राह्मण ने चार पुत्रों का वर दिया था। शर्त यह थी कि कुछ दिनों के लिए दशरथ उसे पहले दो पुत्र देंगे। राजा ने उसे धोखा दिया। मार्ग में जब उसने भरत-शत्रुघ्न से पूछा कि किस मार्ग से चला जाये, नगर वाले या कठिनाइयों वाले वन-मार्ग से। दोनों भाइयों ने नगर वाला मार्ग चुना, इससे उनकी पोल खुल गयी। पूर्वांचल में इस प्रसंग का विशेष प्रचार हुआ। ओड़िया के सारलादास के महाभारत और बांग्ला-रामायण में यह प्रसंग है। पूर्वी भारत से यह इण्डोनेशिया पहुँचा, 'सेरीराम' कथा में भी उपलब्ध है। बांग्ला-रामायण में इसे रोचकता और विस्तार के साथ वर्णित किया गया है।

यहाँ यह प्रश्न उठता है कि भाषाओं की साहित्यिक कृतियों से ये जनजातियाँ प्रभावित हैं या जनजातियों से। मेरी समझ में द्वितीय बात ही अधिक सच है। प्रकृति के मध्य विचरण करने वाले भोले जनों की देन हैं।

खेद है कि राम के इन सरल श्रद्धालुओं को अपनत्व न देकर उन्हें लूटा-खसोटा गया। धूर्त व्यापारियों ने उनका भीषण शोषण किया है। इनके तूणीरों के बाण यदि कसमसा उठें तो आश्चर्य क्या?

अभी भी समय है कि उन्हें रामकथा के माध्यम से मुख्यधारा से जोड़ा जाये, साथ ही लोलुप व्यापारियों और धूर्त विदेशी धर्म-प्रचारकों तथा वोट-लोलुप राजनेताओं से इनकी रक्षा की जाये।

सन्दर्भ

1. श्री भगवानदास केला ने अपनी पुस्तक 'हमारी आदिम जातियाँ' में इन्हें आदिम जाति कहा है.
2. देखिए श्री डी.एन. मजुमदार और मदन-एन इंट्रोडक्शन टू सोशल एंथ्रोपोलॉजी, पृष्ठ 257-59 तथा प्रस्तुत लेखक का ग्रन्थ—'चरितमानस और पूर्वांचलीय रामकाव्य', पृष्ठ 26,27.
3. मुण्डा जनजाति की महिलाएँ राम-जन्म से सम्बन्धित तीन पर्व भी मानती हैं—पांचजन्य साप्ताहिक : 3-1-91.
4. फादर कामिल बुल्के-रामकथा : उत्पत्ति और विकास पठनीय हैं.
5. देखिए 'वनबन्धु' मासिक, सितम्बर 1993 में प्रकाशित श्रीकृष्ण दामोदर सप्रे का लेख.
6. श्री वीरेन्द्र कुमार भट्टाचार्य, धर्म युग 24-8-80.
7. पांचजन्य, 13-1-91.
8. लेखक की पुस्तक-रामकथा : नये सन्दर्भ में समाहित.

लोक, जनजातीय जीवन, संस्कृति, कला और साहित्य में राम

डॉ. नर्मदा प्रसाद उपाध्याय

राम, भारतीय अस्मिता के राग हैं। इस राग के बिना प्रत्येक भारतीय का जीवन- संगीत सूना है। यह राग हमारे आचरण में पीढ़ियों से संस्कार के रूप में प्रतिष्ठित है। यह राग न हो तो जीवन न हो, वह जीवन जिसे हम जीना चाहते हैं। इसलिए राम इस देश के प्राण हैं, स्पन्दन हैं, ऐसे ईश्वर हैं जो पूरी तरह मानवीय हैं और ऐसे मानव हैं जिनमें हम ईश्वर के दर्शन करते हैं। संसार में ऐसा कोई दूसरा उदाहरण नहीं है।

राम यों तो कथा के माध्यम से आते हैं लेकिन फिर कथा पीछे रह जाती है और राम ही कथा व कथानक दोनों हो जाते हैं। इस प्रश्न का अभी तक समाधान नहीं हो पाया कि यह कथा कितनी पुरानी है। लेकिन यह अवश्य कहा जा सकता है कि बुद्ध और महावीर के समय जनता में राम के प्रति अत्यन्त आदर का भाव था। बौद्ध जातकों के अनुसार बुद्ध अपने पूर्वजन्म में एक बार राम होकर भी जन्मे थे और जैन ग्रन्थों में 63 महापुरुषों में राम और लक्ष्मण की भी गिनती की जाती थी। इस तथ्य से यह अनुमान लगाया जा सकता है कि राम बुद्ध और महावीर के पूर्व से ही समाज में प्रतिष्ठित थे।

इक्ष्वाकु, दशरथ, जनक और सीता, कैकेयी तथा राम व अश्वपति के नाम वेद और वैदिक साहित्य में अनेक बार आये हैं, लेकिन विद्वान अभी तक यह स्वीकार नहीं करते कि ये नाम रामकथा के पात्रों के ही नाम हैं। सीता का उल्लेख वैदिक साहित्य में खेत में हल से बनाई हुई रेखा के रूप में आया है। यह रेखा सिरोर कही जाती थी तथा इसका समर्थन महाभारत से भी होता है। इन ग्रन्थों में सीता उस रूप में विद्यमान नहीं हैं, जिस रूप में वे स्वीकार की जाती हैं। इन अर्थों में सीता कृषि की अधिष्ठात्री देवी के रूप में वैदिक साहित्य में मान्य की गई हैं। विद्वानों का एक अनुमान यह भी है कि वेद में जो सीता कृषि की अधिष्ठात्री देवी थीं, वे ही बाद में ऐसी अयोनिजा कन्या बन गईं जिन्हें जनक ने हल चलाते हुए खेत में पाया। राम के सम्बन्ध में ऐसे विद्वान यह मानते हैं कि वेद में जो इन्द्र नाम से पूजित था, वही व्यक्तित्व कालक्रम में विकास पाकर राम बन गया।

हाल ही में हुए शोध इस तथ्य को लगभग प्रमाणित कर देते हैं कि राम के वनगमन का अपना पथ था, रामेश्वरम का सेतु मानव-निर्मित है तथा रामकथा ऐतिहासिक घटनाक्रम पर आधारित है। अयोध्या, चित्रकूट, पंचवटी और रामेश्वरम जैसे स्थान राम से सम्पृक्त माने जाते रहे हैं।

जहाँ तक रामकथा की परम्परा का प्रश्न है, भारतीय परम्परा वाल्मीकि को असन्दिग्ध रूप से आदिकवि मानती आई है तथा यह एक स्थापित मान्यता है कि रामावतार त्रेता युग में हुआ था। यह तथ्य इसलिए भी पुष्ट होता है, क्योंकि महाभारत में रामायण की कथा आती है लेकिन रामायण में महाभारत के किसी भी पात्र का उल्लेख नहीं है। इसी प्रकार रामायण में बुद्ध का उल्लेख नहीं है। एक

राम, लक्ष्मण एवं सीता जंगल में

संस्करण में यद्यपि इस प्रकार का उल्लेख है, लेकिन यह माना जाता है कि यह क्षेपक है। अब यह स्थापित हो चुका है कि रामायण बुद्ध से पूर्व का ग्रन्थ है। फ़ादर कामिल बुल्के का यह मानना है कि राम, रावण और हनुमान के विषय में स्वतन्त्र आख्यान काव्य-प्रचलित थे और इनके संयोग से रामायण काव्य जन्मा। दिनकर जी का भी यह मानना है कि राम, रावण और हनुमान—ये तीनों चरित्र तीन संस्कृतियों के प्रतीक हैं जिनका समन्वय और तिरोधान वाल्मीकि ने एक ही काव्य में दिखाया है। अन्ततः अवतारवाद की अवधारणा में राम ईसा की आरम्भिक सदियों में पूर्णतः स्थापित हो गये। राम की कथा में भारत की भौगोलिक एकता के दर्शन होते हैं। इस कथा की लोकप्रियता इस तथ्य से स्पष्ट है कि इस कथा पर भारत की सभी प्रमुख भाषाओं में रामायण रची गई।

यहाँ यह तथ्य भी उल्लेखनीय है कि एशिया के विभिन्न देशों की संस्कृतियाँ रामकथा से गहरे प्रभावित हुईं। आज भी बाली सहित इण्डोनेशिया और दक्षिण पूर्व एशिया के अनेक देशों में रामकथा की व्याप्ति है तथा वहाँ रामकथा से सम्बन्धित अनेक तीर्थ भी हैं। यहाँ यह तथ्य भी उल्लेखनीय है कि रामकथा में वैष्णव तथा शैव मतों की दूरी को कम किया गया है। रामकथा का विस्तार ऐसा हुआ है कि न केवल शैव और वैष्णव मतों की भिन्नता समाप्त हुई है, अपितु ब्राह्मण धर्म में जहाँ राम को विष्णु का अवतार माना गया है, वहीं बौद्ध धर्म में बोधिसत्व तथा जैन धर्म में आठवें बलदेव के रूप में उन्हें प्रतिष्ठित किया गया है। राम की भक्ति शिव की परमभक्ति हो गई है।

रामकथा की व्यापकता का अनुमान इस तथ्य से भली-भाँति लगाया जा सकता है कि न केवल साहित्य में अपितु संगीत, नाटक, नृत्य, शिल्प और चित्रकला जैसे विभिन्न अनुशासनों में रामायण के प्रसंग अपने-अपने ढंग से अभिव्यक्त होते रहे हैं। रामायण की कहानी अनेक तरह से रूपान्तरित होकर बार-बार जायमान होती रही है।

इस तरह यह स्पष्ट है कि राम का चरित्र युगों-युगों से भारतीय अस्मिता के संस्कारों को रचने वाला महान चरित्र रहा है। बिना राम के भारतीय लोकजीवन, साहित्य, संस्कृति और कला के तमाम अनुशासनों की पहचान ही नहीं बनती।

भारतीय लोकजीवन में राम इस तरह सम्पृक्त हैं कि वे लोक-काव्य और लोक के आचरण का अभिन्न अंग बन गये हैं। राम की जीवन-दृष्टि जातीय दृष्टि है, लोकमंगल की दृष्टि है और मर्यादा तथा ऐसी राजनीति की भी दृष्टि है जो रामराज्य के आदर्शों में अपने अस्तित्व की खोज करती है। राम की एक दृष्टि स्व के विसर्जन की दृष्टि है और एक दृष्टि काव्य की है जो वाल्मीकि और तुलसी सहित अनेक महान रचनाकारों की है।

काल के लम्बे प्रवाह में राम जैसे समर्थ और उज्ज्वल चरित्र जब लोक से एकात्म होते हैं तो उनका स्वरूप अन्तर-अनुशासिक हो जाता है और इस स्वरूप की सबसे बड़ी विशेषता यह होती है कि वह जातीय हो जाता है, लोक का हो जाता है, लोक में समाकर फिर वह लोक के अस्तित्व का अभिन्न अंग हो जाता है। वह स्वरूप भाषा और कौशल की तमाम सीमाओं को लाँघ लेता है और फिर उसकी अभिव्यक्ति इतनी सहज और सजीव हो जाती है कि बिना किसी भेद के वह प्रत्येक मन-मानस में समादृत हो जाता है। इसका एक उदाहरण मेरे पास है। मुझे लगभग 200 बरस पुरानी एक सचित्र पाण्डुलिपि मिली, जिसका शीर्षक है—'रघुवर विलास'। इसमें राम-विवाह के माध्यम से बुन्देलखण्ड में अपनाये जाने वाले तमाम रीति-रिवाजों के आधार पर चित्र बनाये गये हैं तथा विवाह के विभिन्न

पहाड़ी राम दरबार

अवसरों पर गाये जाने वाले मंगल गीतों को इसमें सहेजा गया है। राम का विवाह एक आदर्श विवाह है। इसलिए लोक ने राम को इस रूप में ग्रहण किया। इसके अलावा राम के जन्म से लेकर उनके जीवन की तमाम घटनाएँ लोक के जीवन का अंग इसलिए बन गयीं, क्योंकि उनमें अद्‌भुत ग्रहणशीलता थी। न केवल बुन्देलखण्ड में बल्कि देश के प्राय: सभी अंचलों के संस्कार-गीतों में जन्म से लेकर विवाह तक राम ही नवजात शिशु के रूप में, राम ही वटु या बरुआ के रूप में, राम ही वर के रूप में और राम ही एक सजग राजा और मर्यादा व्यक्तित्व के रूप में ग्रहण किये गये हैं।

चैत से ही वर्ष की शुरुआत होती है और अयोध्या में राम का जन्म चैत में होता है। तब कौशल्या सारा घर चन्दन से लिपवाती हैं, मोतियों से चौक पुराती हैं, लेकिन बैसाख में यह ऋतु जहर हो जाती है, तब कैकेयी राम को वन भेजने का वर दशरथ से माँग लेती हैं। जेठ में लू चलती है और राम, लक्ष्मण तथा सीता वन में तपते हैं। आषाढ़ में घटा छा जाती है, पपीहा पुकारता है और अयोध्या में कौशल्या लक्ष्मण, राम और सीता के भीगने की कल्पना कर बिलखने लगती हैं। सावन-भादों की झड़ी में यही चिन्ता लगी रहती है कि मेरे बच्चे कहाँ होंगे? क्वाँर में कल्पना करती हैं कि राम घर होते तो मैं भी दान-दक्षिणा देती। कातिक आते ही लगता है कि घर-घर भले दीप जल रहे हों, लेकिन हमारी अयोध्या तो अँधियारी हो गई। अगहन के महीने में सीता का विवाह हुआ था। सोने के तारों की साड़ी सीता ने पहनी थी। पूस की रात तलवार की धार की तरह तीखी हो जाती है और याद आती है राम की कि कुश के आसन पर वे कैसे सोये होंगे? माघ में राम के बिना जीना कठिन लगता है। भरत पादुका पर चँवर डुलाते रहते हैं, फागुन में अबीर घोलते हैं और चिन्ता करते हैं कि वे किस पर अबीर छोड़ें।

लोककाव्य इस प्रकार पूरे ऋतुचक्र में चैत से फागुन तक, राम को रूपायित कर देता है। इस प्रकार के बारह मासे भोजपुरी में लिखे गये हैं।

यह अपने आपमें अत्यन्त विस्तार का विषय है कि विभिन्न लोकभाषाओं में राम को किस प्रकार वर्णित किया गया है। भोजपुरी में राम-विषयक प्रभूत साहित्य की रचना हुई। भोजपुरी काव्य में राम के जन्म से लेकर उनके वनवास और पुत्र-जन्म पर गाये जाने वाले सोहरों से लेकर उनके जीवन के विभिन्न प्रसंगों पर गीत गाये जाते हैं जिनसे कई कथानक जुड़े होते हैं। ऐसे अनेक गीत उद्धृत किये जा सकते हैं। एक सुन्दर गीत है जिसमें राम कौशल्या से कहते हैं कि हम तो मधुवन जा रहे हैं, तुम सीता को कैसे रखोगी? तब माँ कहती हैं कि मैं आँगन में कुआँ खुदवाऊँगी और सीता को इसी आँगन में स्नान कराऊँगी, खाँड और चिरौंजी खिलाऊँगी तथा अपने हृदय के बीच रखूँगी। राम सीता से कहते हैं, तुम हमारे साथ मत चलो बहुत कष्ट होगा। लेकिन सीता कहती हैं कि मैं भूख-प्यास सह लूँगी, जेठ की दुपहरी भी सह लूँगी और मैं तुम्हें देखकर सब सुख पाऊँगी। गीत इस तरह है—

राम जे चलेनि मधुबन के माई से अरज करइँ।
माई हम तो जाबइँ मधुबन के सितै कइसे रखबिउ॥ 1॥
आँगन कुइयाँ खनइबइ सितहिं नहवइबइ॥
बेटा खाँड़ चिरौंजी खिअइबइ हिरदइया बीच रखबइ॥ 2॥
राम जे चले मधुबन के सीता जे गोहन लागी।
सीता हमरे संग जनि चलहू बहुत दुःख पउबिउ॥ 3॥

सहबइ मैं भुखिया पियसिया जेठ दुपहरिया।
पिया देखि हम तोहरी सुरतिया सकल सुख पउबइ॥ 4॥

भोजपुरी में राम व उनके पुत्रों के जन्म से सम्बन्धित सोहर गीत बहुत हैं, इनमें से अधिकांश का अन्त करुणा में होता है। सीता के पुत्र-प्रसव से सम्बन्धित सोहर गीत में सीता की यह चिन्ता है कि सुनसान वन में जब पुत्र होंगे तो कौन उनके पास बैठेगा? कौन उनके केशपाश को ढीला करेगा और कौन रातभर उनके साथ जागेगा? इतने में ही वन में तपस्विनी आती है और वह सीता को आश्वस्त करती है कि वह सब करेगी। एक अन्य गीत में सीता के पास कोई नहीं आता, तब वह जंगल में लकड़ी बीनकर आग जलाती हैं और उसी के उजाले में अपनी जुड़वाँ सन्तान का मुँह देखती हैं। गीत की दो पंक्तियाँ हैं—

कुस कै आढ़न कुस डासन बन फल भोजन,
सीता लकड़ी कै कइलीं अँजोर संतति मुख देखेलीं।

एक और गीत है जिसमें जंगल में ही नाई बुलाया जाता है और उसे कहा जाता है कि वह पुत्र-जन्म का शुभ समाचार (रोचना) सुनाने के लिए अयोध्या जाये। सीता सबको यह समाचार सुनाने का निर्देश देती हैं, लेकिन वे राम को संदेश नहीं भेजतीं। अनेक गीत ऐसे हैं जिनमें सीता के वनवास भेजे जाने को लोककाव्य में गाया गया है और भूमि में उनके समा जाने को भी शब्दों में बाँधा गया है। राम-विवाह से सम्बन्धित लोकगीतों की संख्या तो इतनी है कि उन्हें गिना नहीं जा सकता। एक गीत में सीता भगवान शंकर को माला चढ़ाते हुए यह आशीर्वाद माँगती हैं कि बाबा अन्न-धन चाहे कम देना, पर स्वामी के रूप में मुझे राम को देना जो मेरी नाव पार लगाएँगे और जिन्हें देखने से मन जुड़ जायेगा—

अन-धन चाहे जो दीहा शिव बाबा, स्वामी दिहा सिरीराम,
पार लगावैं जे मोरी नवरिया जेहि देखि हियरा जुड़ाइ॥

एक लोकगीत ऐसा है जिसमें राम के मुकुट के भीगने की चिन्ता की जाती है। उससे अधिक चिन्ता लक्ष्मण के दुपट्टे के भीगने की है, क्योंकि लक्ष्मण ही तो राम के रखवाले हैं। लेकिन इन दोनों के भीगने से अधिक चिन्ता सीता के माथे के सिन्दूर के भीगने की है, क्योंकि राम जो भी हैं वे सीता के ही कारण हैं और इसी सिन्दूर की ओजस्विता के कारण ही तो राम घर लौटेंगे।

भीजै त भीजै पटुकवा सेनुरवा न भीजइ हो।
अहै, सेनुरवा के साथ सिया घर लवटइँ हो॥

भोजपुरी लोककण्ठ पूरे भाव से इसी सीता की आराधना करता है और कहता है कि राम और लक्ष्मण को जब प्यास लगती है तो वह सीता ही हैं जो उन्हें अमृत घोलकर दे देती हैं।

राम लछिमनवाँ के लगली पियसिया
सीता देलीं अमरिति घोर।

भोजपुरी एक समृद्ध लोकभाषा है। इसके ऋतु-गीतों में होली, चैता, कजरी, हिण्डोला, कोन्हू, जतसार, रोपनी, धोबिया, कहरवा तथा सोहनी जैसे श्रमगीतों में राम का बार-बार स्मरण मिलता है और वे इतने लोकप्रिय हैं कि कुछ न हो तो वे रामा या राम की टेक के रूप में इनमें समाये हुए हैं। राम लोक के संघर्षमय जीवन के प्रतिनिधि हैं और इसीलिए वे लोकगीतों की आत्मा के रूप में प्रतिष्ठित हैं।

लोक-साहित्य में रामकथा के अनेक रूप हैं। राम आदिवासियों में अलग रूप में प्रतिष्ठित हैं और ग्रामीण जनता के राम का स्वरूप अलग है। राम कृषक भी हैं, गृहस्थ भी हैं। वे और लक्ष्मण घर-

राम, लक्ष्मण एवं हनुमान

गृहस्थी के सभी कार्य करते हैं।

खेतिहर राम कैसे हैं—

राम बाधे हल, लइखन देवे माई
आउरी कि करबे जे...
सीताया देबे रोई जे...

अर्थात्—

राम हल चला रहे हैं।
लक्ष्मणजी जुताई करेंगे।
सीता के लिए और क्या काम है।
वे बीज बो देंगी।

एक बघेली लोकगीत में माता कौशल्या मेघ से प्रार्थना करती हैं कि—हे मेघ! तुम वन में मत बरसना, क्योंकि मेरे तीनों बच्चे वन में गये हुए हैं।

ओहिंतर बइठी कोसिला रानी, ते मेघा मनाव हो।
मेघा बरसा नहो, मोर मेघा, तुहिन मोर सब कुछ हो।

और एक दूसरे लोकगीत में वे कहती हैं कि—हे पूर्व में उठी बदली, तुम पश्चिम में मत बरसना। देखो, मेरे तीनों बच्चे वन को गये हुए हैं। आँगन मेरे लिए मरघट के समान है और दहलीज़ पर्वत की तरह, मेरे समूचे घर में अँधकार छाया हुआ है। मेरे तीनों बच्चे वन में गये हुए हैं।

पूरब केर उमही बदरिया, पछिम जिन बरसै,
तीनिउ जन बन मेहंइ हो।
अंगना त मोरे लेखे मरघट, डेहरी त परबत,
भीतर घर अंधियार, तीनिउ जन बन मेहंइ हो।

ऐसे लोकगीत भी हैं जिनमें जनक और राम दुःखी होते हैं क्योंकि उन्हें यह ज्ञात हो जाता है कि वनवास भी होगा और सीता का हरण भी।

प्रख्यात लोक-साहित्य के मर्मज्ञ पं. रामनारायण उपाध्याय ने राम के ऐसे उड़िया लोकगीतों को उद्धृत किया है जिनमें राम कृषक के रूप में कार्यरत हैं। बाहर बादल छाये हुए हैं, बिजली चमक रही है, तब सीता का मन टूटी-फूटी झोंपड़ी में उदास हो जाता है और वे लक्ष्मण से कहती हैं कि वे जाकर राम को घर जल्दी से बुला लाएँ।

विभिन्न लोकभाषाओं में राम की जीवन-यात्रा पर केन्द्रित असंख्य गीत लिखे गये। इन सबकी बानगी देना भी अपने आपमें एक पृथक् ग्रन्थ का विषय होगा। लेकिन इन लोकगीतों में राम की पूरी जीवन-यात्रा को बड़े भावप्रवण रूप में सँजोया गया है, इसके बारे में कोई संदेह नहीं। इन लोकगीतों में मर्म का उत्कर्ष तब दिखाई देता है, जब सीता धरती में समा जाती हैं। सीता तो ऐसा मिलन चाहती हैं जिसमें कभी वियोग न हो, इसलिए वे राम की आँखों में आँखें डाल देती हैं और फिर राम को निहारते-निहारते धरती में समा जाती हैं।

राम का व्यक्तित्व और कृतित्व इतना विराट है कि उसे भाषा या कण्ठ की सीमाओं में बाँधा नहीं जा सकता। यह एक आश्चर्यजनक तथ्य है कि राम जैसे ऐतिहासिक चरित्र से जुड़े असंख्य कथानक,

असंख्य रूप से विस्तारित हो हमारे लोकजीवन और साहित्य में समा गये हैं। ऐसा ऐतिहासिक चरित्रों के सम्बन्ध में प्राय: नहीं होता। जो किंवदन्ती चरित्र होते हैं या जिनकी ऐतिहासिकता सीमित होती है, वे चरित्र असीमित विस्तार पाते हैं। राम साहित्य में और लोकजीवन में अपनी विविध भंगिमाओं को लिये ऐसे समाये हैं कि समय उनके लिए अर्थहीन हो गया है और इतिहास केवल संज्ञा।

राम को जनजातीय जीवन में या लोकजीवन में अद्‌भुत प्रतिष्ठा प्राप्त है। शास्त्रीय दृष्टि से जनजातीय जीवन और लोकजीवन को भिन्न माना जा सकता है, लेकिन मैं इन दोनों को अविभाज्य मानता हूँ। इसलिए कि भारतीय परिवेश में जो लोक है, वह इतना समर्थ है कि जातीयता उसमें घुल-मिल गई है। दोनों अविच्छिन्न हो गये हैं। इसलिए भी कि राम को खण्डित स्वरूप में देखा ही नहीं जा सकता। वे राजा अवश्य हैं, लेकिन हैं सच्चे जनजातीय प्रतिनिधि अथवा लोकनायक जिनकी मर्यादा हमारी संस्कृति और संस्कारों की अनुशासन रेखा को खींचती है। राम चित्रकूट में जिन कोलों और भीलों के बीच रहते हैं और वे उनकी जिस तरह सेवा करते हैं, उन्हें देखकर जिस तरह हर्षित होते हैं, वह यह सिद्ध करता है कि राम अयोध्या के राजा नहीं बल्कि वहाँ के नागरिकों के नायक हैं।

राम जब उनके बीच जाते हैं तो उन्हें लगता है कि नवनिधियाँ उनके घर पर आ गई हैं। वे कन्द, मूल और फल भर-भरकर उनके पास चले आते हैं। यह भेंट उनके आगे रखकर वे उन्हें जोहार करते हैं और लिखे हुए चित्र की तरह खड़े-के-खड़े रह जाते हैं। उनकी आँखों से आँसुओं की एक नहीं अनेक मन्दाकिनी बहने लगती हैं। वे राम, लक्ष्मण और सीता से कहते हैं कि आप यहाँ सभी ऋतुओं में सुखपूर्वक रहें, हम सब प्रकार के जंगली जानवरों से बचाकर आपकी सेवा करेंगे तथा सरोवरों को, झरनों को आपको दिखाएँगे। मानस में यही सब कहते हुए तुलसी ने लिखा है—

यह सुधि कोल किरातन्ह पाई। हरषे जनु नव निधि घर आई।
कंद मूल फल भरि-भरि दोना। चले रंक जनु लूटन सोना॥
तिन्ह महँ जिन्ह देखे दोउ भ्राता। अपर तिन्हहि पूँछहिं मगु जाता।
कहत सुनत रघुबीर निकाई। आइ सबन्हि देखे रघुराई॥
करहिं जोहारु भेंट धरि आगे। प्रभुहि बिलोकहिं अति अनुरागे।
चित्र लिखे जनु जहँ जहँ ठाढ़े। पुलक सरीर नयन जल बाढ़े॥

राम को यदि भारतीय संस्कृति के रचयिता के रूप में प्रतिष्ठा दी जाये तो यह सर्वथा भारतीय संस्कृति के स्वरूप और उसकी आत्मा का परिचायक होगा। भारतीय संस्कृति समन्वय की संस्कृति है। संस्कृति वास्तव में हमारे संस्कारों का अन्दर से आलोकमान हो उठना है। वह हमारे संस्कारों की विकसित अवस्था है। इसमें हमारे विश्वास और कर्म दोनों ही समाहित हैं। भारतीय संस्कृति इस देश की विविधता में एकता का जीवन्त अनुवाद है। इस परिप्रेक्ष्य में यदि भारतीय संस्कृति की यात्रा पर दृष्टिपात किया जाये तो यह ज्ञात होगा कि यह यात्रा एकाकी यात्रा नहीं है, यह समन्वय की यात्रा है। अनेक यात्रियों की यात्रा है जिनके आचार भिन्न हैं, उनकी एक समान गन्तव्य की ओर की जाने वाली यात्रा है और यह यात्रा रामकथा के उज्ज्वल आलोक में प्रत्येक युग में आगे बढ़ती है।

राम के जीवन की कथा में भारत की भौगोलिक एकता तो ध्वनित होती ही है, साथ ही यह भी आश्चर्यजनक तथ्य सामने आता है कि इस देश की सभी प्रमुख भाषाओं में राम के जीवन को रचा गया है तथा जिनके प्रचार के कारण भारतीय संस्कृति की एकरूपता बढ़ी है। भारतवर्ष के विभिन्न क्षेत्रों के

कवियों पर वाल्मीकि रामायण का व्यापक प्रभाव पड़ा। पूर्ववर्ती चरण में रामकथा के धार्मिक साहित्य एवं विभिन्न भाषाओं में लिखे गये साहित्य का संक्षिप्त उल्लेख किया गया है जिससे यह तथ्य पुष्ट होता है। राम के जीवन की यह कथा इतनी प्रेरक रही कि समूचा देश एक ही आदर्श की ओर उन्मुख रहा और भारत सहित सिंहल, तिब्बत, बर्मा और कश्मीर आदि में प्रचलित राम-कव्यों को यदि मिला दें तो यह मानना पड़ेगा कि रामकथा एशियाई संस्कृति का महत्त्वपूर्ण तत्त्व बन गई है।

भारतीय संस्कृति की रचना में शैव और वैष्णव मत महत्त्वपूर्ण रहे हैं, लेकिन रामकथा में ये एकाकार हैं। रामेश्वर में शिव की प्रतिष्ठा राम के द्वारा करना तथा हनुमान का रुद्रावतार माना जाना यह स्पष्ट करता है कि राम की दृष्टि में दोनों मतों में कोई अन्तर नहीं था। रामकथा में इन मतों की भिन्नता समाप्त हो गई है। वास्तव में राम ऐसे चरित्र हैं जो ब्राह्मण धर्म में यदि विष्णु के अवतार हैं तो बौद्ध धर्म में बोधिसत्व हैं तथा जैन धर्म में आठवें बलदेव के रूप में वे प्रतिष्ठा पाते हैं तथा उनमें शिवभक्ति भी समाहित हो जाती है।

राम भारतीय संस्कृति के उन मूल्यों के प्रतिनिधि हैं, जिन मूल्यों ने भारत के जनमानस की मानसिकता और आचार दोनों को रचा है। वे मर्यादा पुरुषोत्तम कहे जाते हैं अर्थात् मनुष्य के गुणों की मर्यादा का अपने कृतित्व में अनुपालन करने वाले सर्वश्रेष्ठ व्यक्तित्व। राम के चरित्र में ये गुण अपनी पूरी उत्कृष्टता के साथ अभिव्यक्त हुए हैं—एक पुत्र के रूप में, भाई के रूप में, पति के रूप में, पिता के रूप में, शिष्य के रूप में और अयोध्या के राजा के रूप में। फिर इन सब भूमिकाओं में आदर्श भूमिका क्या होनी चाहिए, इसका निर्वाह उनके चरित्र में है। यह भी है कि इन भूमिकाओं के निर्वाह में ऐसी कौन-सी मानवीय दुर्बलताएँ हैं जो आड़े आ सकती हैं, लेकिन उन पर कैसे विजय पाई जा सकती है। राम यहाँ ईश्वर नहीं हैं, मानव हैं। इसलिए मनुष्यता क्या होती है, इसे उन्हें परिभाषित करना होता है और यही परिभाषा भारतीय संस्कृति की परिभाषा है। वे दुर्बल भी होते हैं और विकल भी होते हैं। माता सीता के अपहृत होने के बाद वे इतने विकल हो जाते हैं कि उन्हें लगता है कि सीता के जीवन के बिना उनका जीवन निरर्थक है। सीता को खोजते उन्हें रास्ते में किसी योद्धा का जब टूटा हुआ धनुष दिखाई देता है तो वे क्रोधित हो उठते हैं, देवताओं पर क्रोध करते हैं। कहते हैं कि मैं अपने बाणों की मार से तीनों लोकों की मर्यादा को नष्ट कर दूँगा। यह वाल्मीकि की कथा है और तुलसी के राम पेड़ों से, पक्षियों से, पशुओं से पूछते हैं—

हे खग, मृग, हे मधुकर श्रेनी,
तुम देखी सीता मृगनयनी।

राम की यह विकलता उन्हें मानवीय धरातल पर प्रतिष्ठित करती है। वे मनुष्य के उस व्यावहारिक मूल्य को स्थापित करते हैं जिसके कारण मनुष्य की पहचान बनती है।

राम और सीता का प्रेम अद्‌भुत है। यही समर्पण से भरपूर प्रेम हमारी संस्कृति का ऐसा मूल्य है जो आज भी पति और पत्नी को एकात्म रखता है। भवभूति कहते हैं कि राम की सीता के प्रति प्रीति उनके बाह्य और आन्तरिक तथा व्यक्त और अव्यक्त दोनों प्रकार के गुणों के कारण निरन्तर बढ़ती जाती है और रामचरित मानस के सुन्दरकाण्ड में तुलसी कहते हैं—

तत्त्व प्रेम कर मम अरु तोरा। जानत प्रिया एकु मनु मोरा।
सो मनु सदा रहत तोहि पाहीं। जानु प्रीति रसु एतनेहि माहीं॥

राम के चरित्र की सबसे बड़ी विशेषता है उसका लोकोन्मुख होना। पूरा रामचरित्र लोकमंगल का आख्यान करता है। राम की पूरी जीवन-यात्रा का एक ही उद्देश्य था, लोकमंगल के लिए एक आदर्श प्रतिमान खड़ा करना। राम के चरित्र के अनेक पहलू हैं, लेकिन सबसे महत्त्वपूर्ण पहलू है अपने निजस्व का विसर्जन। अग्निपरीक्षा से निकली माता सीता का भी लोकोपवाद के कारण वे परित्याग कर देते हैं। राम की अपनी निजता तो कुछ है ही नहीं, जो कुछ भी है वह लोक का है, लोक के लिए है। इसलिए राम समग्रता के मानक हैं। निजस्व का यही विसर्जन और समग्र में समूचे लोक को समेट लेने की आकांक्षा भारतीय संस्कृति के वे मानक मूल्य हैं, जिन्हें राम ने अपने कृतित्व के माध्यम से रोपा। राम अन्तर्दृष्टि के प्रतिनिधि हैं, वे अपनी अन्तर्दृष्टि से विश्व को देखते हैं, घटनाओं का आकलन करते हैं—

ज्ञानहूँ गिरा के स्वामी बाहर अन्तरजामी।

राम रावण के वध के बाद उसके शव को सम्मान देते हैं, विभीषण से कहते हैं कि इस मृत्यु के साथ बैर समाप्त हो जाना चाहिए। कहते हैं कि वे तुम्हारे भी और मेरे भी बड़े भाई थे, इसलिए उनकी अन्त्येष्टि सम्मानपूर्वक होनी चाहिए—

मरणान्तानि वैराणि निर्वृत्तं नः प्रयोजनम्।
क्रियतामस्य संस्कारो ममाप्येष यथा तव॥

(वाल्मीकि रामायण, युद्धकाण्ड-111/100)

राम वन्य संस्कृति के भी संरक्षक हैं। जब रावण सीता का हरण कर रहा था, तब माता सीता ने कर्णिकार, गोदावरी और वनदेवताओं तथा वन के पशु-पक्षियों का आह्वान करते हुए कहा था कि राम से कहो कि रावण उनका हरण कर ले जा रहा है। राम ने वन्य संस्कृति को अद्‌भुत प्रतिष्ठा दी है। वाल्मीकि रामायण में सीता के साथ पूरा वन है। पुष्करणी, कमल, वन के पशु-पक्षी, पर्वत, जलप्रपात—ये सभी सीता के साथ हैं। वाल्मीकि हों, भवभूति या तुलसी—इन सभी ने तपोवन की परिक्रमा करते हुए वन्य संस्कृति के प्रति राम और सीता की प्रतिबद्धता को स्पष्ट किया है।

वाल्मीकि-रामायण में राम चिन्ता करते हैं कि इस हेमन्त में, इस ठण्ड में राज्य का सब सुख और भोग छोड़कर भरत तपस्यारत् रहते हुए मुट्ठीभर खाकर ठण्डी जमीन पर कैसे सो रहे होंगे। राम का चरित्र इसी वन्य संस्कृति का काव्य है।

ऐसे अनेक उदाहरण वाल्मीकि, तुलसी और भवभूति सहित विभिन्न रामायणों से दिये जा सकते हैं जिनमें उन मूल्यों को व्यक्त किया गया है जो मूल्य राम ने अपने कृतित्व के माध्यम से अपने युग में रोप दिये। वही मूल्य आज हमारी संस्कृति की उज्ज्वल पहचान हैं।

राम भारतीय कला की शाश्वत धरोहर हैं। वाल्मीकि के द्वारा रचित रामायण, रामचरित का आख्यान करने वाला सर्वाधिक प्राचीन ग्रन्थ है तथा इसी आदिग्रन्थ को आधार बनाकर परवर्ती रामायण लिखी गईं जिनमें सर्वाधिक प्रसिद्ध रामचरितमानस है। रामचरितमानस की लोकप्रियता का अनुमान, जैसा कि पूर्व में उल्लेख किया गया है, इस तथ्य से लगाया जा सकता है कि पूरे दक्षिण और दक्षिण-पूर्व एशिया में रामायण के प्रसंगों को चित्रित और उत्कीर्णित किया गया है। अंगकोरवाट के मन्दिर इसका आदर्श उदाहरण हैं।

दक्षिण भारत के मन्दिरों की सरणि हो या उत्तर भारत के विशाल क्षेत्र में फैले हुए मन्दिर, रामायण के प्रसंगों का उत्कीर्णन बहुतायत से किया गया है। टेराकोटा में भी रामायण के प्रसंगों का अंकन मिलता

है। उत्तर प्रदेश के भीटा गाँव में 5वीं शताब्दी में निर्मित एक मन्दिर में सुन्दर टेराकोटा शिल्प मिला है जिसमें राम तथा लक्ष्मण को वनवासी के रूप में दर्शाया गया है। दोनों अपने-अपने हाथों में धनुष-बाण लिये हुए हैं।

हाल ही में हुई खोजों से हरियाणा के नाचरखेड़ा नामक स्थान पर रामायण में वर्णित प्रसंगों का एक बड़ा पैनल मिला है जिसमें ब्राह्मी लिपि उत्कीर्ण है। गया जिले में भी एक छठी शताब्दी का मन्दिर मिला है जिसमें रामायण के प्रसंग उकेरे गये हैं। निषादराज की नाव से नदी पार करते राम तथा लक्ष्मण और सीता का सुन्दर अंकन इस मन्दिर में मिला है। इसी तरह गुप्तकालीन नाचना मन्दिर में पत्थर पर उत्कीर्ण छह पैनल मिले हैं जिन पर रामायण के प्रसंगों के अंकन हैं। ये पैनल वर्तमान में राष्ट्रीय संग्रहालय, नयी दिल्ली में हैं तथा इनका काल-निर्धारण 5वीं सदी के विद्वानों ने किया है। ये अंकन सीता के अपहरण के पूर्व के प्रसंगों के हैं। इनमें रावण को ऋषि के वेश में दर्शाया गया है। एक अंकन में बाली व सुग्रीव का युद्ध दर्शाया गया है जिसमें हनुमान का अंकन भी है।

लगभग चौथी-5वीं सदी के गुप्तकालीन शिल्प ललितपुर के निकट देवगढ़ में भी मिले हैं। ये भी पाषाण पर उत्कीर्ण किये गये हैं तथा वर्तमान में राष्ट्रीय संग्रहालय, नयी दिल्ली में हैं। इनमें से एक अंकन शूर्पणखा के प्रसंग का है। चालुक्यों के समय में भी रामायण के प्रसंग उत्कीर्ण किये गये। पट्टादकल के प्रसिद्ध अवशेष इसके साक्षी हैं जिनमें रामायण के प्रसंगों के अंकन बहुतायत से उपलब्ध हैं। हम्पी के अवशेष भी इस दृष्टि से महत्त्वपूर्ण हैं। उल्लेखनीय है कि हम्पी को स्थानीय तौर पर किष्किन्धा भी कहा जाता है। एलोरा के कैलाश मन्दिर की दीवारों पर रामायण के प्रसंग बड़े जीवन्त रूप में अंकित हैं।

हाल ही में अयोध्या में किये गये उत्खनन में प्राचीन राममन्दिर के अवशेषों के प्रमाण भी मिले हैं।

राम और उनकी जीवनयात्रा के प्रसंगों पर केन्द्रित पाषाण शिल्प, धातु शिल्प तथा हाथीदाँत पर बनाये गये शिल्प बहुतायत से उपलब्ध हैं। इनके सम्बन्ध में विस्तार से वर्णन किया जाना एक पृथक् कृति का विषय होगा। पूर्व चरण में केवल एक झाँकी उत्कीर्णनों के सम्बन्ध में दी गई है।

भारतीय कला-परम्परा में रामायण के अंकन विभिन्न चित्र-शैलियों में मनभावन रूप में किये गये हैं। भारतीय कला-परम्परा में यद्यपि साक्ष्य बाद में मिलते हैं, लेकिन चित्रांकन के सन्दर्भ काफी पहले से मिलने लगते हैं। विदेशी आक्रान्ताओं के आक्रमण के कारण साक्ष्य प्रायः नष्ट हो गये। जहाँ तक सन्दर्भ का प्रश्न है, भवभूति के आठवीं शताब्दी में रचे गये 'उत्तररामचरित्' में एक सुन्दर प्रसंग आया है, जब राम और सीता को लक्ष्मण अयोध्या में उन भित्तिचित्रों को देखने के लिए आमन्त्रित करते हैं जिनमें उनकी स्वयं की कहानी को तूलिका से उरेहा गया है। इस प्रसंग का आरम्भ चित्रों से ही होता है। ऋषि अष्टावक्र राम के पास आये हैं। वे बातें ही कर रहे हैं कि लक्ष्मण आ जाते हैं और भगवान राम से कहते हैं कि—'उस चित्रकार ने हमारे बताये अनुसार आपके चरित् इस भीत के ऊपरी भाग में उरेहे हैं, उन्हें आर्य देखें। इस पर देवी सीता और भगवान राम उन चित्रों को देखने लगते हैं। इनमें सीता की अग्निपरीक्षा तक की पूरी कथा अंकित है। पहले उन दिव्य अस्त्रों के सजीव चित्र हैं जो भगवान राम को ताड़का-वध के लिए विश्वामित्र से प्राप्त हुए थे। राम उन्हें देखकर देवी सीता से उन्हें प्रणाम कराते हैं ताकि वे दिव्यास्त्र उनकी गर्भस्थ सन्तति को अनायास प्राप्त हो जायें। फिर मिथिला के वृत्तान्त हैं, जिन्हें देखकर मैथिली कहती हैं—'अहो, यहाँ खिलते हुए नवनील कमल से साँवले, स्निग्ध, मसृण, मांसल, सुभग देह वाले आर्यपुत्र को बनाया है। उन्होंने शंकर के शरासन को कुछ न समझकर तोड़

डाला है और विस्मय-चकित मेरे पिता (जनक) एकटक उनके भोले मुँह को, जिस पर काक-पक्ष शोभित हैं, देख रहे हैं।' उन्हें चित्र दिखाते हुए लक्ष्मण कहते हैं—'यह तो देखिए, आपके पिता तथा पुरोहित शतानन्द, वसिष्ठ आदि समधियों की अर्चा कर रहे हैं।' राम कहते हैं—'यह देखने ही योग्य हैं, विदेहों और रघुओं का सम्बन्ध, जहाँ दोनों ओर विश्वामित्र ही समधी हैं, किसे न रुचेगा?' देवी सीता विवाह के दृश्य को कहने लगती हैं—'यह आप चारों भाई गोदान-मंगल करके विवाह-दीक्षित हुए हैं। अहो, ऐसा लगता है कि मैं उसी स्थान और उसी समय में हूँ।'

राम को भी वैसा ही अनुभव होता है और वे सीता का ध्यान पाणिग्रहण के दृश्य की ओर आकृष्ट करते हैं। भवभूति ने इस स्थल पर सीता के हाथ का वर्णन बड़े सुन्दर शब्दों में किया है। लक्ष्मण इन चित्रों के सम्बन्ध में और विवरण देते हैं। भरत की वधू माण्डवी और शत्रुघ्न की वधू श्रुतकीर्ति के चित्र दिखाते हैं। इस विवरण के बाद प्रसंग का सर्वश्रेष्ठ अंश आता है। उर्मिला (लक्ष्मण-पत्नी) के चित्र को इंगित करके सीता लक्ष्मण से पूछती हैं—'वत्स, और यह कौन है?' लक्ष्मण लजा जाते हैं और मन-ही-मन मुस्कुराते हुए प्रसंग बदलने के लिए परशुराम काण्ड के चित्र दिखाने लगते हैं। इसी क्रम में वे लोग राम के किष्किन्धा पहुँच जाने तक के चित्रों को देखते हैं और उनके हृदय के प्रसंगानुकूल भाँति-भाँति के भावों की क्रिया तथा प्रतिक्रिया होती है।

इस प्रसंग से यह स्पष्ट है कि आठवीं शताब्दी में निश्चय ही भित्तिचित्र रामायण के प्रसंगों के आधार पर बने होंगे, जिनका सजीव वर्णन भवभूति ने किया है, किन्तु अब ये भित्तिचित्र या अन्य चित्र उपलब्ध नहीं हैं।

भारत में दसवीं शताब्दी से भोजपत्रों व ताड़पत्रों पर बनाये गये सचित्र ग्रन्थ व चित्र मिलते हैं। ईस्वी सन् 1020 में ताड़पत्रों पर लिखित रामायण प्राप्त हुई है। रामायण की लोकप्रियता के कारण उसकी अनेक अनुकृतियाँ तैयार की गयीं। अभी तक हुए शोधों के आधार पर ऐसी 2,000 हस्तलिखित पोथियों का पता चला है तथा जहाँ तक सचित्र पोथियों का प्रश्न है, वे समूचे भारत में मध्यकाल में चित्रित हुई हैं फिर वे चाहे राजस्थान की हों या पहाड़ की रियासतें हों अथवा दक्षिण भारत के सुदूर क्षेत्र के अंचल की। मुस्लिम प्रभाव के कारण सल्तनत काल या पूर्व मुग़ल काल की शैलियों में रामायण के अंकन नहीं मिलते हैं।

रामचरित्मानस के लिखे जाने के पश्चात् वाल्मीकि की रामायण की लोकप्रियता अत्यधिक बढ़ी तथा कलाकारों व उनके संरक्षकों का ध्यान वाल्मीकि रामायण की ओर गया, इसलिए 16वीं सदी के बाद रामायण के अंकन विभिन्न शैलियों में निरन्तर मिलने लगते हैं।

यह निश्चित ही एक विलक्षण तथ्य है कि सर्वप्रथम मुग़ल शैली में सुरक्षित रूप में रामायण के अंकन मिले। यह सचित्र रामायण अकबर के समय में तैयार की गई। इसकी एक सचित्र प्रति जयपुर के पोथीखाने में है तथा एक अमेरिका में। अकबर एक उदारमना सम्राट था तथा उसने अनेक हिन्दू ग्रन्थों का फ़ारसी में अनुवाद कराया तथा उन्हें सचित्र रूप से चित्रित भी कराया। उसके काल में रामायण का फ़ारसी अनुवाद अब्दुल क़ादिर बदायुँनी ने किया। रामायण की यह सचित्र पोथी नवम्बर, 1588 में पूर्ण हुई जिसमें कुल 176 चित्र थे। अब्दुल रहीम ख़ानख़ाना ने अपने चित्रकारों से सचित्र रामायण तैयार करवाई। इसका निर्माण ईस्वी सन् 1598-99 में पूर्ण हुआ। इसमें कुल 130 चित्र हैं तथा यह वर्तमान में फ्रीर गैलेरी, वाशिंगटन में है। इन 130 चित्रों में से 50 लघुचित्रों पर 12 विभिन्न चित्रकारों के नाम अंकित हैं।

मुग़ल क़लम में बनाये गये इन चित्रों की सबसे बड़ी विशेषता यह है कि चित्रकारों ने विषय के साथ पूरा-पूरा न्याय किया है। इनमें रेखाओं की गोलाई, आलेखन का अनुपात, सजीव एकचश्म चेहरे तथा वृक्षों का स्वाभाविक चित्रण बड़े सहज रूप में दिखाई देता है। सिन्दूरी, पीला, लाजवर्दी, हरे और नीले रंग को विशेष रूप में प्रयोग में लाया गया है। यह सही है कि अकबर के समय में हेरात क़लम की प्रधानता रही, लेकिन कश्मीर शैली का विशेष प्रभाव रहा। इन चित्रों पर देशज प्रभाव स्पष्ट दिखाई देता है क्योंकि केशो, लाल, मुकुन्द, मिस्कीन, माधौ, जगन, तारा, साँवला और राम जैसे हिन्दू चितेरों ने अकबरकालीन चित्रों को बनाया था। मुग़ल काल में बनाई गई इस रामायण की चित्रांकन परम्परा का प्रभाव परवर्तीकाल में राजस्थानी व पहाड़ी शैलियों पर पड़ा। अकबर के उत्तराधिकारियों के समय में तथा दक्षिण में इस काल में रामायण के अंकन प्रायः नहीं हुए।

मेवाड़ के राजा जगतसिंह को यह श्रेय जाता है कि उन्होंने सर्वप्रथम रामायण का चित्रण अपने संरक्षण में करवाया। साहिबदीन नाम के एक चितेरे ने ईस्वी सन् 1652 में युद्धकाण्ड के प्रसंगों पर आधारित चित्र बनाये। रामायण के युद्धकाण्ड पर बनाये गये चित्र वर्तमान में ब्रिटिश म्यूज़ियम, लंदन में है। मनोहर नाम के हिन्दू चितेरे ने ईस्वी सन् 1649 में सर्वप्रथम रामायण के बालकाण्ड के प्रसंगों पर आधारित चित्र बनाये। इस सचित्र काण्ड के अनेक पृष्ठ वर्तमान में छत्रपति शिवाजी वास्तु संग्रहालय, मुंम्ई (पूर्व-प्रिंस ऑफ़ वेल्स म्यूज़ियम) में संरक्षित हैं। अरण्यकाण्ड के प्रसंगों पर आधारित चित्र ईस्वी सन् 1651 में बनाये गये तथा ये वर्तमान में ब्रिटिश म्यूज़ियम, लंदन में हैं। इस प्रकार निःसन्देह मेवाड़ को यह श्रेय प्राप्त है कि प्राप्त जानकारी के आधार पर रामायण के सातों काण्डों पर आधारित चित्र ईस्वी सन् 1649 से 1653 के बीच वहाँ बनाये गये। साहिबदीन के बनाये गये चित्रों पर मुग़ल प्रभाव तो दिखाई देता है, लेकिन इन चित्रों की आत्मा में राजस्थान की मूल परम्परा ही प्रतिष्ठित दिखाई देती है। पहाड़, पोशाख तथा हाथियों के चित्रण में अद्‌भुत सौंदर्य झलकता है। सधे हुए हाथों से खींची गई जीवन्त रेखाओं में रमे हुए विविध रंग रामायण के प्रसंगों को सजीव कर देते हैं।

मेवाड़ की यह सचित्र रामायण प्रख्यात कलाविद् जे.पी. लॉस्टी ने संकलित की है तथा इस पर शोध-कार्य किया है। मेवाड़ क़लम की इस सचित्र रामायण के चित्रों को छत्रपति शिवाजी वास्तु संग्रहालय, मुम्बई की वेबसाइट पर देखा जा सकता है।

मेवाड़ के अलावा अन्य राजस्थानी शैलियों में भी स्फुट रूप से रामायण के प्रसंगों के अंकन हुए। कोटा-बूँदी में 19वीं सदी के उत्तरार्द्ध में रामायण के प्रसंगों पर आधारित चित्र बने। मुझे राम दरबार का एक सुन्दर अंकन झालावाड़ क़लम का प्राप्त हुआ जिसमें कोटा शैली की सम्पूर्ण विशेषताएँ देखने के लिए मिलती हैं।

मेवाड़ से जुड़े हुए मालवा व बुन्देलखण्ड अंचलों में रामायण के अंकनों की समृद्ध परम्परा विद्यमान रही है। ओरछा में राजा वीरसिंह जूदेव के समय में वहाँ के राजमहल की भित्तियों पर रामायण उरेही गई। ये भित्तिचित्र रामायण के उस काल में फैले यश की सजीव कहानी कहते हैं। इन चित्रों का प्रभाव समकालीन मालवा क़लम पर भी पड़ा। ओरछा और दतिया की अष्टगढ़ियों की भित्तियों पर भी रामायण के सुन्दर अंकन हुए। इनमें टोड़ी फतेहपुर और चिरगाँव के भित्तिचित्र बड़े जीवन्त हैं।

बुन्देलखण्ड के सुदूर अंचल में पन्ना जिले की अजयगढ़ तहसील से मुझे सचित्र वाल्मीकि रामायण मिली। इस रामायण में कुल 55 चित्र विभिन्न प्रसंगों के थे, लेकिन अब केवल 36 चित्र ही उपलब्ध हैं।

इनमें बालकाण्ड के 13, अयोध्याकाण्ड के 6, अरण्यकाण्ड के 3, किष्किन्धाकाण्ड के 2, सुन्दरकाण्ड के 5, युद्धकाण्ड के 5 व उत्तरकाण्ड के 2 चित्र हैं। ये चित्र ईस्वी सन् 1855 से 1860 के बीच बनाये गये। इन चित्रों पर बुन्देलखण्ड का लोकप्रभाव बड़ा स्पष्ट है। प्राय: प्रत्येक चित्र के पीछे उस घटना का देवनागरी लिपि में एक-एक पंक्ति में वर्णन किया गया है जो घटना चित्रित की गई है। बुन्देलखण्डी परिवेश तथा पोशाख व अलंकरण बड़े आनुपातिक रूप से उरेहे गये हैं।

इसी प्रकार का एक ग्रन्थ 'रघुवर विलास' है। इसकी रचना बुन्देलखण्ड की एक छोटी-सी स्टेट चरखारी में हुई थी। 'रघुवर विलास' का विषय रामविवाह है जिसमें रामविवाह के चित्रण के माध्यम से कवि ने बुन्देलखण्ड में प्रचलित उन रीति-रिवाजों का मोहक चित्रण किया है, जो विवाह के अवसर पर सम्पन्न होते हैं। ये चित्र वाल्मीकि रामायण के प्रसंगों से प्रभावित हैं।

पूर्वी मालवा की एक छोटी-सी रियासत राघौगढ़ में रामायण के प्रसंगों को केन्द्र में रखकर काफी चित्र बनाये गये। इसी तरह नरसिंहगढ़ में भी रामायण के प्रसंगों पर आधारित अंकन किये गये। भारत कला भवन, बनारस में मालवा शैली में चित्रित रामायण का पृष्ठ रखा है जिस पर हीरा रानी अंकित है जो बाद में हीरादे के नाम से प्रसिद्ध हुईं। यह रानी ओरछा के राजा पहाड़सिंह की पत्नी थीं तथा कलाप्रेमी शासिका थीं जिन्होंने अपने संरक्षण में ईस्वी सन् 1642 में रामायण के प्रसंगों के आधार पर लघुचित्र बनवाए। मालवा क़लम में किये गये रामायण के अंकनों में बन्दरों और राक्षसों को एक विशेष रूप में दर्शाया गया है। इन चित्रों में बन्दर गतिशील दिखाई देते हैं तथा राक्षस बड़े शक्तिशाली हैं। ज़्यादातर चेहरे एकचश्म बनाये गये हैं तथा आभूषण व वस्त्र मालवी हैं। मालवा की मोहक शाम को चित्रित करने का सफल प्रयास चितेरों ने किया है। भारत कला भवन में बालकाण्ड के 14, अयोध्याकाण्ड के 3, अरण्यकाण्ड के 8, किष्किन्धाकाण्ड के 5, सुन्दरकाण्ड के 4, युद्धकाण्ड के 22 तथा उत्तरकाण्ड के 4 चित्र हैं। पश्चिमी मालवा में बनाई गई रामायण के अंकन कनोड़िया संग्रह, पटना में भी हैं।

जहाँ तक पहाड़ी शैलियों का प्रश्न है, उसमें रामायण के प्रसंगों के सुंदर अंकन हुए हैं। पहाड़ी शैलियों के विशेषज्ञ डॉ. मोहिन्दरसिंह रंधावा ने ईस्वी सन् 1956 में कुल्लू के राजपरिवार में रामायण के प्रसंगों पर आधारित चित्र देखे थे तथा उन्हें ईस्वी सन् 1959 में प्रकाशित किया था। डॉ. बी.एन. गोस्वामी तथा डॉ. फिशर ने इन चित्रों का परिशीलन करने के बाद यह पाया कि ये चित्र पहाड़ की एक समन्वित शैली के चित्र हैं।

शांग्री रामायण के नाम से रामायण के प्रसंगों पर पहाड़ की एक छोटी-सी रियासत बाहु में चित्र बने। इन चित्रों की सबसे बड़ी विशेषता यह है कि यह अपने आपमें परिपूर्णता लिये हुए हैं तथा एक चित्र अपनी पूरी कथा स्वयं दर्शा देता है। यह चित्र गुलेर क़लम के सुप्रसिद्ध चित्रकार नैनसुख की पहली पीढ़ी के चितेरों ने बनाये हैं।

रामायण के विभिन्न प्रसंगों पर पहाड़ की विभिन्न शैलियों में बनाये गये चित्रों के सम्बन्ध में विशद् जानकारी विभिन्न कलाग्रन्थों व स्मारिकाओं में उपलब्ध है। इनमें डॉ. विश्वचन्द्र ओहरी के द्वारा सम्पादित 'एक्ज़ाइल इन फ़ॉरेस्ट' महत्त्वपूर्ण है। इस कृति में प्रकाशित चित्रों में पहाड़ों का नैसर्गिक सौंदर्य चित्रों में उतरा है। इनमें राम, लक्ष्मण और सीता पत्तियों के वस्त्र पहने हैं। राम के वनगमन से सम्बन्धित चित्र बड़े मनोहारी हैं। राजा दिलीपसिंह (ईस्वी सन् 1695-1741) के समय में बनी रामायण की शृंखला के कुछ चित्र डॉ. आनन्दकुमार स्वामी ने अपनी प्रसिद्ध कृति 'राजपूत पेंटिंग' में भी प्रकाशित किये।

पहाड़ों में काँगड़ा, बसोहली, चम्बा, मण्डी, नूरपुर और बिलासपुर पहाड़ी शैलियों के प्रमुख केन्द्र रहे। यहाँ रामायण के प्रसंगों पर आधारित चित्र बने।

राजस्थान और हिमाचल प्रदेश के अलावा बंगाल, उड़ीसा और असम में तथा दक्षिण भारत में भी रामकथा को केन्द्र में रखकर पट्टचित्र व लघुचित्र बनाये गये।

यह संक्षिप्त विहंगावलोकन है रामायण की चित्रांकन परम्परा का जिसमें कतिपय प्रमुख अंकनों, उनकी शैलियों तथा विशेषताओं की ओर संकेत किया गया है।

वाल्मीकि की रामायण ने मध्यकाल में रामचरित्मानस के लिखे जाने के परिणामस्वरूप अद्‌भुत लोकप्रियता प्राप्त की तथा उसने कलाकारों के लिए उनकी कल्पनाशीलता के नये द्वार खोले। इन कलाकारों ने शब्दों की रामायण को रंगों और रेखाओं के माध्यम से कुछ इस तरह रचा कि यह रचाव हमारे कला-इतिहास की महान धरोहर बन गया।

रामायण हमारी सांस्कृतिक अस्मिता को रचने वाला महान ग्रन्थ तो है ही, वह साहित्य की दृष्टि से भी अत्यन्त महत्त्वपूर्ण ग्रन्थ है। रामकथा की लोकप्रियता इसी से सिद्ध है कि वह पूरे दक्षिण एशिया में आज भी अत्यन्त लोकप्रिय है तथा उत्तर और दक्षिण भारत की तमाम प्रतिनिधि भाषाओं में उसे वर्णित किया गया है। यदि उत्तर में तुलसी का रामचरित्मानस है तो दक्षिण में कम्बन रामायण। जैन 'पऊम-चरिउ' में रामकथा अपने ढंग से कही गई है। इसलिए यह तो असन्दिग्ध तथ्य है कि रामकथा अत्यन्त लोकप्रिय रही है, लेकिन यह तथ्य भी अपने स्थान पर विद्यमान है कि इस कथा में एकरूपता नहीं है। हर रामायण एक-दूसरे से अनेक प्रसंगों में भिन्न है।

रामकथा के प्रख्यात विद्वान रेवरेण्ड फ़ादर कामिल बुल्के ने अपने विद्वत्तापूर्ण ग्रन्थ में रामकथा सम्बन्धी विभिन्न साहित्यिक आख्यानों का विवरण दिया है। उनका मानना है कि रामकथा सम्बन्धी आख्यान काव्यों की वास्तविक रचना वैदिक काल के बाद, इक्ष्वाकु-वंश के राजाओं के सूतों ने आरम्भ की तथा इन्हीं आख्यान काव्यों के आधार पर वाल्मीकि ने अपनी रामायण का सृजन किया। इस रामायण का उस समय के समाज में बहुत प्रचार था तथा लव-कुश उसका गान करके और उसके अभिनेता उसके प्रसंगों का अभिनय कर जीविकोपार्जन करते थे। धीरे-धीरे रामचरित् की लोकप्रियता बढ़ती गई और उसे केन्द्र में रखकर साहित्य रचा जाता रहा।

संस्कृत उस समय की सबसे प्रतिष्ठित भाषा थी। इसलिए संस्कृत के धार्मिक साहित्य में रामकथा की अनेक रचनाएँ हुईं। इनमें रघुवंश, भट्टकाव्य, महावीरचरित्, उत्तर-रामचरित्, प्रतिमा-नाटक, जानकी-हरण, कुन्दमाला, अनर्घराघव, बालरामायण, हनुमन्नाटक, अध्यात्म-रामायण, अद्‌भुत-रामायण तथा आनन्द-रामायण जैसे काव्य शामिल हैं।

आधुनिक देशभाषाओं के काल में रामचरित् पर अनेक उत्कृष्ट काव्य लिखे गये। इनमें प्रमुख हैं—कम्बन-कृत तमिल रामायण (12वीं सदी), तेलुगु द्विपाद रामायण (12वीं सदी), मलयालम रामचरितम् (14वीं सदी), बंगला कृतवासी रामायण (15वीं सदी), उड़िया बलरामदास रामायण (15वीं सदी), कन्नड़ी तोरावे रामायण (16वीं सदी), मराठी भावार्थ रामायण (16वीं सदी) तथा तुलसीकृत रामचरित् मानस (16वीं सदी)। इस सूची में वे अनेक रामकाव्य सम्मिलित नहीं हैं जो विभिन्न युगों में, देश के विभिन्न अंचलों में, विभिन्न भाषाओं में रचनाकारों ने रचे। ये काव्य केवल भारत में ही नहीं रचे गये अपितु तिब्बत से लेकर हिन्दचीन और समूचे दक्षिणी एशिया में इनकी रचना हुई तथा रामकथा

साहित्य का अभिन्न अंग बन गई।

यहाँ एक क्षेत्रीय उदाहरण देना पर्याप्त होगा। रामकथा का प्रचार-प्रसार सुदूर महाराष्ट्र के खानदेश अंचल तक हुआ। धूलिया के समर्थ वाग्देवता मन्दिर में तुलसी के समकालीन कवि जसवन्त के ग्रन्थ संरक्षित हैं। प्रख्यात साहित्यकार डॉ. मुरलीधर शहा ने जसवन्त की कृतियों पर महत्त्वपूर्ण कार्य किया है। जसवन्त कीर्तनकार थे। उनके अनेक पद राग-रागिनियों में आबद्ध हैं। उन्होंने मराठी मिश्रित खड़ी बोली में अपने सरस पदों की रचना की। जसवन्त ने स्फुट पदों में रामकथा की रचना की।

जिस प्रकार तुलसी को केवल अपने राम पर विश्वास है, उसी तरह जसवन्त को भी राम के अतिरिक्त किसी और पर विश्वास नहीं। वे कहते हैं—

नैरे मेरे और न सु काम
राज्या राम बिनु कछु ही न जान्यो
येक देव मोकु कैवल्य राम॥
येक बुंद की करी हो आशा
जलधर से प्रीती धसी हो राम॥

रामजन्म को उन्होंने राग-सारंग में इस तरह बाँधा है—

रामजन्म सुनी नाचत मुनीजन। नाचत गणगंधर्व किन्नर।
नाचत धरणी नाचत शेष। नाचत उमया सहित महेश।
नाचत मधवा पुष्पही बरखत। नाचत भानु मगमो हरखत।
नाचत विधि और नाचत ईश। नाचत अमर सहित तेतीस।
नाचे तरु बंश दंडक वनमो। नाचत जसवं प्रफुलित मनमो॥

जहाँ तक रामकाव्य के प्रमुख साहित्यिक ग्रन्थों का प्रश्न है, इनमें वाल्मीकि, भवभूति और तुलसी प्रमुख हैं।

वाल्मीकि आदिकवि हैं तथा उनके द्वारा रची गई रामायण ही अन्य रामकाव्यों का स्रोत है। वाल्मीकि ने क्रौंचवध को देखकर उपजी करुणा के वशीभूत होकर रामायण रची। यह कहा जाता है कि ब्रह्मा ने वाल्मीकि को आज्ञा दी कि तुम धर्म के प्रतिमान, सत्य और करुणा के प्रतिमान राम की पूरी कहानी लिखो। उनसे जुड़ी हुई प्रत्येक घटना को लिखो। कुछ छोड़ो मत। तुमसे यदि कुछ छूटेगा तो ध्यान योग से वह तुम्हारे सामने उपस्थित हो जायेगा और तुम्हारी यह कथा जब तक यह पर्वत हैं तथा नदियाँ हैं, तब तक लोक में प्रचारित होती रहेगी और परलोक में भी प्रचारित होगी। एक सृष्टा ने वाल्मीकि के रूप में एक सृष्टा को पहचान लिया। ब्रह्मा ने उन्हें अपने बराबर स्थान दिया और तब वाल्मीकि आदिकवि का दायित्व सरस्वती की कृपा से निबाहने बैठे—

श्लोक एवास्त्वयं बद्धो नात्र कार्या विचारणा।
मच्छन्दादेव ते ब्रह्मन प्रवृत्तेयं सरस्वती॥
रामस्य चरितं कृत्स्नं कुरु त्वमृषिसत्तम।
धर्मात्मनो भगवतो लोके रामस्य धीमतः॥

(वाल्मीकि रामायण, बालकाण्ड, 2/31-32)

फिर वाल्मीकि ने साहित्य का इतिहास रच दिया। उन्होंने इतने भाव से रामायण रची कि वह

युगों का कण्ठाहार बन गई। वह न केवल इस देश का इतिहास बनी बल्कि मानवमात्र की ऐतिहासिक यात्रा की साक्षी बन गई। वाल्मीकि की रामायण में कठोरता और ममता दोनों के अछोर विस्तार हैं, लेकिन विशेषता यह है कि राम के निर्णयों में ममता तिरोहित नहीं होती, वह विद्यमान रहती है। रामायण एक कहानीमात्र नहीं है, वह अपने आपमें एक स्वतन्त्र संसार है। इस काव्य में गोचर जगत् का सौन्दर्य मन के प्रवाह में घुल जाता है और एक अलौकिक रूप धारण कर लेता है। रामायण की प्रत्येक परिस्थिति वास्तविकता प्रतीत होती है। वाल्मीकि ने दशरथ, कौशल्या, राम, लक्ष्मण, सीता, भरत और विभीषण, इन सभी के द्वन्द्वों को शब्द दिये हैं। फिर राम जैसे सहनशील और मर्यादा पुरुषोत्तम की उस मानवीय वेदना को भी मार्मिक ढंग से चित्रित किया है, जब सीता के बिछोह में वे अपना मानसिक सन्तुलन ही प्राय: खो देते हैं और वन में एक वृक्ष से दूसरे वृक्ष की ओर दौड़ते हुए पूछते हैं कि कदम्ब बताओ! सीता कहाँ हैं, तुम्हारे पुष्प सीता को बड़े अच्छे लगते थे। उसके अंग तुम्हारे पल्लवों के समान स्निग्ध हैं। उसके अंगों पर तुम्हारे फूलों के रंग जैसे कौशेय वसन हैं। बिल्व, तुमने सीता को देखा है? तुम्हारे फलों के जैसे उसके स्तन हैं। कुटज, तुमने सीता को देखा है? उसके उरु तुम्हारे तने की तरह है। अशोक, तुम शोक दूर करने वाले हो, तुम सीता का पता क्यों नहीं बताते—

अस्ति कच्चित्त्वया दृष्टा सा कदम्बप्रिया प्रिया।
कदम्ब यदि जानीषे शंस सीतां शुभाननाम्॥
स्निग्धपल्लवसंकाशां पीतकौशेयवासिनीम्।
शंसस्व यदि सा दृष्टा बिल्व विल्वोपमस्तनी॥
ककुभः ककुभोरुं तां व्यक्तं जानाति मैथिलीम्।
लतापल्लवपुष्पाढ्यो भाति ह्येष वनस्पति॥

(वाल्मीकि रामायण, अरण्यकाण्ड, 60/12-13, 15)

वाल्मीकि-रामायण का सर्वाधिक भावप्रवण प्रसंग है सीता की अग्निपरीक्षा। एक ओर तो राम सीता के प्रति इतने व्याकुल हैं तो दूसरी ओर वह यह भी कहते हैं कि सीता! मैंने तुम्हें पाने के लिए युद्ध नहीं किया, अपितु सदाचार की रक्षा के लिए, लोकनिन्दा से बचने के लिए तथा कुल पर कुलवधू-हरण के लगे कलंक की शुद्धि के लिए युद्ध किया है। फिर सीता राम को फटकारती हैं। कहती हैं तुमने मेरा तिरस्कार नहीं किया, तुमने छोटे आदमी की तरह नारीत्व का तिरस्कार किया है। मेरी भक्ति, मेरा शील इन सबकी तुमने अनदेखी की है। लेकिन राम कठोर हो गये हैं, वे सीता की परीक्षा लेते हैं और कहते हैं कि मैं केवल दाशरथि राम हूँ, मैं और नहीं जानता—

आत्मानं मानुषं मन्ये रामं दशरथान्मजम्।

और अन्तत: सीता तपाये हुए सोने की तरह दीप्त रूप में अग्नि के बाहर निकल आती हैं। तब राम कहते हैं कि मुझे विश्वास था कि सीता तो स्वयं में अग्निशिखा हैं। फिर दूसरा प्रसंग अग्निपरीक्षा का तब आता है, जब सीता वाल्मीकि के आश्रम से लौटती हैं और राम पुन: सीता को आदेश देते हैं कि वे अयोध्या की सभा में आकर शपथ करें कि मैं परिशुद्ध हूँ और फिर सीता शपथ लेती हैं—यदि मैंने मन से केवल राम की चिन्ता की हो, उनके अतिरिक्त किसी की भी चिन्ता न की हो, तो हे पृथ्वी! तुम फटो और मैं तुममें समा जाऊँ। यदि मैंने मन-वचन-कर्म से राम की ही अर्चना की हो तो—हे माँ वसुधा! तुम फट

जाओ और मैं समा जाऊँ। यदि मेरा यह कहना सच हो कि मैं राम के अतिरिक्त किसी को नहीं जानती, तो हे वसुधा! तुम फट जाओ—

यथाहं राघवादन्यं मनसापि न चिन्तये।
तथा मे माधवी देवी विवरं दातुमर्हति॥
मनसा कर्मणा वाचा यथा रामं समर्चये।
तथा मे माधवी देवी विवरं दातुमर्हति॥
यथैतत् सत्यमुक्तं मे वेऽि रामात् परं न च।
तथा मे माधवी देवी विवरं दातुमर्हति॥

(वाल्मीकि-रामायण, उत्तरकाण्ड, 97/14-16)

वाल्मीकि-रामायण के विभिन्न भाषाओं में अनुवाद हुए। इस रामायण की अनेक टीकाएँ विभिन्न कालों में की गयीं। महाभारत के द्रोणपर्व और अग्निपुराण के पाँच से तेरह तक के अध्यायों में वाल्मीकि के नाम का उल्लेख करते हुए रामायण के सार का वर्णन है।

वाल्मीकि की रामकथा इसलिए अपने आपमें विशिष्ट है क्योंकि उसमें नारीचित्त की सजीव प्रतिमा नयी आभा के साथ रची गई है। वाल्मीकि रामायण में सतत् सीता के इन्हीं देवी रूपों का आख्यान तो है ही लेकिन सीता की तेजस्विता को वाल्मीकि ने बड़े अप्रतिम रूप में रचा है। वे राम के प्रति मन, वचन और कर्म से इतनी समर्पित हैं कि वे राम से भी अधिक हो गयी हैं और यही सीता का सबसे बड़ा जीवनमूल्य है जो भारतीयता का भी जीवन-मूल्य है।

जैसा कि पूर्व में उल्लेख किया गया है कि कालिदास ने रघुवंश में राम की कथा अपने ढंग से कही है। उन्होंने पूरे रघुवंश का चित्र खींचा है। पहले सर्ग में राजा दिलीप के महर्षि वसिष्ठ के आश्रम में जाने से लेकर उन्नीसवें सर्ग में अग्निवर्ण शृंगार तक रघुवंश का वर्णन है। दसवें सर्ग में रामावतार, ग्यारहवें सर्ग में राम-सीता का विवाह, बारहवें सर्ग में रावण-वध, तेरहवें सर्ग में दण्डक वन से वापसी, चौदहवें सर्ग में राम द्वारा सीता का परित्याग और पन्द्रहवें सर्ग में रामाधि के स्वर्गारोहण तक का वर्णन है। कालिदास ने राम के जीवन की घटनाओं को विस्तार से वर्णित नहीं किया है अपितु इन घटनाओं के क्रम को संक्षेप में उसी तरह अपने काव्य में पिरो दिया है, जिस तरह वाल्मीकि ने अपनी रामायण में इन घटनाओं को क्रम दिया है। राम के जन्म के प्रसंग को वर्णित करते हुए कालिदास ने लिखा कि रघुवंश में दीपक के समान, अपरिमित तेजस्वी उस पुत्र से प्रसूतिगृह के दीपक मानो फीके पड़ गये—

रघुवंशप्रदीपेन तेनाप्रतिमतेजसः।
रक्षागृहगता दीपाः प्रत्यादिष्टा इवाभवन्॥

(रघुवंश, 10/68)

और आगे लिखा कि माता कौशल्या जो दुबली थीं, वे राम के शय्या के आने पर ऐसी शोभायमान हुईं, जैसे शरद ऋतु में पतली धार वाली गंगा अपने रेतीले तट पर चढ़ाये गये नीलकमल के साथ सुशोभित होती हो—

शय्यागतेन रामेण माता शातोदरी बभौ।
सैकताम्भोजबलिना जाह्नवीव शरत्कृशा॥

(रघुवंश, 10/69)

राम के जीवन की इस महान कथा के घटनाक्रम को कालिदास ने अपने ढंग से कहा है।

जब सीता को लक्ष्मण वन में छोड़ते हैं तो जब तक लक्ष्मण उनके दृष्टिपथ में रहते हैं, वे कुछ नहीं कहतीं, लेकिन उनके जाने के बाद मयूर नाचना छोड़ देते हैं, वृक्ष–कुसुम झरने लगते हैं जैसे उनके आँसू झर रहे हों और हिरणियों के मुख में रखे तृण मुख से छूट पड़ते हैं। सारा वन रो पड़ता है—

नृत्यं मयूराः कुसुमानि वृक्षा दर्भानुपात्तान् विजहुर्हरिण्यः।
तस्याः प्रपन्ने समदुःखभावमत्यन्तमासीत् रुदितं वनेऽपि॥

(रघुवंश, 14/69)

'रघुवंश' के बाद संस्कृत काव्य में सर्वाधिक महत्त्वपूर्ण राम केन्द्रित नाटक है भवभूति का 'उत्तररामचरित्'। राम के जीवन के करुण पक्ष ने भवभूति को सबसे अधिक उद्वेलित किया। उनके इस महान ग्रन्थ की पूर्व और पश्चिम के विद्वानों ने भूरि–भूरि प्रशंसा की है। मन के भीतर चल रहे अन्तर्द्वन्द्व, प्रेम का उज्ज्वल धरातल और नाटकीयता उनके इस नाटक की विशेषताएँ हैं।

भवभूति ने राम के दुःख को बाँटने के लिए प्रत्यक्ष रूप में गंगा, गोदावरी, तमसा, मुरला, वनदेवता और वासन्ती इन सबको इस प्रकार प्रस्तुत किया है मानो वे अयोध्यावासियों के निष्ठुर व्यवहार के विरोध में मानवीय संवेदनाओं के साकार प्रतिमान के रूप में खड़े हैं। भवभूति दुःखवादी नहीं हैं, लेकिन वे मनुष्य को मनुष्य बनाने वाली करुणा के पारखी हैं। भवभूति का जीवन–दर्शन यह है कि वास्तव में दुःख से अधिक दुःख की भावना करुणा का मूल कहलाती है। भवभूति ने राम की करुणा को, उनके विभक्त चित्त को बड़े सजीव रूप में शब्दों में बाँधा है। राम एक ओर तो उलाहना देते हैं उन लोगों को, जिन्हें सीता का अयोध्या में रहना उचित नहीं लगा और उन लोगों ने सीता के इस प्रकार के तृण की तरह परित्याग किये जाने पर भी दुःख व्यक्त नहीं किया और दूसरी ओर उन्हीं लोगों से वे कातर प्रार्थना करते हैं कि मैं उस जगह पर हूँ, जहाँ तुम्हारा वश नहीं है। तुम लोग नाराज़ न हो, मुझसे रोये बिना नहीं रहा जाता है।

न किल भवतां देवयाः स्थानं गृहेऽभिमतं तत–
स्तृणमिव वने शून्ये त्यक्ता न चाप्यनुशोचिता।
चिरपरिचितास्ते ते भावास्तथा द्रवयन्ति मा–
मिदमशरणैरद्यास्माभिः प्रसीदत रुद्यते॥

(उत्तररामचरित्, 3/32)

'उत्तररामचरित्' सात अंकों में लिखा गया भवभूति का कालजयी नाटक है, जिसके दृश्य करुणा से भरपूर हैं और जिनमें राम और सीता के उन अपरिमित दुःखों से साक्षात्कार कराया गया है जिसमें पूरा संसार और उसके व्यवहार सम्मिलित हैं।

गोस्वामी तुलसीदास रामकथा के ऐसे अमर गायक हैं कि उनके कारण ईश्वर के अवतार राम सदैव के लिए प्रत्येक युग की स्मृति में ऐसे अमर हुए कि जब तक सृष्टि है, तब तक उन्हें हमारे स्मृति–पटल से ओझल नहीं होना। गोस्वामी तुलसीदास की रामकथा प्रेम के आसपास घूमती है। रत्नावली के प्रेम में वे विह्वल होते हैं और बाद में उसके द्वारा धिक्कारे जाने पर वे रघुनाथ के प्रेम में विह्वल हो जाते हैं। प्रेम की परिधि वही रहती है, लेकिन केन्द्र बदल जाता है। तुलसी राममय हो जाते हैं। तुलसी ने रामकथा को जल के रूपक में बाँधा है। समुद्र से जल खींचा जाता है, वह बादल बनता है और बादल का रस एक जगह

सिमटकर मानस-सर बनता है और जब वह उसमें नहीं समा पाता तो उससे रामकथा की एक सरयू निकलती है जो रामभक्ति की सुरसरिता में मिलती है। उसमें फिर अनेक कथाएँ मिलती हैं और वह फिर सागर हो जाती हैं। यह चक्र निरन्तर चलता है। इस चक्र को निरन्तर सन्त चलाते हैं जो राममय हो गये हैं, लेकिन फिर भी उन्हें तृप्ति नहीं मिलती—

जिन्ह के श्रवन समुद्र समाना। कथा तुम्हारि सुभग सरि नाना॥
भरहिं निरंतर होहिं न पूरे। तिन्ह के हिय तुम्ह कहुँ गृह रुरे॥

तुलसी के राम काव्य में तो हैं, लेकिन वे इस काव्य के माध्यम से हमारे जीवन में हैं, हमारे धर्म की परिभाषा में हैं, हमारे जीवन के प्रत्येक पल में हैं और इसीलिए तुलसी का रामचरितमानस लोककण्ठ का काव्य बन गया है।

तुलसी के राम उनका घर हैं और राम को देखने की सर्वाधिक महत्त्वपूर्ण दृष्टि उनके लिए लोकमंगल की है। यह दृष्टि स्व को छोड़कर, लोक के लिए राम के रूप में एकाकार होने की दृष्टि है। तुलसी ने यद्यपि वाल्मीकि रामायण को केन्द्र में रखा, लेकिन उन्होंने घटनाओं को अपने दृष्टिपथ में तो उसी क्रम में रखा, और जब उन्हें काव्य में बाँधा तो दृष्टि भिन्न हो गई। वाल्मीकि-रामायण में यदि क्रौंचवध से उपजा हुआ क्रोध केन्द्र में है तो रामायण में राम और सीता का यश है। तुलसी ने लोकातीत सौन्दर्य से लेकर लोकातीत मनोदशा को राम और सीता के माध्यम से भाषा में बाँध लिया है। तुलसी के लिए इस काव्य का प्रयोजन विराट है। उनके लिए लोक को राममय बनाने का अर्थ उसे मंगलमय बनाना है और उनके काव्य की ज्योत्सना शिव से प्रकाशित है। वे कहते हैं—

भनिति मोरि शिवकृपा बिभाती।
शशि समाज मिनि मनहुँ सुराती॥

गोस्वामी तुलसीदास के इस रामकाव्य की दृष्टि यों तो परम्परागत है, लेकिन उसकी व्यंजना अद्भुत है। भरत जब न-दीग्राम में कुटी बनाकर रहते हैं तो उस समय भरत की जो मनोदशा है, उसका गोस्वामीजी ने बहुत थोड़े शब्दों में, अद्भुत व्यंजना को समेटते हुए वर्णन किया है—

देह दिनहु दिन दूबर होई। घटइ तेजु बलु मुख छबि सोई॥
नित नब राम पेम पनु पीना। बढ़त धरम दलु मन न मलीना॥
जिम जलु निघटत सरद प्रकासे। बिलसत बेतस बनज बिकासे॥
सम दम संयम नियम उपासा। नखत भरत हिय बिमल अकासा॥

देह दिन-पर-दिन दुबली होती जाती है, लेकिन मुख पर वही छवि बनी हुई है। इसलिए कि नित्य राम के प्रति नया-नया प्रेम उमड़ता चला आ रहा है। भरत का हृदय शरद के आकाश की तरह निरभ्र है। इसमें सम-दम-संयम-नियम छोटे-छोटे नक्षत्रों की तरह गुँथे हुए झिलमिला रहे हैं, इसलिए कि राम का अचल और दोषहीन चन्द्रमा अपने तीव्र प्रकाश से इन्हें दीप्त कर रहा है।

भरत की प्रतीक्षा जब समाप्त होती है और वे राम से मिलते हैं, तब गोस्वामीजी को एक ही उपमा सूझती है जैसे प्रेमभाव और शृंगार रस मिल रहे हों। राम प्रेमभाव हैं और राम को अंग-अंग, रोम-रोम में अभिव्यक्त करने वाले भक्त शृंगार रस हैं। यहाँ भाव, रस में साकार होकर रस का आराध्य बन जाता है।

रामचरितमानस हो, बरवै रामायण हो, कवितावली हो सभी में तुलसी ने विभोर होकर राम के चरित्र को गाया है, उससे जुड़ी हुई घटनाओं को अपने काव्य में, सम्प्रेषणीय काव्य में इस तरह पिरोया है कि

राम सबसे जुड़ जाते हैं। रामचरितमानस के सातों काण्डों में राम इतने सजीव रूप में विद्यमान हैं कि रामचरितमानस की चौपाई पढ़ो तो उसमें राम की छवि दीखती है और फिर सामने आँख उठाकर देखो तो भी राम समक्ष दिखाई देते हैं। और राम को निहारना, राम के प्रति यह सच्ची भक्ति की अभिव्यक्ति है। ऐसी भक्ति जिसकी तुलना केवल उस काम से की जा सकती है, जो कामी को नारी के प्रति होता है और लोभी को दाम के प्रति। क्या अद्‌भुत तुलना है—

कामिही नारि पियारि जिमि, जिमि लोभिहिं प्रिय दाम।
तिमि रघुनाथ निरंतर मोहि प्रिय लागहु राम॥

तुलसी भक्ति की तीव्रता को व्यक्त करने के लिए अनेक उपमाएँ दे सकते थे। चन्द्रमा और चकोर की, जल और मीन की, गगन और तारों की लेकिन उन्होंने घोर आसक्ति के उपादानों को चुना, इसलिए कि आसक्ति अकुलाहट की चरम–सीमा हो सकती है और अकुलाहट में, इस बेचैनी में उसे केवल अपने प्रिय का ही, अपने आराध्य का ही ध्यान रहता है।

रामकथा राम की ऐसी चिन्ता की कहानी है, जहाँ चिन्ता का अतिशय तो होता ही है, राम के प्रति प्रेम की पूर्णता भी होती है। प्राय: राम को लक्ष्मण और सीता के परिप्रेक्ष्य में ही हम देखते हैं, लेकिन राम तो समग्र के लिए जीते हैं। लक्ष्मण को जब शक्ति लगती है तो लक्ष्मण के शोक से अधिक चिन्ता उन्हें इस बात की होती है कि विभीषण कैसे रहेंगे? क्योंकि लक्ष्मण के जाने के बाद तो राम के रहने का भी कोई अर्थ नहीं। तुलसी कहते हैं—

गिरि कानन जैहैं साखामृग, हौं पुनि अनुज सँघाती।
व्है हैं कहा विभीषण की गति, रही सोच भरि छाती॥

तुलसी के राम ऐसे हैं कि वे हरेक की पीड़ा स्वयं ले लेते हैं। हमें जब पीड़ा होती है, तब राम का नाम ही याद आता है और राम से यह रिश्ता निरन्तरता का है। हम अकेले राम से ही सम्बद्ध नहीं होते बल्कि उन सबसे सम्बद्ध हो जाते हैं जो राम के हैं—

सो जननी सो पिता सोइ भाई, सो भामिनि सो सुतु सो हितु मेरो।
सोइ सगो सो सखा सोइ सेवकु, सो गुरु सो गुरु साहिबु चेरो॥
सो 'तुलसी' प्रिय प्रान समान, कहाँ लौं बनाइ कहौं बहुतेरो।
जो तजि देह को गेह को नेहु, सनेह सो राम को होइ सबेरो॥

राम का चरित्र ऐसा है कि वे उनके आगे विवश हो जाते हैं जो केवल उनके ऊपर आश्रित होते हैं। वे कौशल्या के आगे विवश नहीं होते जो उनकी सगी माँ हैं लेकिन सीता के आगे विवश हो जाते हैं, क्योंकि सीता का कोई दूसरा आश्रय नहीं है। वे लक्ष्मण के आगे विवश हो जाते हैं, केवट के आगे विवश हो जाते हैं, यह राम की विशेषता है और उनकी मर्यादा तो विलक्षण है। उनके प्रत्येक आचरण में, कार्य में, मानवोचित मर्यादा दिखाई देती है। राम निश्छलता के साथ हैं। वे उन कोलों और भीलों के साथ, निषादराज और केवट के साथ अधिक अपनापन अनुभव करते हैं। उनकी आत्मीयता इन्हीं निश्छल लोगों के साथ है। राम अपने कृतित्व के माध्यम से धर्म का मर्म समझा देते हैं।

तुलसी के राम समग्रता के राम हैं। वे लोक के लिए समर्पित और प्रतिबद्ध हैं और इतने प्रतिबद्ध कि सीता के लिए अग्निपरीक्षा को वे अवश्यम्भावी बना देते हैं, उस सीता के लिए जो उन्हीं पर आश्रित है।

तुलसी के राम हमारे युगों-युगों से आदर्श रहे हैं, अनुकरणीय रहे हैं और आज भी वे हमारे जीवन में इतने घुले-मिले हैं कि बिना राम के हम अपने अस्तित्व की कल्पना तक नहीं कर सकते। राम हमारे जीवन का रस भी हैं और राग भी और इसीलिए वे हमारे अस्तित्व की आत्मा हैं, हमारे जीवन का गीत हैं और संगीत भी।

यह एक संक्षिप्त विहंगावलोकन है, झाँकी है राम की। ऐसे राम की जो हमारे लोक-जीवन, जनजातीय जीवन में समाये हैं, संस्कृति, कला और साहित्य में ऐसे समाविष्ट हैं कि इन अनुशासनों की पहचान उनके बिना नहीं हो सकती। राम के इस वैराट्य पर अनेक ग्रन्थ लिखे जा सकते हैं और लिखे गये हैं। इसलिए इस विहंगावलोकन में सब कुछ समेट लिया गया, यह कहना उचित नहीं है। यह अधूरापन है। और राम के चरित्र की प्रेरणा यही है कि अधूरे बने रहो, क्योंकि बिना अधूरेपन का अनुभव किये पूर्णत: के गन्तव्य की ओर चलने वाली यात्रा आरम्भ नहीं हो पाएगी। राम इसी यात्रा के आरम्भ किये जाने का संकल्प हैं।

जनजातीय जीवन और साहित्य में राम

डॉ. मोहन गुप्त

राम-एक ऐसा तत्त्व, एक ऐसा व्यक्तित्व जो न केवल वर्तमान भारत अपितु प्राचीनकाल के बृहत्तर भारत की सारस्वत चेतना और लोकचेतना में समान रूप से गहरे तक समाया हुआ है। मनीषी कहते हैं कि राम वह है जिसमें योगी रमण करते हैं, लेकिन लोक कहता है कि राम वह है जो उसमें रमण करता है। जन्म, अवसान, हर्ष, विषाद, आनन्द, उत्सव, विरह, मिलन सभी अवसरों पर वह राम का स्मरण करता है। रामकथा सम्भवत: विश्व की एकमात्र कथा है, जिसके प्रत्येक अंश से समान अवसर एवं परिस्थिति में लोक उससे तादात्म्य स्थापित करता है और उसके हर्ष को स्मरण कर स्वयं अपने हर्ष में वृद्धि करता है तथा उसके दुख को स्मरण कर अपना दुख हल्का करता है। राम का पारिवारिक आदर्श साहित्यिक भाषा में ही मान्य नहीं हुआ, पौर या जनपदीय जीवन में ही मान्य नहीं हुआ, अपितु विभिन्न जनजातियों में भी वह पूरी तरह से अपनाया गया। यह बात अलग है कि उन्होंने राम का चरित्र अपने परिवेश और अपनी संस्कृति के अनुरूप ढाल लिया। वे घोर अरण्य में रहने वाली जनजातियों के हृदय तक पहुँचे। उनका चरित्र भारत के बाहर थाईलैंड, तिब्बत, इण्डोनेशिया, बाली, मंगोलिया, मलयद्वीप आदि देशों तक पहुँचा।

रामकथा के मर्मज्ञ विद्वान डॉ. रमानाथ त्रिपाठी का मानना है कि ''पूरे भारत में आदिम-जनों को 212 समूहों में विभाजित किया गया। इनमें कई प्रजातियाँ ऐसी हैं जिनमें रामकथा प्रचारित है। राम उन्हें बहुत अपने लगे हैं। राम उन्हीं की तरह धनुर्धर हैं, उन्हीं की तरह वन-वन भटकते हैं। उन्हीं की तरह पशु-पक्षियों को प्यार करते हैं। परिवार के जनों के साथ, विशेषत: पत्नी के प्रति राम आदिम-जनों के समान ही सहृदय हैं।

वन्य-जातियों अथवा अल्प शिक्षित और अशिक्षित जनों में रामकथा का सरलीकरण हो गया है। जैसे कि साहित्यिक रामकथाओं में पुत्रेष्टि-यज्ञ का जटिल व्यापार है, इसे साधारण-जन कैसे समझ या समझा सकता है। संथाल जाति की रामकथा बताती है कि किसी योगी ने दशरथ को चार आम दिये थे, इसी से रानियाँ गर्भवती हुईं। इस प्रकार का वर्णन जावा, तिब्बत और खेतान की रामकथाओं में भी है। किसी-किसी लोकगीत में तपस्वी दशरथ को जड़ी देते हैं। मुण्डा जनजाति के अनुसार ऋषि ने फल दिया था। इसे कौशल्या और सुमित्रा अकेले ही खा जाना चाहती थीं कि कैकेयी आ गयी, तब उसे भी खाने को दिया। असम कारबी रामकथा में सन्तरे का फल खाने को दिया जाता है। हरियाणा के लोकगीत में माली बूटी लाता है, जिसे पीसकर तीनों रानियों को पिलाया जाता है। मंगोलियायी रामकथा में गूलर खिलाया जाता है।

मैं समझता था कि दक्षिण की वन्य-जातियों में रामकथा का अभाव होगा, क्योंकि वह आर्यावर्त से दूर पड़ता है। डॉ. तंकमणि अम्मा ने 'रामकथा : विविध आयाम' ग्रन्थ में सूचना दी है कि वहाँ की जनजातियों में रामकथा का प्रचार है। 'काटर' जाति की रामकथा में बताया गया है कि सीता का जन्म

भूमि में गड़े सन्दूक से हुआ।''

जनजातियों में गौड़ों की एक रामायण ही है। यद्यपि उसकी कथा प्रचलित रामकथा से भिन्न है लेकिन राम, लक्ष्मण, सीता, दशरथ, कौशल्या—ये पात्र वही हैं जो मूल रामायण के हैं। इसी प्रकार भीलों की भी अपनी रामकथा है। अन्य जनजातियों में उनके समाज के जन्म, विवाह, यात्रा, उत्सव आदि के गीतों में रामकथा समायी हुई है।

ये राम कौन हैं? इनका (वन्य-जातियों का) सम्बन्ध राम से कैसे हुआ? इतिहासकारों एवं समाजशास्त्रियों के लिए यह महत्त्वपूर्ण प्रश्न है। इसका उत्तर वाल्मीकि-रामायण में ही मिल जाता है। यह निश्चित है कि राम कोई आदिपुरुष नहीं है। जिस निर्गुण राम की बात भक्तों, दार्शनिकों द्वारा की जाती है, उस राम का जनजातीय जीवन में कोई स्थान नहीं है। सम्भवत: निर्गुण राम की सत्ता दशरथ पुत्र सगुण राम के बाद ही आई। क्योंकि सम्पूर्ण वैदिक वाङ्मय में दाशरथि राम-नाम का कोई व्यक्ति नहीं है। हो भी नहीं सकता क्योंकि राम का अवतार त्रेता युग में हुआ और अधिकांश वेदों का भाग उससे पूर्व लिखा गया। दाशरथि राम के ईश्वर के अवतार के रूप में मान्यता के बाद भारत और विश्व में ईश्वर सम्बन्धी प्रत्यय आने पर निर्गुण राम को मान्यता प्राप्त हुई होगी। जो भी हो जनजातीय जीवन में जो राम हैं, वह दशरथ-पुत्र, सीता का पति, लक्ष्मण का भाई और रावण का शत्रु रामचन्द्र ही है।

डॉ. रमानाथ त्रिपाठी के अनुसार—''लोक ने राम को मर्यादा पुरुषोत्तम सिद्ध किया है, जनजातियों को राम उनकी तरह धनुर्धारी लगते हैं। राजकुमार होते हुए भी राम का शौर्य और साहस उन्हें भाता है। राजपाट का व्यामोह छोड़कर वनवासी बनकर जिन्होंने चौदह वर्ष तक जंगलों की खाक छानी थी। राम वन्य-जीवन के पत्ते-पत्ते से परिचित हो लिये थे। वे जंगल के पेड़-पौधों, जीवन-जन्तु, बन्दर-भालू, पशु-पक्षियों और वन में रहने वाले आदिम-जनों के जीवन को बहुत नज़दीक से महसूस कर चुके थे। वे प्रकृति-प्रेमी थे। उन्होंने आदिवासियों की तरह चौदह वर्षों तक बहुत कम वल्कल वस्त्र पहने थे। घास-फूँस की झोंपड़ियों में रहे थे। प्राकृतिक कन्द-मूल खाकर जीवनयापन किया था। बीमार होने पर जंगल की जड़ी-बूटियों का ही प्रयोग किया था। लक्ष्मण को शक्ति लगने पर एक पर्वत की संजीवनी बूटी ही काम आयी है। लक्ष्मण राम की छाया बनकर राम के साथ रहे थे। लक्ष्मण स्वयं भी शूरवीर थे। उन्होंने जंगल में रहने वाले बन्दर-भालुओं से दोस्ती की थी। हनुमान, जामवन्त, बाली-अंगद ऐसे ही सहयोगी थे।''

14 वर्ष के वनवास के समय राम अपने भाई लक्ष्मण और प्रिया सीता के साथ वन में विचरण करते हैं। जब उनके युवराज बनने की घोषणा हुई तो उन्हें प्रसन्नता नहीं हुई। एक प्रशस्त नायक के रूप में उन्हें पता था कि अयोध्या का राज निरापद नहीं है, उसकी सीमा पर लंका के राक्षसराज रावण की चौकियाँ बनी हुई हैं। किसी भी राजा को उसकी प्रजा के लिए सुखी और समृद्ध राज्य देना है तो राज्य का निष्कंटक होना बहुत आवश्यक है और इसलिए कैकेयी के वरदान के ब्याज से जब वन जाने का प्रस्ताव हुआ तो उन्हें बड़ी प्रसन्नता हुई। उनका आशय यही था कि इस चौदह वर्ष की अवधि में वे इस देश के लोक जीवन में पैठ बनाकर उनकी शक्ति को एकत्र कर राज्य को निष्कंटक बनाकर राज्य करूँ तभी उचित होगा। उनकी सम्पूर्ण वनवास-यात्रा की कथा मुनियों के मिलन और जनजातियों के मिलन की कथा है। जिन वानर-भालुओं की सेना को उन्होंने एकत्र किया था, अनेक विद्वान् इसे स्वीकार करते हैं कि वस्तुत: वे सभी जनजातियाँ थीं। अपने आदिपुरुष को स्मरण कर अपने को वानर या भालू मानती थीं। कुछ जनजातियाँ आचरण में हीन और हिंसक होने के कारण राक्षस कहलाने लगी थीं। जब विद्वानों

के इस निष्कर्ष को जनजातियों के विश्वास से मिलाया जाये तो यह धारणा और भी बलवती होती है। उदाहरण के तौर पर, जाति के आधार पर कोरकू जनजाति के चार गण निर्धारित हैं। गण स्वभाव के अनुसार होते हैं।

गण	स्वभाव
कोरो (आदमी)	ताजा व शुद्ध मांस खाने वाला
राक्षस (शैतान)	सड़े-गले व मरे हुए पशु-पक्षियों का मांस खाने वाला
सराहु (बन्दर)	भाजी पाला खाने वाला
बाना (रीछ)	मधुमक्खी का छत्ता तोड़ने वाला

इसमें बन्दर, भालू और राक्षस तीनों का सन्दर्भ है। इसके अतिरिक्त अनेक जनजातियाँ ऐसी हैं, जो अपने आपको रामकथा के नायकों अथवा प्रति नायकों का वंशज मानती हैं। 'मलयर' जनजाति अपने को शूर्पणखा की सन्तान बताते हैं, जिनका जन्म अहल्या के उद्धार के पश्चात् हुआ। इसी प्रकार 'उल्लाटर' लोग अपने को वाल्मीकि का वंशज मानते हैं।

रामकथा के पात्रों से ऐसा लगाव या जुड़ाव तो कुछ अन्य जनजातियों में भी है। सिंहभूमि के भुइयाँ अपने को हनुमान का वंशज बताते हैं। ओराँव राम-सीता को दादा-दादी और हनुमान को चाचा मानते हैं। वे बन्दर का मांस नहीं खाते। कोल शबरी को अपनी पूर्वजा मानते हैं। रायपुर के गोंड रावण को अपना पूर्वज बताते हैं। संथाल, ओराँव और मुण्डा लोगों की मान्यता है कि लंका के युद्ध के समय वे राम की सेना में थे। ओड़िया-रामायण में वहाँ की कन्ध जनजाति को राम की सेना में दिखाया गया है। संथालों के अनुसार रावण-वध के पश्चात् राम ने लौटकर संथालों के साथ रहते हुए शिवमन्दिर बनवाया था, वहाँ वे सीता के साथ नित्य पूजन के लिए जाते थे। छोटा नागपुर की असुर जनजाति के अनुसार जब उनका पूर्वज लोहा गला रहा था, तब हनुमान की शरारत से परेशान होकर उसने इनकी पूँछ में आग लगा दी। पूँछ की आग से लंका जल गयी। ऐसा बताया जाता है कि कारबी जन अपने को बाली-सुग्रीव की सन्तान बताते हैं। वे कहते हैं कि वे कावेरी नदी के प्रदेश से आये, इसलिए उनका यह नाम है। असम की ही तीवा जनजाति अपने को सीता की सन्तान बताती है। यह जनजाति मातृसत्तात्मक है। जब समाज के दो पक्षों में सत्यापन या वार्ता होती है तो बीच में तीन रेखाएँ खींची जाती हैं। ये लक्ष्मण-रेखाएँ मानी जाती हैं। उनका उल्लंघन नहीं हो सकता। इसी प्रकार छोटा नागपुर क्षेत्र के आदिवासी लोग हनुमानजी को अपना इष्टदेव मानते हैं। उनका विश्वास है कि हनुमानजी का जन्म राँची जिले के गुमला प्रमण्डल स्थित आंजन ग्राम में ही हुआ था। इनकी माता अंजनी यहीं निवास करती थीं। माता अंजनी के नाम पर ही उस गाँव का नाम बाद में आंजन पड़ा।

उक्त प्रसंगों से यह स्पष्ट है कि राम का सर्वग्राही चरित्र और उनका सर्वातिशयी स्वरूप इस देश की समग्र चेतना में व्याप्त था। रामकथा की घटनाओं, उसके नायक श्रीराम तथा सहयोगी एवं परिवार के सदस्य श्री हनुमान, सुग्रीव, अन्य वानर, लक्ष्मण, सीता इत्यादि को लोकचेतना ने अपनी-अपनी सामाजिक स्थिति और संस्कृति के अनुसार अंगीकार किया है। व्यापक लोकचेतना को स्थूल रूप से तीन भागों में बाँटा जा सकता है—1. पौर (नागर) अर्थात् बुद्धि प्रधान चेतना, 2. जनपदीय या जनजातीयेतर ग्राम्य चेतना तथा 3. जनजातीय लोकचेतना। हमारा विषय इस तीसरे प्रकार की जनजातीय लोकचेतना में राम की व्याप्ति से सम्बन्धित है। लेकिन उसे सम्यक् रूप से समझने के लिए अन्य दो

चेतनाओं में रामकथा की व्याप्ति किस प्रकार की है, यह जानना आवश्यक है। पौर या बुद्धि प्रधान लोकचेतना ने राम को ईश्वर का अवतार माना, उनको मर्यादा पुरुषोत्तम के रूप में स्वीकार किया तथा एक आदर्श राजा के रूप में उन्हें माना। वे संस्कृत तथा अन्य भारतीय भाषाओं के काव्य में एक धीरोदात्त चरित नायक के रूप में उभरे, जो धीर-गम्भीर, करुणानिधान एवं भक्त-वत्सल हैं। इस वर्ग की लोकचेतना अपने जीवन में रामकथा के चरित्र नायकों से कभी तादात्म्य स्थापित नहीं करती। उनकी आराधना, उनका कीर्तन तथा उनके गुणगान में अपना जीवन सार्थक मानती है। श्रीराम का यही स्वरूप सगुण-निर्गुण ईश्वर के रूप में मान्य हुआ।

किन्तु जनपदीय ग्राम्य चेतना में रामकथा के पात्र सामान्य जन के दु:ख-सुख के साथी के रूप में उभरते हैं। राम के पारिवारिक मूल्यों को स्वीकार करते हैं तथा हर्ष-विषाद के प्रत्येक अवसर पर कोई सौभाग्यवती स्त्री सीता है, कोई माँ कौशल्या है, भाई राम, भरत या लक्ष्मण हैं। वनवासी जीवन में उनके दु:खों से यह लोकचेतना दु:खी होती है और विवाह आदि के हर्ष के अवसरों पर हर्षित होती है। उनका सोहर राम के जन्म का सोहर है। उनके यहाँ का विवाह राम-सीता का विवाह है और उनके यहाँ का कोई बिछोह राम-सीता का बिछोह है। आदरणीय विद्यानिवास मिश्र ने अपने एक व्याख्यान में जनपदीय लोकचेतना के इस स्वरूप का बड़ा सुन्दर चित्रण अनेक लोकगीतों के माध्यम से किया है, जिसमें बारहमासी हैं, सोहर गीत हैं, विवाह गीत हैं, विरह के गीत हैं तथा सीता-त्याग एवं लव-कुश के जन्म से सम्बन्धित गीत हैं। उनका मानना है कि कि लोक-साहित्य की यह एक विशेषता है कि वह नारी के प्रासाद, नारी की पीड़ा और नारी के तेज को केन्द्र में रखता है, दूसरी विशेषता है सामान्य जन के जीवन के राग-द्वेष से पूरा तादात्म्य स्थापित कर रामकथा को बहुत आत्मीय बनाना। ''प्राय: सभी संस्कार-गीतों में जन्म से लेकर विवाह तक राम ही नवजात शिशु के रूप में, राम ही वटु या बरूआ के रूप में, राम ही वर के रूप में और वधू या विवाह के लिए प्रस्तुत हो रही कन्या सीता के रूप में लोक-दृष्टि से निरखे जाते हैं। मेले के गीतों में और तीर्थयात्रा के गीतों में तो राम की वनयात्रा ही मुख्य वर्ण्य विषय है। स्त्री के शोकगीत विरल हैं पर उनमें भाव यही है कि मेरे राम मुझे अकेले छोड़ गये, मैं कैसे जिऊँ, इनके बिना 'अजोधिया सूनी है'। मृत्यु के समय तो राम-नाम से अधिक काम्य कोई नाम नहीं है, जीवन का समग्र सत्य राम-नाम में ही सिमटा रहता है। ऋतुगीतों में बारहमासों, मजरियों, होलियों और चैतों में भी राम बसे हुए हैं। राम लोकजीवन के पूरे वृत्त बने हुए हैं। साहित्य में राम रामकथा के नायक हों, इतिहास-पुरुष हों, अवतार हों, साक्षात् परब्रह्म हों, जो भी हों पर लोकसाहित्य में राम कभी कहीं ठहरते नहीं, व्यतीत नहीं होते। वे ऋतुचक्र के साथ-साथ एक अवस्था से दूसरी अवस्था में संचरण करते रहते हैं।''

राम के भीजें मुकुटवा लखन सिर पटुकवा हो राम
मोरी सीता के भीजें सेनुरवा, लवटि घर आवैं हो राम॥
भीजै त भीजै पटुकवा, मुकुटवा न भीजइ हो।
भीजै त भीजै मुकुटवा, सिंदुरवा न भीजइ हो।
आहे सेन्दुरवा के साथै सिया घर लवटइ हो॥

... ...

किन मोरि अवध उजारी हो-बिलखै कउसिल्ला।
कहाँ गये राम कहाँ गये लछिमन कहाँ गये जनकदुलारी हो॥

बन गये राम बनै लछिमन बन गयी जनकदुलारी हो।
राम बिना मेरी सूरी अजोधिया लछिमन बिना चौपारी हो।
सीता बिना मोरी सूनी रसोइँया राम लखन ज्योनारी हो॥

एक सोहर गीत देखिए—

दशरथ बगिया लगवले लखन आये ढूंढले हो।
प्यारे रघुबर धनिया गरभ से हरिनवाँ लरवावेले हो।
कर जोड़ी हरिनी अरज करइ सुन कोसिल्ला रानी हो।
रानी सीता के होइहैं नंदलाल हमहीं कुछ दीहब हो॥
सोनवाँ मढ़इबो दुहूँ सिंगवा भोजनवाँ तिलचाउर हो।
हरिनी भुगतहुँ अजोधिया क राज अभै बन बिचरहुँ हो॥

आशय यह है कि जहाँ नागर या बुद्धि प्रधान चेतना रामकथा के उदात्त स्वरूप के अविरल प्रवाह में उसके चरित नायक के पराक्रम, उनके त्याग, शत्रु-विजय का उनका सामर्थ्य, पारिवारिक मूल्यों को निभाने की उनकी प्रतिज्ञा और तदर्थ दुःख सहने की क्षमता के साथ चलती है, वहीं जनपदीय चेतना रामकथा के मार्मिक प्रसंगों को लेकर जिनमें भावप्रवणता अधिक है, उनके साथ अपने को पाती है और उन स्थितियों के गान के साथ उनकी मर्मान्तकता का गहरे अनुभव करती है। अपने जीवन के समान अवसरों पर वह रामकथा के उन्हीं प्रसंगों का स्मरण करती है जो हर्ष के अवसर पर हर्ष की, आनन्द के अवसर पर आनन्द की वृद्धि के साथ शोक के अवसरों पर सांत्वना प्रदान करते हैं।

इसकी तुलना में हम जब जनजातीय लोकचेतना को देखते हैं तो यह पाते हैं कि जनजातीय जीवन में रामकथा के पराक्रम सम्बन्धी प्रसंगों का बाहुल्य है। ये आदिवासी जन अपने को रामकथा के पात्रों का वंशज मानते हैं तथा उनमें से अनेक अपनी स्थिति को उनके अभिशाप या वरदान का परिणाम मानते हैं। विपत्ति के समय राम या हनुमान का स्मरण करके अपनी विपत्ति का उपचार भी करते हैं। किन्तु जहाँ जनजातीय चेतना ने जनपदीय लोकचेतना के प्रभाव में किंचित परिष्कृत कर लिया है, उनमें जनपदीय लोकचेतना के लक्षण भी दिखाई देते हैं। विभिन्न आदिवासी समूहों के, जिनमें मध्य प्रदेश के कोरकू, बैगा, भील, गोंड, भारिया, सहरिया व कोल भी शामिल हैं, उनके विकासक्रम का काल-निर्धारण करना कठिन प्रतीत होता है और सम्भवतः अभी तक हुआ भी नहीं है, किन्तु उनकी भाषागत प्रवृत्तियों, सामाजिक स्थितियों और रामकथा के प्रति उनके रुख को लेकर उनके पौर्वापर्य को किंचित समझा जा सकता है। मध्य प्रदेश की लोककला अकादमी द्वारा मध्य प्रदेश के जनजातीय समूहों को लेकर 'म.प्र. की जनजातीय सांस्कृतिक परम्परा का साक्ष्य—सम्पदा' नामक एक ग्रन्थ प्रकाशित किया गया है, जिसमें वसन्त निरगुणे, महेशचन्द्र शाण्डिल्य तथा शेख गुलाब, इन विद्वानों ने कोरकू, बैगा, भील, गोंड, भारिया, सहरिया तथा कोल आदिवासी समुदायों के जीवन का अत्यन्त विस्तार से और गहरे से अध्ययन किया है। उन्हीं के साक्ष्य पर इन समूहों में राम के जीवन से जुड़े हुए साहित्य और गीतों के अध्ययन से यह स्पष्ट होगा कि इन आदिवासी समुदायों के जीवन में राम एक आदर्श पुरुष के रूप में तथा एक चरित्र नायक के रूप में गहरे से समाये हुए हैं तथा उनमें से अनेक समुदाय अपने आपको इन पात्रों का वंशज मानते हैं। इन समुदायों ने रामकथा में अपनी रुचि और सामाजिक परिस्थितियों के अनुसार मनचाहा परिवर्तन किया है और कहीं-कहीं तो इनकी रामायणों में महर्षि वाल्मीकि या उनकी अनुसारी रामायणों

की कथा से बिलकुल भी साम्य नहीं है। इन आदिवासी समूहों का लक्ष्य है रामकथा के नायकों का पराक्रम, त्याग और तपस्या-विषयक उनका सत्व तथा उनका चामत्कारिक व्यक्तित्व, और इसलिये देखा गया है कि इन समूहों में राम की अपेक्षा लक्ष्मण या हनुमान का चरित्र अधिक ग्राही है। प्रत्येक समूह से सम्बन्धित कुछ उदाहरण इस प्रकार हैं, जिससे उनकी अभिरुचि में रामकथा के विकासक्रम का भी पता चलता है।

जिन सात जनजाति समूहों का अध्ययन उक्त ग्रन्थ में किया गया है, उनमें कोरकू सबसे प्राचीन जान पड़ते हैं। यह उनकी भाषा तथा रामकथा के प्रति उनकी दृष्टि से भी स्पष्ट होता है। कोरकुओं में रामकथा से सम्बन्धित साहित्य नहीं मिलता है, किन्तु जिन देवी-देवताओं को वे पूजते हैं, उनमें रावण, मेघनाद और हनुमान शामिल हैं। वे दशहरे का त्योहार भी मनाते हैं किन्तु रावण या कुम्भकरण के पुतलों के दहन जैसी परम्परा उनमें नहीं है। ऐसा प्रतीत होता है कि चूँकि अनेक जनजातियाँ रावण या हनुमान को अपना पूर्वज मानती हैं, इसी कारण कोरकू जनजाति में इनके प्रति श्रद्धा उत्पन्न हुई होगी और वे इन्हें देवता के रूप में पूजते हैं। उनके अधिकांश त्योहार हिन्दू त्योहारों से मिलते हैं जिनमें गुड़ीपड़वा, देव-दशहरा, आखातीज, दीपावली, होली आदि शामिल हैं तथा विवाह आदि के रीति-रिवाज भी सामान्य हिन्दुओं जैसे ही हैं।

जहाँ अन्य जनजातियों की भाषा में हिन्दी की बोलियों से अत्यन्त साम्य है और उन्हें समझा जा सकता है, वहीं कोरकू की भाषा अत्यन्त भिन्न प्रतीत होती है, जिससे यह अनुमान लगाया जा सकता है कि यह अत्यन्त प्राचीन जनजाति है। कोरकू जनजाति के अध्येता वसन्त निरगुणे तथा महेशचन्द्र शाण्डिल्य ने लिखा है कि भारत की जनसंख्या में चार विभिन्न जातियों के लोग हैं—ऑस्ट्रिक, द्रविड़, मंगोल और आर्य। इन चारों में ऑस्ट्रिक सबसे पुराने बताये जाते हैं। ऑस्ट्रिक वंश के ही लोग हैं—कोरकू। इनका ऑस्ट्रिक या आग्नेय नाम इसलिए पड़ा क्योंकि ये लोग भारत और यूरोप के अग्निकोण के हैं। भाषा के विषय में इन विद्वानों का मानना है कि कोरकू बोली ऑस्ट्रिक भाषा-परिवार की है। इस भाषा-परिवार को मुण्डा भाषा-परिवार भी कहा गया है। इस भाषा-परिवार में कोरकू के अलावा मुण्डारी, संथाली, खड़िया आदि बोलियाँ भी आती हैं। भाषाशास्त्र के अनुसार भाषाओं के साम्य के विषय में मनुष्य के छह प्रसिद्ध सम्बन्ध—माता-पिता, पुत्र-पुत्री, भाई-बहन—के लिए जो शब्द होते हैं, उनके साम्य से भाषा के साम्य को पहचाना जा सकता है। भारोपीय समूह की सभी भाषाओं में इन रिश्तों के विषय में शब्द साम्य हैं, जबकि कोरकू बोली में इन सम्बन्धों के लिए सर्वथा भिन्न शब्द हैं। कोरकू बोली में अन्टे यानी माँ, बाटे यानी पिता, लमझना यानी दामाद, पति को ढोटा, पत्नी को जफाय, बड़े भाई को डाइटे, भौजाई को ऊ, बहू को किमिन, जेठानी को जाटाबाई, सास या ननद (पति से बड़ी) को कनकार, छोटी ननद को आजी, बाओं यानी बड़ा साला, टिंया यानी छोटा साला, कोनटे यानी पुत्र, कोनजई यानी पुत्री, लड़के को टारया, लड़की को टारई, भतीजे को कोसरे, भतीजी को कोसरेज, खाटबा यानी बड़ा बाप और बड़ी माँ को खाटमाई कहते हैं। किन्तु सम्बन्धों के इतने प्रकार उनके तीज-त्योहार, विवाह सम्बन्धी उनकी प्रथाएँ जिनमें सगोत्र में विवाह का निषेध है, ये सब बातें यह संकेत देती हैं कि अत्यन्त प्राचीनकाल में इनका सम्बन्ध आर्यों से रहा है।

यह बात भी नहीं है कि कोरकू जनजाति बोली में राम शब्द है ही नहीं। एक नृत्य के गीत में बोल इस प्रकार हैं—

राना तेरे राना बना भाई
चीट तेरे राम रे।
बाना जा फिफिर, नांदूबा जाना
चीट तेरे राम रे॥
चुरू-भुरू भाई पानी मा सागे
चीट तेरे राम रे।

हे राना! तेरे भाई बने रहें। तेरे बच्चे जीते रहें। तू रीछ और नन्दी की सेवा कर। तेरे बच्चे जीते रहेंगे। तू मुझे एक लोटा पानी पिला दे। तेरे बच्चे जीते रहें। यहाँ राम का उच्चारण आश्वासन के लिये एक स्थायी के रूप में है।

बैगा जनजाति के साथ जनजातियों के विकास की एक बड़ी छलाँग प्रतीत होती है। बैगा जनजाति ने सीधे ही आर्यों के देव ब्रह्मा से अपनी उत्पत्ति मानी है तथा वैदिक मान्यता की तरह सृष्टि की उत्पत्ति ब्रह्मा से मानी है। एक दिन ब्रह्मा ने जल में धरती बनाई, उसी समय धरती फोड़कर दो साधु निकले। पहला साधु ब्राह्मण और दूसरा साधु नागा बैगा था। ब्रह्मा ने ब्राह्मण को लिखने-पढ़ने के लिए काग़ज थमा दिया तथा नागा बैगा को टंगिया दे दिया। ब्रह्मा ने नागा बैगा को कोदों-कुटकी देकर खेती करने का आदेश दिया, तब से बैगा जंगल काटकर खेती कर रहे हैं। बैगाओं में महादेव, पार्वती, ब्रह्मा के साथ विष्णु, राम और कृष्ण भी पूज्य देवों में से हैं। रामकथा के अंश स्पष्ट रूप से इस जनजाति में मिलते हैं।

साते समुंद बान गरजे लछमन औसान बान साजे
हथसारे हाथ ठिनके, घुड़सारे ठिनके,
बन भीतर सिंह बाघ गरजे, लछमन औसान बान साजे।

(औसान-आसन-धनुष। 'लछिमन बान शरासन आनू')

लक्ष्मण ने जब धनुष पर बाण चढ़ाया, तब सातों समुद्र गरज उठे। घुड़सालों में घोड़े हिनहिनाने लगे। लंका के हाथीशाला के हाथी चिंघाड़ने लगे। जंगल में सिंह और बाघ भयभीत हो दहाड़ने लगे। बैगाओं की भाषा अब हिन्दी की बोलियों के समीप आ गई है और इसके बोलों को समझा जा सकता है।

भील जनजातियों में आकर हम सभ्यता का एक और ऊपर का सोपान देखते हैं। संस्कृत भाषा में भिल्ल शब्द अनेक बार आया है। इसके अतिरिक्त पुलिन्द शब्द भी पुराणों और महाभारत में आया है, जो विद्वान् रसेल और हीरालाल के अनुसार भील जनजाति का ही वाचक है। भील अपने आपको महादेव का वंशज मानते हैं। इनके मन्त्रों में राम ने अनेकशः स्थान पाया है। एक सर्पनिवारक मन्त्र देखिए—

सात समुन्द मा सुनन काम, सुनन काम।
हिरणो हिंगुर बोल रे राम, बोल रे राम।
कहाँ उतारूँ लहरी ने नांग, लहरी रे नांग।
नी उतारू मेरे रे राम मेरे रे राम।।
राम की दया हो जाये रे राम, हो जाये राम
कहाँ सो जोगी आयो रे राम, आयो रे राम।
बाहर से जोगी आयो रे राम, आयो रे राम।

इनके पूज्य देवताओं में गणेश, राम, कृष्ण एवं वीर तेजाजी शामिल हैं।

जब हम गोंड जनजाति पर दृष्टिपात करते हैं तो पूरी रामायण से ही हमारा साक्षात्कार होता है। यद्यपि गोंडी रामायण की कथा प्रचलित रामायण से सर्वथा भिन्न है किन्तु राम के जन्म आदि के प्रसंग गोंडी गीतों में आते हैं। एक गोंडी सोहर इस प्रकार है—

ऐसन जनतेंव मैं राम का जनम हुई है होऽऽऽ॥
कारी कलुरिया।
रहातेंव मैं राम नहवातेंव होऽऽऽ॥

यदि मैं जानती कि राम का जन्म होगा तो अपनी काली गाय को दुहवाती और उस दूध से राम को स्नान कराती।

गोंडी रामायण सात अध्यायों का एक विस्तृत ग्रन्थ है। इसके मुख्य नायक लक्ष्मण हैं, राम नहीं और विभिन्न कथाओं के माध्यम से लक्ष्मण के सत्व की परीक्षा इसमें की गई है। अध्यात्म रामायण में तथा अन्यत्र यह प्रसिद्ध है कि मेघनाद को जीतने के लिये लक्ष्मण ने बारह वर्ष तक निद्रा, स्त्री और भोजन का परिहार किया था। यह बहुत बड़ी तपस्या है। गोंडी रामायण में विभिन्न स्त्रियों के माध्यम से उनके इसी सत्व की परीक्षा की गई है कि किसी भी स्थिति में स्त्री के किसी प्रकार के आकर्षण से वे विचलित नहीं होते। यों लक्ष्मण को इस रामायण में एक सामान्य जनजाति-पुरुष के रूप में प्रस्तुत किया है। वे घरजमाई (लमसैन) का काम करते हैं, पशु चराते हैं, लकड़ी काटकर लाते हैं, खेत जोतते हैं, बारी गूँधते हैं। ससुर के घर सब काम करते हैं। लक्ष्मण का विवाह वासुकि (इनके अनुसार राम के मामा) की कन्या विजुलदई से इसी शर्त के साथ होता है कि वे तीन साल तक ससुर वासुकि के घरजमाई रहेंगे। यही तो लोकचेतना की विशेषता है कि वे रामकथा के इन प्रशस्त पात्रों को इतना आत्मीय बना देते हैं कि उन्हें दैनन्दिन काम में अपने स्तर पर ले आते हैं। गोंड रामायणी के कुछ उदाहरण इस प्रकार हैं—

अब आये हवै रामचंदर भैया
जब देखे हैं सीता रे माता
निकरे हवै लोटा मा पानी धरके
धुवाए हवै रामचंदर के गोड़ रे भैया
लेजा के बेठारै हवै पलका मा रे भाई
विजना लेके पवन डुलाये रहे है सीता

ऐसा बोले हवै सीता रे माता।
तब रामचंदर करथे विचारा।
राजा बासुक मामा हर रहे वीरा।
ओखर दूरी हवै बीजुल दई।
न हो तिस ते राजा वासुक की दूरी से लक्षमन केर बिहाव कर देतन।

अब चले हवै वासुक राजा रे भैया।
पहुँचे हवे नगर अजुध्या मा भाई

लगे हवे राम राजा के दरबार रे मालिक
बैठे हवै बड़े बड़े देवता रे दादा।
इनकी भाषा लगभग छत्तीसगढ़ी है।

जब हम भारिया जनजाति की बात करते हैं तो वे अपने आपको हिन्दू तो कहते ही हैं और साथ ही वे न केवल हिन्दुओं के सारे त्योहार मनाते हैं, अपितु सत्यनारायण की कथा जैसा आयोजन भी करते हैं। स्पष्ट है कि इस जनजाति में राम और उनकी रामकथा तो होगी ही। भारियाओं की रामकथा प्रचलित रामकथा के प्रसंगों की ही पुनरुक्ति है। अपने लोकगीतों में वे रामकथा के मार्मिक प्रसंगों को पिरो देते हैं। अपनी पहेलियों और मुहावरों में स्थान-स्थान पर राम का उपयोग करते हैं। सीता-हरण का एक प्रसंग उनके लोकगीत में इस प्रकार आया है—

अहा हो हाय सीता, हमरी हे राम,
रावण ने चुराये सीता हमरी हे रे।
ऐ ठंडो हे पानी गरम रख लाये॥ 2॥
अहा हो सीता हमरी हे राम।
रावण ने चुराये सीता हमरी हे राम॥
रावण ने चुराये सीता हमरी हे रे॥
एक पीर पिछोड़ा पीताम्बर धोती, पीताम्बर धोती,
अहा हो सीता हमरी हे राम। रावण....... ॥

सहरिया जनजाति में आकर ऐसा लगता है कि जनजाति समूहों में राम और रामकथा की उपस्थिति का चक्र पूरा हो जाता है। लोक-व्यवहार में भी ये जनपदीय लोकचेतना के अत्यन्त समीप हैं। सामाजिक बदलाव, शहरी सभ्यता तथा भौतिक साधनों के तीव्र प्रभाव के कारण सहरिया समाज की आदिम पहचान प्राय: लुप्त हो गई है। उनके सारे कार्य-व्यवहार अन्य ग्रामीणों जैसे ही हैं। कुछ लोग सहरियाओं को शबर जनजाति से जोड़ते हैं, लेकिन निश्चय ही यह शबर जनजाति सहरियाओं से भिन्न है। रामकथा के सम्बन्ध में भी उनकी लोकचेतना जनपदीय लोकचेतना से बहुत मेल खाती है। उनका लक्ष्मण न तो घरजमाई का काम करता है और न उनकी सीता बकरी चराती है। वे रामकथा के प्रशस्त पात्र ही बने रहते हैं तथा जन्म, विवाह, विरह, उत्सव आदि के अवसरों पर वे राम और उनके भाई लक्ष्मण, सीता, कौशल्या और दशरथ को उसी प्रकार स्मरण करते हैं, जिस प्रकार जनपदीय लोकजीवन में उनका स्मरण किया जाता है। सहरिया लोकजीवन में रामकथा से सम्बन्धित एक विशेषता यह है कि उनकी पहेलियों और मुहावरों में रामकथा के अनेक प्रसंगों की ओर संकेत है। यथा—

नौनिया नीको लगे, रजगिर्रा नहीं भाय।
ऐसा स्वापालिक छोड़िक, चित्त चौराई पैलाय।

रावण द्वारा सीताहरण पर मन्दोदरी का कथन—हे स्वामी! तुमने सीता को चुराकर अच्छा कार्य नहीं किया, सीताजी से मैं किसी बात में असुन्दर हूँ।

ब्याहे की सिव रैन, छैला की एक घटी।

मन्दोदरी रावण से कहती है—लंका के हज़ारों राक्षसों से बढ़कर हनुमान का कार्य है।

जाति रूद्र करे तरूवर सुनै, निकला मैं बड़ी दूरि।

हनुमान बैरी भये, तो, लाये संजीवन मूरि।

लक्ष्मण-राम के आदेश से सीता को वन में छोड़ने जा रहे हैं, लक्ष्मण सीता से कहते हैं—'सब कुछ भगवान शिव के हाथ में है, मेरी यह बात पेड़-पौधे सुन रहे हैं। मुझे जब बैरी के हाथों शक्ति लगी थी, तब हनुमान ही संजीवनी बूटी लाये थे।' पिछली कथाएँ कहकर लक्ष्मण सीताजी का मन बहलाते हैं।

धन्धे में से धन्धो व्यापो, धन्धो देखि हँसी

बिन पिता बालक भये, या मैया घर न हती।

सीताजी लव को गोद में उठाकर नदी-स्नान करने चली गयीं। वाल्मीकि को मालूम था कि लव झोली में सोया हुआ है। किसी काम से वाल्मीकि कुटिया में आये तो उन्होंने देखा कि झूले से लव गायब है। विचार करने लगे। सीता लव को न देखकर क्या कहेगी? सो, उन्होंने कुश घास से जीवित बालक बनाकर सुला दिया। सीताजी स्नान करके आती हैं, तो देखती हैं कि कोई और बालक झोली में सोया है। महर्षि से पूछा—यह क्या है? लव तो मेरी गोद में है। महर्षि को आश्चर्य हुआ, महर्षि ने हँसकर कहा—ये भी तुम्हारा बेटा कुश है। अब दो भाई हो गये, लव और कुश। अनोखा गोरख-धन्धा देखकर सीता हँसती हैं और कहती हैं—यह तो बिना माता-पिता के बालक पैदा हो गया।

सहरियाओं के शादी-विवाह, बन्ना गीत, जेवनार, अगवानी, गारी, बधाई, रसिया, लांगुरिया आदि सब वही हैं जो पास के गाँवों में गाये जाते हैं। सहरियों के एक लोकगीत में सबलगढ़ के एक कस्बे का उल्लेख आया है। जनजातियों के लोग प्राय: अपने पास के किसी कस्बे या शहर को बड़ी स्पृहा की दृष्टि से देखते हैं। जैसे छत्तीसगढ़ के एक लोकगीत में रायपुर का उल्लेख है, उसी प्रकार यहाँ सबलगढ़ का उल्लेख है। उस क्षेत्र में मैंने पाया कि सबलगढ़ या पास के गाँवों में और कस्बों में शादी-विवाह के अवसर पर लगभग वे ही गीत गाये जाते हैं, जो सहरिया लोग गाते हैं। इन गीतों में रामजन्म से लेकर और लव-कुश की उत्पत्ति तक की लगभग पूरी रामकथा विद्यमान है। उनके जेवनार नामक लोकगीत में जनकपुर में जानकीजी के विवाह के समय जो जेवनार हुई है, उसका सुन्दर विवरण है। बन्ना गीत में राजा दशरथ के पुत्र राम का स्मरण किया गया है। गोस्वामी तुलसीदास के रामचरितमानस में जब राम वन में विचरण करते हैं तो ग्राम-वधूरियाँ सीताजी से लक्ष्मण और राम का परिचय चाहती हैं। इस पर सीताजी लक्ष्मणजी का नाम तो ले देती हैं—

सहज स्वभाव सुभग तन गोरे, नाम लखन लघु देवर मोरे।

किन्तु पति का नाम न लेते हुए एक सुन्दर चितवन के साथ ग्राम-वधूरियों को सीताजी यह आभास करा देती हैं कि ये उनके पति हैं—

बहुरि वदन विधु अंचल ढाकी, पियतन चितय भौह करि बांकी।

खंजन मंजु तिरीछे नयननि, निज पति कहेउ तिनहिं सिय सयननि।

जिन्होंने गाँव की स्त्रियों को इस प्रसंग में देखा होगा, वे इस छवि को समझ सकते हैं। वैसा ही दृश्य सहरियाओं के एक जेवनार गीत में है—

तुमरि तो पुरियनि हम जेबै, पतिको नाव बतैयो, मेरे लाल।

अपने पति को नाम न ले, लक्ष्मण की भौजाई, मेरे लाल।

सोने की झारी गंगाजलु पानी, सजननि देउ पिबाई, मेरे लाल।

सहरियाओं का एक लोकगीत है—'जानकी को ब्याव'। इस लोकगीत में जानकीजी के बाल्यकाल

से लेकर बचपन में उनके द्वारा धनुष का उठाया जाना, धनुष-यज्ञ सम्बन्धी जनक की प्रतिज्ञा, धनुष-यज्ञ में रावण और बाणासुर का आना, राम के द्वारा धनुर्भंग, लक्ष्मणजी का रोष, राम-वनवास, रावण के द्वारा सीता का हरण की पूरी कथा आती है। इस लोकगीत में जब योगी का वेश रखकर रावण सीता हरण के उद्देश्य से उनके पास आता है, तो वे कहती हैं—

सुनो राजा रावण, मोहे देवर की आन लग रही है।
मैं किस विध भिक्षा डारू, घायल गिरत।
माई कुँआरी बछिया को गोबर ले लो।
लीपकर पदाधर भिक्षा डालो, डगरे में गिरत डरो।

यह युक्ति बड़ी अद्‌भुत और मौलिक है। जानकीजी कहती हैं कि सुनो साधु महाराज! मैं लक्ष्मण की आन से बँधी हूँ। लक्ष्मण-रेखा पार करके मैं किस प्रकार तुम्हें भिक्षा दे सकती हूँ। (रावण कहता है) हे माई! कुँवारी गाय के गोबर से लक्ष्मण-रेखा को लीप दो और उस पर पटा बिछाकर मुझे भिक्षा दे दो। रावण का तर्क काम करता है और सीता-हरण हो जाता है। किसी महापण्डित रावण को यह युक्ति नहीं सूझ सकती। यह युक्ति स्पष्ट रूप से रावण को जनजातीय बना देती है। महर्षि वाल्मीकि के आश्रम में नवजात शिशुओं का रुदन हो रहा है। सीताजी ने नौ महीने बीतने के बाद दसवें मास में लव-कुश पुत्रों को जन्म दिया है। आश्रम में बधाइयाँ गायी जा रही हैं। सीताजी सोच रही हैं—यदि इस समय मेरे ससुरजी होते तो बच्चों के नाम रखने के लिए ज्योतिषी के घर जाते। जेठानी होती तो लड्डू बनवाकर उनका दान करतीं। सास होती तो मंगल कलश भरवा देतीं। देवर होते तो शिशु-जन्म के गीत गवाते। ननद होती तो घर-आँगन साँतिया बना देती। सीता-निर्वासन तथा लव-कुश के जन्म सम्बन्धी अत्यन्त मार्मिक गीत सहरियाओं के लोकगीतों में हैं। आशय यह है कि सहरिया जनजाति समूह का जीवन बहुत गहरे तक राममय है।

कोल, भील और निषाद इन जनजातियों का प्रचुर मात्रा में उल्लेख पुराणों, महाभारत और रामायणों में आया है और उनकी उत्पत्ति के विषय में पौराणिक आख्यानों में अनेक उल्लेख भी हैं। कुछ पौराणिक आख्यानों के अनुसार कोल, भील और निषादों की उत्पत्ति असंग के पुत्र वेन से हुई। अग्निपुराण और मत्स्यपुराण के आधार पर कोल सोमवंश के राजा गान्धार के पुत्र कोल से उत्पन्न हुए। कुछ अन्य के अनुसार ययाति और देवयानी के पुत्र यदु और तुर्वसु से कोलवंशीय जनजाति उत्पन्न हुई। आशय यह है कि उत्पत्ति से ही कोल जनजाति इस देश की मूल सामाजिक धारा से जुड़ी हुई है। अनेक पौराणिक कथाएँ इस प्रकार भी हैं कि वसिष्ठजी की गाय कामधेनु की रक्षा हेतु स्वयं नन्दिनी ने ही कोल, किरात, भील, किन्नर, खश, दरद आदि जातियों को उत्पन्न किया। रामायण काल से ही इन जातियों का उल्लेख भारतीय वाङ्मय में प्रचुर मात्रा में है। गोस्वामी तुलसीदासजी के रामचरितमानस में श्रीराम से कोल, किरात और भीलों के मिलन का अत्यन्त मार्मिक रूप से वर्णन किया गया है—

कोल किरात वेश सब आये,
रचे परन तृण सदन सुहाये।

भगवान श्रीराम की वहीं रहने की इच्छा जान सभी देवता कोल-किरात वनवासियों के वेश में आये और उन्होंने पत्तों और घास के सुन्दर घर बना दिये। इस चौपाई से स्पष्ट है कि त्रेता युग में कोल-भील मकान बनाने में दक्ष और श्रमशील थे।

यह सुधि कोल किरातन्ह पाई,

हरषे जनु नव-निधि घर आई।
कंद मूल फल भरि-भरि दोना,
चले रंक जनु लूटन सोना।

श्रीराम के आगमन का समाचार जब कोल-भीलों ने पाया तो वे ऐसे हर्षित हुए मानो नव-निधियाँ उनके घर पर ही आ गयी हों। वे पत्तों के दोनों में कन्द, मूल, फल, भर-भरकर चले मानो दरिद्र सोना लूटने चले हों।

चित्रकूट में भरत-आगमन के प्रसंग में गोस्वामी कहते हैं—

मिलहिं किरात कोल बनवासी,
बैखानस बटु जती उदासी।

भरतजी को ज्ञात होते ही कि भगवान राम चित्रकूट में हैं, वे उनसे मिलने आते हैं। तब उनकी भेंट कोल-किरातों से होती है, वे उनसे भगवान राम का समाचार पूछते हैं।

भगवान राम को भरतजी के आगमन का समाचार कोल-भील ही देते हैं।

सब समाचर किरात कोलन्हि आई तेहि अवसर कहे

भरतजी के साथ आये अयोध्यावासियों की सेवा करने में कोल पीछे नहीं हैं—

कोल किरात भिल्ल वनवासी,
मधु सुचि सुन्दर स्वादु सुधा सी।
भरि-भरि परन पुटीं रूचि रूरी,
कंद मूल फल अंकुर जूरी॥

भगवान राम की वनवासियों द्वारा सेवा तथा उनका प्रेम देखकर अयोध्यावासी अपने प्रेम को धिक्कारने लगे।

नर नारि निंदरहिं नेहु निज सुनि कोल भिल्लनि की गिरा।

इसी प्रकार विरहोण नामक आदिवासी जाति अपनी ही विर-होण-रामायण का पाठ करती है। इस रामायण के अनुसार हनुमानजी महान पराक्रमी थे, उन्होंने उछलकर सागर पार किया था। समुद्र के किनारे पहुँचकर तोते का रूप धारण किया और सीताजी के स्नान हेतु जल लाने वाली एक पनिहारिन के घड़े में अँगूठी डाल दी और स्वयं उस ओर उड़ चले। वहाँ माता सीता को अशोक-वाटिका में अपना स्वरूप दिखाया और उनसे सभी बातें कीं। लंका-दहन किया और समुद्र में डुबकी लगाकर हाथ से रगड़कर अपनी पूँछ की अग्नि बुझाई और उसी हाथ से अपना मुँह पोंछ लिया, जिससे उनका मुँह काला हो गया। इस प्रकार अनेक विचित्र बातें विरहोण रामायण में पायी जाती हैं।

इसी प्रकार सादरी एवं मुण्डारी बोलियों में भी रामकथा सम्बन्धी अनेक गीत एवं भजन बनाये गये हैं। मुण्डारी बोली के एक श्रेष्ठ कवि बुदूबाबू ने रामायण के आधार पर छोटे-छोटे गीतों की रचना की है। सादरी बोली में हनुमानशतक की रचनाएँ की गई हैं। इन्होंने श्रीराम, लखन, सीता, जामवन्त, अंगद, हनुमान एवं नल-नील की वीरता, सेवा-भक्ति एवं श्रद्धा के भावपूर्ण गीतों की रचना की है। मुण्डारी भाषा के लोकप्रिय बुदूबाबू के रामायण सम्बन्धी गीतों की भाषा अत्यन्त प्राचीन होने से बोधगम्य नहीं है। उनके एक गीत का हिन्दी भावार्थ यहाँ प्रस्तुत है—

प्रभु राम लखन की आज्ञा से

कोई कोई वीर
चलो-चलो कहकर उछल रहा है
सर पर ढोकर
पहाड़ पत्थर लाने के लिए
उत्तर दिशा की ओर चले।
प्रभु राम-लखन की आज्ञा से
वीर हनुमान राम-राम नाम लेते हुए
उत्तर दिशा से पहाड़ को उठे।
इसीलिए बुदू बाबू गीत बना रहे हैं
प्रभु राम-लखन की आज्ञा से।

इस प्रकार कोरकू, मुण्डारी से लेकर सहरियाओं तक पूरे भारतवर्ष में फैले लगभग सभी जनजाति समूहों में राम और रामकथा अत्यन्त गहरे से व्याप्त है। रामकथा के पात्रों को उन्होंने अपने जीवन में उतारा है, अपनी-अपनी सामाजिक परिस्थितियों के अनुसार कथा में परिवर्तन भी किया है तथा उन्हें आदर्श मानते हुए भी अपनों में से ही एक माना है। इसलिए जनजाति समूहों की सीता बकरी चराती है, उनके लक्ष्मण घरजमाई बनकर पशुओं को चराते हैं, उनका रावण लक्ष्मण की आन से बचने के लिए कुँवारी गाय का गोबर लेकर लीपने का सुझाव देता है। यह परिवर्तन निश्चय ही एक नागर लोकचेतना या जनपदीय लोकचेतना नहीं कर सकती। इन आदिवासी जनों ने अपनी सहज प्राकृतिक बुद्धि से राम-नाम और राम व्यक्ति दोनों के महत्त्व को समझा। योगी तथा मुनिजन जो अपनी परिष्कृत बुद्धि से करते हैं, वही इन सहज मानवों ने अपनी सहज बुद्धि से अनुभव किया। यह जानना रोचक होगा कि आदिवासी मानस में कृष्ण-चरित्र या उसके पात्रों की लगभग अनुपस्थिति है। जहाँ कहीं भी कृष्ण से सम्बन्धित कुछ भजन मिलते हैं, वे जनपदीय लोकचेतना के सहचर्य के कारण हैं। कारण स्पष्ट है क्योंकि कृष्ण-चरित्र में दाम्पत्य नहीं है, उनकी आठ तो पटरानियाँ ही हैं और दम्पति शब्द पति और पत्नी का ही वाचक है। इसके अतिरिक्त कृष्ण प्रेम की विविध अभिव्यक्तियों और कलाओं की बारीकियों के सम्राट हैं और इसलिए उनकी पहुँच नागर समाज और जनपदीय समाज में बहुत अधिक है। ऐसा नहीं कि आदिवासियों में प्रेम नहीं है, किन्तु उनका प्रेम एक गृहस्थ और उनके रिश्तों का प्रेम है। एक पति-पत्नी, पिता-पुत्र, भाई-भाई या माता-पुत्र के प्रेम को आदिवासी बड़ी सहजता से समझ सकता है, इसलिए जनजाति समाज में राम और रामकथा की स्वीकृति और व्याप्ति बहुत अधिक है। ऐसा नहीं कि नागर और जनपदीय रामकथाओं ने जनजातीय रामकथाओं को ही प्रभावित किया हो, इसके विपरीत जनजातीय रामकथाओं ने जनपदीय और नागर रामकथाओं को भी प्रभावित किया है। इनमें गिलहरी का प्रसंग, सीता के द्वारा रावण का चित्र बनाना, हनुमानजी का मुँह किस प्रकार काला हुआ आदि कथाएँ प्रमुख हैं, जिन्होंने जनपदीय और नागर रामकथाओं को भी प्रभावित किया है।

संथालों की रामकथा के अनुसार राम को एक गिलहरी मिली, वह सीता के विरह में रो रही थी। उसने राम को सीता का पता बताया। राम ने उसकी पीठ थपथपायी, इससे उसकी पीठ पर धारियाँ बन गयीं। मुण्डा और बिहोर जातियों में भी यह प्रसंग है, यहाँ गिलहरी को रोता नहीं दिखाया गया है।

तेलुगु-रामायण में सेतु-बन्ध के समय गिलहरी समुद्र में गोता लगाकर बालू पर लोटती और उसे

पुल पर झाड़ देती है। राम ने प्रसन्न होकर उसकी पीठ पर हाथ फेरा। राम ने आदेश दिया कि इसे चन्दन, मन्दार, चम्पक, पूगीफल, पुन्नाग, सहकार आदि वृक्षों से युक्त सुन्दर प्रदेश में छोड़ दिया जाये।

बाँग्ला-रामायण में गिलहरियाँ समुद्र में कूदकर बालू में लोटकर उसे पुल पर झाड़ने लगीं। हनुमान उन्हें पकड़कर समुद्र में फेंकने लगे। वे राम के पास जाकर रोयीं। राम ने हनुमान को बुलाकर कहा, गिलहरियों का अपमान क्यों करते हों? जिसका जितना सामर्थ्य है, करने दो। ऐसा कहकर राम ने उनकी पीठ पर हाथ फेरा। यहाँ धारी बनने का उल्लेख नहीं है—

सदय हृदय बड प्रभु रघुनाथ।
काष्ठ-बिड़ालेर पृष्ठे बुलाइल हात॥

अब प्रश्न यह उठता है कि भारत के समस्त भू-भाग में फैली इन वन्य-जातियों में राम और रामकथा का प्रवेश कब हुआ। वाल्मीकि रामायण, रामोपाख्यान, ब्रह्मरामायण, पुलस्त्यसंहिता, वसिष्ठ रामायण, शंकरसंहिता तथा आनन्द रामायण आदि संस्कृत ग्रन्थों के अवलोकन से यह स्पष्ट है कि दाशरथि राम अपने वनवास के समय जब इन वनवासियों से मिले, उसी समय से इनके मन और हृदय में उनका चरित्र गहरे से प्रवेश कर गया। श्रीराम ने इन वनवासियों से सम्पर्क करने और उन्हें संगठित करने के विशेष प्रयोजन से अपने वनवास का मार्ग इन जनजातीय क्षेत्रों में से होकर चुना। वे अयोध्या से पूर्व की ओर जाते हैं, विंध्याचल पर्वत के उस पार से दक्षिण की ओर प्रस्थान करते हैं, दण्डकारण्य में जहाँ आदिवासी बहुतायत में रहते थे, वहाँ बहुत समय व्यतीत करते हैं तथा उसके बाद गोदावरी के दक्षिण में होते हुए ऋष्यमूक पर्वत पर जाते हैं और वहाँ वानर-भालुओं की सेना एकत्र करते हैं, जो कि एक प्रकार की जनजाति ही थी। जिन संस्कृत ग्रन्थों का मैंने ऊपर उल्लेख किया है, गोस्वामी तुलसीदास ने उन सबका सारांश लेकर अपनी रामचरितमानस के अयोध्याकाण्ड में इन वनवासियों से राम-मिलन के प्रसंग में वर्णित किया है, जो अत्यन्त ही हृदयग्राही है—

यह सुधि कोल-किरातन पाई। हरषे, जनु नव निधि घर आई।
कंद-मूल-फल भरि-भरि दोना। चले रंक जनु लूटन सोना।
तिन्ह-महँ जिनह देखे दोउ भ्राता। अपर तिन्हहि पूछहि भग-जाता।
कहत-सुनत रघुबीर-निकाई। आइ सबनि देखे रघुराई।
करहि जोहार, भेंट धरि आगे। प्रभुहि बिलोकहि अति अनुरागे।
चित्र-लिखे-जनु जहँ-तहँ ठाढ़े। पुलक शरीर, नयन जल बाढ़े।
राम सनेह-मगन सब जाने। कहि प्रिय बचन, सकल सनमाने।
प्रभुहि जोहारि बहोरि-बहोरी। बचन बिनीत कहहि कर जोरी।

दोहा : अब हम नाथ! सनाथ सब, भए देखि प्रभु-पाँय।
भाग हमारे आगमन, राउर कोसलराय॥
धन्य भूमि, बन, पंथ, पहारा। जहँ-जहँ नाथ! पाँउँ तुम धारा।
धन्य बिहग, मृग, काननचारी। सफल जनम भे तुमहि निहारी।
हम सब धन्य सहित-परिवारा। दीख दरस, भरि नयन तुम्हारा।
कीन्ह बास, भल ठाँउँ बिचारी। इहाँ सकल रितु रहब सुखारी।

हम सब भाँति करब सेवकाई। करि-केहरि-अहि-बाघ बराई।
बन बेहड़, गिरि, कंदर, खोहा। सब हमार प्रभु पग-पग जोहा।
तहँ-तहँ तुमहि अहेर खेलाउब। सर, निरझर, भल ठाउँ देखाउब।
हम सेवक परिवार-सभेता। नाथ! न सकुचब आयसु देता।

दोहा : **बेद-बचन-मुनि-मन-अगम, ते प्रभु करूना-ऐन।**
बचन किरातन-के सुनत, जिमि पितु बालक-बैन॥

रामहि केवल प्रेम पियारा। जानि लेउ, जो जान निहारा।
राम सकल बनचर तब तोषे। कहि मृदु बचन, प्रेम परिपोषे।

गोस्वामीजी के ये उद्‌गार आर्ष रामायणों से ही लिये गये हैं—

प्राप्येमं सुसमाचारं किराताद्याश्च हर्षिताः।
कंदमूलफनानीमे गृहीत्वा द्रष्टुमागताः। (आनन्दरामायण)
प्रणमंति पुरो धृत्वा कन्दमूलफलानि ते। प्रेम्णा परेण पश्यन्ति किराताः परमेश्वरम्॥
यत्रतत्रस्थिताः सर्वे ते चित्रलिखिता यथा। रोमांचितं शरीरं च चक्षुषी चाश्रुपूरिते॥
त्वां वीक्ष्य धन्यजन्मानो जाताः काननचारिणः। (पुलस्त्यसंहिता)
यो वेदवचसो मुनिमानसस्यागम्यः प्रभुः करुणाकरः।
किरातवचांसि स श्रृणोति यथा पिता बालकवचांसि॥ (शंकरसंहिता)

इन सभी वाक्यों का सारांश गोस्वामी तुलसीदासजी ने अपने वर्णन में दिया है।

इन सहज मानवों के लिए राम कौशल्यानन्दन, सीतापति, अयोध्यानरेश, दाशरथि राम ही हैं। कोई निर्गुण राम नहीं। निर्गुण राम की अवधारणा अगर किसी जनजाति समूह में उनके आध्यात्मिक स्तर पर आई भी है तो वह भी इस सगुण राम के अनन्तर। अनेक पौराणिक तथा ज्योर्तिवैज्ञानिक प्रमाणों, उपलब्ध रामसेतु के ऊपर समुद्र के बढ़ते हुए स्तर के आकलन तथा रघुवंश एवं कुरुवंश की पीढ़ियों के आकलन के आधार पर राम का काल लगभग 5000 ई.पू. ठहरता है। इसका आशय यह हुआ कि इन जनजातीय समूहों में राम तथा रामकथा की व्याप्ति इतनी प्राचीन है और अनेक स्तरों से होती हुई आज समग्र जनजातीय जीवन में उनके श्वास-प्रश्वास की तरह समायी हुई है। भौतिक सभ्यता के बढ़ते प्रभाव के कारण आज जो आस्था धूमिल दिखाई देने लगी है, वह केवल इन जनजातियों में ही नहीं अपितु जनपदीय और नागर समाज में भी दिखाई दे रही है, बल्कि आधुनिकता के कल्मष से यह जनजातीय समाज तो अपेक्षाकृत कम धूमिल हुआ है।

आदिवासी जीवन-साहित्य, संस्कृति एवं कलाओं में 'राम'
(बघेलखण्ड के विशेष सन्दर्भ में)

डॉ. सेवाराम त्रिपाठी

''हर एक आवाज़ और गीत को/ उठाओ इतना ऊँचा/ कि धरती और आकाश झनझना उठें/ मुक्ति की ताल पर थिरक उठो/ और गूँजने दो इतनी गहराई से/ जैसे फनफनाते समुद्र की हुँकार।''

(जेम्स बेल्डन जॉनसन)

''आदिवासी/ इस शब्द को वे इस तरह बोलते हैं/ जैसे यह किसी महामारी का नाम हो/ इस शब्द को सुनकर वे ऐसे देखते हैं/ जैसे उन्होंने आकाश में उड़ती रकासी देख ली हो।''

(चामूलाल राठवा)

आदिवासी शब्द आज के दौर में कई सन्दर्भों में प्रयुक्त किया जाता है। भारतीय प्रजातन्त्र में यूँ तो समूचे वर्गों, समूहों के विकास के लिए कार्य करने के प्रयत्न हो रहे हैं क्योंकि यह एक प्रजातान्त्रिक देश है। इसके साथ ही भारत जैसे बहुधर्मी, बहुजातीय और बहुभाषायी देश में अनेक सभ्यताओं, संस्कृतियों, रीति-रिवाजों, वेशभुषाओं एवं खान-पान वाले लोग एक लम्बे अरसे से निवास कर रहे हैं। फिर भी इस देश के सबसे अधिक पिछड़े लोग घने जंगलों में, दुर्गम पर्वत-शृंखलाओं में, अनेक प्रकार की आपदाओं के बीच अपना जीवन-निर्वाह कर रहे हैं। भारतीय व्यवस्था में इन्हें आदिवासी, वन्य-जाति, जनजाति आदि के नामों से जाना-पहचाना जाता है। भारतीय संविधान के अनुच्छेद 342 के अनुसार 14 राज्यों में 212 आदिवासियों को अनुसूचित जनजाति के रूप में स्वीकारा गया है। भारतीय प्रजातन्त्र हर प्रदेश में पायी जाने वाली जनजातियों को अनुसूचित जनजातियों के रूप में नामांकित और घोषित करता है। इन्हें विशेष प्रकार की सुविधा देने के लिहाज से या यूँ कहें कि इन्हें समाज की मुख्यधारा से जोड़ने के लिये कई तरह के संवैधानिक प्रावधान किये गये हैं। इसके अन्तर्गत उनकी शैक्षणिक आर्थिक व्यवस्था के लिए, उन्हें शोषण, उत्पीड़न से मुक्ति के लिए, सामाजिक बराबरी के लिए और यही नहीं, उन्हें हर प्रकार से सहायता देने के लिए, उनके साथ होने वाले सभी प्रकार के भेदभावों के हटाने के प्रयत्न भी शामिल हैं। उन्हें हर जगह आरक्षण दिया गया है। उन्हें सामाजिक हितों के हर प्रकार के कल्याणों से जोड़ा गया है। उनके लिए हर प्रकार के शोषण, उत्पीड़न और अन्याय से मुक्ति के प्रयास किये गये हैं। उसमें भूमि सम्बन्धी सुरक्षा, सम्पत्ति सम्बन्धी सुरक्षा, स्त्रियों को देह-व्यापार से मुक्ति और अन्य उपक्रमों से जुड़े मुद्दे भी शामिल हैं। यही नहीं, उनका एक जनजातीय कार्य-मन्त्रालय भी उनके

विकास के लिये कार्य कर रहा है। इन समूचे प्रावधानों के बावजूद आदिवासी अभी भी समाज की मुख्यधारा में नहीं आ पाये। यह हम सबकी चिन्ता का बहुत बड़ा कारण है। आदिवासियों के सन्दर्भ में हर प्रकार के अध्ययन इस दौर में तेज़ी से किये जा रहे हैं। 1985 के पश्चात् स्त्री, दलित, आदिवासी, बच्चे, वृद्ध और नि:शक्त जनों पर प्रश्नांकन और विमर्श हो रहे हैं।

एक जलता हुआ प्रश्न यह है कि इक्कीसवीं शताब्दी के दूसरे दशक में भी आदिवासी समुदाय समाज की मुख्यधारा से कटा हुआ है। ज़ाहिर है कि आज़ादी के 70 वर्ष हम व्यतीत कर चुके हैं, लेकिन आदिवासियों की संस्कृति में उनके अधिकारों में और उनकी स्थिति में, उनकी मनुष्य सापेक्ष वास्तविकताओं में कोई विशेष सुधार दृष्टिगोचर नहीं होता। हाँ, यह ज़रूर है कि प्रयास भरपूर किये जा रहे हैं। रेखांकन यह है कि उनके प्रति विकास के बारे में सोचने और कार्यवाही अंजाम देने में एक दोगलापन है। उनके बारे में प्रशासन और सत्ताएँ चमक-दमक के वायदे ज़रूर पेश करती रहीं हैं और उन्हें ऊँचे उठाने के प्रयासों में अपनी महत्त्वपूर्ण भूमिका रेखांकित करती रही हैं। सोचने की बात यह है कि जिस देश में पाँच सौ करोड़ से ज़्यादा की सड़कें एक बारिश में नष्ट-भ्रष्ट और खराब हो जायें, पुल ढह जायें, आवागमन के रास्ते और साधन बन्द हो जायें और बीस-पच्चीस हज़ार गायें तड़प-तड़पकर मर जायें तो क्या ये जीवन्त प्रश्न नहीं हैं। दावा करने से सच्चाइयाँ झूठी नहीं हो जातीं। आदिवासी समाज आज भी दीन-हीन और अपंग है। उनका पर्वतीय जीवन से जो गहन और संवेदनात्मक रिश्ता रहा है, उन्हें उससे भी मरहूम कर दिया गया है। पुरखे, पुरखैत भूमि तथा वन उनकी अस्मिता के स्वाभिमान के पक्ष हैं। उनकी शिक्षा का महत्त्वपूर्ण संवाहक उनके मिथक हैं। सम्भवत: इसी से उनकी सामाजिक पहचान बनती है। उनकी अस्मिता आज भी एक यक्ष प्रश्न की तरह है। भूमि या धरती आदिवासियों की जीवन-रेखा है। जंगली उत्पादों पर वे अपना सहज उत्तराधिकार मानते हैं। वे इस स्थिति को सहज रूप में स्वीकार करने को उत्सुक नहीं हैं कि कोई उनके पारम्परिक स्वत्व को चुनौती दे। वे अपने ख़िलाफ़ इस कार्यवाही को बेजा हरक़त मानते हैं और इसके प्रति उनके मन में डर, अफसोस और गुस्सा है। खेती-किसानी, पेड़-पौधों, जंगलों, पर्वतों, गुफ़ाओं, कन्दराओं से उनका अभी भी आत्मीय और सघन रिश्ता है। एकान्त में रहना उन्हें पसन्द है। पर्वतों और पहाड़ों के प्रति, नदी, नालों और झरनों के प्रति वे अपना स्वत्व सहज और स्वाभाविक रूप में मानते हैं। जंगल के पेड़, झाड़ियाँ और इनसे उत्पन्न होने वाले तमाम तरह के फल उनकी ज़िन्दगी के महत्त्वपूर्ण हिस्से हैं। नदी, झरनों, कुण्डों एवं भरकों का पानी उन्हें तोष देता है। उनका परिवेश अगम्य भले ही रहा हो, किन्तु उसकी दूरी ने उनके सांस्कृतिक प्रभावों पर स्वाभाविक नियन्त्रण रखा है। उनका इतिहास-ज्ञान बहुत सीमित है। उनका स्मरण किया हुआ इतिहास पाँच-छह पीढ़ियों से ज़्यादा का नहीं होता। ऐसा माना जाता है। सर्वेक्षणों ने इस तथ्य को उजागर किया है। उनका जीवन यथार्थ कालान्तर में जातीय मिथकों से जुड़ जाता है। ये सही है कि उनकी सांस्कृतिक समग्रता भाषाओं, संस्थाओं और कथाओं के आधार पर समाज के शेष भाग में अलग से दीख पड़ती है। हाँ, उनका आन्तरिक स्वर और विशेषीकरण उसमें अलग रूप से शामिल होता है। केवल आदेश प्रसारित किये जा रहे हैं और ज़ाहिर है कि आदिवासी समुदाय इन्हें अपने पारम्परिक स्वत्व पर आक्रमण मानता है। दूसरी ओर उन्हें उनके पारम्परिक जीवन से काटकर एक स्तूप रूप में खड़ा करने के प्रयत्न हो रहे हैं। उनकी सभ्यता और संस्कृति जो एक प्रदीर्घ समय में विकसित हुई है, उसे नकारते हुये उन्हें असभ्य, बर्बर एवं निरीह मानकर उनकी लगातार उपेक्षा भी की जा रही है। यह स्थिति हमारी विकासात्मक अवधारणा को लगभग असंवेदनशील बना रही है। इस पर पुनर्विचार करने की ज़रूरत है।

निर्मला पुतुल की 'संथाल परगना' पर लिखी गई इस कविता में आदिवासी समाज की बेचैनी को भरपूर देखा जा सकता है—"संथाल परगना/ अब नहीं रह गया संथाल परगना/ बहुत कम बचे रह गये हैं/ अपनी भाषा और वेशभूषा के यहाँ के लोग/ बाज़ार की तरफ़ भागते/ सब कुछ गड्ड-मड्ड हो गया है इन दिनों यहाँ/ उखड़ गये हैं बड़े-बड़े पुराने पेड़/ और कंक्रीट के पसरते जंगल में/ खो गई है इसकी पहचान/ काया पलट हो रही है इसकी/ तीर, धनुष, मादल, नगाड़ा, बाँसुरी/ सब बटोरे लिये जा रहे हैं लोक संग्रहालय/ समय की मुर्दागाड़ी में लादकर।" ऐसा ज़रूर लगेगा कि यह स्थिति केवल संथाल परगने भर की है। पूरा देश लगभग यही स्थिति झेल रहा है। आदिवासियों की पहचान का संकट बढ़ा है। इधर आदिवासी अंचलों में हलचल है। सोचने-समझने वाले वहाँ भी हैं। 'ग्लोबल गाँव का देवता' जैसा उपन्यास रणेन्द्र ने लिखा है, जिसमें आदिवासी समाज की दशा और दिशा पर अलग तरह से रेखांकन होता है। शोषण के तमाम रूप भी इसमें भयानक तरीके से उजागर किये गये हैं।

आदिवासी जीवन पर गम्भीर विमर्श हो रहा है। उसे सभी पक्षों की तरफ़ से देखा और परखा जा रहा है। बेचैनी वहाँ भी भरपूर है। कुछ रचनाएँ हैं मसलन—'कब तक पुकारूँ' (रांगेय राघव), जिसमें नट जाति के जीवन का हाहाकार केन्द्रित है। उसमें जातीय अस्मिता के साथ स्त्री की चीख़-पुकार के असंख्य प्रश्न हैं। स्त्री की ख़ीझ को इस उपन्यास में इस रूप में व्यक्त किया गया है—"मुझे उठा ले, अपने पास बुला ले। दुःख दे-देकर, मुझे जिला-जिलाकर न मार। मेरा पाप क्या है? पराये मर्दों के संग सोई हूँ तो तूने मेरी जात ऐसे बनाई क्यों जिसे कोई हक़ नहीं है। तूने मुझे औरत बनाया क्यों?" ('कब तक पुकारूँ, पृ. 107)।[1] 'शैलूष' (शिवप्रसाद सिंह), 'सूरज किरण की छाँव' (राजेन्द्र अवस्थी), 'सीता मौसी' (रमणिका गुप्ता), 'काला पादरी' (तेजिन्दर), 'जंगल जहाँ शुरू होता है', 'धार' (संजीव)। 'धार' उपन्यास में मैना का संघर्ष अत्यन्त महत्त्वपूर्ण है। इसमें यह लक्षित किया गया है—"यह धार हमारी शक्ति है और धार का भोंथरा होना ही मौत... धार बरक़रार रही तो सारा संसार ही आपका है।... इसलिये हमें धार की ज़रूरत है, सतत शान से ताज़ा धार चाहिये हमें, कोई भी कुर्बानी क्यों न देनी पड़े।" ('धार', पृ. 165)[2], 'बाजत अनहद ढोल' (मधुकर सिंह), 'पठार पर कोहरा' (राजेश कुमार सिंह), 'अल्मा कबूतरी' (मैत्रेयी पुष्पा)।

इसी तरह कुछ कहानियाँ, जैसे—'अवशेष', 'बलि', 'शिलान्यास', 'बेला एक्का लौट रही'। कुछ आत्मकथाओं में आदिवासी समाज के शोषण तन्त्र के भयावह रूप सामने आये हैं, जैसे—'मुर्दहिया और मणिकर्णिका', 'जूठन', 'रामनगरी' आदि। उसी तरह आदिवासी साहित्य में कविताओं की लम्बी भूमिका है। इन कविताओं में उस समाज की बेचैनी, तड़पन, समस्याओं और स्थितियों के अनेक चित्र प्रस्तुत हुए हैं। आदिवासी जीवन के सन्ताप, हाहाकार और उनका सार्थक हस्तक्षेप भी है। इनमें प्रमुख हैं—ग्रेस कुजूर, निर्मला पुतुल, भुजंग मेश्राम, अनुज लुगुन, भुवन सोरी, महादेव टोप्पो, अशोक सिंह और सुशील कुमार। प्रतीक के तौर पर यहाँ दो अंश द्रष्टव्य हैं—

1. "वे दबे पाँव आते हैं तुम्हारी संस्कृति में/ वे तुम्हारे नृत्य की बड़ाई करते हैं/ वे तुम्हारी आँखों की प्रशंसा में कसीदे पढ़ते हैं/ वे कौन हैं? सौदागर हैं वे...।" (निर्मला पुतुल)

2. "...उठो कि अपने अँधेरे के ख़िलाफ़ उठो/ उठो अपने पीछे चल रही साजिशों के ख़िलाफ़/ अब उन्हें पता लग गया है/... आज न घने बीहड़ हैं/ ना तू है/ है केवल बीहड़ों में फैलता असन्तोष।" (भुजंग मेश्राम)

सत्यनारायण मुण्डा का यह कहना मुझे सही लगता है कि—"आदिवासी जन व्यापक लोक का अभिन्न अंग हैं, चाहे वह उससे अलग-थलग ही क्यों न रहते आया है। आख़िर दुनिया के सारे मेहनतकश एक-सा जीवन जीते हैं। भद्र-वर्ग की विश्वव्यापी साजिशों का एक जैसा शिकार रहा है यह व्यापक लोक, फिर भी श्रम और संघर्ष के सौन्दर्य को निखारता चला आ रहा है। वह कभी नहीं हारता...।" (आदिवासी साहित्य विमर्श, पृ. 165)[3] दूसरी ओर भारतीय समाज में उनकी स्थितियों को लेकर व्यापक परिवर्तन लक्षित किये जा रहे हैं। गंगासहाय मीणा मानते हैं—"आदिवासी साहित्य पाठक के अनुभव का विस्तार कर उसे उस भूगोल, समाज और इतिहास में ले जाता है, जिससे अधिकांश पाठक अपरिचित हैं। यह आदिवासी जीवन और संस्कृति का मूलाधार है। आदिवासी साहित्य जीवन-जगत के प्रति एक अलग नज़रिया पेश करता है।... आदिवासी साहित्य एक अर्थ में किसी व्यक्ति या समुदाय के ख़िलाफ़ नहीं है, इसलिए यह साहित्य के वृहद् उद्देश्य को साधता हुआ अपने कर्तव्य-पथ पर आगे बढ़ रहा है। आदिवासी साहित्य के प्रति पत्रिकाओं, प्रकाशकों और सबसे ज़्यादा पाठकों का बढ़ता रुझान आशान्वित करता है।" (आदिवासी साहित्य विमर्श, पृ. 12)[4]

हमारा जीवन जितना वर्तमान में है, उससे कहीं ज़्यादा अतीत में है। हम कभी मिथकों में जीते हैं तो कभी पौराणिक सन्दर्भों में। कभी-कभी आश्चर्य भी होता है कि वर्तमान में प्रकट अनेक सन्दर्भों को परे हटाकर हम मिथकों और पुराणों की दुनिया में ज़्यादा रम जाते हैं। ज़ाहिर है कि मिथकों का स्वभाव और प्रकृति कभी-कभी हमें बहुत जानी-पहचानी-सी लगने लगती है। डॉ. रमेश कुन्तल मेघ मानते हैं—"आधुनिक युग में मिथक में मूल आदिम, पुरामौखिक स्वरूप लगभग नहीं मिलते (कुछ बेहद आधुनिक कबीलों को छोड़कर)। उसमें कई बार दो फाँक हुई। सबसे पहले तो लोकायन द्वारा, जब उसमें परम्परा द्वारा संवहन प्रमुख होता है, अतः उत्सवों, गीतों, गाथाओं, प्रथाओं का भी लोकधर्मी संयोजन होता गया। उसमें अलौकिकता रही, किन्तु वह द्वितीय भूमिका वाली होती गई और सामान्य लोकजीवन, लोकचित्त, लोकसमाज, गहरी परतों में प्रक्षेपित हुआ।" (खिड़कियों पर आकाशदीप, पृ. 61)[5]

भारतीय प्रजातन्त्र के इतने वर्षों बाद हमारे जो सामाजिक मुद्दे हैं, वे बहुत नवीन नहीं हुए। हमें भयावह अँधेरे से लड़ती हुई मशालें क्यों दिखाई नहीं पड़तीं। आदिवासी व्यवस्था के अँधेरे से जूझ रहा है। उनके किरदार आज भी ज़िन्दा है। उनकी मान्यताएँ आज भी एक नया सपना पाले हुये आगे जाने को तैयार हैं। प्रश्न यह उठता है कि रेवांचल (बघेलखण्ड) की वादियों में आदिवासी समुदाय की संख्या क्या कम है? उन्हें विकास की धारा से जोड़ने के जो प्रयत्न हुए हैं, क्या वे काफी हैं? लगता है, उन्हें उनकी स्थिति को ठीक से देखने और मापने के प्रयास आधे-अधूरे हुए हैं। आदिवासियों को विकास की बहुत बड़ी धारा के रूप में परिवर्तित करने के प्रयास हो रहे हैं। लेकिन विकास की यह अवधारणा आदिवासी समूह को स्वीकार नहीं। उन्हें जिस स्तर का जीवन मुहैया कराने के प्रयास हो रहे हैं। आदिवासियों का विकास केवल वह नहीं जैसा व्यवस्थाएँ सोचती हैं। इन पर दूसरे नज़रिये से विचार करने की ज़रूरत है। आदिवासियों का एक बहुत बड़ा तबका अभी भी अपने इलाज के लिए दवाओं के स्थान पर दुआओं में विश्वास करता है। भारतीय विकास-प्रक्रिया में आदिवासी समूहों को अस्पृश्यता की नज़र से देखा जाता है। ये चीज़ें अभी तक हमारे समाज में रची-बसी हैं। आदिवासी समाजों में कोरकू, भील, बैगा, कोल, ओराँव, संथाल, नर्मदा घाटी की परधान जाति, छोटा नागपुर के आसपास की असुर नामक जनजाति तथा मुण्डा, खैरवार, गोंड, अगरिया, पाव, भूमिया, पनिका और कमर जैसे आदिवासी समूह हैं।

इन आदिवासी समूहों का उल्लेख करते हुए बहुत पहले एक खोजबीन की गई थी। उसके अनुसार ''बघेलखण्ड में लगभग 3,70,395 जनजातिक लोग बसते हैं। इनकी सभ्यता, संस्कृति एवं भाषा पृथक् अस्तित्व रखती है। इनकी कुछ उपजातियाँ ये हैं—1. अगरिया, 2. बैगा, 3. भुमिया, 4. गोंड, 5. कवर, 6. खैरवार, 7. माँझी, 8. मवासी, 9. पनिका, 10. पाव (पवरा), 11. बड़िया, 12. बियार, 13. सौर। ये परम संतोषी लोग दैवीय शक्ति में विशेष विश्वास रखते हैं। सुख-दुख में ये सदैव अपने देवताओं का स्मरण करते हैं। और उनकी आराधना में अपने जीवन की कमाई दिल खोलकर खर्च करते हैं। इनके देवी-देवता हैं—बड़कादेव, निंगोदेव, घनमासदाउ, दुलहादेव, मसानदेव, सरसाने, बघौत, भैंसासुरदेव, बाबा, देवी, मरी, कालिका, सारदादेवी, कालीदेवी, सीतलादेवी, धरौरिया बाबा, दुरसिन, बंदरिया, चिरकुटी, चण्डी, अष्टभुजा देवी, फूलमती, लोढ़ामाई, अलोपन, मरकाम, नोटिया, कोरीम, खुसेरा, टेकमा, पोया, मरपाची, सराई, नैताम, ओइमा, मोइमा, मराबी, धुरवा, सरपटिया, चिचमा आदि।... ये अर्धशिक्षित और अर्धविभूक्षित लोग अपने सीमित जीवन-साधनों में ही आनन्द मनाते हैं। इनके गीत और नृत्य वास्तव में मौलिक और इनके जीवन के इतिहास हैं। उनमें गहराइयाँ हैं...। इनके मुख्य लोकगीत हैं—कर्मा, सैला, सुआ, सजनी, ददरिया, भजन, बम्बुलिया, बिरहा, रीना, फाग, मरमी, दोहा, पहेली, बालक्रीड़ा-गीत, कथागीत, पालने के गीत, संस्कार गीत, दुर्भिक्ष के गीत और स्वदेश प्रेम के गीत।'' (हिन्दी साहित्य का वृहद् इतिहास, भाग-16, सम्पादक-राहुल सांकृत्यायन, पृ. 258-59)[6]

ज़ाहिर है कि जनजातीय समूहों को किसी भी तरह अवशेष समझना भ्रामक है। समय और परिस्थितियों का प्रभाव ज़रूर पड़ता है। जनजाति या आदिम जनजाति शब्द भी सन्देह पैदा करते हैं। यह शब्द तो संविधान में प्रदत्त किये हुए हैं और इसी आधार पर इनकी जनसंख्या का निर्धारण होता है। डॉ. श्यामाचरण दुबे ने माना है—''जनजातियों के सामाजिक संगठन के स्वभाव और जटिलता में बड़ी भिन्नता पाई जाती है। उनकी पारिवारिक रचना और उत्तराधिकार की व्यवस्था में भी महत्त्वपूर्ण अन्तर है। भारत के अधिकांश आदिवासी समूहों में पुरुष की प्रधानता है और इनमें उत्तराधिकार का निर्णय पिता की पंक्ति में होता है। इसके विपरीत दक्षिण और उत्तर-पूर्व में उत्तराधिकार मात्र धारा द्वारा निर्णीत होते हैं। और पारिवारिक गठन मातृप्रधान होता है। विवाह के इच्छित रूपों में भी अलग-अलग समुदायों में अलग निर्णायक मान्यताएँ पायी जाती हैं।'' (समय और संस्कृति, पृ.-65)[7] मुझे लगता है कि आदिवासियों की स्थिति एवं उपस्थिति को लेकर कुछ भ्रामक धारणाएँ पायी जाती हैं, जिन्हें बहुत गम्भीरता से समझने की ज़रूरत है। यदि ऐसा नहीं होगा तो आदिवासियों को शोषण व उत्पीड़न से सम्भवतः नहीं बचाया जा सकेगा।

ये आदिवासी (जनजातियाँ) पूर्व में नंग-धड़ंग रहते थे। कभी कमर के पास मोटे कपड़े का पुछेटा लपेटते थे। लोग बताते हैं कि इनके यहाँ कौड़ी पहनने का रिवाज स्त्री-पुरुष, दोनों में रहा है। ये महुआ, ऊमर, पीपर और वन-जंगलों में पैदा होने वाले तरह-तरह के फल और कन्द-मूल खाकर जीते रहे हैं। हमारे देश से निकलने वाली जो पत्रिकाएँ प्रकाशित होती हैं, उनमें से कुछ में आदिवासी स्त्री के सौन्दर्य को भी आँकने का प्रयास होता रहा है। मुखपृष्ठों पर ज़्यादातर आदिवासी समूह के विभिन्न वर्गों की स्त्रियों को अंकित किया जाता रहा है। डॉ. धनंजय वर्मा ने सही लिखा है—''उनके यौन जीवन और रीति-रिवाजों के बारे में गुदगुदाने वाले सनसनीखेज ब्योरे तो खूब मिलते हैं, उनके पारिवारिक जीवन की मानवीय व्यथा नहीं। उनके अलौकिक विश्वास, जादू-टोने और विलक्षण अनुष्ठानों का आँखों

देखा हाल तो मिलता है, उनकी ज़िन्दगी के हर सिम्त हाड़-तोड़ संघर्ष की बहुरूपी और प्रामाणिक तस्वीर नहीं। वो आज भी आदमी की अलग नस्ल के रूप में अजूबे की तरह पेश किये जाते हैं। विचित्र वेशभूषा में आदिम और जंगली आदमी की मानिन्द।'' (सापेक्ष, अंक, दिसम्बर-1986, पृ. 57)[8]

डॉ. हीरालाल शुक्ल ने लिखा है—''कन्ध क्षेत्र तथा बस्तर में राम के आगमन की कथा आज भी प्रचलित है। बड़े-बड़े कहते हैं कि किसी ज़माने में राम नाम के कोई राजकुमार थे। वह अपनी स्त्री और भाई को लेकर इसी दण्डकारण्य में भाग आये थे। उन दिनों दण्डकारण्य में दक्षिण के साहूकारों (राक्षसों) का भारी अत्याचार फैला था। सामन्त के अत्याचार के ख़िलाफ़ कन्धों ने उपयुक्त सरदार पा लिया। प्रास्कावंश के हनुमान और जाम्बाका (भालू) गोत्र के जामवान ने उनकी सहायता की थी। तमाम दूसरे-दूसरे गोत्रों के कन्ध उनकी सेना में सिपाही बन गये। टुकड़ों-टुकड़ों में बिखरी कन्ध जाति को राम ने एकजुट किया। दीन-हीन, दरिद्र मज़दूरों और किसानों की सेना ने बरक्षे, खाड़े, पत्थर और बाँस लेकर सामन्तवादी सभ्यता के विरुद्ध युद्ध किया और उलट-पुलट कर डाला। आगे चलकर जहाँ थे, वहाँ रहे। अछूत-अछोप जहाँ थे, वहीं रहे।'' कन्धिस्तान के कन्ध लोगों में यह अनुश्रुति प्रचलित है कि कन्ध जाति के प्रमुख सुग्री (रामायण के सुग्रीव) के कहने पर राम ने एक ही तीर से सात वृक्षों को काट गिराया। यह कथा यथावत रामायण (04.11.1970-71) में मिलती है। (आदिवासी अस्मिता और विकास, पृ. 166)[9]

जब हम आदिवासी संस्कृति के बारे में विचार करते हैं तो बघेली अंचल कुछ बहुत भिन्न दिखाई नहीं पड़ता। समूचे देश में आदिवासियों की जो स्थिति है, उसी के कुछ रूप बघेलखण्ड अंचल में भी मिलते हैं। आदिवासी जीवन संस्कृति और सभ्यता के बारे में मुझे दो छोर दिखाई पड़ते हैं। एक छोर का रिश्ता 1980 के पहले के भारत का है और दूसरा छोर 1980 के बाद के भारत का। अब आदिवासी समूहों में सभ्यता और संस्कृति को लेकर इनके पढ़े-लिखे व्यक्तियों में अलग तरह की हरक़तें हैं। इनके भीतर भी विकास की प्रक्रिया अबाध गति से चल रही है। आदिवासी समाज के सन्दर्भ में कई तरह के छुटपुट बदलाव परिलक्षित किये जाते हैं। आदिवासी संस्कृति को हम उनके भौगोलिक वातावरण, रोज़मर्रा के जीवन और उनकी मानसिक संरचना में विद्यमान गति के रूप में भी देख सकते हैं। उनका विकास एक लिहाज से चौंकाने वाला भी है। विचित्रताओं से भरा हुआ भी है, लेकिन धीरे-धीरे ही सही, उनमें एक नयी करवट देखी जा सकती है। धनंजय वर्मा ने लिखा है—''आदिवासियों के आख्यान, उनके मिथक, उनकी परम्पराएँ आज इसलिये महत्त्वपूर्ण नहीं हैं कि वो बीते युगों की कहानी कहतीं हैं, बल्कि अपनी संस्थाओं और संस्कृति के ऐतिहासिक तर्क और बौद्धिक प्रासंगिकता के लिहाज से भी वो महत्त्वपूर्ण हैं। उनकी कलात्मक अभिव्यक्तियाँ, सौन्दर्यात्मक चेष्टाएँ और आनुष्ठानिक क्रियाएँ हमारी-आपकी कला-संस्कृति की तरह महज आराम के क्षणों को भरने वाली चीज़ें नहीं हैं, उनकी पूरी ज़िन्दगी से उनका एक क्रियाशील, प्रयोजनशील और पारस्परिक रिश्ता है, इसीलिए उनकी संस्कृति एक ऐसी अन्विति के रूप में आकार ग्रहण करती है जिसमें उनके जीवन और यथार्थ की पुनर्रचना होती है।'' (सापेक्ष, लोक संस्कृति पर केन्द्रित अंक, दिसम्बर-1986, पृ. 59)[10] इसी सन्दर्भ में आदिवासी स्त्री के शोषण पर जब निर्मला पुतुल लिखती हैं—''ये वो लोग हैं/ जो मेरी कविताओं में तलाशते हैं/ मेरी देह।''

अनुसन्धान बताते हैं कि गोंडों का एक समूह दक्षिणी तरफ़ है और दूसरा समूह पूर्वी बघेलखण्ड के

जंगलों में अधिक रहता है। आदिवासी समाज कोई छोटा समाज नहीं है। स्वाधीनता और सामाजिक परिवर्तन में उसकी भूमिका महत्त्वपूर्ण है। आदिवासियों ने कितने बलिदान दिये हैं स्वाधीनता आन्दोलन में और सामाजिक संरचना में वे निरन्तर कार्य करते रहे। चाहे बिरसा मुण्डा हो या दशरथ माँझी। आदिवासी कृषि, व्यापार, मज़दूरी और शासकीय नौकरियों से जुड़े हैं। इनकी लोकभाषाओं में लोकगीत आज भी प्रचलित हैं। इन गीतों में हमारे समाज के कई-कई रूप उपलब्ध होते हैं। इन लोकगीतों में धान रोपने के, सामूहिक नृत्य करने के भी अनेक चित्र हैं। इनकी जीवन-शैली और इनकी आराधना-पद्धति बड़े लोगों की तुलना में अलग तरह की है। उनके नृत्य, उनके लोकगीत, उनके आचार-विचार उच्च-वर्गीय समाज से भिन्न हैं। इस भिन्नता के बावजूद मुझे लगता है कि उन्हें उनकी असलियत में पहचानना होगा। केवल लुभाने से या उन्हें टरकाने से किसी भी तरह काम नहीं चलेगा। नये सन्दर्भों में उनकी अलग तरह से पहचान सम्भव हो रही है।

आदिवासियों में प्रचलित रामकथा का स्वरूप समूचे देश में भिन्न-भिन्न प्रकार से मिलता है। कोई इन्हें पढ़ने की कोशिश करे तो ऐसा ही लगेगा। केरल की रामायण कथा के एक प्रसंग का उल्लेख करते हुये रति सक्सेना ने लिखा है—''राम हनुमान को पता लगाने को भेजते हैं तो वे दो लकड़ियाँ लेते हैं और उन्हें समुद्र में फेंककर समुद्र पार कर लेते हैं। तत्पश्चात् सीता के पास पहुँचकर देखते हैं कि उसे वापस लाना कठिन है। राक्षस उसकी पूँछ में आग लगा देते हैं पर हनुमान बचकर आ जाते हैं। तत्पश्चात् राम और रावण का युद्ध होता है, लक्ष्मण युद्ध में भाग नहीं लेता। तब राम मर जाते हैं तो लक्ष्मण लड़ने लगता है, दो-चार दिन बाद राम जीवित हो जाते हैं और रावण को मारकर सीता को ले आते हैं।''... आदिवासी रामकथा में राम विशिष्ट पुरुष नहीं है, सीता भी सामान्य नारी है। आदिवासियों में वैवाहिक पद्धति में रूढ़िवादिता नहीं के बराबर होती है। स्त्री अपने प्रेमी के साथ रहने को स्वतन्त्र होती है, अत: उन्होंने अपनी दृष्टि से देखा पतिव्रता नारी आदि मान्यताएँ तो नागरीय संस्कृति है। आदिवासी नहीं। अत: उनकी सीता हर स्थिति में पवित्र है। वे राम को भी साधारण पुरुष मानते हैं। तभी युद्ध में वे पहले सफल नहीं होते। लव व कुश अवश्य उनके अपने हैं, क्योंकि जंगल की सन्तान हैं। अत: उनकी वीरता को अवश्य स्वीकारा गया है। (रंगायन, जनवरी-मार्च, 1999, पृ. 30)[11]

समूचे देश के आदिवासियों के बीच आरक्षण का निर्धारण और आदिवासी विकास की विभिन्न योजनायें। आदिवासी जीवन के बारे में अनावश्यक बातें करने से परहेज किया जाना चाहिये। श्यामाचरण दुबे ने एक गम्भीर समस्या की ओर हमारा ध्यान आकर्षित किया है—''आदिवासी बहुल क्षेत्रों में आदिवासियों और गैर-आदिवासियों के सम्बन्धों में स्थायित्व आ गया था। अखिल भारतीय आदिवासी पहचान विकसित नहीं हुई थी। सच तो यह है कि कई जनजातियाँ अपने असली नामों से नहीं जानी जातीं। वे उन नामों से जानी जातीं हैं, जो उन्हें दूसरों ने दिये। उदाहरण के लिए, गोंडों का मूल नाम कोइतूर है और मिजो पहले लूशाई नाम से जाने जाते थे। उन्हें आदिवासी आदिम जनजाति, जाति और गिरिजन जैसी संज्ञाएँ सामाजिक कार्यकर्ताओं द्वारा दी गयी थीं, जो उनके कल्याण की योजनाओं से जुड़े थे।'' (समय और संस्कृति, पृ. 66)[12]

हमारे देश में रामकथा और कृष्णकथा की बहुत लम्बी परम्परा रही है। महर्षि वाल्मीकि ने रामायण के द्वारा और समूचे भारतवर्ष की तमाम प्रान्तीयताओं में, जातियों में, समूहों में रामकथा का प्रचलन रहा है। भारत की कोई ऐसी भाषा नहीं है, कोई बोली नहीं है जिसमें रामकथा न विकसित हुई हो।

रामकथा तो विदेशों में भी है। विदेशों में उसका विधिवत प्रचार-प्रसार हुआ है और इस कथा के आलोक में अभी भी अनेक तरह के कार्यक्रम होते हैं। अनेक तरह की योजनाएँ बनती रहती हैं। यह सही है कि वाल्मीकि और तुलसीदास के द्वारा रामकथा की संजीवनी शक्ति बढ़ी है। मैथिलीशरण गुप्त ने राम के जीवन को सुलभ बनाने का प्रयास किया—''राम तुम्हारा चरित स्वयं ही काव्य है/ कोई कवि बन जाये सहज सम्भाव्य है।'' सूर्यकान्त त्रिपाठी निराला ने 'राम की शक्ति पूजा' जैसी लम्बी कविता लिखी। उसमें राम के संघर्ष का अलग सन्दर्भ है। अन्याय जिधर है, उधर शक्ति है—यह एक बड़ा प्रश्नवाचक है। इसके पूर्व रामकथा में रामायण, हनुमन्नाटक, उत्तर रामचरितम, रघुवंशम् की काफी ख्याति रही है। भवभूति ने 'एकोरस: करुणमेव' ऐसे नहीं कहा था। शम्बूक प्रसंग को विस्तार से उन्होंने ही उठाया था। तुलसी की रामकथा के द्वारा रामकथा की लोकप्रियता, भजन, कीर्तन, मानस पाठ, रामसंकीर्तन आदि विभिन्न रूपों में प्रचलित हुई। प्रवचन के रूप में भी वह हमारे समाज में जीवित है। और रामलीला ने उसकी लोकव्यापकता और बहुलता में चार चाँद लगा दिये हैं। भारतभूषण अग्रवाल ने 'अग्निलीक' नाटक में सीता-निर्वासन के प्रसंग को गम्भीरता से रेखांकित किया है। रामकथा का प्रचलन भिन्न-भिन्न रूपों में हुआ है, भिन्न-भिन्न नज़रिये से उसे देखा भी गया है। इधर मैं एक 'असुर' नामक उपन्यास पढ़ रहा था। उसमें रावण के स्वरूप को एक भिन्न कोण से देखा गया है। उसे पराजितों की गाथा (रावण व उसकी प्रजा की कहानी) के रूप में चित्रित किया गया है। उसके लेखक हैं—आनन्द नीलकण्ठन। यह रामकथा का अलग स्वर है, मुझे लगता है कि इतनी रामकथाएँ हैं कि सबको समेटना किसी के वश की बात नहीं है। फ़ादर कामिल बुल्के का रामकथा के सन्दर्भ में काम असाधारण है। दृष्टियाँ अलग हैं और लोगों के स्वप्न अलग हैं। लोगों की चाहत का संसार भिन्न है। रामकथा के प्रसंग और दायरे अलग-अलग हैं। रामधारी सिंह दिनकर का मानना है कि—''उससे भी अधिक सम्भव यह है कि राम सचमुच ही ऐतिहासिक पुरुष थे और सचमुच ही उन्होंने किसी वानर जाति की सहायता से लंका पर विजय पायी थी। वानरों और राक्षसों के विषय में भी अब यह अनुमान प्राय: हो चला है कि ये लोग प्राचीन विंध्य प्रदेश और दक्षिण भारत की आदिवासी आर्येतर जातियों के सदस्य थे; या तो उनके मुख वानरों के समान थे जिससे उनका नाम वानर पड़ गया अथवा उनकी ध्वजाओं पर वानरों और भालुओं के निशान रहे होंगे।'' (संस्कृति के चार अध्याय, पृ. 104)[13]

रावण के बारे में तीन प्रकार की कथाएँ प्रचलित हैं। उनके नायक प्राय: राम, रावण और हनुमान हुआ करते थे। और ये तीनों चरित्र तीन संस्कृतियों के प्रतीक के रूप में पहचाने जा सकते हैं। महर्षि वाल्मीकि ने अपनी रामायण में इसे प्रस्तुत किया है—''राम, रावण तथा हनुमान के विषय में पहले स्वतन्त्र आख्यान काव्य प्रचलित थे। और इसके संयोग से रामायण काव्य की उत्पत्ति हुई है।'' (रामकथा, कामिल बुल्के)।[14] इस बात में दम है कि रामकथा का प्रचलन और उसकी लोकव्याप्ति का तकाजा यह हुआ कि—''रामकथा की लोकप्रियता ध्यान में रखकर बौद्धों और जैनियों ने भी राम को अपने धर्म में एक महत्त्वपूर्ण स्थान दिलाया। इस प्रकार रामकथा भारतीय संस्कृति में इतनी व्याप्त हो गई कि राम को उस समय के तीन प्रचलित धर्मों में एक निश्चित स्थान मिला। ब्राह्मण धर्म में विष्णु के अवतार के रूप में, बौद्ध धर्म में बोधिसत्व के रूप में और जैन धर्म में आठवें बलदेव के रूप में जो विशिष्ट महापुरुषों के रूप में से एक हैं।'' (हिन्दी साहित्य कोश, पृ. 451)[15]

आदिवासी समूहों में लोक-साहित्य की प्रचुरता है, लेकिन वहाँ रामकथा का जिस रूप में प्रचलन

रहा है, वह साहित्य न तो सुरक्षित हो सका और न संरक्षित। केवल कुछ दन्तकथाएँ प्रचलित हैं या कुछ अंशों तक उनके थोड़े से लोकगीत। यह एक बड़ा प्रश्न है कि आदिवासी समूहों के भीतर रामकथा के विभिन्न आयामों को कैसे खोजा जाये। फ़ादर कामिल बुल्के मानते हैं कि—"आदिवासियों का साहित्य सुरक्षित न रह सका, केवल उनकी कुछ दन्तकथाएँ मिलती हैं। उन कथाओं में रामकथा का मूल रूप ढूँढ़ना व्यर्थ है।... यह दिखलाने का प्रयास किया गया है कि रामायण के वानर, ऋक्ष, राक्षस आदि वास्तव में आदिवासी ही हैं।"... मध्य प्रदेश की बैगा-भूमिया नामक जाति में प्रचलित एक दन्तकथा में सीता कृषि की अधिष्ठात्री देवी से सम्बन्ध रखती हैं।... इसके अनुसार माता जानकी के हाथ में छह उँगलियाँ भी थीं; उन्होंने छठी उँगली काटकर भूमि में रोप दी थी। कुछ समय के बाद उससे एक बाँस पैदा हुआ जिसके काण्डों की गाँठों के बीच सब प्रकार के बीज छिपे हुए थे। उस जाति के यहाँ हनुमान की एक जन्मकथा भी मिलती है, जिसमें हनुमान शिव के वीर्य से उत्पन्न माने जाते हैं।... टी.वी. नायक मध्य प्रदेश की अगारिया जाति में प्रचलित सहस्त्र स्कन्ध रावण के वध की कथा का उल्लेख करते हैं। (रामकथा, पृ.182-184)[16]

तुलसीदास जी ने रामचरितमानस में कोल-किरातों के प्रसंग का बहुत ही मनोहारी चित्रण किया है। अयोध्याकाण्ड का एक अंश दृष्टव्य है—"यह सुधि कोल किरातन्ह पाई/ हरषे जनु नव निधि घर आई/ कन्दमूल फल भरि-भरि दोना/ चले रंक जनु लूटन सोना... करहिं जोहारु भेंट धरि आगे/ प्रभुहिं विलोकहिं अति अनुरागे।... हम सब भाँति करब सेवकाई/ करि केहरि अहि बाघ बराई/ बन बेहड़ गिरि कन्दर खोहा/ सब हमार प्रभु पग-पग जोहा/ तहँ-तहँ तुम्हहि अहेर खेलाउब/ सर निरझर जलठाउँ देखाउब।"... नाथ लोग सब निपट दुखारी/ कन्दमूल फल अम्बु अहारी/ कोल किरात भिल्ल बनबासी/ मधु सुचि सुन्दर स्वादु सुधा सी/ भरि-भरि परन पुटीं रचि रूरी/ कन्दमूल फल अंकुर जूरी/... देब काह हम तुम्हहिं गोसाँईं/ ईंधनु पात किरात मिताई।"

विंध्य प्रदेश और खासकर बघेलखण्ड इलाके में यूँ तो रामकथा की बहुतायत है, लेकिन आदिवासियों में रामकथा मौखिक रूप में तो ज़्यादा मिलती है पर लिखित में रामकथा के रूप में उसका कोई बहुत बड़ा साक्ष्य नहीं मिलता। तुलसी ने रामचरितमानस में राम के वनगमन के समय के प्रसंग में आदिवासी समूहों की कुछ ख़ास चर्चाएँ की हैं। इस सन्दर्भ में उन्होंने यह भी बताया कि यहाँ के लोग चित्रकूट अंचल में किन-किन कठिनाइयों में रहते हैं। जब वे कहते हैं कि—"नाथ हमार यहै सेवकाई/ लेहि न भूषण बसन चोराई।" वे यह भी बताते हैं कि हम अशिक्षित हैं, गाँव में रहने वाले हैं। हमारे पास ऐसा कुछ नहीं है जो आपको दे सकें, लेकिन हमें आश्चर्य होता है कि आप अपनी पत्नी और छोटे भाई के साथ यहाँ से गुज़र रहे हैं। आपके पिता ने ऐसा क्यों किया? तो पता चलता है कि राम के जीवन में इन समूहों का क्या अर्थ है।

तुलसी ने जो चित्रित किया है, उसमें यह बताया गया है कि राम का सम्बन्ध निषादराज से, शबरी से, कोल व किरातों से कैसा था। इसके अक्स विंध्याचल में रहने वाले आदिवासी समूहों में उनके जीवनों में और उनकी स्थितियों में इतने लम्बे के अरसे बाद भी जीवन्त हैं। यहाँ के लोकगीतों में और यहाँ की लोककथाओं में उसके कुछ अक्स और प्रतिछायाएँ हैं, लेकिन उसमें विस्तार नहीं मिलता। जो कथाएँ यहाँ प्रचलित हैं, जैसे रामकथा के एक पात्र लक्ष्मणजी का प्रसंग है। शहडोल जिले के आदिवासियों में उस कथा के कुछ प्रारूप मिलते हैं। उन कथाओं में सीता का उपालम्भ बहुप्रचारित है। कुछ गीतों में रामकथा के प्रसंग फुटकर-फुटकर मिलते हैं, लेकिन उनका विस्तार कहीं दिखाई नहीं

पड़ता। हमारे लोक में रामकथा यहाँ की जनता को अनेक रूपों में प्रभावित और उद्वेलित करती रही है। इस संस्कृति के आदर्शीकृत उज्ज्वल रूप में ही इसे परखा जाता है। आदिवासी समाजों में रामकथा का प्रचलन एक अलौकिक घटना के रूप में नहीं मिलता। वहाँ राम को ईश्वरत्व के रूप में न देखकर उसे भाईचारे के रूप में समानधर्मा, संगी-साथी के रूप में देखा-समझा जाता है। आदिवासी समाजों में उच्च जातियों में प्रचलित मान्यताओं के बरक्स रामकथा की संरचना अपनी तरह है। जिसमें क्या अच्छा है और क्या बुरा है, इस पर वे विचार नहीं करते। रामकथा आदिवासियों के नृत्यों में ख़ासकर अंचर कलि में कुछ बदल गई है। उनके गीत में बताया गया है कि सीता रावण के पास स्वयं जाती है।

वन में रहने वाले लोगों के यहाँ रामकथा के सम्बन्ध में अनेक कथाएँ बहुत सहज ढंग से व्यक्त की गई हैं। जैसे पुत्र की चाहत वाला यज्ञ आदिवासियों के यहाँ सामान्य तरीके से प्रस्तुत हुआ है। संथाल और मुण्डाओं में प्रचलित है कि किसी योगी ने दशरथ को चार आम दिये थे। रानियाँ इन्हें खाकर गर्भवती हुईं। ये जंगल में रहने वाले रामकथा के विभिन्न पात्रों से अपने खून के रिश्ते का उल्लेख करते हैं। जैसे सिंहभूमि के भुइयाँ अपने को हनुमान के वंश वाला मानते हैं। असम के कारबी बाली और सुग्रीव से अपने रक्त का रिश्ता जोड़ते हैं। उसी तरह रायपुर के गोंड अपने को रावण से जोड़ते हैं। और केरल के उल्लाटर वाल्मीकि से रिश्ता जोड़ते हैं। असम के तीवा आदिवासी अपने को सीता की सन्तान बताते हैं। उड़ीसा की बोंड़ा जनजातियों में माना जाता है कि कोट कुट के पास सीताकुण्ड में सीता कपड़े उतारकर नहा रही थीं। तभी उन्हें गाँव की लड़कियों ने देखकर हसउआ किया था। बताते हैं कि सीता ने श्राप दिया था कि अब तुम सब लोग नंग-धड़ंग घूमोगी और फिरोगी। मध्य प्रदेश में प्रजा और जुआंग जैसी जंगल में रहने वाली जातियों में लगभग इसी से मिलती-जुलती कहानियाँ प्रचलित हैं। अरुणाचल में शोंग गूम नामक एक पहाड़ है, जो तिरछा है। मिश्मी जनजाति की मान्यता है कि लक्ष्मण के शक्ति-बाण लगने पर हनुमान उस दवाइयों वाले पहाड़ को ले गये थे। चिकित्सा कराने के बाद लापरवाही की वजह से उन्होंने इसे यहाँ तिरछा ही छोड़ दिया था। तभी से यह तिरछा खड़ा है। डॉ. रमानाथ त्रिपाठी ने लिखा है कि—"वनवासियों की रामकथा में उनके जीवन की झलक है। इन्होंने भी रामकथा को अपने परिवेश के अनुसार ढाला है। मध्य प्रदेश की कोरबा जनजाति की रामकथा में राम उन्हीं की तरह जूम की खेती करते हैं अर्थात् जंगल में आग लगाकर उसकी भस्म में अन्न के बीज बोते हैं। फिर फसल काटकर आगे बढ़ जाते हैं। बिर्होर जाति की कथा में सीता गोबर से आँगन लीपते समय बायें हाथ से धनुष उठा लेती हैं। आसाम की कारबी जनजाति की कथा में सीता पीठ पर बँधी टोकरी में भात और लाओ पानी (शराब) रखकर खेत पर काम कर रहे किसान पिता जनक को देने जाती है। मुण्डा जनजाति के बुद्ध बापू की रामकथा विषयक कविता में सीता जब गूलर के पेड़ के नीचे बकरी चरा रही थीं, तब रावण उनका हरण करता है।" (भारतीय रामकथा का स्वरूप विकास, पृ. 36)[17]

गोंडों के यहाँ प्रचलित एक मिथ कथा में बताया गया है कि मेघराजा और मेघरानी के यहाँ दो लड़कियाँ थीं—सूरज और चन्द्रमा। चन्द्रमा खूबसूरत थी, इसलिए लक्ष्मण को लमसेना के रूप में उसकी नौकरी के लिये लगाया गया। इससे सूरज नाराज़ हो गई, क्योंकि वह सुन्दर नहीं थी। इस कथा में बताया गया है कि सूरज ने किसी तरह चन्द्रमा के गहने पहन लिये और चन्द्रमा का सिर काट डाला, क्योंकि उसको डर था कि चन्द्रमा का सिर फिर जुड़ जायेगा इसलिए उसके टुकड़े-टुकड़े कर डाले। इधर लक्ष्मण ने देखा कि उसकी पत्नी को कई टुकड़ों में काट डाला गया है। लक्ष्मण ने उसके माता-पिता और

उसकी बहन से झगड़ा किया कि मेरी शादी कर दो। मेघराजा और मेघरानी ने उसे अपनी कुँवारी लड़की दे दी। उस लड़की को बाँस के भीतर रख दिया।

कथा इस प्रकार है—''हम तुम्हें अपनी लड़की देते हैं। उसे अपने घर ले जाओ पर जब तक तुम अपने घर के भीतर न हो जाओ, तब तक बाँस नहीं खोलना। लक्ष्मण ने कहा तुमने हमारी शादी की तैयारी नहीं की है, और अब तुम मुझे बाँस का एक टुकड़ा दे रहे हो। मैं इसे नहीं ले जाऊँगा, फिर माता-पिता ने एक छोटा-सा मण्डप बनाया और लक्ष्मण को हल्दी-तेल लगाया। खोखले बाँस को उन्होंने लड़की के कपड़े पहनाये और उसे तथा लक्ष्मण को साथ करके खम्भे के चक्कर लगाये। जब वह अपनी पत्नी के साथ जा रहा था, तब वह अपनी नव-विवाहिता को देखने से अपने को रोक नहीं पाया। इससे वह लड़की बाहर निकलकर आ गयी और बिजली बनकर आकाश में लुप्त हो गई। लक्ष्मण ने घास का धनुष-बाण बनाया और उसका पीछा करने लगा। बादल की गर्जना उसके लगातार पीछा करने से पैदा होती है।'' (मिथ्स ऑफ़ मिडिल इण्डिया, वेरियर एल्विन, अनुवाद—डॉ. सुरेश मिश्र, चौमासा, जुलाई-अक्टूबर, 2000, पृ. 115)[18]

वेरियर एल्विन ने एक कथा का और जिक्र किया, जो आदिवासियों के यहाँ प्रचलित है। कथा लम्बी है, उसका एक अंश यहाँ प्रस्तुत है—''एक रात जब राम और सीता साथ-साथ लेटे हुए थे तो सीता ने लक्ष्मण के बारे में बड़े दुलार से चर्चा की। उसने कहा—'वह वहाँ अकेला सो रहा है, ऐसी क्या बात है कि वह औरत से दूर रहता है? वह शादी क्यों नहीं करना चाहता?'' इससे राम का दिमाग संदेह से चौंकन्ना हो गया। सीता आराम से सो गई, पर राम सोचता रहा। इसलिए वह रातभर जागता रहा। दूसरे दिन सुबह लक्ष्मण को उसने अपने सुनसान महल में भेजा और अचानक उससे पूछा—'क्या तुम सीता को प्यार करते हो?' लक्ष्मण ने पीठ फेर ली और मुश्किल से अपने भाई की तरफ़ देख सका। वह शर्म में डूबा हुआ बहुत देर तक जमीन पर टकटकी लगाये रहा।'' (वही, पृ. 117)[19]

इस कथा में यह भी बताया गया है कि लक्ष्मण कुल्हाड़ी लेकर जंगल चला गया, उसने बारह पहाड़ों के जंगल काटे। वहाँ से लकड़ी लाया, लकड़ी के ऊपर चढ़कर चिल्लाया कि लकड़ी में आग लगाओ यदि मैं शुद्ध, पवित्र और निष्कपट हूँ तो नहीं जलूँगा। जब आग लग गई तो राम, सीता और अन्य लोग देखते रहे। यहाँ यह भी उल्लेख है कि लक्ष्मण ने अपने भाई को छोड़ दिया, राम ने बहुत मनाया, लेकिन लक्ष्मण नहीं माने। सीता ने भी कोशिश की। एक बार वह लोमड़ी बन जाती है, एक बार अंजीर का पेड़ बन गई, लेकिन सीता ने उसे नहीं छोड़ा। एक बार वह तम्बाकू के पौधे में बदल गई। अन्त में लक्ष्मण को पता चलता है कि यह तो भउजी के कपड़े हैं। प्रगट होकर सीता ने कहा कि तुम मेरे कपड़े उतारने की क्यों कोशिश कर रहे थे। तात्पर्य यह कि लक्ष्मण ने अनेक परीक्षाएँ दीं। ऐसे तमाम मिथ मिल जाते हैं।

एक मिथ और है कि लंका के युद्ध में रावण को हराने के बाद राम ने अपनी सेना को एक भोज दिया। महादेवन पार्वती ने भोजन परोसा। पार्वती और महादेव ने नीची जाति के एक मंग जो गवइयों का काम करती है और बैलों को बधिया बनाती है, उसकी तरफ ध्यान दिलाया। राम ने उस मंग लड़के को पवित्रता भंग करने के अपराध में हत्या कर दी। बताते हैं कि मारे गये लड़के की माँ अपने बेटे का सिर उठा ले गई और उसे फिर जीवित करने का प्रयास किया, इसलिए मंग औरत को हटाने को कहा जाता है जो सूर्य और चन्द्रमा के पास बेटे को जीवित करने के लिए गई थी। कथा यह बताती है कि उसी माता

की टोकरी की छाया के कारण ग्रहण होता है।

आदिवासी समाजों में रामकथा के जो रूप मिलते हैं, उन्हें पूरी तरह तो व्यक्त नहीं किया जा सकता अंशत: उसके कुछ नमूने प्रस्तुत किये जा सकते हैं। श्री रामनिवास शुक्ल ने बघेलखण्ड के आदिवासी समूहों में जाकर एक शैला गीत प्राप्त किया था। उसे आकाशवाणी रीवा में शशिकुमार पाण्डेय द्वारा गाया जाता है—

सिया हरे रावन जाय, सिया रोमैं रथ पर बइठे।
रुदन सुना जब गीध जटायू, रथ पर पहुँचा जाय-सिया रोमैं रथ पर बइठे।
केखरि आहू बारी रे दुलारी
केखरि बहुआ कहाय-सिया रोमैं रथ पर बइठे।
राजा जनक केरि बारी रे दुलारी
दसरथ बहुआ कहाय-सिया रोमैं रथ पर बइठे।

रामकथा के जो रूप बघेली प्रक्षेत्र के आदिवासियों में मिलते हैं, वे व्यवस्थित तो नहीं हैं। मौखिक रूप में यात्रा करते-करते उनके प्रसंग भी बदल गये हैं, लेकिन रामकथा के प्रचलित रूपों से वे किंचित भिन्न हैं। डॉ. भगवती प्रसाद शुक्ल ने अपनी पुस्तक 'बघेली भाषा और साहित्य' में उसका विधिवत जिक्र किया है। वह इस प्रकार है—"अमरकण्टक और मण्डला की गोंड जातियों में एक कथा से स्पष्ट है कि आर्य संस्कृति के प्रतीक राम को आदिवासी नीची दृष्टि से देखते हैं। इस कथा में लछिमनजती किंगरी बजाते हैं और ब्रह्मचर्य व्रत से रहते हैं। एक दिन किंगरी की ध्वनि से आकृष्ट होकर इन्द्रकामिनी उनके पास जाती है, लछिमनजती के प्रहरी सिंह, भेड़िया, रीछ, बन्दर और सर्प को उनकी खाद्य सामग्री देकर वह वहाँ पहुँच जाती है, जहाँ जती का निवास है। इस साधु को देखकर वह काँप गई, पर उसने प्रेम-प्रदर्शन किया। साधु समाधिस्थ था। उसके ऊपर इन्द्रकामिनी का प्रभाव न पड़ा। न वह हिला, न डुला। इन्द्रकामिनी ने इसे अपना अपमान समझा। उसने बदला लेने का निश्चय किया। उसने लछिमनजती के बिस्तर पर लेटकर उसे इधर-उधर कर दिया और अपने कान का एक आभूषण वहीं छोड़कर चली आयी। जब सुबह सीता अपने ब्रह्मचारी देवर के पास भोजन देने गयीं, तो जो कुछ देखा आश्चर्य हुआ। वह अविलम्ब घर लौट आयीं और राम से सब कहा। राम वहाँ गये और लौटकर गाँव की सभी स्त्रियों को तथा मुकद्दम को बुलवाया। वह कर्णाभूषण सभी को दिखलाया और कहा कि जिस स्त्री के कानों में यह ठीक हो जायेगा, उसी से लक्ष्मण की शादी होगी; पर वह किसी के ठीक न हुआ। यद्यपि सभी स्त्रियाँ कल्पना कर रहीं थीं कि यदि यह आभूषण हमारे ठीक हो जाता, तो लक्ष्मण जैसे सिद्ध जती से शादी हो जाती। अन्त में वह आभूषण सीता को पहनाया गया। वह उनके ठीक हुआ। इस पर राम लक्ष्मण के ऊपर क्रोधित हो उठे और कहा कि वह हमारी स्त्री को हड़पना चाहता है। उन्होंने लक्ष्मण को अग्नि-प्रवेश की आज्ञा दी, पर वे न जले और एक नवजात शिशु भी न जला, जिसे लेकर उन्होंने अग्नि-प्रवेश किया था। फिर भी राम को संतोष न हुआ। उन्होंने जैतपुर के सभी गोंडों को एकत्र किया और वहीं के जंगल से लकड़ी कटवाकर आग लगवा दी। उसी में लक्ष्मण को झोंक दिया। लछिमनजती इस अग्नि से भी बाल-बाल बच आये। राम के षड्यन्त्रों से दुखी होकर जती ने कहा कि—'मैं काले नाग के साथ रह लूँगा, पर तुम्हारे साथ नहीं रह सकता।'... यह कहकर वे चले गये और सचमुच एक काले नाग के साथ रहने लगे। उसने अपनी पुत्री का विवाह इनसे कर दिया। जंगणा (ब्यौहारी तहसील, जिला शहडोल, म.प्र. का एक

गाँव) के गोंडों में प्रचलित इस सम्बन्ध की एक कथा में इन्द्रकामिनी के स्थान में सीता ही लछिमन का व्रत भंग करने आयी थी।'' (पृ. 19-20)[20]

यह बात सही है कि शिष्ट समाजों में इस तरह की न तो कोई धारणा है और न ही ऐसा सोचा जाता है। एक प्रसंग यह भी है कि सीता-हरण के पश्चात् अंगद व सुग्रीव ने राम से आभूषण पहचानने को कहा। लक्ष्मण इनकार करते हैं। वे कहते हैं कि मैं सीता माता के चरणों में पहने हुए आभूषणों को ही पहचान सकता हूँ। लक्ष्मण का कहना है—''नाहं जानामिकेयूरे, नाहं जानामि कुण्डले/ नूपुरे त्वभिजानामि, नित्यं पादामि वन्दनात।'' वे कहते हैं कि मैं केवल सीता भाभी के पाँवों के नूपुर अर्थात् घुँघरू को ही पहचान सकता हूँ, इसके अलावा नहीं। इन्हें मैंने देखने का कभी प्रयास ही नहीं किया। इसे अतिरंजना न समझा जाये। आदिवासी समूहों में जो प्रचलित गाथा है, उसका आधार अपना है। इसका रिश्ता शिष्ट समाजों से प्रायः नहीं है। आदिवासी समूहों में भाभी के साथ सम्बन्धों को बहुत अन्यथा नहीं लिया जाता था।

डॉ. शुक्ल ने एक दूसरी कथा का जिक्र किया है, वह इस प्रकार है—''आदिवासियों के गीतों और कथाओं में राम का यह रूप किंचित भिन्न है। एक गीत में दशरथ सभा में बैठे हैं, उनका पाग गिर गया है, वे सम्हालने लगे। इससे उन्हें नहविष लग गया। सिर में दर्द उठा, पोर-पोर में फैल गया। प्रयास हुआ, औषधियाँ दी गईं पर अच्छा न हुआ। राम ने कोई औषधि नहीं दी। कैकेयी ने सुना तो जंगल से एक जड़ी ले आई, उसे कूटकर लगाया, तो विष शान्त हो गया और पीड़ा समाप्त हो गई। इस पर दशरथ ने राम को वनवास और कैकेयी-पुत्र भरत को राज सौंप दिया।'' यह कथा भी सभ्य और अन्य समाजों में नहीं है। आदिवासी समूह की प्रचलित कथा से भी इसका कोई लेना-देना नहीं है क्योंकि आदिवासी समूहों में कोई छल-छद्म नहीं है। जो कुछ भी है सीधा-सच्चा और उनके समयों में जिस रूप में आया है, वही वहाँ प्राप्त होता है। उसे उसी रूप में देखा जाना चाहिये। हनुमान जी के बारे में बघेली आदिवासी जीवन में विख्यात है कि वे राम के भक्त भी हैं और सेवक भी। आदिवासी लोकगीतों में इनका बंसी बजाना प्रसिद्ध है। यह भी माना जाता है कि इन्होंने एक राजा के लड़के को भगवान विष्णु से मिलाने में सहयोग दिया था। आदिवासी संस्कृति में किंवदन्तियों का बहुत महत्त्व है। वे राम, शिव-पार्वती, देवी-देवताओं और अन्यों के बारे में तरह-तरह से सोचते-विचारते हैं।''

आदिवासियों की एक दूसरी कथा में बताया गया है कि—''राम को लक्ष्मण पर अविश्वास था, क्योंकि इन्द्रकामिनी का वह कर्णाभूषण, जो लछिमनजती के पास वह छोड़ आई थी, केवल सीता के कानों में ठीक बैठा। राम ने लक्ष्मण को अपना शत्रु माना और ज़िन्दा जलाने की कोशिश की, पर लक्ष्मण भाग निकले। उन्होंने राम के साथ रहने की अपेक्षा एक सर्प के साथ रहना ठीक समझा। बारह वर्ष की सेवा से प्रसन्न होकर सर्प ने उनसे अपनी लड़की ब्याह दी। पर लक्ष्मण की असावधानी से वह लड़की असमय में विलीन हो गई।'' (वही, पृ. 354)[21]

तीसरी एक अन्य कथा में जिक्र आया है—''पौराणिक गाथाओं का रूप भी इन गीतों में मिलता है—राम का सोने की छड़ी लेकर चलना, हनुमान का बंसी बजाना और सोलह सौ सखियों से लंका में घेरना, सीता-लक्ष्मण का प्रेम, राधा-यशोदा की लड़ाई और कृष्ण का राधा को पीटना ऐसे ही उदाहरण हैं।'' (वही, पृ. 15)[22] रामकथा के विभिन्न रूप आदिवासी समूहों में प्रचलित हैं। इन सभी पाठों में बहुत भिन्नता भी मिलती है। रामकथा की इतनी मौखिक परम्पराएँ हैं, जिसकी वजह से आसानी से आप

किसी निर्णय पर नहीं पहुँच सकते। डॉ. शुक्ल लछिमनजती के सन्दर्भ में जिस कथा को उद्धृत करते हैं, उसका अपना आधार होगा। अपने एक लेख में अवधेश मिश्र ने बताया है कि—''बैगा जनजाति के मौखिक महाकाव्य 'लक्ष्मणजती' में अग्निपरीक्षा प्रसंग वाला दृश्य संयोजन अलग रूप में मिलता है।'' ताज्जुब है कि इसमें अग्निपरीक्षा सीता की न होकर लक्ष्मण जी की होती है और वे यह भी सूचित करते हैं कि कालान्तर में लक्ष्मणजती धरती में प्रवेश कर जाते हैं। इस लेख में एक सूचना यह भी है कि लक्ष्मणजती मौखिक काव्य में लक्ष्मण राम से ज़्यादा महत्त्वपूर्ण भूमिका में हैं। और शूर्पणखा जैसी स्थिति इन्द्रकामिनी निभा रही है। यह रामकथा का स्थानीय कृत रूप माना जा सकता है। ''इन्द्र की एक अप्सरा इन्द्रकामिनी के षड्यन्त्र से राम को विश्वास हो गया कि सीता एवं लक्ष्मण के बीच अवैध सम्बन्ध हैं। इन्द्रकामिनी लक्ष्मण पर अनुरक्त थी किन्तु लक्ष्मण, जो एक ब्रह्मचारी का जीवन व्यतीत कर रहे थे, उसका प्रेम ठुकरा चुके थे। लक्ष्मण ने अग्निपरीक्षा द्वारा स्वयं को निर्दोष साबित करने का प्रस्ताव किया। राम ने इस चुनौती को स्वीकारा एवं बारह कमारों (लोहारों) से आग का एक वृत्त बनवाया, लक्ष्मण एक नवजात ब्राह्मण शिशु को गोद में लेकर इस वृत्त को पार कर गये। दुबारा राम ने जंगल की लकड़ियों का एक अग्निवृत्त बनवाया, लक्ष्मण इसे भी पार कर गये। अब राम को लक्ष्मण की शुचिता पर यकीन हो गया। किन्तु लक्ष्मण ने दुखी होकर पृथ्वी माता से शरण माँगी। पृथ्वी माता ने अपना हृदय खोल दिया एवं लक्ष्मण उसमें समा गये।'' Mahendra Kumar Mishra, Infulence of Ramayan on the folk lore of Central India, p. 24, उद्धृत अवधेश मिश्र के लेख से, पृ. 135)[23]

मिथकों में बड़ी शक्ति होती है, उसी तरह लोकाचारों में और लोक में प्रचलित मान्यताओं में भी, इसीलिए हमारे रचना-संसार में मिथकों की जबरदस्त भूमिका भी होती है। इतिहासज्ञ और पुरातत्त्ववेत्ता श्री एच.डी. साकलिया ने रामायण पर पुनर्विचार करते हुए देवर-भाभी के सम्बन्धों पर एक तथ्य प्रस्तुत किया है—''बड़े भाई की पत्नी पर छोटे भाई के अधिकार को मान्यता देने वाला लोकाचार... जब लक्ष्मण राम की सहायता को जाने से हिचकते हैं (मारीच-प्रसंग) तो सीता उन्हें डाँटती है—तुम मुझसे विवाह नहीं कर पाओगे (राम की मृत्यु के बाद)। सम्भवतः यह सामान्य व्यवहार था कि यदि बड़े भाई की मृत्यु हो जाती थी, तो छोटा भाई उसकी पत्नी को विवाह के माध्यम से प्राप्त कर सकता था।'' (वही, पृ. 135-36)[24]

हमारे लोकजीवन में और हमारे मिथकीय संसार में अनेक प्रकार के सन्दर्भ और प्रसंग आते हैं। फ़ादर कामिल बुल्के ने अपनी प्रसिद्ध पुस्तक 'रामकथा' में भारतवर्ष में प्रचलित सभी प्रकार की रामकथाओं को सन्दर्भ के अनुसार उद्धृत किया है। उसमें दो प्रकार के रूप मिलते हैं—एक तो लिखित रूप जो संस्कृत, कन्नड़, तमिल, तेलुगु, असमिया, कृतिवासी रामायण, आनन्द रामायण आदि तथा विदेशों तक में प्रचलित रामकथा को देखते-परखते हुए बहुत सारे प्रसंग रखे हैं। इस पुस्तक में रामकथा के मौखिक सन्दर्भों को भी उन्होंने रेखांकित किया है। ये दन्तकथाएँ भिन्न-भिन्न रूपों में प्रचलित हैं, जिसमें शबरी-विषयक दन्तकथाएँ, बोड़ो जाति में सीता-त्याग के सन्दर्भ में धोबी की कथा का अपरिष्कृत रूप पाया जाता है। उसी तरह कोराँव जाति में लंकादहन की कथा भी नये रूप में प्रचार में है। उसी तरह विहार और बंगाल की संथाल आदिवासी जाति समूहों में एक प्रचलित रामकथा के अनुसार गुरु की आज्ञा से आम खाकर दशरथ की पत्नियों का गर्भवती हो जाना, रावण-वध के बाद लौटकर राम का संथालों के यहाँ रहकर एक शिव मन्दिर का बनवाया जाना तथा रोज़ाना सीता के साथ पूजा का विधान

होना। इसी के साथ यह भी सूचित है कि हनुमान राम के बाण के सहारे समुद्र पार करते हैं तथा लंका दहन के पश्चात् अपना मुँह जलाकर काला कर लेते हैं। आदिवासियों के बीच प्रचलित डॉ. डब्ल्यू रूबेन ने छोटा नागपुर की 'असुर' नामक जाति में प्रचलित दन्तकथा का उल्लेख किया है, जिससे ज्ञात होता है कि आदिवासी जातियों की भाँति असुरों के यहाँ भी सीता की खोज करते समय राम बगुले को दण्ड देते हैं। रामकथा हमारे देश में एक विशाल मिथकीय घटना है। प्राय: हमारे देश की हर भाषा और यहाँ की हर बोली में रामकथा के कोई न कोई चिह्न ज़रूर मिलते हैं। कभी वे रूपसंगत हैं और कभी वे रूपअसंगत हैं। समूची वास्तविकताओं के बावजूद उनकी स्थिति ज़रूर है। आदिवासी समूहों में उनकी उपस्थिति है। उसे उसी नज़र देखा जाना चाहिए।

अनुसन्धानों से मालूम पड़ता है कि हमारे मिथकीय संसार में रामकथा को अनेक तरह से चित्रित किया गया है। बघेली अंचल में एक कजरी आदिवासियों में प्रचलित एवं प्रसिद्ध है, जिसमें कुछ असर पूर्वी का भी दिखाई पड़ता है—

लछिमन कहाँ जानकी होइहैं, ऐसी विकट अँधेरी ना,
सोने का लोटा गंगाजल पानी, लछिमन कहाँ जानकी होइहैं ऐसी
सोने की थाली मां जेवना परोसा, लछिमन कहाँ जानकी होइहैं ना।

रीमाईं, रिमहाई या बघेली संस्कृति और सभ्यता में राम का अस्तित्व और राम की कथाएँ प्रचुर मात्रा में हैं। लेकिन इन कथाओं में, लोकगीतों में, लोक-आख्यानों में लोक-परम्पराओं में रामकथा के अनेक प्रसंग बहुतायत से मिलते हैं। मैं जब भी आकाशवाणी से लोकगीत सुनता हूँ या बघेली उत्सव देखता हूँ या कोई भी कार्यक्रम देखता हूँ तो राम के जीवन को विभिन्न रूपों में चित्रित करने के अनेक सन्दर्भ दिखाई पड़ते हैं। चाहे हमारा सामान्य जीवन हो, चाहे हमारे लोक-संस्कारों के लोकगीत हों, यात्रागीत हों अथवा खेती-किसानी के गीत हों या ऋतुगीत हों—उन सभी में रामकथा के बहुत मनोहारी चित्र आपको सहज ही दिखाई पड़ते हैं। बघेली समाजों में राम के जन्म से लेकर बाल्यकाल के गीतों में, विवाह गीतों में, वनगमन के सन्दर्भ में, राम-रावण युद्ध के सन्दर्भ में या सीता के निष्कासन के सन्दर्भ में अनेक प्रकार के लोकगीतों का प्रचलन है।

आदिवासी समाजों में विभिन्न मान्यताओं को लेकर शिष्ट समाजों में उनके कई तरह के प्रभाव स्पष्ट रूप से दिखाई पड़ते हैं। आदिवासियों को शिष्ट समाज अलग-अलग रूपों में आँकना चाहता है। इस सन्दर्भ में श्री गोमती प्रसाद विकल का कहना है—"आदिवासी और अनुसूचित जनजातियाँ दिन भर के श्रम के उपरान्त स्वेच्छा से नाच-गाने का आयोजन रात में करते हैं। स्त्री-पुरुष की समान भागीदारी रहती है। बघेलखण्ड में कोल और गोंड आदिवासियों में इस प्रकार के लोकनृत्य बहुधा पाये जाते हैं। ठाकुर गोपालशरण सिंह ने गोंडों के लोकनृत्य का मार्मिक चित्रण प्रस्तुत किया है। झूम-झूम कर गोंड पुरुष ए, गाते और बजाते/ देख नारियों की उमंग यह, और दंग हो जाते।" (बघेली संस्कृति और साहित्य, पृ. 60)[25] कोल आदिवासियों के यहाँ दादर गाने का रिवाज है जिसे कोलहाई दादर कहा जाता है। उत्सवों के अवसरों पर कोल-कोलिन दोनों मिलकर गाते-नाचते हैं। नगड़िया भी बजाई जाती है। कोलहाई दादर को हर जगह हर अवसरों पर गाया जाता है। इस लोकगीत में राम-लक्ष्मण के वनवास के दौर का प्रसंग है। बोल इस प्रकार हैं—"रामा लछन दूनौं भइया हो/ वंशी कौन बजाई/ चारि महीना बरसा रितु आई/ रामा लछन दूनौं भइया हो, बंगला कौन छवाई/ चारि महीना जाड़ा रितु आई/ रामा लछन दूनौं भइया

हो/ सेजिया कौउन बिछाई/ रामा लछन दूनौं भइया वंशी कौन बजाई/ चारि महीना गरम रितु आई/ रामा लछन दूनौं भइया हो/ बेनिया कौन डुलाई/ रामा लछन दूनौं भइया हो/ वंशी कौन बजाई।''

जहाँ तक आदिवासी सभ्यता और संस्कृति में रामकथा के पदचाप का सन्दर्भ है। ऐसे लोकगीत और ऐसी कथाएँ हैं, जिनका सीधा रिश्ता रामकथा से जुड़ता है। ये रूप पहले तो आदिवासी समूहों में प्राप्त होते रहे हैं। लेकिन अब यत्र-तत्र बहुत कम रूप में मिलते हैं। या यूँ कहें कि आदिवासी समाजों में आधुनिकीकरण का जो विराट स्वरूप आया है या तो उनके जानने वाले कम बचे हैं या उनका प्रभाव कम-से-कम होता जा रहा है। श्रीमती विनोद तिवारी मानती हैं कि—''वस्तुतः बघेली लोकगीत तो रामकथा की पृष्ठभूमि पर ही आधारित है। राम यहाँ के जनसमाज में ऐसे रम गये हैं कि कहीं बालक के रूप में दूध पीते हैं, कहीं आदर्श पति के दायित्व का निर्वाह करते हैं, तो कहीं परम ब्रह्म परमेश्वर के रूप में दिखाई पड़ते हैं। इसी तरह सीता कभी घर लीपती हैं, कभी पानी भरने जाती हैं और कभी वन के किसी वृक्ष की छाँव में राम की स्मृति में डूबी दिखाई देती हैं। सीता-कथा का सर्वाधिक मार्मिक प्रसंग उनका वनवास-काल है। निष्कलुष सीता को उनके पति राम ने गर्भावस्था में वनवास दिया।'' (लोकगीतों का तुलनात्मक अध्ययन, पृ. 211)[26]

आदिवासियों द्वारा गाये जाने वाले कुछ लोकगीत इस प्रकार हैं। एक कोलहाई दादर, जिसे कोलदहंका भी कहा जाता है। सतना जिले के अतरबेदिया गाँव के कमला कोल ने उसे इस रूप में बताया था—

चल दादा राम बगइचा मां आये।
छीता लखन का हीं साथै लिबाये॥

एक दूसरा लोकगीत है करमा। वह श्री लल्लू सिंह धुर्वे परस्मनिया पठार के डोंगरिया गाँव से प्राप्त हुआ है। इस करमा में राम ने पूछा और लक्ष्मण ने उसका जबाव दिया—

राम- **मर जइहा भुखबा पियास।**
लउट जाउ लछिमन भइया॥

लक्ष्मण- **खाय का लइ ल्याब बासी कलेवा**
पियंइ का तुम्मा मां पानी
न लउटब हो हम भइया॥

श्रीमती रामवती आदिवासी द्वारा आकाशवाणी रीवा में गायी गई एक भगत में राम का स्पष्ट संकेत इस प्रकार है—

राजा के दुआरे पड़ा है हिंडोलना
तुम्हें बुलाये लछिमन राम हो मां

आदिवासियों में गाये जाने वाले लोकगीत भले ही दो-दो पंक्तियों के होते हैं, लेकिन इन्हें गाने के लिए आदिवासियों को एक-एक घण्टे का समय चाहिए। मैंने अपने गाँव के पास आदिवासियों द्वारा गाये हुए लोकगीतों के विभिन्न प्रकारों में देखा है कि गीत छोटे होते हैं, लेकिन इनको गाने में वे काफी समय लेते हैं। लोकगीतों का गायन आदिवासियों के यहाँ ज़्यादातर लोकनृत्यों के रूप में होता है, जिसमें करमा (झूमर, लंगड़ा, लंहकी, ठांढ़ा, रागनी आदि) उसी तरह जो शैला गाया जाता है, उसके भेद हैं (लहंकी, गोछमी, ढिमरा, शिकार, बैठकी, चमका, चक्रवार और डण्डा) उसी तरह सुआ

अटारी, हिंगाला और नैनजुगानी आदि हैं। विंध्य प्रदेश के आदिवासी लोकगीतों के बारे में श्रीचन्द जैन ने अपनी पुस्तक में सूचित किया था कि—"इनकी कहानियाँ भी बड़ी मनोरंजक होती हैं। रात में अपने बच्चों को पास बैठाकर जब ये कथाएँ कहने लगते हैं, तो भयावह रातें भी सुखप्रद हो जाती हैं।"

जनजातीय वास्तविकताओं में जो स्थितियाँ घटती हैं, उनको देखने का रिवाज अलग तरह का है। अवधेश मिश्र ने उल्लेख किया है—"जनजातीय समूहों में जहाँ पूरा समाज लोकायन के सृजन, प्रदर्शन आदि में संयुक्त रहता है, वहाँ राम-लक्ष्मण जैसे पुरुष पात्रों का भी जनजातीयकरण हो गया है। बैगा जनजाति में प्रचलित लोक-महाकाव्य 'लक्ष्मणजती' का उदाहरण हमारे सामने है, जिसमें राम, लक्ष्मण एवं सीता बैगा जीवन-शैली ही नहीं अपनाते, अपितु बैगाओं के एक अति-प्रचलित विधान देवर-भाभी विवाह (Levirate) से भी नैतिक धरातल पर जूझते हैं।" (लोक संस्कृति में प्रतिरोध, पृ. 130, सम्पादक—प्रकाश त्रिपाठी)[27]

मैं अपने प्रारम्भिक जीवन को याद करता हूँ, तो मेरे गाँव में आदिवासी समूह की एक जनजाति कोल मेरे गाँव के पड़ोस में रहती है। उस गाँव का नाम है झिरिया, जो मुख्यत: कोलों की ही बस्ती है। वे अनेक प्रकार के लोकगीत गाते थे, उनके कुछ गीतों में राम से बहुत नज़दीकी रिश्ता रहा है। वहाँ रहने वाले जो पुराने आदिवासी थे, वे ज़्यादातर काल-कवलित हो चुके हैं। वहाँ के एक आदिवासी रमरजवा ने अपनी टोली के साथ दीवाली के दिन कई वर्षों तक हमारे गाँव जमुनिहाई में रतजगा किया। वे गीत भले ही दो-दो पंक्तियों के गाते थे जिनमें करमा, शैला, दीवाली के गीत, ददरिया और राम के सन्दर्भ में अनेक गीत हुआ करते थे। धीरे-धीरे यह प्रथा भी समाप्त हो गई। बघेलखण्ड में आदिवासियों का जो समाज और समूह है, उसमें रामकथा का प्रचलन कई रूपों में मिलता है, लेकिन उसका कोई लैखिक इतिहास हमें स्पष्ट रूप से दिखाई नहीं पड़ता। उसके छोटे-छोटे प्रसंग ही हमारे सामने आते हैं। बघेलखण्ड इलाके में रामकथा और उनका व्यक्तित्व कई रूपों में और कई सन्दर्भों में मिलता है। निर्गुण रूप में, अयोध्या के राजा राम के रूप में, और कहीं राम के सामान्य आदमी के रूप में। राम के जीवन का यही सामान्य रूप आदिवासियों के जीवन में रचा-बसा है। रामकथा के सभी स्रोतों में प्रसिद्ध है कि राम-सीता और लक्ष्मण बारह वर्षों तक चित्रकूट में सामान्य आदमी की तरह आदिवासियों के साथ रहे हैं। उन्हें अपना मित्र भी बनाया, उनके साथ कोलों, किरातों, निषादों और वानरों जैसी वन्य जातियों के साथ सहभागिता भी रही। राम को इन सभी का कदम-कदम पर साथ मिला। मुझे लगता है कि जनजातियों ने राम के व्यवहार के कारण अपनत्व के कारण उन्हें हमेशा वांछित सहयोग किया। यहाँ राम-सीता का चित्रण राजा-रानी के रूप में नहीं है, एक सामान्य आदमी की तरह है जो सब लोगों के साथ घुल-मिल जाते हैं।

बघेलखण्ड अंचल की प्रसिद्धि इसी सन्दर्भ में भी हमेशा की जाती है। यहाँ आदिम जातियों का अखण्ड निवास रहा है। जैसी कि मान्यता है कि लक्ष्मण के नाम से रीवा की राजगद्दी बान्धवगद्दी के नाम से जानी जाती है। बघेलखण्ड में राजा राम के स्थान पर वनवासी राम की लोकप्रियता कहीं ज़्यादा है। रामकथा के रूप में जो लोकगीत, छुटपुट कथाएँ मिलतीं हैं—उनमें दशरथ, कौशल्या, कैकेयी, राम-सीता, लछिमन और हनुमान जैसे चरित्र मिलते हैं, बाकी पात्रों का उल्लेख तो यूँ भी बहुत कम मिलता है और इनका सन्दर्भ भी कम आता है। राम के जनजीवन में आदिवासी समाजों का सम्भवत: इसीलिए बड़ा महत्त्व रहा है। यह तुष्टीकरण का मामला नहीं है। यह एक सहज प्रक्रिया है। बहुत बड़े साक्ष्य तो

उपलब्ध नहीं होते लेकिन छुटपुट ऐसी किंवदन्तियाँ हैं कि यहाँ के जनजातीय जीवन में यहाँ के आदिवासियों में, यहाँ के रीति-रिवाजों में और इनके बीच प्रचलित लोक-विश्वासों में, कार्य-व्यवहारों में रामकथा के असंख्य स्रोत हैं। हालाँकि ये स्रोत पुराने आदिवासियों के जीवन में ज़्यादा घने हुआ करते थे। अब तो उसके कुछ अवशेष ही यदा-कदा मिलते हैं। कुछ लोकगीतों की कुछ पंक्तियाँ यहाँ देखी जा सकती हैं—

1. जल भरन सीता जी चलीं, घूँघुर पग बाजैं।
2. बड़े भैया लिहिन कमान, लहुर भइया कुकुर डोरियान।
3. सिया सुकुमार वने कइसे जईहीं।
4. रामा चले हईं अहेरे, लखन चाले पाछे।

आदिवासी जीवन में जैसे पेड़-पौधों का बहुत महत्त्व है, नदी, पर्वत, जंगलों, खाइयों, खड्डों, वन्य-जीवों और वन के संसार का महत्त्व है, उसी तरह आदिवासी जीवन में शिकार का भी बहुत महत्त्व है क्योंकि यह उनका रोज़मर्रा का कार्य-व्यवहार है। पौराणिक पात्र तो वहाँ हैं ही, जैसे—शिव-पार्वती, कृष्ण की कथाओं के अलावा रामकथा के अनेक सन्दर्भ यहाँ सहज ही मिल जाते हैं। ऐसा लगता है कि पूर्वी हिन्दी के प्रभाव की वजह से राम का जनजीवन पूर्वी हिन्दी की तमाम बोलियों में बहुतायत से मिलता है जिसमें राम, लक्ष्मण, सीता, कौशल्या, दशरथ आदि उपस्थिति होते हैं। एक करमागीत प्रस्तुत है, जिसमें राम-लक्ष्मण के शिकार का मनोहारी वर्णन है। यहाँ राम-लक्ष्मण को धनुष धारण करने वाले के रूप में चित्रित नहीं किया गया बल्कि वे कुत्ता और तुपुक के साथ शिकार खेलने जाते हैं। कुछ पंक्तियाँ द्रष्टव्य हैं—

बड़े भइया लीन्हिन छोटकी तुपुकिया
छोटे भइया कुकुर डोरियान
रामा चला ले बान।
हर्रा के ओट, बहेरा के छहियाँ
हिरना कान डोलावै
हेरे के तुपुकिया तीन दाग दागिन
धरती मां मिरगा अर्रान।

रामकथा के सन्दर्भ में यह लोकगीत बघेलखण्ड में प्रचलित है। उनमें छत्तीसगढ़ी समाज की छाप भी आपको कभी-कभार मिल जायेगी। राम-लक्ष्मण शिकार खेलने गये। किसी समूचे गाँव में देखा गया। राम चलाले वन पारदी। राम ने लक्ष्मण को समझाया कि लक्ष्मण जंगल घना है और भयावह है, तुम लौट जाओ। किसी विकट परेशानी में फँस जाओगे। दूसरी बार यह भी समझाया कि धूप बहुत तप रही है, तुम फालतू में तप जाओगे। लेकिन लक्ष्मण ने उनकी आज्ञा न मानते हुए भाई के सहज प्रेम के कारण वे फिर भी नहीं लौटे। बहुरा तु बहुरा लछमन, भाय वन है रे/ घास तपै सुरुज सिरि आये बहुरा भाय। सीता जी ने भी कहा लक्ष्मण कुछ तो कलेवा कर लो। ''बहुरा तु बहुरा लछमन देवरा मर जइहा भुखन पियास/ खाइका का लइल्या बासी कलेवा, पियइ का पानी/ बड़े भइया लिहिन तुपुक बान, छोट भइया कुकुर डोरियान/ राम चलाले बान पारदी।'' बड़े भाई ने तुपुक तीर लिया, छोटी-सी डोरी में बाँधा, कुत्ता पकड़ा और दोनों शिकार के लिए निकल पड़े। एक वन नाकिन, दुसर वन नाकिन, तिसरे मां पहुँचे जाय/ एक वन

चलिन, दूसर वन पार किहिन तब तिसरे वन मां मिरगा दिखान। राम तो तीरन्दाज हैं मिरगा हर्रा, बहेरा की ओट में छिपा बैठा है। राम ने देख लिया। हर्रा के ओट बहेरा छहिंयाँ मिरगा कान डोलावै। हेर कै तुपुकिया छाती मां तीन दागिन/ मिरगा पड़ा अर्रान।

यह विवेचन यहीं समाप्त नहीं होता, इसके अनेक पक्ष सम्भव हो सकते हैं। आदिवासी जीवन में रामकथा के सूत्रों, किंवदन्तियों, कथाओं, लोकगीतों और लोककलाओं में अनेक भिन्नताएँ हैं। बहुत दूर न जाकर मैं मध्य प्रदेश आदिवासी लोककला परिषद द्वारा आदिवासियों के साहित्य, सभ्यता, संस्कृति, जीवन और कलाओं के बारे में सोचूँ तो यह ज़रूर लगेगा कि प्राय: हर क्षेत्र में वहाँ काम सम्पन्न किये गये हैं। जातियों-उपजातियों के समूहों का साहित्य, वहाँ प्रचलित मान्यताएँ और उनके जीवन में व्याप्त लोककलाएँ विभिन्न रूपों में वहाँ संकलित की गई हैं, उन्हें संरक्षित रखने के भी प्रयास हुए हैं। सभी जनजातियों के मध्य रामकथा के जो रूप प्रचलित हैं, चाहे उनके जनजातीय गीत हों, कहावतें हों, लोककथाएँ हों, मूर्तिकला हो या चित्रकला हो—इन सभी में भिन्न-भिन्न कोणों से राम की उपस्थिति मिल जाती है। यह अकारण नहीं है। हाँ, शिष्ट समाजों में प्रचलित रामकथा और आदिवासी समूहों में प्रचलित रामकथा के प्रसंगों में एक अन्तर ज़रूर दिखाई पड़ता है। उसकी वजह यह है कि आदिवासियों में रामकथा की सहजता और सम्प्रेषणीयता है तथा आदिवासी समूहों का रामकथा से जो रिश्ता है, वह बराबरी का है, साथीपने का है। तभी वे रामकथा के विभिन्न रूपों और चरित्रों को बिना किसी लाग-लपेट के व्यक्त कर पाये। आदिवासियों का समाजशास्त्र शिष्ट जातियों के समाज से कई रूपों में भिन्न है। आदिवासी जीवन की व्ययथायें आदिवासी पढ़े-लिखे लोगों में भले ही कुछ कम हुई हैं, लेकिन अधिकांश आदिवासी जीवन अभी भी शोषण, उत्पीड़न और भयावह आतंकों तथा हाहाकार के कुचक्रों में है। विकास की जो हवाएँ बह रही हैं, उनका लाभ उन्हें अभी भी ठीक से नहीं मिल पा रहा है। ग्रेस कुजुर की काव्य-पंक्तियाँ हैं—''करोड़ों साल में बने/इन पर्वतों को/ फिर-फिर तोड़ा है/ और कुँवारी हवाओं को हर बार छेड़ा है/ जिसके धूल कणों में।'' आदिवासियों की रामकथा में प्रचलित इतने विस्तृत संसार में जो प्रश्न अभी भी अनुत्तरित हैं, उन्हें हमें खोजना होगा। शिवकुमार अर्चन के शब्दों में—

कोई तरस रहा उजियारे को
कोई सूरज बाँधे सोता है
ऐसा भी होता है।

सन्दर्भ

1. रांगेय राघव, कब तक पुकारूँ, पृ. 107.
2. संजीव, धार, पृ. 165.
3. गंगा सहाय मीणा (सम्पादक), आदिवासी साहित्य विमर्श, पृ. 165.
4. गंगा सहाय मीणा (सम्पादक), आदिवासी साहित्य विमर्श, पृ. 12.
5. डॉ. रमेश कुन्तल मेघ, खिड़कियों पर आकाशदीप, पृ. 61.
6. राहुल सांकृत्यायन, हिन्दी साहित्य का वृहद् इतिहास, भाग-16, पृ. 258-59.
7. श्यामाचरण दुबे, समय और संस्कृति, पृ. 65.

8. महावीर अग्रवाल (सम्पादक), सापेक्ष, अंक, दिसम्बर-1986, पृ. 57.
9. आदिवासी अस्मिता और विकास, पृ. 166.
10. महावीर अग्रवाल (सम्पादक), सापेक्ष, लोक संस्कृति पर केन्द्रित अंक, दिसम्बर, 1986, पृ. 59.
11. रति सक्सेना, रंगायन, जनवरी-मार्च, 1999, पृ. 30.
12. श्यामाचरण दुबे, समय और संस्कृति, पृ. 66.
13. रामधारी सिंह दिनकर, संस्कृति के चार अध्याय, पृ. 102.
14. फ़ादर कामिल बुल्के, रामकथा.
15. सम्पादन, हिन्दी साहित्य कोश, पृ. 451.
16. फ़ादर, कामिल बुल्के, रामकथा, पृ. 182 84.
17. भारतीय रामकथा का स्वरूप विकास, पृ. 36.
18. मिथ्स ऑफ़ मिडिल इण्डिया, वेरियर एल्विन, अनुवाद—डॉ. सुरेश मिश्र, चौमासा, जुलाई-अक्टूबर, 2000, पृ. 115.
19. मिथ्स ऑफ़ मिडिल इण्डिया, वेरियर एल्विन, अनुवाद-डॉ. सुरेश मिश्र, चौमासा, जुलाई-अक्टूबर, 2000, पृ. 117
20. भगवती प्रसाद शुक्ल, बघेली भाषा और साहित्य, पृ. 19-20.
21. वही, पृ. 354.
22. वही, पृ. 15.
23. Mahendra Kumar Mishra, Infulence of Ramayan on the folk lore of Central India, उद्धृत अवधेश मिश्र के लेख से, पृ. 135.
24. वही, पृ. 135-36.
25. गोमती प्रसाद विकल, बघेली संस्कृति और साहित्य, पृ. 60.
26. डॉ. श्रीमती विनोद तिवारी, लोकगीतों का तुलनात्मक अध्ययन, पृ. 211.
27. प्रकाश त्रिपाठी (सम्पादक) लोक संस्कृति में प्रतिरोध, पृ. 130.

असम के जनजातीय समाज पर रामचन्द्र का प्रभाव

डॉ. मुकुल राभा/*अनुवाद : डॉ. के. जी. व्यास*

भारत के उत्तर-पूर्व के राज्य मुख्यतः पहाड़ी इलाके हैं। इनमें से एक राज्य असम है। इस राज्य में प्राचीनकाल से ही अलग-अलग संस्कृतियों वाली अनेक जातियाँ और जनजातियाँ निवास करती रही हैं। पहाड़ी तथा मैदानी इलाकों में निवास करने वाली इन जातियों और जनजातियों की भाषा, सामाजिक रीति-रिवाज और धार्मिक परम्पराएँ अलग-अलग हैं। उनकी शैक्षणिक, आर्थिक तथा राजनैतिक पृष्ठभूमि भी अलग-अलग है। इस भिन्नता के बावजूद वे एक साथ मिल-जुलकर शान्ति से रहते आये हैं।

असम में अलग-अलग धर्मावलम्बियों का पदार्पण हुआ और वे वहाँ की जातियों/जनजातियों और उप-जातियों से घुल-मिल गये। देखा गया है कि प्राचीनकाल से ही रामायण और महाभारत की अनेक घटनाओं, कहानियों तथा चरित्रों ने स्थानीय लोगों को प्रभावित किया है। रामायण के मुख्य चरित्र, ख़ासकर राम के चरित्र ने लोगों के मन-मस्तिष्क को प्रभावित किया है। सशक्त तथा ईमानदार होने के बावजूद, राम की कठिन परिस्थितियों को सहज तथा सामान्य तरीके से निपटाने की योग्यता ने जनजातीय समाज के छल-कपट रहित लोगों के निर्दोष मन को आकर्षित तथा प्रभावित किया था। असमिया समाज के भक्ति संगीत और गीतों में भगवान राम की महानता के दर्शन होते हैं। उदाहरण के लिए—

राम नामे गोंगाजोल
लोबोलोयकु मोन
ओ, बोइ आसे
ह्रिदोयेर माझे
ओई राम राम
ओई आसे ह्रिदोयेर माजे

ऊपर उल्लेखित पद का अर्थ है—जिस प्रकार हिन्दुओं ने गंगा नदी के प्रति भरपूर प्यार, सम्मान और

सुषेण वैद्यराज

भक्ति का प्रदर्शन किया है, उसी प्रकार उनका भक्तिभाव और प्रेम भगवान राम के स्वभाव, कर्म और व्यक्तित्व के लिए है। उनका विश्वास है कि यदि सामान्य आदमी भी भगवान राम के व्यक्तित्व की विशेषताओं को अपने जीवन में उतार सके तो वह सभी प्रकार की आपदाओं, दुर्भाग्य और मन की अशान्ति से मुक्त हो सकता है।

रावण

रामायण—ख़ासकर भगवान राम की कथाओं और चरित्र के प्रभाव को मैदानी तथा पहाड़ी इलाकों में रहने वाले देउरी (Deuri), तिवा (Tiva) और कारबी (Karbi) समाज के कुछ व्यक्तियों में ही आंशिक रूप से देखा जा सकता है।

देउरी जनजाति के विख्यात लेखक, दार्शनिक और गद्य लेखक श्री गुंजाराम देवरी कहते हैं कि भगवान राम के चरित्र ने लोगों के मन पर अमिट प्रभाव छोड़ा है। सांस्कृतिक रूप से बेहद सक्रिय और गुमनाम समाज के उद्‌भट विद्वान श्री पवित्र पेगु का विचार है कि गुमनाम समाज के लोगों की सामाजिक तथा सांस्कृतिक पृष्ठभूमि को भगवान राम के चरित्र ने प्रभावित किया है। बोड़ो जनजाति, जो असम की प्रमुख जनजाति है, के विख्यात अनुसन्धानकर्ता, दार्शनिक और बोड़ो लोक-साहित्य के लेखक डॉ. अनिल बोड़ो कहते हैं कि यद्यपि बोड़ो संस्कृति पर रामायण का कोई स्पष्ट प्रभाव नहीं है लेकिन उस पर—ख़ासकर भगवान राम की कथाओं और चरित्र के आंशिक प्रभाव को बहुत आसानी से देखा जा सकता है।

मैदानी इलाकों में रहने वाली कारबी जनजाति के उभरते एवं अपनी सामाजिक जिम्मेदारियों को भली-भाँति अनुभव करने वाले श्री जिरेन मिकिर (Shri Jiren Mikir) मानते हैं कि रामायण की कहानियों तथा भगवान राम द्वारा प्रस्तुत उदाहरणों ने लोगों की मानसिकता को गहराई से छुआ है। विख्यात लेखक तथा साहित्यकार श्री हंगमिजी हन्चेदेव (Shri Hangmiji Hanchedev), जो पेशे से अभियन्ता हैं, कहते हैं कि पहाड़ी इलाकों में रहने वाला कारबू समाज भी रामायण की कथाओं तथा भगवान राम की महानता, शक्ति, कुशाग्र बुद्धि और उदारता से बेहद प्रभावित है।

यह उल्लेख करना उचित होगा कि लोगों के बीच कारबी रामायण भी काफी प्रचलित है। पहाड़ी कारबी की अत्यधिक प्रचलित सांस्कृतिक प्रस्तुति 'साबिन अलून' (Sabin Alun) या 'साबिन के गीत' कहलाती है। यह प्रस्तुति भगवान राम के साथ-साथ अनेक पौराणिक चरित्रों को प्रस्तुत करती है।

इन्हें देखकर कोई भी व्यक्ति इस निष्कर्ष पर पहुँच सकता है कि कारबी समाज रामायण और उसके उदाहरणों द्वारा दी गई शिक्षाओं पर विश्वास करते हैं।

असम की एक अन्य जनजाति है राभा। इस जनजातीय समाज में रामायण की कथाओं और भगवान राम के चरित्र का स्थान महत्त्वपूर्ण तथा पूजनीय है। रामायण की कथाओं पर आधारित जनजातीय नाटक—'भारीगान' (Bhaarigan), राभा समाज में पिछले 400 सालों से प्रचलन में है। भारीगान के नाट्य मंचन में 'रावण-वध' और 'लक्ष्मणार शक्तिसेल' सम्मिलित हैं। इन दोनों कथाओं में राम की सामाजिक जिम्मेदारी अपने अनुगामियों के प्रति स्नेह और देशभक्ति को प्रस्तुत किया जाता है। 'इश राम', 'हाय राम', 'राम बोला', 'हरी बोला', 'राम-राम' जैसे मुहावरे लोगों के मुँह से लगातार निकलते रहते हैं। भारीगान की कथाओं में इनका उल्लेख मिलता है। इससे स्पष्ट है कि असम के राभा जनजातीय समाज पर राम और उनके जीवन से जुड़ी अनेक प्रमुख घटनाओं का प्रभाव है।

राभा, असम की मूल जनजाति है। असम की अन्य जनजातियों की ही तरह राभा जनजाति की सांस्कृतिक विरासत बेहद समृद्ध है। वे मुख्यत: असम के गोलपारा, दक्षिण कामरूप जिलों तथा मेघालय के पूर्व और पश्चिम गारो हिल्स में निवास करते हैं। उपर्युक्त इलाकों के अलावा राभा समुदाय के लोगों की बिखरी आबादी अविभाजित गोलपारा, नालबारी, कामरूप, दरांग और नागाँव जिलों में भी निवास करती है।

भारीगान, मूलत: राभा जनजातीय समाज का नाटक है। यह असम के गोलपारा और दक्षिण कामरूप जिलों तथा मेघालय के पूर्व और पश्चिम गारो हिल्स में बेहद प्रचलित है। इसके नाट्य मंचन में रामायण की कथाओं, यथा—'लक्ष्मणार शक्तिसेल', 'रावण-वध' तथा 'सीता की अग्निपरीक्षा' इत्यादि घटनाओं को दिखाया जाता है। उपर्युक्त उल्लेखों से स्पष्ट है कि असम के प्रमुख जनजातीय समाज पर रामचन्द्र तथा उनके जीवन से जुड़ी अनेक प्रमुख घटनाओं का प्रभाव है। भारीगान में उनकी प्रस्तुति उसका सबसे बड़ा प्रमाण है।

भारीगान की प्रस्तुति में खोल, ताल या चाली की धुन पर ओझा लयबद्ध तरीके से गाता है। पालियों (Pallies) का समूह ओझा के गीत की पंक्ति को दुहराता है। अभिनेता खोल, ताल और गीत की धुन पर अभिनय करते हैं। वे लकड़ी के मुखौटे पहनते हैं। अभिनय की आवश्यकतानुसार इन मुखौटों का निर्माण उनके दल के लोगों द्वारा किया जाता है। भारीगान मंचन में प्रयुक्त वेशभूषा बहुत सादी होती है।

जनजातीय समाज द्वारा असम की संस्कृति को दिये योगदानों में भारीगान एक महत्त्वपूर्ण योगदान है। यह जनजातीय नाटक है। इसका मंचन किया जाता है। यह खूब प्रचलित है। गोलपारा में इसकी मान्यता स्थानीय कला के रूप में है। इसे गोलपारिया संस्कृति के महत्त्वपूर्ण हिस्से के रूप में भी जाना

जाता है।

भारीगान के भौगोलिक विस्तार और उसकी संगीतमय प्रकृति को देखकर, उसके 14वीं सदी के पहले के जन्म तथा क्रमिक विकास को समझा जा सकता है। यद्यपि भारीगान की महिरावण-वध प्रस्तुति को माधव कण्डाली (Madhav Kandali) की रामायण और अनन्त कण्डाली (Anant Kandali) से हटाया जा चुका है, फिर भी रामायण की पाताल कण्डा (Pataal Kanda) कथा का अभी भी मंचन होता है।

भारीगान के मंचन के समय कलाकार द्वारा लकड़ी का मुखौटा पहना जाता है। भारीगान की प्रस्तुति के सिलसिले में जब कलाकारों को यात्रा करनी पड़ती है तो उन्हें लकड़ी के मुखौटों तथा अन्य सामग्री को भी अपने साथ ढोकर ले जाना पड़ता है। असम के लोगों के लिए उक्त सामग्री को ढोना भार बन्दी निया (Bhaar Bandhi Niya) है, इसलिए उस कला को भारीगान कहते हैं। भारीगान के नामकरण की उत्पत्ति के बारे में स्थानीय लोगों का अनुमान है कि चूँकि भारी का अर्थ वजनदार, बड़ा/लम्बा और गान का अर्थ गीत होता है, इसीलिए उसे भारीगान कहते हैं। भारीगान के मंचन का प्रारम्भ सामान्यतः दिन में होता है। वह पूरी रात चलता है। दूसरे दिन सबेरे उसका समापन होता है। उपस्थित दर्शकों को इतनी लम्बी अवधि तक परम्परागत गानों, संगीत और अभिनय की मदद से जुटाये रखने के कारण भी उसे भारीगान कहते हैं। कुछ लोग कहते हैं कि भाओरिया (Bhaoriya) जिसका अर्थ कलाकार होता है, उच्चारण की त्रुटि के कारण भेयरा (Bhaira) और बाद में बदलकर भारी (Bhaari) हो गया। इस प्रकार कालान्तर में वह भारीगान कहलाने लगा। कुछ विद्वान कहते हैं कि चूँकि भारीगान की विषय-वस्तु रामायण या महाभारत से उद्धृत है, दर्शनशास्त्रीय है इसलिए वह ज्ञान से परिपूर्ण अर्थात् गूढ़ (भारी) है। पुराने समय में ऐसी मान्यता थी कि पुराणों (रामायण एवं महाभारत) की विषय-वस्तु के गम्भीर (भारी) होने के कारण सामान्य व्यक्ति के लिए उसे समझना कठिन था। उन गूढ़ पौराणिक कथाओं को सरल और सहज गीतों के माध्यम से व्यक्त किया गया। इसलिए वह गायन भारीगान कहलाया।

जैसा कि पूर्व में वर्णित है, भारीगान के महत्त्वपूर्ण घटक, लकड़ी से बने मुखौटे (Mokha/mokha) होते हैं। उनका उद्‌भव कब हुआ या वे कैसे बनाये गये, ज्ञात नहीं है। सम्भवतः उनका निर्माण कुल्हाड़ी, चाकू, आरी इत्यादि की मदद से किया गया होगा। उल्लेखनीय है कि उन्हें बनाने वाले पहले स्नान करते हैं। भगवान शिव या भगवती काली को प्रणाम करते हैं। उसके बाद ही मुखौटा बनाने का काम प्रारम्भ करते हैं।

यदि कोई व्यक्ति कामरूप के पोसोटी और भावरिया (Posoti or Bhaoriya), दरांग के खुलिया भावना और मोथोनी (Khuliya Bhaona or Mothoni), गोलपारा के खरताल, सत्यापीर, दोतोरा गान, भारीगान, बंगशिपुरान गान, बउल जात्रा, बेनार गान, कृष्ण लीला, सदक पुजार गान, कार्तिक पुजार गान, हुदुम पुजार गान, गोवालिनिर गान और भासन जात्रा इत्यादि (Kharatal, Satyapeer, Dotora Gaan, Bharigaan, Bangshipuran Gaan, Baul Jatra, Benar Gaan, Krishna Leela, Sadak Pujar Gaan, Kartik Pujar Gaan, Hudum Pujar Gaan, Gowolinir Gaan or Bhasan Jatra) नाट्य कलाओं के मर्म को समझने का प्रयास करता है तो उसे उन नाटकों में अनेक जनजातीय घटक मिलते हैं। उसमें उस स्थान की जीवन-शैली, कला, पूजा-पाठ की विधियों,

रीति-रिवाजों और धार्मिक कृत्यों सहित जनजातीय संस्कृति के दर्शन होते हैं।

गोलपारा की जनजातीय संस्कृति के विस्तार का कोई ओर-छोर नहीं है। कुशान गान, भारीगान, मारे पुजार गान इत्यादि (Kushan Gaan, Bhaarigaan, Mare Pujar Gaan) जैसे अनेक जनजातीय नाटकों में दरांग के ओझा पाली जनजातीय नाटकों से कुछ-न-कुछ साम्य है। यद्यपि ओझा पाली में कुशान गान या भारीगान के मंचन जैसी स्वतन्त्रता नहीं है पर उनके नृत्य, संगीत और अभिनय एक जैसे हैं। ओझा पाली और भारीगान का संगीत और संस्कार एक जैसे हैं। भारीगान का मुखौटा तथा दरांग के धुलिया एवं बोरधुलिया के मुखौटे एक ही श्रेणी के हैं। भारीगान में कामरूप के लगभग विलुप्त खुलिया भाओरिया जनजातीय नाटक जो अब केवल दरांग में प्रचलन में है, के बीच अनेक समानताएँ हैं। दक्षिण गोलपारा की भारीगान प्रस्तुति में प्रमुख घटक अभिनय (भाव) और अभिनेता (भावेरिया) हैं। अभिनेता गीतों के बीच-बीच में, नृत्य के साथ-साथ पालिस (Paalis) की मदद से अपने संवाद बोलता है

नाट्य रूप में भारीगान की उत्पत्ति अज्ञात है। विदित है कि भारीगान के मंचन के लिए मुखौटों का भारी वजन, कलाकारों की पोशाक, सम्पत्ति और वाद्ययन्त्र इत्यादि को एक स्थान से दूसरे स्थान को ले जाना पड़ता है। इसलिए कहते हैं कि इस कला का नाम, भारी सामग्री को एक स्थान से दूसरे स्थान ले जाने के कारण पड़ा है।

उत्पत्ति के भूगोल तथा संगीतमय प्रकृति के कारण मंचन के दौरान भारीगान के गीत महत्त्वपूर्ण स्थान रखते हैं। भारीगान का मुख्य गायक अपने हाथ में याक की पूँछ के बालों से बना गुच्छा रखता है। वह रामायण तथा महाभारत की कथाओं को पालिस के साथ गाता है। गीतों के महत्त्व को भारीगान के संगीत की रागनियाँ मन में उतारती हैं। भारीगान का मुख्य कथानक रामायण और महाभारत की कथाएँ होता है। ओझा की शहद जैसी मीठी आवाज़, जो गीतों के रूप में प्रस्तुत होती है, श्रोताओं का मन मोह लेती है। कुछ गीत भारीगान की प्रस्तुति के समय गाये जाते हैं—

''एत्येके सूनिए राम कोमोल लोषोन
धोनुते ब्रह्मनो ओस्त्रो जुरिलो तोखोन
रोबीर कीरोन जीनी घोरातार बान
सेई बाने रोघूनाथ पोरीलो ओज्ञान
तोरोनी तूमार सोरेन हेरो पोरिहोरि प्रोनाम
पोरोलूके श्री शोरोने देया प्रोभू स्थान''

रागनी

''तोरोनीर मून्डा काटे भूमि तोल पार
दूई खान्डा होए बीर पोरे भूमि तोले
तेरानीर कट्या मून्डा राम राम बूले
सुरि कोरी नीते पारे भाई दूई जोने
काटीया बोली दीवोनीया भोद्रा काली स्थाने''

रागनी

''ताहा शुनि राबोन राजा मोहा सुखी
होइलू
पत्रोके गोलाई धोरी अलिंगन दीलू
सुनोहो ओहे पत्रो आमर बोसोन
तुमि जाइए आनो पुत्रो मूर मुहितो
रावोन''

दोहा

''पात्रो शोलिलू एई सूरे ओई ओई ओ
ठेकिलो राजार दुआरे''

रागनी के समाप्त होने के बाद रावण अपने पुत्र का आलिंगन करता है। दोनों प्रस्थान करते हैं।

भारीगान में भगवान राम के लिए भक्तिगान गाये जाते हैं—

''हा हा हा रोघूनाथ
हा हा
ओ हे रोघूनाथ हे
हे ए ए...''

भारीगान का धुवा पाडा भगवान जगन्नाथ की महानता को समर्पित है। धुवा पाडा में मन्दिर में वितरित किये जाने वाले भोजन अर्थात् प्रसाद और लड्डुओं का वर्णन होता है।

हनुमान

''आन्ना बेसे बेंजन बेसे आरू बेसे पीठा.
जोगोन्नाथेर आना प्रोसाद खाइने लागे मीठा''

भारीगान की प्रस्तुति की महत्त्वपूर्ण बात यह है कि सारे संसार को पवित्र बनाने के लिए बहुत ऊँचे स्वर में भगवान विष्णु का नाम लिया जाता है।

''भूमि खान शुद्ध होइलू गुरूर सोरोन धोरी.
देवोगाइज्या शुद्ध होइलू बिश्नूर नाम स्मोरी
सोरोस्वती मओरी पोद गाइरे बसिया
अमार कोंठे याके माउ आनोन्दो कोरिया''

भक्तिगीतों (स्तुति और धुवा वन्दना) के उपरान्त ओझा अन्तिम गीत गाता है।

''आइलोरे श्री राम जोद्धा धोरि राम आइलोरे...
... ओधोम पोतीराम आइलो होस्तेधेनु लोइया''

अन्तिम गीत के उपरान्त मंच पर 'लाखोर सुआ' का प्रवेश होता है। राम और लक्ष्मण की बचपन

की घटनाओं तथा परिस्थितियों को 'लाखोर सुआ' कहा जाता है। भक्ति गीतों के अलावा 'झूना गीत' भी गाया जाता है। यह ओझा को कुछ समय के लिए विश्राम देने तथा श्रोताओं के मनोरंजन के लिए गाया जाता है। ये गीत स्थानीय परिस्थितियों तथा श्रोताओं की पसन्द के अनुसार गाये जाते हैं। वे भारीगान की प्रस्तुति का हिस्सा हैं। इनमें महत्त्वपूर्ण हैं—'बुरहा बुरहिर नकल' और 'कोबीराज नकल'—

''बाइफिया आइलो रे आइलो देशेदेशे नोलीतोर गोकुलोते
बाहाते औक्सोधेर जाली देन हाते मुरोली
ए... औसुध दिए भालो कोरिबो, मोरिए निबे शे बे''

पाती राभा के गीतों तथा नृत्यों में राम चिरैया का प्रभाव आसानी से देखा जा सकता है। पाती राभा के उक्त गीत तथा नृत्य अत्यन्त सुन्दर तरीके से, भारीगान से अपने अन्तरंग सम्बन्ध को दर्शाते हैं। यही सम्बन्ध भारीगान में भी दिखाई देता है।

''आसिलू ओ पोखी मोइसो राबगा हे दालेर ऊपोरे''

पद

मोइसो रंगा पोखी आसे दालरे ऊपोरे
जोले डूब दिए पोखी मोइसो भोजोन कोरे
मोइसो सोब धोरी खाय उदारे भोरिया
डाले पोरी आसे पोखी पाखा धूलिया
हेनो काले हुनूमान उतोर लागिया
पोखी बूले हुनूमान आमारो बोसोन
आमार स्थान ओ ताहिली की कारोन
हुनूमान बोले पोखी आमारो बोसोन
अजि हेरुवालो मोई श्री राम लक्ष्मण
पोखी बोले सोई कोथा जानुए सीता
मोई देखिसु लोइ गोइसे पातालपुरिते
आमि खुद्र पोखी तोई पोरबोत आकार
हुनूमान बुले पोखी जोदी पारो नीते
रूप माखी होए जाम पाखारो सोनेते
तहा सुनि हुनूमान माखी रूप होहिलो
पखारो तोलाते जाईबोसिया रोहिलो
सेई खाने पोखिराज जोले डूब दिलो
ओति शीघरो पोखिराज पाताल प्रोवेसिलो
पोखी बोले हुनूमान आमारो बोसोनो
तुमि जाओ आमि जाई आपन भूवोने
ताहि सुन हुनूमानो पोखी के घोरिला
मातीरो तोलोते पाखी गोरिया रोहिलो

विभीषण

जोखोन प्रोभू रोघूनाथ हासते प्रोबेसिवो
मृत्यू भाबे सारी पोखी प्रोवोयोत होबो
पोखी मारी हुनूमान की कर्मो कोरिलो
दोईबा गुरु निकोटे जाई कोर्शोन दिलो''

भारीगान के गीतों का अध्ययन करने से ज्ञात होता है कि उनकी लय रामायण तथा महाभारत के गीतों की लय तथा वक्तव्यों से मेल खाती है। भारीगान कतिपय हिस्सों में बंगला भाषा का उपयोग हुआ है। सम्भव है ऐसा उन पौराणिक गीतों की तर्ज पर गीत बनाने के कारण हुआ हो। गीतों के सूक्ष्म अवलोकन पता चलता है कि उनमें करूपी भाषा के अंश मिलते उदाहरण के लिए—

''नीलागे खान्डिबो, उसही पुष्पोक रोथ अनीसु सोजाई
तह्य सुनि रावोन राजा रोथे तुलि लोईलो
जटाऊ पोखी अहि राजर रोथ सोपाईलो
रावोन कोले ओहि पाखी आमार बोले
रोथ सोपाई बोंधी अमार कोरिली कोई कारोन''

'कबीर गान नोकोल' में पर्यावरण पर समस्या तथा व्यंग गीत हैं। वे गीत कवि की स्वस्फूर्त तथा पृथक् शैली में अभिनेता द्वारा गाये जाते हैं—

''लंगोनाटे सोरी आसे कासा डाग डाग बेल
आजी काली आपिक लागे भालो गोंधोआ तेल
कोलिर काल...''

भारीगान की प्रस्तुति के अवसर पर गाये जाने वाले गीतों को सुनकर ऐसा लगता है मानो उनको उस समय लिखा गया है, जब असम के अधिकांश लोग बंगला भाषा बोलते थे। बंगला भाषा में लिखे जाने के पहले वे कामरूपी भाषा में लिखे गये थे। बाद में जब बंगला भाषा का विस्तार हुआ, तब भारीगान की भाषा तथा लय बदल गई। भारीगान की प्रस्तुति के अवसर पर गाये जाने वाले गाने 'रागनी' भी कहलाते हैं। भारीगान की प्रस्तुति में रागनी की भूमिका बहुत महत्त्वपूर्ण है। भारीगान प्रस्तुति में 'सीता-हरण', 'रावण-वध', 'दोधीमाथन', 'बाली-वध', 'तारनीसेन-वध' इत्यादि का मंचन होता है। ओझा, श्रोताओं को, गाना गा-गाकर बताता है कि रंगमंच पर आकर विभिन्न पात्र क्या-क्या करेंगे। रागनी गाकर वह पूरी कहानी सुनाता है। सीता-हरण

नाटक में लक्ष्मण से शूर्पणखा कहती है—

तुमि जुआ होइया एकोला बोंछोहो रात्रि
रास क्रिया भूंजा अमी तुमारे सोंगे

शूर्पणखा की कामुक प्रार्थना सुनकर राम ने लक्ष्मण को उसके नाक और कान काटने का इशारा किया। इस क्षण को ओझा रागनी में निम्न प्रकार प्रस्तुत करता है—

चन्द्रमा

रागनी

"श्री राम बोलेन भाई सारो उपोहास
इंगिते कारो भाई ईहार बिनास
क्रोधिते वीर मारिलो बान
एको बाने काटिले ताहारो नाक कान"

सहगान में पाली गाते हैं—'हान हान हान'। इसके बाद धनुष-बाण का प्रयोग कर लक्ष्मण शूर्पणखा की नाक और कान काटते हैं।

भारीगान की रागनियों के सूक्ष्म अध्ययन से पता चलता है कि उन गीतों की लय किसी भी राग पर आधारित नहीं हैं। उन गीतों पर मिश्र राग का थोड़ा-बहुत प्रभाव है पर ओझा की आवाज़ में वे गीत जीवन्त हो जाते हैं। ओझा का स्वर और झाली तथा खोल जैसे संगीत वाद्यों की संयुक्त युगलबन्दी बेहद सुन्दर होती है। उन महान कहानियों को प्रस्तुत करने के लिए सावधानी से रची रचनाओं की निरन्तरता के साथ-साथ ख़ास स्वर चाहिए। स्वर, गीतों तथा वाद्ययन्त्रों का संगम प्रस्तुति को जीवन्त कर देता है। इन गीतों के आरोही तथा अवरोही स्वरों के अध्ययन से पता चलता है कि उनमें बहुत ऊँचे या बहुत नीचे स्वरों से बचा गया है। केवल शुद्ध स्वरों का ही उपयोग किया गया है। उन गीतों में, विविध रागों में से केवल राग विलावल का ही उपयोग किया गया है। उन गीतों में कहरवा ताल से मिलती-जुलती ताल का उपयोग है। भारीगान गीतों को 'लोहाटी' स्वरों में सँजोया गया है। भारीगानों के संगीत की गुणवत्ता अकल्पनीय है। 'भावना' (Bhaona) की ही तरह भारीगान भी मुख्यतः संगीत ही है। मंचन के दौरान पात्र बोलते नहीं हैं, केवल बातचीत होती है। गीतों के माध्यम से श्रोताओं को नायकों की महानता का विवरण दिया जाता है। प्रस्तुति में भक्तिगीत, खेतिहर जीवन और सुख-दुख को व्यक्त करने वाले गीतों को सम्मिलित करने से वह प्रस्तुति, श्रोताओं के बीच बेहद ऊँचा स्तर हासिल करती है।

ऊपर वर्णित विवरणों से स्पष्ट है कि भारीगान ने रामायण से जुड़े आख्यानों तथा प्राचीन परम्पराओं के संवाहक के रूप में निर्णायक एवं महत्त्वपूर्ण भूमिका का निर्वाह किया है। विदित है कि प्राचीन परम्परा वर्तमान समाज की सहयोगी/पोषक तथा भावी उन्नति का पर्याय है। वह क्षेत्र की मौजूदा हकीकत तथा संस्कृति को भी प्रदर्शित करती है। जनजातीय नाटक भी क्षेत्र की सांस्कृतिक पहचान हैं। दक्षिण गोलपारा में भारीगान प्रचलित है तथा वह उस क्षेत्र में जनजातीय संस्कृति का प्रतिनिधित्व करता है। उसे गोलपारा

में भी वही प्रतिष्ठा प्राप्त है। उम्मीद है कि अनुसन्धानकर्ताओं, साहित्यकों, नाटक लेखकों और समाज के प्रयासों से एक दिन वह अपनी पुरानी प्रतिष्ठा अवश्य हासिल करेगा। रामायण के आख्यानों का प्रभाव उसकी प्रतिष्ठा, जो जनजातीय समाज की भी पहचान है, को धूमिल नहीं होने देगा।

संक्षेप में कहा जा सकता है कि यह वास्तविकता है कि जब हम किसी शब्द को बार-बार सुनते हैं तो हम दैनिक जीवन में उसके उपयोग के आदी हो जाते हैं। यद्यपि कुछ क्षेत्रीय जनजातीय लोग भगवान राम के अपने दैनिक, सामाजिक तथा सांस्कृतिक जीवन पर उल्लेखनीय प्रभाव को अस्वीकार कर सकते हैं। बावजूद इस तथ्य के कि कई बार उनके मुँह से बचे रहने या ऐसा नहीं करने के लिए 'राम राम', 'हे राम' इत्यादि निकलता रहता है। इससे शब्दों की उस ताकत का ज्ञान होता है जो उसके बार-बार बोलने के कारण आत्मसात हो जाती है तथा अनायास प्रगट होती है।

वर्तमान में देश की आधी से अधिक आबादी युवा है। हम जानते हैं कि युवा ही वे वाहक हैं जो ज्ञान, संस्कृति, कला इत्यादि को अगली पीढ़ी तक पहुँचायेंगे। इसलिए यदि भारीगान कला को बचे रहना है तो वह युवा ही हैं जो उसे अंगीकार करेंगे, उसे व्यवहार में लायेंगे। इसलिए युवाओं पर ध्यान केन्द्रित कर उनका ध्यान इस खूबसूरत कला की ओर आकर्षित करना होगा। इसके लिए आवश्यक कदम उठाने होंगे।

प्रश्न है क्या भारीगान रामायण के मुख्य चरित्र राम को स्वीकार करने, उसे आत्मसात करने तथा उसे जनजातीय संस्कृति और परिवेश के अनुरूप सँजोकर रखने तथा प्रदर्शित करने में सक्षम होगा। यह सब क्या युवाओं को प्रभावित किये बिना आज सम्भव हो सकेगा?

उड़ीसा और छत्तीसगढ़ के लोकगीतों में रामायण की परम्पराएँ

डॉ. महेन्द्र कुमार मिश्रा/ *अनुवाद : डॉ. के. जी. व्यास*

रामायण की विरासत

भारत के किसी भी अंचल की क्षेत्रीय विरासत ऐसी नहीं है जिसका सम्बन्ध रामायण से नहीं हो। ऐतिहासिक रूप से रामायण का विस्तार ईसा से 400 साल पहले दक्षिण-पूर्व एशिया में हो चुका था। चौथी सदी में अवतारवाद (विविध रूपों में ईश्वर के अवतार) का सिद्धान्त विकसित (सांकलिया, 1982 : 21) हो चुका था। यह सच है कि चौथी सदी तक राम को ईश्वर के अवतार के रूप में मान्य किया जा चुका था।

भारत के मध्यक्षेत्र में स्थित प्राचीन दक्षिण कोशल क्षेत्र को मुख्य रूप से मध्य प्रदेश के रायपुर और बिलासपुर क्षेत्र और पश्चिमी उड़ीसा के कालाहाँडी, बोलंगीर, सम्बलपुर और सुन्दरगढ़ जिलों के रूप में पहचाना जाता है। दक्षिण कोशल की राजधानी कुशावती थी। उसका नामकरण राम के पुत्र कुश के नाम से हुआ था। कुशावती को पश्चिमी उड़ीसा और छत्तीसगढ़ (सिंहदेव, 1986 : 28-32) के कुछ पुरातत्त्वीय महत्त्व के स्थानों के साथ जोड़कर पहचाना गया है। इतिहासकारों ने रावण की लंका को भी खोजा है। ऐतिहासिक वास्तविकताओं (सांकलिया, 1982 : 163) के अनुसार रावण की लंका पश्चिमी उड़ीसा के शिवपुर में स्थित थी। इस प्रकार दक्षिण कोशल का इतिहास तथा पुरातत्त्व रामायण की विरासत है और वहाँ की वाचिक परम्पराएँ तथा लोक-संस्कार रामायण पर आधारित हैं। उपर्युक्त साक्ष्य भारत के मध्यक्षेत्र में रामायण की लोकप्रियता को प्रदर्शित करते हैं।

मौजूदा अध्ययन मुख्यत: भारत के मध्यक्षेत्र में उपलब्ध लोकमान्यताओं से सम्बन्धित सामग्री पर आधारित है। उसका अध्ययन करते समय प्रतीत हुआ कि दक्षिण कोशल की स्थानीय परम्पराओं पर रामायण का असर है। इसके अतिरिक्त उस महान ग्रन्थ की मान्यताओं के वैश्विक चरित्र पर स्थानीयता और अनेक जनजातियों के समूहों पर उसका असर इस सूक्ष्म अध्ययन का हिस्सा है।

रामायण के लेखकों ने भारत के विभिन्न अंचलों की भूमि, नदियों, पहाड़ों, जनजातीय संस्कृतियों और रीति-रिवाजों को समुचित महत्त्व प्रदान किया है। रामायण की मान्यताओं तथा क्षेत्रीय संस्कृतियों तथा उप-संस्कृतियों के एकात्म का उद्‌भव उस दैवी अवधारणा पर आधारित है जो ईश्वर के अवतारों को जनजातीय नायकों से जोड़ती है। उनका सम्बन्ध भारत के अनेक अंचलों की परम्पराओं से है। ईश्वर के अवतार, अवतारों से जुड़ी कथाओं और विलक्षण घटनाओं को अपने क्षेत्र तथा स्थानों से जोड़कर, स्थानीय जनजाति ने बृहद् भारतीय संस्कृति का हिस्सा बनने का प्रयास किया है, जो एक प्रकार से राष्ट्रीय और सांस्कृतिक एकता को योगदान देता है। अनेक जनजातियाँ अपनी स्थानीय परम्पराओं तथा मान्यताओं

के साथ-साथ भारत की महान गाथाओं में वर्णित परम्पराओं की ओर आकर्षित हुई हैं। इस प्रकार रामायण भारतीय संस्कृति के समन्वय का केन्द्र बिन्दु है और उसका क्षेत्रीय संस्कृति समूहों पर बहुत अधिक प्रभाव है।

इस परिप्रेक्ष्य में मौजूदा अध्ययन का उद्देश्य यह प्रदर्शित करना है कि किस प्रकार रामायण की परम्पराओं ने भारत के मध्यक्षेत्र की क्षेत्रीय परम्पराओं को सामान्य रूप से तथा पश्चिमी उड़ीसा और छत्तीसगढ़ की विरासतों, जनजातीय समूहों, वर्ण-व्यवस्था, वाचिक परम्पराओं, जनजातीय धर्मों और संस्कारों तथा जनजातीय कला को मुख्य रूप से प्रभावित किया है।

दन्तकथाओं और पौराणिक कथाओं में रामायण

कुछ दन्तकथाएँ जिनका सम्बन्ध रामायण से है, इस अंचल में मिलती हैं। वे निम्नानुसार हैं—

1. गन्धमादन पर्वत (पश्चिमी उड़ीसा), चित्रकूट वन (बस्तर तथा कोरापुट के लगे हुए वन) और मलयवंतगिरी (उड़ीसा का मलकानगिरी) और तुरतुरिया (छत्तीसगढ़) तथा भारत के मध्यक्षेत्र के दन्तकथाओं से सम्बद्ध स्थान जहाँ राम, लक्ष्मण और सीता के चरणचिह्न मिले हैं।
2. दण्डकारण्य में राम का आगमन लक्ष्मण और सीता के साथ हुआ था। सीता ने वहाँ शवरी नदी (वर्तमान में कोरापुट की कोलाब नदी) में स्नान किया था। राम ने पर्वत पर शिवलिंग का पूजन किया था। तदोपरान्त (साहू, 1977 : 333) वह पर्वत रामगिरी कहलाया।
3. कालाहाँडी जिले की कटपार-पुरुवाडी पर्वत शृंखला में पाताल-गंगा नामक एक पवित्र स्थान है। उस स्थान से जुड़ी दन्तकथा कहती है कि सीता की प्यास बुझाने के लिए लक्ष्मण ने अपने तीर से धरती का वेधन कर पाताल से जल प्राप्त किया था। यह प्राकृतिक झरना है। इस स्थान पर सीता और राम के शिला पर अंकित पदचिह्नों की पूजा की जाती है।
4. कुशावती नगर, जिसकी पहचान दक्षिण कोशल की राजधानी के रूप में है, को बोलंगीर (महापात्रा, 1971 : 67) के रानीपुर झारीयल के पुरातत्त्वीय स्थलों से जोड़कर देखा जाता है। रानीपुर झारीयल के पुरातत्त्वीय स्थलों के समूह में सोमेश्वर मन्दिर, ईंटों से बने इन्द्रलाठ मन्दिर तथा चौंसठ योगिनी मन्दिर सम्मिलित हैं। इस स्थान के निकट कहासिल ग्राम स्थित है। इतिहासकारों का विचार है कि इस ग्राम के नाम का उद्भव कुशास्थली या कुशावटी से हुआ है। मन्दिरों के स्थापत्य का काम दक्षिण कोशल के सोमवंशी महाराजाओं का है।
5. छत्तीसगढ़ अंचल में तुरतुरिया नामक एक स्थान है। लोककथाओं के अनुसार यह वाल्मीकि मुनि का स्थान है। इस क्षेत्र (गुप्ता, 1977 : 159) में सीता ने लव और कुश को जन्म दिया था।

स्थानीय समाज ने अपने ईश्वरों को, भगवान राम, जो ईश्वर के अवतार हैं, से जोड़कर महिमामण्डित किया है। यहाँ तक कि गढ़ा-मण्डला के गोंडों की देवी-देवताओं से सम्बन्धित जनजातीय कथाओं में भी भगवान राम का उल्लेख मिलता है। जनजातीय कथाओं के अनुसार पहला मनुष्य गोंड था। वह भगवान महादेव और पार्वती का पुत्र था। राम-रावण युद्ध के समय गोंड युगल रावण की राजधानी के पास जंगल में था। महादेव ने गोंडों को सन्तानहीन होने का श्राप दिया था और कहा था कि उनकी श्राप-मुक्ति तब तक नहीं होगी जब तक वे राम के लंका-आगमन पर चरणोदक का पान नहीं करते। गोंड युगल ने जंगल में रहकर राम के लंका-आगमन की प्रतीक्षा की। उनके लंका-आगमन पर पद-प्रक्षालन कर पूजा-अर्चना

की। चरणोदक का पान किया। भगवान राम ने उन्हें रावणवंशी गोंड होने का वरदान दिया और कहा कि उन्हें तीन पुत्र प्राप्त होंगे। उनके नाम अल्को, तल्को और कोरचो होंगे। उसके बाद राम ने रावण का वध किया। लंका से लौटते समय राम और सीता अपने साथ गोंडो को लाये। वे गोंड सूर्यवंशी गोंड कहलाए। उनका सम्बन्ध रावणवंशी गोंडों (नायक, 1973 : 138) से है।

मलकानगिरी की बोंडा जनजाति की रामकथा से जुड़ी एक दन्तकथा है। इस दन्तकथा के अनुसार जब राम, लक्ष्मण और सीता जंगल में विचरण कर रहे थे तब एक बोंडा महिला उन्हें देखकर दो कारणों से हँसी—पहला कारण था एक महिला के साथ दो पुरुष और दूसरा कारण था उनके महीन वस्त्र जो उनके गुप्तांगों को ठीक से नहीं ढँक पा रहे थे। सीता को वे वस्त्र ब्रह्मा ने दिये थे। सीताजी को जब यह बात ज्ञात हुई, तब उन्होंने बोंडा महिला को निर्वस्त्र रहने का श्राप दिया और कहा कि यदि तुम वस्त्र धारण करोगी तो उनकी गर्मी तुम्हारा शरीर कभी भी सहन नहीं कर पायेगा। इसी कारण आज भी बोंडा महिला का आधा शरीर ही ढँका होता है। वेरियर एल्विन द्वारा बोंडा ग्रामों से जुटाई दन्तकथाओं से यही ज्ञात होता है कि बोंडा महिलाएँ अपना शरीर ढँकने के लिए कपड़ों का उपयोग नहीं करतीं। यह विश्वास भी राम, लक्ष्मण और सीता (वेरियर एल्विन, 1935 : 63–4) से जुड़ा है। एक जलस्रोत जिसका नाम सीताकुण्ड है, बोंडा बसाहट में पाया जाता है।

उपर्युक्त दन्तकथाओं के माध्यम से बोंडा जनजाति ने अपने पूर्वजों को राम का समकालीन दर्शाने का प्रयास किया है। इस प्रयास से ज्ञात होता है कि भारत के अलग-अलग इलाकों में निवास करने वाली जनजातियों के बीच रामकथा की पहुँच असरदार थी।

भारत के मध्यक्षेत्र की अनेक जातियाँ तथा जनजातियाँ, जो शासक वर्ग में आती हैं, की दन्तकथाओं में रामायण के कुछ ख़ास आख्यानों यथा राम द्वारा सीता को निर्वासित करने से लेकर लव और कुश को स्वीकारने तक को अपना माना है। इन्हें निम्न उपकथाओं में विभाजित किया जा सकता है—

1. राम ने सीता का त्याग लोकापवाद के कारण किया था।
2. त्याग तथा निर्वासित करते समय सीता गर्भवती थीं। वे जंगल में अकेली तथा असहाय थीं।
3. महर्षि वाल्मीकि ने उन्हें खोजा। अपने आश्रम में सीता का अपनी पुत्री की तरह भरण-पोषण किया।
4. लव और कुश का जन्म महर्षि वाल्मीकि के आश्रम में हुआ। उन्होंने ही उनका लालन-पालन किया तथा शिक्षा प्रदान की।
5. लव और कुश की आश्चर्यजनक तथा दैवी शक्तियों को देखकर राम ने उनको स्वीकार किया।
6. राम ने लव को उत्तर कोशल और कुश को दक्षिण कोशल का राज्य प्रदान किया।

यदि उक्त कथाओं को व्यावहारिक दृष्टिकोण से देखें तो ज्ञात होता है कि—

पिता समान साधु ने राजघराने की परित्यक्ता गर्भवती महारानी, जो जंगल में भटक रही थी, का लालन-पालन किया। महारानी ने दो जुड़वाँ बच्चों को जन्म दिया। बालकों ने शिक्षा प्राप्त की और आश्चर्यजनक कृत्यों को दर्शाकर महानायक बने। अन्तत: उन्होंने अपनी शक्ति तथा आश्रयदाता की मदद से अपना वंशानुगत राज्य-सिंहासन प्राप्त किया।

भारत के मध्यक्षेत्र की कुछ जातियों तथा जनजातियों ने उपरोक्त उद्धरण को अपने उद्भव की दन्तकथा से जोड़ा है। कुछ उदाहरण निम्नानुसार हैं—

1. बारभूम का भूमिज : राजपूताना का राजकुमार अपनी गर्भवती रानी के साथ तीर्थयात्रा के लिए पुरी जा रहा था। रानी ने बारभूमि के निकट जुड़वाँ बच्चों को जन्म दिया। उन बच्चों को राजा की जानकारी के बिना छोड़ दिया। एक सूअर ने उन नवजात बच्चों का लालन-पालन किया। गजाल्गु वंश के भूमिज ने उन जुड़वाँ बच्चों को सूअर से मुक्त कराया। उनका नाम स्वेतवाराह और नाथवाराह रखा। पटकुम के राजा विक्रमाजीत ने, जो उन जुड़वाँ बच्चों के क्षत्रिय होने के बारे में आश्वस्त थे, को अपना राज्य (सिन्हा : 1-34) प्रदान किया।

2. छोटा नागपुर का नाग राजा : नागों के ईश्वर पुण्डरीक नाग ने ब्राह्मण का वेश धारण कर ब्राह्मण कन्या से संसर्ग किया। ब्राह्मण कन्या ने पुरी के मार्ग में स्थित स्वेताम्ब नामक स्थान में बालक को जन्म दिया। बालक का पालन-पोषण मद्रमुण्ड (Madramunda) ने किया। वह बालक फनिक मुकुट राय (Phanik Mukut Ray) के नाम से जाना गया। बाद में वह बालक नागवंशी क्षत्रिय के रूप में मान्य हुआ (सिन्हा : 1-34) और उस राज्य का राजा बना।

3. भारत के मध्य क्षेत्र के चौहान : मानिकगढ़ राज्य के राजा हमीर देव की गर्भवती रानी अशावती (Ashavati) रामुद के वन में असहाय हो भटक रही थी। भिंजल जनजाति के मुखिया ने उसका अपनी पुत्री की तरह लालन-पालन किया। उसे पुत्र प्राप्त हुआ। पुत्र का नाम रमई देव रखा गया। पटना राज्य के चक्रधर पाणिग्रही नामक ब्राह्मण ने उसे शिक्षा दी। वहाँ आठ जनजातीय मुखियों ने अल्पतन्त्रीय राज्य स्थापित कर रखा था। रमई देव ने उन सबका वध कर उनका सिंहासन हासिल किया। उसके बाद उसने अपने पैतृक राज्य मानिकगढ़ (रेमसे, 1910 : 281-303) को भी जीता।

4. राज गोंड अवधारणा : भुंजिया जनजाति के मुखिया ने युद्ध में बिन्द्रा-नवागढ़ के राज गोंड सिंघलसाई (Singhalsai) का वध कर दिया। पटना के ब्राह्मण ने जंगल में भटक रही उसकी असहाय गर्भवती पत्नी को सहारा दिया। उस रानी ने पुत्र को जन्म दिया। पुत्र का नाम कचरा धरुआ (Kachra Dharua) रखा गया। वह बालक बड़ा हुआ। नायक बना और उसने भुंजिया जनजाति के मुखिया का वध कर अपना खोया पैतृक सिंहासन (गुप्ता, 1977 : 159) हासिल किया।

भुंजिया जनजाति के मुखिया का वध कुमदाफुलिया (Kumudaphuliya) गोंड ने किया। एक कुम्हार ने भुंजिया जनजाति के मुखिया की जंगल में भटक रही गर्भवती पत्नी को आश्रय दिया। उसने पुत्र को जन्म दिया। पुत्र का नाम तुलसीवीर (Tulsivir) रखा। उस बालक ने कुमदाफुलिया गोंड का वध कर खोलागढ़ का राज्य प्राप्त किया। (लेखक ने कालाहाँडी जिले के खालना की भुंजिया जनजाति की उत्पत्ति की गाथाओं को एकत्रित किया है, जिसका सार ऊपर वर्णित विवरणों के अनुसार है)। लेखक को जानकारी देने वाला व्यक्ति 68 वर्ष का है। वह भुंजिया जनजाति का है। वह ग्राम-प्रमुख है। उसका नाम डिगा चिन्दा (Diga Chinda) है।

हमें इसी प्रकार की उत्पत्ति-विषयक तत्त्व कवर्धा, रायगढ़, सक्ती, कोरिया और जशपुर (सिन्हा, 1962) के राजघरानों के राजप्रमुखों के बारे में प्राप्त हुए।

विभिन्न जनजातियों की उत्पत्ति सम्बन्धी गाथाओं से प्रतीत होता है कि उन सब गाथाओं का एक ही या समान उद्देश्य था अर्थात् अपनी जनजाति की उत्पत्ति को भारत के पौराणिक सूर्यवंश से जोड़ना। रामायण की कथा सूर्यवंश के राजाओं की कथा है, इसलिए उन्होंने अपनी वंशावली को लव और कुश के जन्म की संगत-कथा से जोड़ा। सिन्हा और श्रीनिवास ने भारतीय समाज की जातिप्रथा का अध्ययन किया

है। उनका विचार है कि ब्राह्मणों की सहायता से, सांस्कृतिक प्रक्रिया की मदद से अनेक जातियों और जनजातियों ने उच्च सामाजिक, राजनीतिक और जातीय स्तर हासिल किया है।

मौखिक या वाचिक रामकथा

मध्य भारत, विशेषकर छत्तीसगढ़ और पश्चिमी उड़ीसा की जनजातीय मौखिक पौराणिक कथाओं में हमें रामायण के प्रभाव के चिह्न दिखाई देते हैं। हमने दो पौराणिक गाथाओं का जनजातीय संस्कृति और रीति-रिवाजों के आधार पर परीक्षण किया है ताकि रामायण के प्रभाव को दर्शाया जा सके। पहली पौराणिक वाचिक गाथा कालाहाँडी के अहीर जनजातीय समाज से ली गई है। यह बाँसगीत कहलाता है। बाँस वाद्य तीन फुट लम्बा, संगीत पैदा करने वाला वाद्य है। उसमें 5 छेद होते हैं। उसे बाँसुरीवादक द्वारा पौराणिक गाथा गाते समय बजाया जाता है। गीत का नाम वाद्ययन्त्र के नाम से होता है। गान पूरी रात चलता रहता है। यह पौराणिक गान पश्चिम उड़ीसा की अहीर जनजाति की पुरातन संस्कृति को दर्शाता है। छत्तीसगढ़ में भी बाँसगीत का स्वरूप और कथासार पश्चिम उड़ीसा के बाँसगीतों के ही समान है। भाषा के अन्तर के बावजूद जनसामान्य में वह उतना ही प्रचलित है। कालाहाँडी के कापसी ग्राम का गौर बार्ड बाहजन नायल भजन ज्ञानवर्धक है। इस पौराणिक गाथा का नाम उसके नायक और नायिका के नाम पर कोतराबेना-रामेला (Kotrabaina-Ramela) है।

पौराणिक कहानी निम्नानुसार है—

कोतराबेना एक ग्रामीण किसान है। उसका काम गाय और भेड़ चराना तथा दूध-दही बेचना है। उसकी पत्नी रामेला बेहद सुन्दर थी। उसका पुत्र 6 माह का था। उस इलाके का राजा कामुक था। उसकी बुरी नजर सुन्दर महिलाओं पर रहती थी। कोतराबेन को हर पल डर सताता रहता था कि यदि राजा को उसकी पत्नी की सुन्दरता का पता चल गया तो उसकी पत्नी का अपहरण हो जायेगा। इस कारण उसने दूध-दही बेचने के लिए अपनी पत्नी का बेन्दुल नगर जाना वर्जित कर रखा था। एक दिन जब कोतराबेन अपनी बहन के घर मेहमानी के लिए गया था। उस दिन रामेला बेन्दल नगर देखने की इच्छा नहीं रोक पायी और अपने बच्चे को ननद के पास छोड़कर, दूध-दही बेचने के लिए बेन्दल नगर चली गई। राजा के सैनिकों ने उसे देखा तो वे उसका अपहरण कर राजा के महल ले गये।

कोतराबेन अपनी बहन के घर पर सो रहा था। उसके कुलदेवता ने स्वप्न में उसे रामेला के अपहरण की जानकारी दी। वह तत्काल घर लौटा। घर पहुँचकर उसे स्वप्न की सत्यता की जानकारी मिली। उसने अपने कुरमेल नामक जादुई साँड़ और उल्टिया गद्रा नाम की भेड़ को मय 12 लाख बैल और 12 लाख भेड़ों के जमा किया। उसने रामेला को राजा के चंगुल से मुक्त कराने के लिए नगर पर हमला कर दिया। पशुओं ने नगर को ध्वस्त कर दिया। कोतराबेन ने राजा को मार गिराया और रामेला को मुक्त किया पर गौर समाज रामेला को बिना सच्चरित्रता की परीक्षा दिये स्वीकार करने के लिए सहमत नहीं था। अपनी सच्चरित्रता सिद्ध करने के लिए रामेला ने अग्निप्रवेश किया। इसके बावजूद, समाज उसे पवित्र मानने के लिए सहमत नहीं हुआ। समाज चाहता था कि यदि उसका छह माह का बालक घुटने के बल चलकर माँ का स्तनपान करे तो उसे सच्चरित्र माना जायेगा। रामेला इस परीक्षा में भी सफल हुई। तब अहीर समाज ने उसे स्वीकार किया।

जनजातीय वन-संगीत में रामकथा के सीता-हरण से लेकर उनकी अग्निपरीक्षा तक के प्रसंग को

सम्मिलित किया गया है। स्थानीय कथाओं में राम, सीता और रावण को क्रमशः कोतराबेन, रामेला और बेन्दुल के राजा के रूप में पेश किया गया है। लक्ष्मण ने सीता को तीन रेखाओं को पार नहीं करने वाली चेतावनी दी थी। उस चेतावनी का कोतराबेन द्वारा रामेला को बेन्दुल नहीं जाने देने वाली चेतावनी से साम्य है। रावण ने लक्ष्मण की अनुपस्थिति में सीता का अपहरण किया था। उसी प्रकार कोतराबेन की अनुपस्थिति ने रामेला को बेन्दुल जाने का अवसर प्रदान किया और वहाँ कामुक राजा द्वारा उसका बलात् अपहरण हुआ। राम ने वानरों तथा रीछों की सेना की मदद से लंका को ध्वस्त किया था। रामेला को प्राप्त करने के लिए उसी प्रकार कोतराबेन ने बैलों तथा भेड़ों की सेना की मदद से बेन्दुल नगर को ध्वस्त किया। कुरमेल साँड़ और उल्टिया गद्रा भेड़ की भूमिका हनुमान और जामवन्त जैसी है। सीता को अपनी सच्चरित्रता सिद्ध करने के लिए दो परीक्षाओं—अग्निपरीक्षा तथा पातालगमन—से गुज़रना पड़ा था। उसी प्रकार रामेला को भी दो परीक्षाओं से गुज़रना पड़ा।

दूसरी जनजातीय कथा लक्ष्मण जती है। यह कथा भारत के मध्यक्षेत्र की बैगा जनजाति में प्रचलित है। बैगा जनजाति, गोंड जनजाति की उपशाखा है। यह द्रवड़ियन समूह में आती है। लक्ष्मण जती रामकथा का स्थानीय रूप है। इसकी विशिष्टता उसका पृथक् रूप है। इस गाथा में लक्ष्मण और सीता की भूमिका बदल जाती है। रामायण में सीता की अग्निपरीक्षा होती है पर बैगा जनजाति की कथा में लक्ष्मण को अपने को सच्चरित्र सिद्ध करने के लिए उक्त परीक्षा देनी पड़ती है। अलंकृत बैगा रात्रि में पाँच से छह घण्टे से अधिक समय तक, किंगरी वाद्य (Fiddle) पर लक्ष्मण जती गाता है।

इस गाथा की कहानी निम्नानुसार है—

जाजतपुर के बैगा ग्राम में राम, लक्ष्मण और सीता कुटिया में रहते थे। वे खेती और भोजन जमा करने वाली बैगा जनजातीय जीवन-शैली का पालन करते थे। लक्ष्मण ब्रह्मचारी थे और तपस्वी का जीवन बिता रहे थे। इसलिए लोगों ने उन्हें लक्ष्मण जती का नाम दिया। वे बेहद अच्छी तरह से कांगरी बजाते थे। उनके संगीत को सुनकर इन्द्रसभा की इन्द्रकामनी उन पर आकर्षित हो गई। वह अनेक बाधाओं को पार कर मृत्युपुर आई और अन्ततः लक्ष्मण के शयनकक्ष में पहुँच गई। प्रेम के वशीभूत हो उसने सोते हुए लक्ष्मण की कामवासना को जगाने का प्रयास किया पर इन्द्रकामनी के सारे प्रयास निष्फल हुए। क्रोध के वशीभूत हो उसने अपनी चूड़ियाँ तोड़ दीं और उन्हें लक्ष्मण के बिस्तर पर बिखेर दिया। उसने दुर्भावनावश अपने कर्णफूलों को बिस्तर पर छोड़ा ताकि लक्ष्मण और सीता के सम्बन्धों पर सन्देह हो। उसके बाद वह चली गई। प्रातःकाल जब सीता लक्ष्मण की कुटी में उनके बिस्तर को ठीक करने पहुँचीं तो उन्हें बिस्तर पर टूटी चूड़ियों के टुकड़े मिले। सीता ने तत्काल राम को स्थिति की जानकारी दी। राम आये। उन्होंने लक्ष्मण के बिस्तर पर न केवल टूटी चूड़ियाँ देखीं वरन उन्हें कर्णफूल भी मिले। उन्होंने लक्ष्मण को जगाया और उनको उनकी चरित्रहीनता के लिए बहुत बुरा-भला कहा। लक्ष्मण, जो सत्यता से अनभिज्ञ थे, ने सारे आरोपों को नकारा पर वे अपने प्रयास में सफल नहीं हुए।

राम ने आभूषणों के मालिक को जानने के लिए तिकड़म अपनायी। उन्होंने मुकद्दम (गाँव के मुखिया) को गाँव की सभी महिलाओं को बुलाने का आदेश दिया। उन्होंने टूटी चूड़ियों और कर्णफूल की नाप लेकर उस नाप का मिलान उपस्थित महिलाओं की चूड़ियों और कर्णफूलों से किया। चूड़ियों और कर्णफूल के नाप का मिलान किसी भी महिला के आभूषणों से नहीं होने पर राम ने मुकद्दम से जानना

चाहा कि क्या कोई महिला ऐसी बची है जिसके आभूषणों की जाँच नहीं हुई। मुकद्दम ने बताया कि सीता के आभूषणों की जाँच नहीं हुई है। यह ज्ञात होने पर राम ने खुद सीता की चूड़ियों और कर्णफूलों की जाँच की। जाँच में चूड़ियों और कर्णफूलों का नाप सीता के हाथ और कान से हुआ। इस कारण राम को विश्वास हो गया कि लक्ष्मण और सीता के बीच अवैध सम्बन्ध हैं। उन्होंने लक्ष्मण को बहुत बुरा-भला कहा। लक्ष्मण ने आरोपों का खण्डन किया तथा अपने आपको अग्निपरीक्षा के लिए प्रस्तुत किया। राम ने प्रस्ताव स्वीकार किया। उन्होंने 12 लुहारों को आग का गोला बनाने का आदेश दिया। लुहारों ने तदनुसार आग का गोला (अग्निकुण्ड) बनाया। उसी दिन गाँव की एक महिला ने बच्चे को जन्म दिया था। उस बच्चे को गोद में लेकर लक्ष्मण ने अग्निकुण्ड में प्रवेश किया और बच्चे सहित सही-सलामत बाहर आये। राम आश्चर्यचकित हुए। इसके बाद राम ने जंगली लकड़ियों की मदद से एक और अग्निकुण्ड बनाया। द्वितीय अग्निपरीक्षा में भी लक्ष्मण सफल हुए और सकुशल बाहर आये। राम उनकी सच्चरित्रता से सन्तुष्ट हुए पर लक्ष्मण ने ग्लानि तथा वेदना के कारण पृथ्वीमाता से शरण देने की प्रार्थना की। पृथ्वीमाता ने अपना हृदय खोल दिया और लक्ष्मण (एल्विन, 1939 : 22-7) को अपने हृदय में स्थान प्रदान किया।

रामकथा से साम्य बैठाता उपर्युक्त जनजातीय स्वरूप वास्तव में रामायण की घटनाओं से साम्य दर्शाने वाला स्वरूप है। इस जनजातीय कथा में लक्ष्मण, राम या सीता से अधिक महत्त्वपूर्ण हैं। हकीकत में इस कथा में लक्ष्मण ने सीता की भूमिका का निर्वाह किया है। इस कथा का मुख्य उद्देश्य लक्ष्मण के चरित्र को जती या यति के रूप में उकेरना है। इन्द्रकामनी का चरित्र शूर्पणखा के चरित्र का प्रतिबिम्ब है। राम, लक्ष्मण और सीता के क्लासिकल चरित्र को बैगाओं की वाचिक परम्पराओं के मुताबिक बदला गया है। यह बदलाव बैगाओं की सामाजिक समस्याओं को सुलझाने के लिए है। बैगा समाज में अपनी बड़ी साली या भाभी पर, पति के बाद, जीजा का ही अधिकार होता है। भारत के मध्यक्षेत्र के जनजातीय समाज में देवर-भाभी के बीच अवैध सम्बन्ध बेहद सामान्य होते हैं। यह स्थिति परिवार के बड़े भाई के लिए मनोवैज्ञानिक समस्या पैदा करती है। यह स्थिति केवल बैगाओं में ही नहीं है। यह समस्या बैगाओं के अतिरिक्त भारत के मध्यक्षेत्र की अनेक जनजातियों और जातियों के साथ साथ गोंड, कांध, पहारिया, मुड़िया, परजा, भतरा समुदायों में भी विद्यमान है। जहाँ तक मध्य भारत में देवर-भाभी के बीच अवैध सम्बन्धों का प्रश्न है तो वेरियर एल्विन कहते हैं कि —''मध्य भारत की अनेक जनजातियों में पति के छोटे भाई के रूप में लक्ष्मण शास्त्रोचित उदाहरण है जो अधिकांश जनजातियों में बड़े भाई की पत्नी के साथ सम्भोग करने तथा अवैध सम्बन्ध बनाने के लिए अधिकृत है।'' इन सभी जनजातियों में एक सामाजिक परिपाटी मौजूद है जिसके आधार पर भाई की मृत्यु-उपरान्त देवर को विधवा भाभी के साथ शादी करना तथा विवाहेतर शारीरिक सम्बन्ध बनाना होता है।

यह हकीकत इन क्षेत्रों के लोकगीतों से भी प्रगट होती है—

सजनी, नुआमाली अनिला
भौजा रसिया भतरा पिला
मैजी पसोरी देला

अर्थात् हे साथी, एक नवजवान भतरा लड़का नयी नवेली दुल्हन लाया है पर उसके सम्बन्ध बड़ी साली के साथ होने के कारण वह अपनी नयी नवेली पत्नी को भूल गया है।

दलखेरा, अंधरा घरके मू धाना गति गली,
देरा सुईचे बाली जनीना परिला
धरिडेला देना करि हितीगाला गुना
से गुनके धारीकारी डियारा, गाले देला चूमा।

ओ दलकारी (पत्ते खाने वाले), मैंने अँधेरे कमरे में धान सुखाने के लिए प्रवेश किया। मुझे नहीं मालूम था कि जीजा वहाँ आराम कर रहा है। उसने मेरा आलिंगन किया। मेरी नथनी गिर गई। नथनी उठाते समय उसने मेरे गालों को चूमा।

जनजातीय समाज में पति के उपरान्त महिला अपने जीजा का ही पक्ष लेती है। इन इलाकों में देवर–भाभी का सम्बन्ध भारतीय सुसंस्कृत परिपाटियों की तरह माँ–बेटे जैसा नहीं होता। भारतीय सुसंस्कृत परिपाटियों में छोटी बहन के पति के लिए बड़ी साली का स्थान माँ के जैसा होता है। यह स्थिति रामायण के पात्र, सीता और लक्ष्मण के सम्बन्धों से स्पष्ट रूप से प्रगट होती है। यह रामायणकालीन सामाजिक परिपाटी है। सांकलिया कहते हैं कि—''सामाजिक परिपाटी जिसके अनुसार बड़े भाई की पत्नी पर छोटे भाई का अधिकार होता है... जब लक्ष्मण सीता को अकेले छोड़ने को सहमत नहीं थे, तब सीता ने लक्ष्मण पर व्यंग कसा और उन्हें बुरा–भला कहा। उन्होंने कहा कि राम की मृत्यु के उपरान्त वे उनसे विवाह नहीं कर पायेंगे। सम्भवत: यह सामान्य परिपाटी थी जिसके अनुसार बड़े भाई की मृत्यु की स्थिति में देवर विवाह (सांकलिया, 1962 : 64) कर विधवा भाभी को प्राप्त कर सकता था।

बैगा जनजाति ने सम्भवत: रामायण के लक्ष्मण और सीता के विशुद्ध एवं आडम्बरहीन उदाहरण को, सामाजिक समस्याओं को सुलझाने के लिए अपनी जनजातीय संस्कृति में अपनाया। यह मुख्यत: संस्कृति के विशुद्धिकरण की प्रक्रिया है। इस प्रक्रिया को अपनाकर समाज असभ्य व्यवहारों और रीति-रिवाजों को छोड़, सुसंस्कृत व्यवहारों और रीति–

रिवाजों अर्थात् परिष्कृत सभ्यता को अपनाने का प्रयास करता है। लक्ष्मण को जती या साधु बताने के पीछे देवर के चरित्र को पवित्र बतलाना है। ऐसा उदाहरण, जिसे देखकर स्थानीय जनजातियाँ और उनकी संस्कृति प्रेरणा पा सके।

पौराणिक कथाओं के अतिरिक्त जनजातीय लोकगीतों, कहावतों और पहेलियों में पर्याप्त सामग्री उपलब्ध है, जो रामकथा से उनका सम्बन्ध जोड़ती है। उदाहरण के लिए, जब आसमान में हवाई जहाज उड़ता दिखाई देता है तब, ग्राम-गीत उसका सम्बन्ध रावण के पुष्पक विमान से जोड़ते हैं और गाते हैं—

सजनी उपारे जहाज गाला
सीता के रावण चुराए नेला
लंकागढ पुनि देला

हे मित्र, वायुयान जो अभी-अभी उड़ा। रावण ने सीता की चोरी की है। वह उन्हें चुराकर लंकागढ़ ले गया है।

पश्चिम उड़ीसा के हालिया (हल चलाने वालों के) लोकगीतों में तीन भाई यथा राम, लक्ष्मण और भरत, सीता के साथ कृषक परिवार का प्रतिनिधित्व करते हैं। राम हल चलाते हैं, लक्ष्मण जमीन को समतल करते हैं, भरत रोपे प्रदान करते हैं और सीता रोपे लगा रही हैं। मूल गीत निम्नानुसार है—

राम लैकाहना जे दुईगोती भई
के फन्दे नानगला के फप्दे अडा माई
पलहा पारासिडे भैरे भरता,
रुपिहे सीतामाई हो

राम और लक्ष्मण दो भाई हैं। एक खेत में हल चला रहा है। दूसरा भाई खेत को समतल कर रहा है। भरत भैया रोपे दे रहे हैं और सीता उन रोपों को खेत में लगायेगी।

एक कहावत है जो कहती है कि—जो सहनशील होते हैं, वे ही जंगलों में विचरण कर सकते हैं। जो ऐसा नहीं कर सकते, अपने को बरबाद कर लेते हैं (सहेलर जे बनवास और नई सहेलर जो उदुरनास)। दूसरी कहावत कहती है कि—जीवन का अन्त जमीन या महिला के लिए होता है। यह कहावत महाभारत (जमीन) और रामायण (महिला) की कहानी के मर्म को इंगित करती है। कुछ कहावतों में पौराणिक ज्ञान छुपा है। नीचे दी गई कहावतें जिनका भावानुवाद निम्नानुसार है, कहती हैं—

दो खम्भे, सोलह पसलियाँ, उस पर बत्तीस द्वार। राम ने सीता से कहावत का उत्तर जानना चाहा। उत्तर है—घूमता चक्र। दूसरी कहावत इस प्रकार है— पहला, दूसरे पर बैठा है। एक गुलाब की कलियाँ गिनते आ रहा है। वे तीनों एकत्रित हुए। उन तीनों के 17 सिर हैं। बूझो वे कौन हैं? उत्तर है—रावण, कार्तिकेय और मोर। तीसरी कहावत इस प्रकार है—अनजान को इसे जानना चाहिए। एक युगल है, उसके 32 कान हैं। बूझो वे कौन हैं? उत्तर है—रावण और मन्दोदरी।

लोकगीतों की वाचिक परिपाटी पर रामायण का सीधा-सीधा प्रभाव है। उसके अतिरिक्त उसका प्रभाव जनजातीय लोक-संस्कारों पर भी है।

इस क्षेत्र के दो महत्त्वपूर्ण संस्कार भीम की पूजा तथा भतरुजीवन्ति ओशा (Bhatrujibanti Osha) हैं। इन दोनों संस्कारों पर रामायण का प्रभाव है। इन संस्कारों को इस क्षेत्र में मनाया जाता है।

रामायण से पानी बरसाने के लिए संस्कार : ऋषि शृंग की कथा

भारत के मध्यक्षेत्र की पौराणिक कथाओं, पूजा-विधियों तथा संस्कारों में भीम की उपासना का विवरण मौजूद है। इसका गहन अध्ययन अपेक्षित है। भीम वर्षा का देवता है। उनकी पूजा भरपूर वर्षा और उत्पादन के लिए की जाती है। उनकी पूजा प्रत्येक गाँव में की जाती है। उनकी मूर्ति लिंग के आकार के पत्थर की होती है। उनके साथ-साथ ग्राम की रक्षा करने वाली ग्रामदेवी की भी पूजा की जाती है। सूखे की स्थिति से निपटने के लिए वर्षा के देवता भीम को परम्परागत ओझा विधि से आमन्त्रित किया जाता है। सात दिन तक सभी ग्रामों में विधि-विधान के साथ उनकी पूजा की जाती है। यदि बरसात की कमी के कारण फसल की स्थिति खराब होती है तो लोगों को लगता है कि इन्द्र देवता से केवल भीम ही बरसात माँगकर ला सकते हैं। जनजातीय धारणा है कि भीम, बरसात के सबसे बड़े देवता इन्द्रदेव के भतीजे हैं। जनजातीय समाज में चाचा द्वारा भतीजे को सम्मान देने की परिपाटी है, इसलिए लोगों को लगता है कि बिना किसी विघ्न-बाधा के चाचा इन्द्र से भीम ही पानी ला सकते हैं। इस कारण प्रत्येक ग्राम में पृथ्वी माता के साथ-साथ भीम की भी पूजा होती है। भीम को सन्तुष्ट करने के लिए कन्धेन (Kandhen) को भी आमन्त्रित किया जाता है। भीम और ग्रामवासी कन्धेन की युवा पुत्री का विधि-विधान से संगम कराया जाता है। मान्यता है कि उनके मेल से निश्चय ही बरसात होगी। ब्राह्मण बहुल ग्राम में सूखे की अवधि में लोग खूब धूम-धाम से ऋषि शृंग यजना (Rishyashringa Yajna) का आयोजन करते हैं। ऋषि शृंग वरण (Varana) वास्तव में रामायणकालीन कथा की नकल है। अपने राज्य को गम्भीर सूखे से मुक्ति दिलाने के लिए महाराज दशरथ ने ऋषि शृंग को जराता द्वारा आमन्त्रित किया था। जराता—वास्तव में प्रकृति और पुरुष का जराता—ऋषि शृंग के रूप में मिलन है।

भीम और कन्धेन का मिलन वास्तव में रामायण की परम्परा है। पश्चिमी उड़ीसा और छत्तीसगढ़, मुख्यत: सूखा-प्रवण इलाके हैं। इन इलाकों के गैर-ब्राह्मण लोग ईश्वर की उपासना ब्राह्मणों की ही तरह वैदिक पद्धति से करते हैं। संस्कृत-भाषी पूजा-विधि पर उनकी पहुँच थोड़ा कठिन होती है, इसलिए उन्होंने ऋषि शृंग जराता घटना को भीम-कन्धना के विवाह से विधि-विधान के साथ जोड़ा। सूखे की प्राकृतिक समस्या को हल करने अर्थात् वर्षा कराने के लिए इस क्षेत्र के जनजातीय समाज ने रामायण की दैवी कथा की नकल की।

भतरुजीवन्ति ओशा (Bhatrujibanti Osha)

पश्चिमी उड़ीसा और छत्तीसगढ़ की दूसरी धार्मिक परम्परा भतरुजीवन्ति ओशा या भेजन्तिया ओशा (Bhaijiuntia Osha) है। इस परम्परा को महिलाएँ मनाती हैं। मान्यता है कि कौशल्या जो दक्षिण कोशल की राजकुमारी थीं, से अयोध्या के राजा दशरथ का विवाह हुआ था। इस कथा के अनुसार—राम उनके भाई हैं। अपने भाई की लम्बी आयु के लिए महिलाएँ माँ दुर्गा का उपवास रखती हैं। चूँकि कोशल की पहचान इस क्षेत्र से है इसलिए क्षेत्रीय विरासत को ज़िन्दा रखने के लिए महिलाएँ आश्विन माह की अष्टमी को माँ दुर्गा के सामने भतरुजीवन्ति परम्परा का पालन करती हैं। इस मान्यता से ऐतिहासिक सत्यता का राम से जोड़ने वाला कोई सीधा सम्बन्ध नहीं है, परन्तु जनजातीय समाज के परम्परागत विश्वास को नकारा नहीं जा सकता।

क्लॉस कहते हैं—महाभारत और रामायण का समूचे भारत (Claus, 1981 :17) में मंचन होता है। इस मंचन में स्थानीयता का पुट होता है। यह सच है कि उन ग्रन्थों को पढ़ने या सुनने से लोगों की धार्मिक प्यास बुझती है। लेकिन उन्हें सुनने या पढ़ने का अवसर बहुत ही कम लोगों को मिलता है, इसलिए उसका लाभ पूरे समाज को नहीं मिलता। लोकमंचों पर रामलीला (रामायण के मंचन) का लाभ पूरे समाज को बिना उम्र या लिंग-भेद के मिलता है। इससे उनकी धार्मिक भावनाएँ तृप्त होती हैं और उन्हें भरपूर आनन्द का अनुभव होता है। अपने आदर्शों के चरित्र और विभिन्न घटनाओं को देखकर लोगों के नैतिक मूल्यों में वृद्धि होती है।

सन्दर्भ

1. क्लॉस, पी. जे., जे हाण्डु, डी. पटनायक (सम्पा). 1981, भारतीय परम्परा 2, सीआईआईएल, मैसूर.
2. एल्विन, वेरियर, 1935. सांग्स ऑफ़ फॉरेस्ट, लंदन. 1950. बोन्डो हाईलेण्डर, लंदन.
3. गुप्ता, प्यारेलाल, 1977, प्राचीन छत्तीसगढ़ (हिन्दी), रायपुर.
4. महापात्रा, के. एन. 1971, पो-लो-मो-लो-की-ली ऑफ ह्वेन सांग इन एन. के. साहु (सम्पा.) न्यू आस्पेक्ट्स ऑफ हिस्ट्री ऑफ उड़ीसा. सम्बलपुर यूनिवर्सिटी.
5. नायक, टी. बी., 1973, दी ट्राइब्स ऑफ सेण्ट्रल इण्डिया, इन दी ट्रायबल प्यूपिल ऑफ इण्डिया, मिनिस्ट्री ऑफ आई एण्ड बी. (प्रकाशन डिविजन), नयी दिल्ली.
6. रेमसे, काब्डन, 1910, बेंगाल गजेटियर्स, फ्यूडेटरी स्टेट्स ऑफ उड़ीसा, पटना स्टेट.
7. साहु, एन. के., 1977, उड़िया जटिरा इतिहास (उड़िया), भुवनेश्वर.
8. सिंहदेव, जे. पी., 1986, कल्चरल प्रोफाइल ऑफ साउथ कोशल, ज्ञान प्रकाशन, नयी दिल्ली.
9. सिन्हा, एस., 1962, स्टेट फॉरमेशन एण्ड राजपूत मिथ इन सेण्ट्रल इण्डिया, मेन इन इण्डिया, भाग-13 क्र. 1.
10. सांकलिया, एच. डी., 1982, दी रामायण इन हिस्टोरिकल पर्सपेक्टिव, मैकमिलन इण्डिया लिमिटेड, नयी दिल्ली.
11. श्रीनिवासन, एम.एन., कास्ट सिस्टम इन इण्डिया एण्ड अदर स्टेट्स, ओरियण्ट लांगमेन, बम्बई.

रामकथा का लोक-विस्तार

वसन्त निरगुणे

रामकथा का लोक में जितना विस्तार हमें दिखाई देता है, उतना किसी और चरित का नहीं। विश्व में दो ही महानायक हुए हैं, जिनके चरित्र ने सम्पूर्ण संसार को प्रभावित किया है। उनमें से एक सृष्टि के प्रथम कवि वाल्मीकि के 'राम' हैं और दूसरे महाभारत के सूत्रधार 'कृष्ण'। अवतारवाद की दृष्टि से भी देखें तो मनुष्य के रूप में देव के समकक्ष अवतरित पूर्ण पुरुष 'राम' ही बैठते हैं। महाभारतीय कृष्ण चरित भी उन्हीं का विस्तारित रूप है। इसे ठीक से समझ लेना जरूरी है। ये दो कालों के महाचरितों की महागाथा है जो आज सारे विश्व में किसी-न-किसी रूप में गायी जाती है। गूँजती है। यहाँ देखने वाली बात यह है कि लोक में रामकथा खूब फैली और फली, लेकिन आदिवासी लोक में रामकथा के पैर उतने नहीं फैले। इसका कारण क्या है ? यह विचारणीय प्रश्न है। जबकि आदिम समूहों का निवास आर्य संस्कृति यानी रामकथा से बहुत पहले का है। उनमें रामकथा का इतना विस्तार क्यों नहीं हुआ ? मित्रो ! इसके पीछे भी बहुत से कारण हैं जिस पर हम आज किंचित विचार करेंगे।

पहले हम लोक में रामकथा के विस्तार को भली-भाँति देख लें, फिर जनजातियों में रामकथा की स्थिति का जायजा लेंगे।

वाल्मीकि-रामायण में जिस तरह से रामकथा का पल्लवन हुआ है, वह भारतीय संस्कृति और मूल्यों का ही दर्पण कहा जा सकता है। बाद के रचनाकारों ने अपने समय के अनुरूप इस गौरव को अक्षुण्ण रख, राम एक प्रजा-वत्सल शासक व सद्गृहस्थ के रूप में स्वीकृत हुए। यह मानव से महामानव बनने की कथा थी और उससे बढ़कर नर से नारायण बनने की कथा थी। इसीलिए रामकथा जाति, धर्म, देश, काल को लाँघती हुई सारे विश्व में फैलती चली गयी। जिसमें सम्पूर्ण मानवता को बचाये रखने के सत्य के वे बीज भी थे, जो हर देश, काल और भूमि में पल्लवित होने की सामर्थ्य रखते थे। यही कारण है कि राम का चरित महालोकत्व ग्रहण करता चला गया जो समय का सौटंच बन गया। 'राम' को लोगों ने भगवान तो माना ही, उसे सृष्टि के रचयिता 'ब्रह्म' के समकक्ष बैठा दिया। राम देवत्रयी के खास देवता विष्णु के पूर्ण अवतार माने गये। वामन परशुराम से भी राम आगे निकल गये। महाभारत काल में कृष्ण के रूप में पूर्णावतार की एक और कड़ी जुड़ गयी। कृष्ण के बाद में कल्कि अवतार के रूप में 'बुद्ध' को माना गया। यह वह समय था, जब रामकथा वाल्मीकि-रामायण से आगे अध्यात्म रामायण की ओर बढ़ रही थी। इसके कारण रामकथा के पात्रों का चरित्र-चित्रण पारलौकिक हो उठा और इसका परिणाम यह हुआ कि रामकथा की मानवीय कमजोरियों को ढँकने की चेष्टा की गयी। जिसके लिए अनेक आख्यान रचे और जोड़े गये। इस तरह रामचरित विश्वजीवन विश्वसनीय ही नहीं, अलौकिक होता चला गया। इस बात को देखने के लिए हमें उन देशों तथा उनकी भौमिक संस्कृतियों को समझना होगा, जहाँ-जहाँ रामकथा के

बीज पहुँचे और वटवृक्ष के रूप में विकसित हुए।

इस कार्य में वाल्मीकि-रामायण के देश-काल के अनेक रूपान्तरण तो हुए। इसमें 'अध्यात्म रामायण' ने भी देशान्तर में अपनी महत्त्वपूर्ण भूमिका निभाई।

थाई देश का पूर्व नाम 'स्याम' रहा है। यहाँ सबसे पहले पाली भाषा में 'रामायण' पहुँची। जो रूपान्तरित होकर 'राम कित्ती' हो गयी। आजकल थाई भाषा में जिसे 'रामकीन' कहा जाता है। स्याम का लोक मूलत: भारतीय मूल का है, जिसकी स्मृतियों में रामकथा पहले से ही रची-बसी रही है। फिर भी पाली की 'रामकित्ती' थाई भाषा में 'रामकीन' होकर कई स्थानीय संस्कृति के अनुभावन तत्त्वों को ग्रहण करती हुई नया कलेवर प्राप्त करती है। वहाँ सीता का जन्म-प्रसंग बदल गया। वहाँ सीता को 'सीदा' कहा गया, जो सम्राज्ञी 'मोंतो' की कन्या है। ज्योतिषियों ने उसे सर्वनाशी कन्या बतलाया। सम्राट पिता लोंको ने उसे समुद्र में बहा दिया। वह कन्या मिथिलापति 'जोनोक' को जल में बहती मिली। तपस्यारत जोनोक (जनक) ने शिशुकन्या को एक गड्ढे में रख दिया और धरती से उसे पालने की प्रार्थना की। जनक की तपस्या समाप्त होने तक सीता जवान हो गयी। इसके बाद की कथा 'धनुष-यज्ञ' की तरह है, जहाँ राम धनुष भंग नहीं करते बल्कि शिवधनुष को उठाकर प्रतियोगिता जीत लेते हैं। जीत में उन्हें 'सीदा' मिलती हैं। इस तरह सीता लोंको (लंका) नरेश की पुत्री बैठती है, जिसका बाद में रावण ने हरण किया था। इसका जिक्र अन्य रामायणों में भी मिलता है। यहाँ सीता ने आत्महत्या करने की कोशिश की थी, तब हनुमान ने उन्हें इस जघन्य कार्य से रोका था। बाद में राम ने सुग्रीव, हनुमान आदि की सहायता से लंका विजय की थी।

कम्बोडिया में रामकथा वाल्मीकि-रामायण से पहुँची जिसे 'रामकेर' रामायण कहा जाता है। यहाँ रामायण में 'राम-रावण' युद्ध के वैष्णव या बुद्ध के दार्शनिक तत्व शामिल हो जाते हैं और वह 'सामेर संस्कृति' में पूरी तरह से रंग जाती है। यहाँ लोक और शास्त्र की रामायण पृथक्-पृथक् है।

श्रीलंका में अज्ञात कवि द्वारा रची गयी 12वीं शताब्दी की 'जानकी हरण' के रूप में रामायण मौजूद है। यहाँ विभीषण की प्रतिष्ठा है, जिसने रावण के वध के बाद लंका में राम के सहारे सुशासन किया था। बुद्ध लोग भी विभीषण को मान देते हैं।

चीन में रामायण का नायक भरत को माना गया है। यद्यपि चीन बुद्ध धर्म को मानता है, फिर भी वहाँ वाल्मीकि-रामायण के कई संस्करण मिलते हैं। यहाँ राजा शुद्धोधन को बुद्धावतार में दशरथ बताया गया है। 'राहुल की माँ महामाया को सीता तथा शिष्य आनन्द को भरत निरूपित किया गया है।' बुद्ध ने स्वयं अपने मुख से शिष्यों को यह कथा सुनाई थी। यह कथा 'दशरथ जातक' के नाम से पाली भाषा में मिलती है। भरत ने महानायक की तरह सिंहासन पर राम की चरण पादुकाएँ रखकर सुचारु राजकाज चलाया था। वन से लौटने के बाद राम तो भरत को ही राजसिंहासन सौंपना चाहते थे।

बर्मा में बौद्ध धर्म होने के बाद भी रामकथा लोकप्रिय हुई। यहाँ तक कि बुद्ध को राम का अवतार बताया गया है। वहाँ विष्णु के दशावतारों की मूर्तियाँ स्थित हैं। वहाँ की रामकथा में बहुत-सी किंवदन्तियाँ जुड़ गयी हैं—जैसे लक्ष्मण के लिए हनुमान संजीवनी बर्मा के पोपा पहाड़ से ही लाये थे। वहाँ 'रामलीला' का चलन है। वहाँ के कवि उतो ने तुलसी-रामायण से प्रेरणा ले 'रामगमन' रामायण की रचना की है।

लाओस को लवदेश कहते हैं जिसे 'स्वर्णभूमि' कहा जाता था। पहली शताब्दी के पूर्व ही यहाँ एक

हिन्दुस्तानी ने अपना राज्य कायम किया था। वहाँ खमेर जाति के लोग रहते हैं, जो भारतीय मूल के वंशज हैं। वहाँ कांग नदी को गंगा माना जाता है। लाओस में रामायण-कथा नृत्य, गीत और चित्र तथा शिल्पों में मिलती है। वहाँ की रामायण का नाम 'फालक फा लाम' है। वहाँ रामलीला भी होती है। वहाँ भी गौतम बुद्ध को राम का अवतार माना जाता है।

हमारे देश में रामकथा के विभिन्न भाषाओं में तीन सौ से अधिक ग्रन्थ उपलब्ध हैं। बनारस के डॉ. भानुशंकर मेहता ने एक हज़ार से अधिक रामायणों का होना बताया है। अनुवाद तो और भी अधिक हो सकते हैं। चित्रकूट शोध संस्थान में अनेक रामायण ग्रन्थ संकलित हैं।

पश्चिम बंगाल में कृतिवास रामायण 'रंगचीया' प्रचलित है जो वाल्मीकि-रामायण पर आधारित है। इसमें समय के प्रभाव के कारण राक्षसी वृत्तियों का वर्णन अधिक किया गया है। सीता-विवाह पर स्त्रियाँ बंगाल में प्रचलित शुभ शंख-ध्वनि करती हैं, जिसमें भक्तिभाव की प्रचुरता है।

उड़िया रामायण में कृतिवास रामायण की छाया अधिक है। यहाँ बलरामदास ने बहुत पहले रामायण रची। इसमें शिव और शक्ति का वर्णन किया गया है। उड़िया रामायण में कैकेयी की कलंक मुक्ति के लिए प्रार्थना की गयी है।

नेपाल में श्रेष्ठ कवि भानुभक्त की रची रामायण प्रचलित है जिसका आधार अध्यात्म रामायण है। इसमें सात काण्ड हैं।

असमिया रामायण वाल्मीकि रामायण का असमिया भाषा रूपान्तरण है। इसके कवि माधव कन्दली हैं, जिन्होंने इसे वराहमिहिर राजा महा माणिक्य के आग्रह पर रचा था। इसमें भी सात काण्ड हैं। असमिया रामकथा की पुनर्रचना में सन्त शंकर देव और उनके शिष्य माधवदेव की प्रमुख भूमिका है।

भूटान देश में लिंग गेसर गेलपो नाम से रामायण का मंचन होता है। लिंग गेसर गेलपो का मतलब लिंग का राजा है, जिसे राम की तरह दिखाया जाता है। उसकी पत्नी 'सेंगचांग डुकमो' यानी सीता माँ माना गया है। उसी तरह 'हारगर काल्प गेलपो' को रावण दिखाया गया है। जो सेंगचांग डुकमो को हरण कर लेता है। उसे छुड़ाने के लिए गेसर गेलपो उससे युद्ध करता है। इसकी भाषा भूटान की राष्ट्रीय भाषा 'डीजोग्खा' है। भूटान मूलतः बुद्धिष्ट देश है। इस रामलीला में बुद्धिस्ट वाद्यों और नाटकीय शैली का पारम्परिक प्रयोग देखा जा सकता है। इसकी वेशभूषा बेहद रंग-बिरंगी और कल्पनाशील होती है। युद्ध के दृश्य मार्शल आर्ट पर आधारित होते हैं।

गोंड रामायनी : रामकथा का जनजातीय रूप

राम एक ऐसे महारचित नायक हुए हैं, जिनके नाम से जीवन के हर क्षेत्र में और उनके चरित ने संस्कृति, साहित्य और कला के विभिन्न अनुशासनों को बहुत गहरे तक हर समय में प्रभावित किया है। रामकथा का विस्तार लोक से लगातार शास्त्र तक और लोक-समाजों से लेकर जनजातीय लोक तक समाया हुआ है। जनजातियों की चेतना में रामकथा को लेकर लोग प्रायः प्रश्नचिह्न लगाते हैं, आदिवासियों से राम का क्या सम्बन्ध है ? देखा जाये तो राम का सम्बन्ध जनजातियों से अत्यन्त मानवीय, गहरा और पुराना है। वनवासी राम चौदह वर्ष तक वन्य-जातियों के सम्पर्क में रहे हैं। उनसे उनका जीवन्त सम्बन्ध था। इसका जिक्र स्वयं विश्व के प्रथम महाकाव्य रामायण के रचयिता वाल्मीकि ने किया है। कोल, किरात, निषाद उस समय राम के साथ थे। भीलनी शबरी की कुटिया में जाकर श्रीराम और लक्ष्मण शबरी के जूठे बेर खाते हैं।

गोंड रामायनी पेंटिंग

यह सुनिश्चित है कि राम आदिम पुरुष नहीं हैं, वे त्रेता युग में राजा दशरथ के यहाँ पैदा हुए हैं। जनजातियाँ राम से पूर्व से चली आ रही हैं। उनकी अवधारणा में स्थानिक देवी-देवताओं और नायकों से आगे की जगह कभी नहीं थी! लेकिन राम के व्यक्तित्व ने सारे युगों में सबको प्रभावित किया। इतना चुम्बकीय चरित जनजातीय चेतना से कैसे अलक्षित रह सकता था। जब लोक राम को भगवान प्रतिष्ठित कर रहा था, तब जनजातियों में राम एक असामान्य पुरुष की तरह प्रवेश कर रहे थे। डॉ. रमानाथ त्रिपाठी ने ठीक लिखा है—'हमें गर्व करना चाहिए कि हमारे राम कितने महान हैं कि वे घोर अरण्य में रहने वाली जनजातियों तक पहुँचे हैं।' लोक ने राम को मर्यादा पुरुषोत्तम सिद्ध किया है। जनजातियों को राम उनकी तरह धनुर्धारी लगते हैं। राजकुमार होते हुए भी राम का शौर्य और साहस उन्हें भाता है। राजपाट का व्यामोह छोड़कर वनवासी बनकर जिन्होंने चौदह वर्ष तक जंगलों की खाक छानी थी। राम वन्य-जीवन के पत्ते-पत्ते से परिचित हो लिये थे। वे जंगल के पेड़-पौधों, जीव-जन्तु, बन्दर-भालू, पशु-पक्षियों और वन में रहने वाले आदिमजनों के जीवन को बहुत नजदीक से महसूस कर चुके थे। वे प्रकृति-प्रेमी थे। उन्होंने आदिवासियों की तरह चौदह वर्षों तक बहुत कम वल्कल वस्त्र पहने थे। घास-फूँस की झोंपड़ियों में रहे थे। प्राकृतिक कन्द-मूल खाकर जीवनयापन किया था। बीमार होने पर जंगल की जड़ी-बूटियों का ही प्रयोग किया था। लक्ष्मण को शक्ति लगने पर एक पर्वत की संजीवनी बूटी ही काम आयी है। लक्ष्मण राम की छाया बनकर राम के साथ रहे थे। लक्ष्मण स्वयं भी शूरवीर थे। उन्होंने जंगल में रहने वाले बन्दर-भालुओं से दोस्ती की थी। हनुमान, जामवन्त, बाली-अंगद ऐसे ही सहयोगी थे।

राम-लक्ष्मण का ऋतुओं से भी गहरा सम्बन्ध था, इतने वर्षों तक राम-लक्ष्मण और सीता प्रकृति के

सान्निध्य में ऋतुओं के सारे रहस्यों को जान चुके थे। ठण्ड, गर्मी, वर्षा, पतझड़, बहार, पत्ते, फूल और फलों से परिचित हो चुके थे। नदी, पहाड़, ताल-तड़ाग, झरनों, खाई-खन्दकों, पगडण्डियों-मार्गों से परिचित हो चुके थे। पशु-पक्षी, नभचर-जलचर और थलचर के जीव-जन्तु मात्र से सम्पर्क में आ चुके थे। इनमें जो थोड़े विकसित थे, उनके भाषा-आचरण को जानकर उनसे राम मानवीय सम्बन्ध बना चुके थे। जटायु, जामवन्त इसके उदाहरण हैं। समुद्र और पर्वत तक राम का रास्ता नहीं रोक रहे थे। जैसे सारा चराचर 'राम' के साथ खड़ा था। फिर आदिवासी तो मनुष्य जात ही थे, फिर ये राम के प्रभाव से कैसे अछूते रह सकते थे?

सबसे महत्त्वपूर्ण बात यह है कि राम उन्हीं की तरह जीवन जिये हैं। राम का धनुष आदिम आखेट युग की पहचान का अवशेष ही कहा जा सकता है। इन सब बातों के कारण राम और रामकथा किसी-न-किसी कोण से, रिश्ते से जनजाति लोक में प्रवेश करती है। रामकथा को जनजातियों ने अपने में कुछ इस तरह मिलाने की कोशिश की है, जैसे राम उनके अपने हैं। जनजातियों में पहुँचकर रामकथा का स्वरूप वैसा बिल्कुल नहीं रह जाता, जैसे वाल्मीकि रामायण या लोक की रामायण में मिलता है क्योंकि रामकथा की जटिलताओं को जनजातियों ने अत्यन्त सरलता के साथ ग्रहण किया। वहाँ पुत्र-प्राप्ति के लिए किसी प्रकार के यज्ञ की आवश्यकता महसूस नहीं की जाती है। संथाली लोग एक सरल उपाय रच लेते हैं, उनका काम किसी योग के द्वारा दशरथ को दिये गये चार आमों से काम चल जाता है। इसी जटिलता को कहीं तपस्वी की जड़ी, ऋषि के फल, माली की बूटी और साधु की खीर से हल कर लिया जाता है। जनजातीय जन रामकथा को अपनी संस्कृति के अनुरूप अपनी स्थानिक कल्पनाशीलता, रीतियों और मान्यताओं के आधार पर ढाल लेता है। यहाँ तक कि रामकथा का नया रूप ही हमारे सामने आ जाता है, तब लोगों को भरोसा ही नहीं होता कि रामकथा ऐसी हो सकती है। इसका सबसे बड़ा उदाहरण मध्य प्रदेश की सबसे बड़ी आदिम जनजाति गोंड में प्रचलित 'रामायनी' हो सकती है। जिसे आज से लगभग पचास वर्ष पूर्व गोंड जनजाति संस्कृति के अध्येता पद्मश्री शेख गुलाब ने मूल बोली में संकलित किया था। गोंड रामायनी के बारे में डॉ. टी.बी. नायक ने भूमिका में लिखा है—'ग्राम्य जीवन की सरलता लिये तथा आदिवासी (गोंड-परधान) संस्कार और जीवन-दर्शन का पुट लिये इस कथा का रूप और आकार बहुत कुछ बदल गया है। अत: रामायनी नाम से मूल रामायनी की सम्पूर्ण घटनाओं, प्रसंगों अथवा विचारों की अक्षरश: अपेक्षा करना यहाँ उचित न होगा, लगता है जैसे रामायण की मूल कथा को पकड़कर, इन सरल आदिवासियों ने उसे अपने आंचलिक वातावरण के अनुरूप आदिम संस्कारों से बद्ध कर एक ऐसा नया रूप दे दिया है, जो आधार कथा से भिन्न होते हुए भी अपने आपमें विशिष्ट है।'

गोंड रामायनी की मूलकथा का यहाँ पहली बार विशिष्टजनों के सम्मुख खुलने का सुखद अवसर है। मैं चाहता हूँ कि गोंड रामायनी की सातों कथाएँ आप तक पहुँचें, इसलिए रामायनी के प्रत्येक अध्याय का कथासार यहाँ प्रस्तुत करना उचित ही न होगा, बल्कि इस अवसर पर प्रासंगिक भी होगा। इसके पूर्व गोंड रामायनी की कुछ विशेषताओं का जिक्र करना चाहता हूँ—

1. गोंड रामायनी का यह रूप पूर्णत: वाचिक है।
2. इस कथा में रामजन्म से लगाकर राज्याभिषेक तक की घटनाओं का वर्णन नहीं है।
3. यह कथा मूलत: गोंड जीवन, संस्कार की कथा है।
4. इस कथा के महानायक 'राम' न होकर 'लक्ष्मण' हैं। पण्डुवानी में भीम नायक हैं।

5. गोंडों में बहुविवाह पद्धति कभी स्वीकृत रही है। रामायनी उसी परम्परा की छाया है।
6. रामायनी में लक्ष्मण की सत्यता, शूरवीरता और सच्चरित्रता उसके पाँच विवाहों के माध्यम से बताई गयी है, जो लगभग काल्पनिक है।
7. कथा में गोंड जीवन के आदिम मूल्य, आचरण, विश्वास, तन्त्र-मन्त्र, जादू-टोना, रूप बदलने की शक्ति, इन्द्रजाल, युद्ध-परिवेश, वेशभूषा, धर्म-दर्शन, मिथक प्रतीक आदि का भरपूर उपयोग किया गया है।
8. गोंड रामायनी स्वप्न और स्मृति की कथा है। इस कथा की प्रमुख विशेषता समस्याओं का हल स्वप्न के माध्यम से किया गया है। इसका मतलब गोंडों का स्वप्न विज्ञान अत्यधिक विकसित था। कोई भी व्यक्ति किसी के स्वप्न में जा सकता है। लक्ष्मण अपने संकट स्वप्न के माध्यम से सीता को बताता है। सीता भी लक्ष्मण की स्थिति स्वप्न के माध्यम से जान लेती हैं। एक विवाह तो लक्ष्मण सीता के देखे गये सपने के आधार पर ही करते हैं। सीता ही इस विवाह के लिए लक्ष्मण को उकसाती हैं।
9. गोंड रामायनी काल-मुक्त है। इसमें अतीत, वर्तमान और भविष्य तीनों कालों की गजब की आवाजाही है। राम पत्र लिखकर लक्ष्मण की सहायता के लिए भीम आदि पाण्डवों को बुला लेते हैं। रामचन्द्र लक्ष्मण का भविष्य जानने के लिए सहदेव की सहायता लेते हैं। महादेव, इन्द्र, नारद भी आ जाते हैं। एक तरह से गोंड रामायनी कई समयों की समष्टि है। जबकि पण्डुवानी (महाभारत) रामायण के बाद की घटना है, लेकिन 'गोंड रामायनी' परधानों ने बाद में बुनी है।
10. गोंड रामायनी कथा-गायन का अद्‌भुत उदाहरण है। किंदरा बाजा यानी बाना एक आदिम वाद्य है, जो उन्हें गोंडों के आदिदेवता लिंगोपेन से मिला है। इसी से उत्पन्न संगीत पर परधान गायक गोंडवानी, पण्डवानी और रामायनी गाते हैं।

एक परधान गायक से मैंने पूछा कि गोंड रामायनी का नायक लक्ष्मण को क्यों माना गया है, राम को क्यों नहीं तो उसका बहुत सरल जवाब था। उसने कहा—लक्ष्मण में बहुत अधिक शक्ति थी। वह तपस्वी पुरुष था, वीरोचित था। राम भगवान थे। दोनों की जोड़ी अनूठी थी। लक्ष्मण का स्वभाव गोंडों से मिलता-जुलता है, इसलिए वह नायक है।

गोंड रामायनी का कथा-सार इस प्रकार है—

इन्द्रकामिनी 1-2 पहली कथा लक्ष्मण और इन्द्रकामिनी की दो अध्याय में कही गयी है। इन्द्र की पुत्री इन्द्रकामिनी लक्ष्मण के बाजे के संगीत पर विमोहित होकर इन्द्रपुरी से पृथ्वी पर आती है। वह वहाँ पहुँचती है, जहाँ लक्ष्मण के बाजे के संगीत की स्वर-लहरियाँ आ रही होती हैं। वह लक्ष्मण के महल में मक्खी बनकर प्रवेश करती है। लक्ष्मण नाग पलँग पर निद्रा निमग्न होता है। वह लक्ष्मण की सुन्दरता पर मुग्ध हो जाती है। वह मक्खी से इन्द्रकामिनी बन जाती है और लक्ष्मण को जगाने का प्रयास करती है, लेकिन वह नहीं जागता। वह चिढ़कर अपने वस्त्र, आभूषण आदि फैलाकर वापस मक्खी बनकर लक्ष्मण के जागने की प्रतीक्षा करती है।

इधर सीता लक्ष्मण के महल में आती है। उसकी हालत देखकर सीता को आघात लगता है। यह बात सीता राम को बताती है। राम चिन्तित होते हैं। पाण्डवों को सहायता के लिए आमन्त्रित करते हैं।

तिरियाफूल कथा

भीम भी लक्ष्मण की यही दशा देखकर लौटता है। राम स्वयं सेना लेकर आते हैं। लक्ष्मण की दशा देखकर क्रोधित होते हैं। उसे बाँह झिंझोड़कर उठाते हैं। लक्ष्मण हड़बड़ा कर उठते हैं। नारद के कहने पर राम लक्ष्मण के सत की अग्निपरीक्षा लेते हैं। लक्ष्मण को लोहे के महल में बिठाकर बाहर से उसमें आग लगा दी जाती है। राम दुखी होते हैं।

राम भीम को आग बुझाने के लिए पानी लाने को कहते हैं। भीम पानी लाते हैं। इधर लक्ष्मण महल के भीतर सुरक्षित होते हैं। वे भीम का अहसान नहीं लेना चाहते इसलिए उसकी कावड़ का सारा पानी चुड़ैल के माध्यम से फैला देते हैं। उसी पानी से महानदी बनी। लक्ष्मण सकुशल जलते महल से निकलते हैं। राम उसे गले से लगा लेते हैं। इस प्रकार दोनों भाइयों का पुनर्मिलन होता है। लक्ष्मण सत परीक्षा में खरे उतरते हैं।

दूसरे कथाक्रम में इन्द्रकामिनी मक्खी का रूप त्यागकर लक्ष्मण को जगाने की फिर कोशिश करती है, लेकिन वह नहीं जागता। उसे निद्रावस्था में ही इन्द्रलोक में उड़ाकर ले जाती है। वह वहाँ लक्ष्मण को बकरा बनाकर रखती है। एक दिन सीता लक्ष्मण का दुःख राम को बताती हैं। सीता राम को सपने में देखा सारा वृत्तान्त सुनाती हैं। राम चिन्तित होते हैं। पाण्डवों को बुलाते हैं। लक्ष्मण को छुड़ाने के लिए शंकर–पार्वती, कौरव–पाण्डव, हनुमान, राजा–महाराजा राम के साथ जाते हैं।

पाँचों पाण्डव और नारद एक तमाशा दल बनाकर इन्द्र की सभा में प्रवेश कर जाते हैं। वहाँ अपने नृत्य-गान से इन्द्र का मन विमोहित कर लेते हैं। नारद पुरस्कार में बाने पर खाल चढ़ाने के लिए एक जीवित बकरा माँगते हैं। योजनानुसार भीम राज्य के सारे बकरे पहले ही मार डालते हैं। राज्य में एक भी जीवित बकरा नहीं मिलता। तब इन्द्रकामिनी की सहेलियाँ महल में बकरा होने की बात बताती हैं। वही बकरा इन्द्र नारद को देकर विदा करते हैं। इस तरह नारद लक्ष्मण को छुड़ाने में कामयाब होते हैं।

इधर इन्द्रकामिनी को मालूम पड़ता है तो वह कुर्रीबाज बनकर राम के रथ पर टूट पड़ती है। भयंकर युद्ध होता है। रथ जमीन पर टूटकर गिर जाता है। यहाँ कुर्रीबाज इन्द्रकामिनी सीता से भिड़ जाती है। बीच में पड़कर नारद इन्द्रकामिनी को लक्ष्मण से विवाह करने का लालच देते हैं। इन्द्रकामिनी मान जाती है।

इन्द्रकामिनी और लक्ष्मण का विवाह एक नये महल में रचा जाता है। लक्ष्मण कुलदेव की पूजा के बहाने इन्द्रकामिनी को महल के सातों द्वार पार कर भीतर ले जाते हैं, जहाँ उसे कैद कर देता है। उस महल से इन्द्रकामिनी फिर कभी नहीं निकलती है। वह नागिन की तरह आज भी फुफकारती है। यही फुफकार संसार में आज तक हैजा जैसी बीमारी को फैलाती है।

तिरियाफूल

तीसरी कथा एक स्वप्न कथा है। सीता सपने में इन्द्र की सुन्दर दुर्लभ कन्या तिरियाफूल को देखती है और लक्ष्मण से उसे देवरानी के रूप में माँगती है। लक्ष्मण तिरियाफूल की खोज में निकल पड़ता है। आगे उसे दो साधु मिलते हैं। वे तिरियाफूल से मिलने का उपाय बताते हैं। लक्ष्मण उनके बताये अनुसार कार्य करता है, लेकिन तिरियाफूल की देवी निद्रा के प्रभाव के कारण दोनों बार लक्ष्मण को नींद लग जाती है। तीसरी बार में साधु कुछ नया उपाय बताते हैं। निद्रा देवी को बहलाने के लिए वह मक्के की लाई फैला देता है। देवी लाई खाने में लग जाती है। इधर दुर्लभ कन्या अपनी छह बहनों के साथ तालाब पर स्नान करने आती है। तालाब में उतरते ही सातों बहनें तिरियाफूल बन जाती हैं। स्नान कर जब वे श्रृंगार कर तैयार होती हैं, तब लक्ष्मण एक बहन का हाथ पकड़ लेता है। लक्ष्मण को देखकर सातों बहनें उसके सौन्दर्य पर मुग्ध हो जाती हैं। सभी लक्ष्मण को वरण करना चाहती हैं, लेकिन लक्ष्मण सिर्फ एक तिरियाफूल को चाहता है।

एक सुझाव के अनुसार आँख-मिचौली का खेल होता है, लक्ष्मण की आँख पर पट्टी बाँधी जाती है। लक्ष्मण जिसका हाथ पकड़ेगा, वही लड़की उसके साथ जायेगी। लक्ष्मण एक तिरियाफूल का हाथ पकड़ता है और बाकी छहों बहनें वापस इन्द्रलोक को चली जाती हैं। लक्ष्मण और तिरियाफूल तालाब किनारे रह जाते हैं। लक्ष्मण दुर्लभ कन्या को फिर से तिरियाफूल बनकर दिखाने की जिद करता है। तिरियाफूल लक्ष्मण को मान जाने को कहती है, लेकिन लक्ष्मण नहीं मानता। दुर्लभ कन्या तालाब में तिरियाफूल बनकर दिखाती है। इतने में तिरियाफूल को एक भौंरा उड़ाकर ले जाता है और उसे बाँस के बन में छिपा देता है।

लक्ष्मण फिर साधुओं के पास जाता है। साधु तिरियाफूल का पता बताते हैं। लक्ष्मण तिरियाफूल की खोज में निकल पड़ता है। बाँस के वन में तिरियाफूल को पाकर लक्ष्मण चलने लगता है। इतने में लाखों भौंरे लक्ष्मण पर आक्रमण कर देते हैं। परेशान लक्ष्मण धरती से प्रार्थना करता है। धरती फट जाती है और वह उसमें समा जाता है।

लक्ष्मण सीता के सपने में आता है। सहायता के लिए राम पाण्डवों को बुलाते हैं। सहदेव लक्ष्मण का पता बताते हैं। राम सेना लेकर जाते हैं। पहले भीम जाते हैं। भीम पर भी भौंरे टूट पड़ते हैं। बेहाल भीम समुद्र में छलाँग लगा देता है। बचकर राम के पास पहुँचता है। फिर राम हनुमान को भेजते हैं। हनुमान भौंरों को महाजाल में फँसा लेते हैं। लक्ष्मण और हनुमान तिरियाफूल को लेकर राम के पास पहुँचते हैं। बदनमहल में लक्ष्मण के फेंटा और कटारी के साथ तिरियाफूल का विवाह होता है। सीताजी प्रसन्न हो गयीं। लक्ष्मण का सत पूरा हो गया।

मचलादई

चौथी कथा में लक्ष्मण भाभी सीता से मिलने जाता है। वह भाभी से एक पहेली के अनुसार भोजन बनाने का हठ ठान लेता है। वह सीताजी से बिना जोते खेत के चावल, मक्खी के दूध, भरूं घास के लाछे, लाल मुँह के चूजा, बिना पैर के बकरे, बिना आँख के घोड़े और कलेजे के पानी से बना भोजन बनाने को कहता है। सीता को वे चीजें कहीं नहीं मिलती हैं। अन्त में एक जानकार बुढ़िया इस पहेली को बूझती है और सीता झटपट भोजन तैयार कर देती है। पर लक्ष्मण खाने में पसीना चूने के बहाने से भोजन करने से इनकार कर देता है। इससे सीता गश खाकर बेहोश हो जाती है। सीता उसी नींद की बेहोशी में एक सपना देखती है। वह चौंककर उठती है। लक्ष्मण दौड़कर सीता की खबर लेता है। सीता सपने में कलशापुर के राजा मछन्दर की पुत्री मचलादई के साथ लक्ष्मण का विवाह होते देखती है।

लक्ष्मण सीताजी के सपने को पूरा करने के लिए कलशापुर पहुँचता है। उसके साथ उसकी तान्त्रिक सेना रहती है। वह कलशापुर की सीमा में अपना पड़ाव डालता है। उसके साथ किंदरा बाजा, फड़की-कबूतर, भूत-चुड़ैल, सिंगी, तूमी, सूती, मटिया आदि हैं। वह सबको शहर घूमने को कहता है और स्वयं विश्राम करता है।

एक जगह बन्दरों का विवाह हो रहा था। मटिया अशरीरी सत्व दुल्हन बन्दरिया के पेट में घुस जाता है। उसे पेटदर्द होता है। फिर वह ठीक हो जाती है। इसके बाद वह बूढ़े बन्दर दूल्हे के पेट में घुसकर तमाशा करते हैं और वापस डेरे में आते हैं। अब भूत और चुड़ैल घूमने जाते हैं। वे राजमहल में पहुँचते हैं। वह मचलादई को सताते हैं। उसे पेट दर्द होता है। एक जानकार बुढ़िया उसका पेट ठीक कर देती है। रात को घेतवा भूत फिर राजकुमारी के पेट में घुस जाता है। सहेलियाँ उसे उसी बुढ़िया के डेरे में ले जाती हैं। राजकुमारी ठीक हो जाती है। वहीं पर वह पलँग पर सोये लक्ष्मण पर मोहित हो जाती है। वह वापस घर नहीं जाती। यह बात मछन्दर को मालूम पड़ती है तो वह आगबबूला हो जाता है। सैनिकों को वह मचलादई को पकड़कर लाने और लक्ष्मण को मार भगाने का आदेश देता है। भालू और बन्दर लक्ष्मण को घेर लेते हैं। बन्दरों के डर से लक्ष्मण भागता है। वह धरती में समा जाता है। लक्ष्मण सीता को सपना देते हैं। बचाने के लिए भीम आते हैं, लेकिन बन्दरों से भीम परेशान होकर वापस लौटते हैं। फिर हनुमान जाते हैं। हनुमान बन्दरों पर काबू पा जाते हैं। लक्ष्मण को धरती से निकालते हैं।

कलशापुर का राजा मछन्दर बाबा अवधूत के माध्यम से युद्ध करता है। अवधूत और महादेव में युद्ध होता है। महादेव को कमजोर पड़ते देख राम भीम को सहायता के लिए भेजते हैं। भीम भी हिम्मत हार जाते हैं। एक बार फिर हनुमान को भेजते हैं। अब हनुमान अवधूत को पटकनी दे देते हैं।

राजा मछन्दर राम की शरण में जाता है, मचलादई का विवाह लक्ष्मण से हो जाता है। सारे बाराती

रानी पुफैया का लड़कियों को पेड़ की डाली बनाना

खाते-पीते, नाचते-गाते, आनन्द-उमंग में सराबोर हो जाते हैं। लक्ष्मण मचलादई को अपने महल में विदा करके ले आता है।

रानी पुफैया

पाँचवीं कथा रावण की पुत्री रानी पुफैया के विवाह की है। यह भी स्वप्न-कथा है। सीता के सपने को सच करने के लिए स्त्रीवेश में लक्ष्मण लंकागढ़ जाता है। अपनी चतुराई से वह रावण के ही माध्यम से उसकी पुत्री पुफैया के महल में पहुँच जाता है। वह अपने तान्त्रिक सैनिकों के जरिये रानी पुफैया और उसकी एक सौ बीस सहेलियों को लेकर समुद्र-स्नान के लिए निकल पड़ता है।

इधर लक्ष्मण को देर होने के कारण सीता और राम को चिन्ता होती है। वे पता करने हनुमान को भेजते हैं। हनुमान लक्ष्मण को स्त्री-वेश में देखकर आश्चर्य करते हैं। फिर लक्ष्मण अपना असली रूप दिखाते हैं। लक्ष्मण हनुमान को वापस भेज देते हैं।

लक्ष्मण पूर्व में बनाये गये पिल्लों को वापस लड़कियाँ बना लेता है। हजारों केवट लड़कियों को घेर लेते हैं और लक्ष्मण को जाल में कैद कर लेते हैं। यह देखकर रानी पुफैया लड़कियों को पेड़ की डालियाँ बना देती है। सारे केवट भाग जाते हैं और लक्ष्मण डालियों को फिर से लड़कियाँ बना देते हैं।

लक्ष्मण रानी पुफैया को लेकर सीता के झिंझरी महल में जाता है। सीता विवाह से पहले रानी पुफैया का जादू देखना चाहती है। रानी पुफैया पहले विवाह करना चाहती है। दोनों अपनी जिद पर अडिग होती हैं। बात बिगड़ती देखकर रानी पुफैया अपना जादू अपने पर ही कर लेती है। वह सहेलियों सहित नागिन बनकर पाताललोक चली जाती है।

बीजुलदई

राम और सीता लक्ष्मण का विवाह राजा वासुकि की कन्या बीजुलदई से करने का प्रस्ताव करते हैं। राजा वासुकि लक्ष्मण को लमसेना रखना चाहता है। राम और सीता लमसेना के रूप में लक्ष्मण को भेजने के लिए तैयार होते हैं।

लक्ष्मण ससुर राजा वासुकि के यहाँ लमसेनाई करते हैं। घर-आँगन, खेतीबाड़ी आदि का मेहनतकश काम करते हैं। ऐसा करते-करते बारह बरस बीत जाते हैं। एक दिन राजा वासुकि लक्ष्मण का विवाह करने को राजी होते हैं। लक्ष्मण को वे पहले तिल्ली बोने का काम देते हैं। लक्ष्मण तिल्ली बो देता है। अधिक बीमार होने के कारण राजा वासुकि लक्ष्मण का विवाह और जल्दी करना चाहता है। लक्ष्मण को अब राजा वासुकि खेत में बोई तिल्ली को बीन लाने का कठिन काम देते हैं। लक्ष्मण दुखी होकर भागने लगता है। बीजुलदई की सहेलियाँ उसे रोकती हैं और तिल्ली बीनने का उपाय बताती हैं। लक्ष्मण फड़की और कबूतरों के माध्यम से तिल्ली बिनवा लेता है। फिर राजा वासुकि लकड़ी चीरने का काम देते हैं। लक्ष्मण लकड़ी का लठ्ठा चीर नहीं पाता, फिर भागने लगता है। बीजुलदई की सहेलियाँ सीता को जंगल में मार डालने की आज्ञा देते हैं। लक्ष्मण सीता को जंगल में छोड़ आते हैं। गवाह में लकड़ी का हाथ और हिरण की आँखें राम को दिखाते हैं।

उधर सीता दो साधुओं के आश्रम में एक बालक को जन्म देती है। दूसरा बालक साधु लोग कुश से बनाते हैं। सीता के लव और कुश दो बालक हो जाते हैं। लव-कुश तीर-धनुष लेकर पशुओं का शिकार करते हैं।

पाताल लोक के राजा वासुकी के यहाँ लक्ष्मण की लमसेना और बीजुलदई से विवाह

वहीं जंगल में राम और लक्ष्मण से उनकी भेंट होती है। बालकों से प्रभावित राम और लक्ष्मण सीता के आश्रम में आते हैं। उन्हें देखकर सीता धरती में समाने लगती हैं। राम उसकी चोटी पकड़ते हैं। चोटी टूट जाती है, वही नागिन बन जाती है। फिर राम सीता को बाँह पकड़कर धरती में समाने से रोकते हैं।

अन्त में राम-सीता-लक्ष्मण लव-कुश का सुखद मिलन होता है। नगर में आनन्द छा जाता है

रामकथा और प्रदर्शनकारी रूप

राम एक ऐसे महाचरित नायक हैं, जिनके चरित ने साहित्य और कला के विभिन्न अनुशासनों को बहुत गहरे तक हर समय में प्रभावित किया है। यहाँ तक कि जीवन के प्रत्येक अंग को राम और उनकी रामकथा ने विमोहित किया है। रामकथा का विस्तार लोक से लगाकर शास्त्र और लोक समाजों से लेकर जनजाति लोक तक देखा जा सकता है। राम की यह कथा न जाने कितने रंग और रूपों में फैली है।

रामकथा के मौखिक और लिखित रूप की भी कोई कमी नहीं, फिर भी भारत में नृत्य और नाट्य में रामकथा का गुम्फन सर्वाधिक हुआ है जिनमें उसके अभिनय-पक्ष की सबसे अधिक सार्थक और सबल पहल हुई है। गायन की कई विधाओं में भी रामकथा की अभिनेयता मिलती है। खासकर एकल कथा-गायन और कथन-शैलियों में रामकथा के अभिनय-तत्त्व मौजूद होते हैं। ये तत्त्व रामकथा को प्रदर्शनकारी रूप प्रदान करते हैं। 'रामसत्ता' जैसे कीर्तनिया रूप में भी 'रामकथा' को पिरोया गया है।

पारम्परिक लीला नाट्यों में रामकथा का प्रदर्शनकारी रूप कुछ इस तरह से रूपायित हुआ है कि जहाँ राम का चरित एक कथा की अभिनेयता से ऊपर उठकर आध्यात्मिक अनुष्ठान तक पहुँचता है। जहाँ यह कथा एक भावलीला में परिवर्तित हो जाती है। उत्तर भारत की समस्त रामलीला लोक शैलियाँ इसी का उदाहरण बन जाती हैं, फिर तुलसी मंच की रामलीला हो अथवा पारसी शैली की रामलीला हो, उसमें अभिनय मात्र भावानुप्रवेश के रूप में मिलता है। तब लोग वहाँ अभिनय नहीं देखते, बल्कि वे चरित के भाव के उच्चतम तादात्म्य में खो जाते हैं। रामचरित मानस के रचयिता स्वयं तुलसी ने बनारस के अस्सी घाट पर ऐसी रामलीला के अभिनय की कल्पना की थी, बाद में तुलसी के परम शिष्य मेघा भगत ने इस परम्परा को आगे बढ़ाया था, जो अस्सी घाट पर आज भी जारी है, जिसे लगभग छह सौ वर्ष हो गये हैं। बनारस में ही रामनगर की 'राम-भरत मिलाप' रामलीला सारे विश्व में 'भावलीला' के लिए प्रसिद्ध है जिसमें लाखों भक्तजन सम्मिलित होते हैं। इसमें लेशमात्र का प्रदर्शन ही नहीं, भक्तिभाव का सैलाब उमड़ता देखा जा सकता है। फिर भी उसे देखने के लिए राजा-रंक दोनों शामिल होते हैं।

रामकथा के प्रदर्शनकारी रूप के दो ही आधार बहुत मजबूत रहे हैं। एक वाल्मीकि-रामायण और दूसरी रामचरितमानस। इन दोनों ग्रन्थों में जो भी रामकथा कही गयी है, उसे लोक और शास्त्रीय कलाओं ने ग्रहण किया है। क्षेत्रीयता में अनेक ग्रन्थों में वर्णित रामकथा को अनुस्युत किया जाता रहा है, जिनमें कृतिवास की रामायण दक्षिण की अध्यात्म रामायण और दोहा, चौपाई आदि छन्दों की बिल्कुल नई राधेश्याम रामायण तक शामिल है जिनके कारण रामकथा की अभिनेयता यानी प्रदर्शन प्रस्तुति में कुछ-न-कुछ नयापन अथवा रोचकता का सम्पुट मिला है।

रामकथा की अभिनेयता में सांगीकता की महत्त्वपूर्ण भूमिका होती है। सबसे महत्त्वपूर्ण बात यह है कि रामकथा का रूप प्रारम्भ से ही संगीत प्रधान रहा है। चाहे वाल्मीकि-रामायण हो अथवा रामचरितमानस। इन रामायणों की काव्यात्मकता इतनी प्रवाहमान है कि उसमें संगीत-पक्ष जैसे स्वाभाविक रूप से गुम्फित हो जाता है। स्वर, शब्द और अभिनय रामकथा का गुण होकर हमारे सामने आता है जिसने रामकथा को लोकप्रियता के चरम तक पहुँचा दिया है। स्वयं राम ने अपने दरबार में लव-कुश के मुख से गायन और संगीत के साथ वाल्मीकि द्वारा रचित रामायण को पहली बार सुना था जिसमें बालकों का बालसुलभ सहज अभिनय भी था।

नाटकों में रामकथा को बाँधने की कोशिश बहुत कम हुई है। बैले शैलियों में रामकथा बहुत कुछ सफल होती दिखाई देती है, उसका कारण भी यही है कि बैले में गीत, संगीत और अभिनय का मनोहारी समन्वय होता है। बैलेकार शान्तिवर्द्धन ने कठपुतली शैली में रामकथा बैले का सबसे अच्छा उदाहरण पेश किया है, जिसके आज तक देश-विदेश में हजारों प्रदर्शन हो चुके हैं, पुरुष पात्रों की कठपुतलियाँ अपने सधे हुए सपाट अभिनय से दर्शक-श्रोताओं को न केवल बाँधने में सक्षम होती हैं, बल्कि रामकथा में विगलित करने में भी समर्थ होती हैं जिसमें गीत-संगीत-अभिनय का भी उतना ही दाय है।

भारत में रामकथा के अपने-अपने तरह के प्रदर्शन और प्रस्तुति होती ही है लेकिन विदेशों में जो रामकथा पहुँची है, उसमें देशकाल, परिस्थिति के अनुरूप रामकथा और उसके प्रदर्शनकारी रूपों में बदलाव आया है जिसके कारण रामकथा की विभिन्न प्रदर्शन शैलियों का ही विकास और विस्तार हुआ। फिर भी रामकथा के मूल-सूत्र बिखरे नहीं, बल्कि सँवरे हैं। राम के प्रति भक्तिभाव की केन्द्रीयता बनी रही। भले ही वहाँ हिन्दू

के साथ बुद्ध, मुस्लिम, ईसाई समाज के लोग क्यों न हो? खासकर भारत के पूर्वी देशों में रामकथा तेजी से ग्रहण की गयी जिनमें जनजातियों के लोग भी शामिल हैं।

थाई देश (पूर्व स्याम) में रामकथा पहुँचकर 'रामकित्ती' कहलाई। 'रामकीन' भी इसी का नाम है। कम्बोडिया में रामायण को 'रामकेर' कहा जाता है। सदियों से यहाँ बैले शैली में रामलीला होती है। श्रीलंका में अज्ञात कवि की रामायण प्रचलित है। श्रीलंका में आज भी रावणवंशी आदिवासी जातियाँ हैं, जो शूर्पणखा की पूजा करती हैं। उनका विश्वास है कि शूर्पणखा लंका के जंगलों में अभी भी जीवित है। चीन में रामायण का नायक भरत को माना जाता है। बर्मा में रामलीला का चलन है। लाओस में रामायण 'फालक का लाम' के नाम से प्रसिद्ध है। यहाँ भी 'रामलीला' की जाती है। बांग्लादेश में 'रंगचीया' नाम से रामायण प्रचलित है। भूटान में 'लिंग गेसर गेलपो' नामक राजा की रामायण है।

पारम्परिक लोकविधाओं, जिनके रूप आज शास्त्रीय कला तक पहुँचे हैं, उनमें दक्षिण का यक्षगान प्रमुख है, में रामायण की प्रस्तुति अपने आपमें लाजवाब होती है। महाराष्ट्र का दशावतार, कर्नाटक का रामनाट्यम, तमिलनाडु का तेरुकुट्ट आदि इसके उदाहरण हैं, जिनमें कथा के सम्पूर्ण प्रदर्शनकारी तत्त्व मिलते हैं। विदेशों में रामकथा प्राय: बैले रूप में मंचित की जाती है। यह सच है कि बिना गीत-संगीत के रामकथा का संवाद-अभिनय यानी प्रदर्शनकारी रूप पूरा नहीं होता। रामकथा को सुनने की बजाय लोकजन देखने में अधिक रुचि रखते हैं। कई लोग 'सीताराम की झाँकी' अथवा 'रामदरबार' देखकर ही विगलित होने लगते हैं; अपने आपको 'धन्य-धन्य' मानते हैं। राम के दिव्य 'दर्शन सुख' का अमृत आँखों को अजर-अमर करने में सक्षम होता है। मन्दिरों में रामझाँकी की मूर्तियों का जादुई असर और आकर्षण देखा जा सकता है।

बस्तर के आदिवासी जीवन, साहित्य और कला में राम

हरिहर वैष्णव

मुझे जब 'आदिवासी जीवन, साहित्य व कला में राम' विषयक आलेख लिखने का आमन्त्रण अयोध्या शोध संस्थान से पत्र द्वारा मिला और फिर आदिवासी तथा लोककला के सुप्रसिद्ध अध्येता श्री वसन्त निरगुणे जी का फ़ोन भी आया तो मैं यह सोचने पर विवश हो गया कि बस्तर के आदिवासी जीवन, साहित्य और कला में श्रीराम हैं कहाँ? कारण, बस्तर की आदिवासी संस्कृति में श्रीराम कहीं भी नहीं हैं। फिर मैंने अपने संग्रह की ओर देखा तो पाया कि कुछेक लोकगीतों में श्रीराम, सीता, लक्ष्मण और हनुमान का ज़िक्र हुआ तो है, किन्तु इतने से ही यह स्थापित कर देने का प्रयास करना कि बस्तर के आदिवासी जीवन, साहित्य और कला में राम हैं, उचित नहीं होगा।

इसके लिये हमें सबसे पहले बस्तर के आदिवासियों को दो वर्गों में विभाजित करना पड़ेगा। पहला वर्ग मूल आदिवासी यानी द्रविड़ और दूसरा वर्ग मिश्र आदिवासी यानी आर्य और द्रविड़ का सम्मिश्रण। पहले वर्ग में मुरिया (गोंड, माड़िया, अबुझमाड़िया, डण्डामी माड़िया) और धुरवा को रखा जा सकता है। यद्यपि यहाँ इन दो जनजातियों के साथ-साथ परजा, दोरला और गदबा जनजातियाँ भी निवास करती हैं, किन्तु जानकारों के मुताबिक परजा और गदबा जनजातियाँ ओड़िशा से आयी हैं, जबकि दोरलों का सम्बन्ध आन्ध्र प्रदेश (वर्तमान तेलंगाना) से बताया जाता है। वस्तुतः परजा और गदबा जनजातियों का ओड़िशा से आगमन बताया जाना राजनैतिक सीमाओं की दृष्टि से तो उचित हो सकता है, किन्तु सांस्कृतिक सीमा की दृष्टि से नहीं। बहरहाल, दूसरे वर्ग में हल्बा और राजा मुरिया या भतरा जनजाति को रखा जा सकता है। राजा मुरिया समुदाय के कुछ लोग अपने आपको भतरा भी कहते पाये जाते हैं, जबकि भतरा समुदाय के ही कुछ लोग अपने आपको राजा मुरिया से अलग मानते हैं। बहरहाल, इसी दूसरे वर्ग के आदिवासी समुदायों में प्रचलित लोक-साहित्य में हमें राम से सम्बन्धित कुछ चर्चा मिल जाती है, जबकि पहले वर्ग में नहीं। इस वर्ग में राम की नहीं अपितु रावण और मेघनाद की पूजा के कुछेक उदाहरण अवश्य ही आश्चर्यजनक रूप से मिलते हैं। भाई लक्ष्मीनारायण 'पयोधि' के अनुसार बस्तर के भोपालपटनम्-बीजापुर इलाके में दोरला जनजाति के बीच उनकी भाषा 'दोरली' में रामकथा प्रचलित रही है।

बस्तर से इतर छत्तीसगढ़ी परिवेश में हल्बा अपने आपको आदिवासी नहीं मानते, जबकि छत्तीसगढ़ की अनुसूचित जनजातियों में यह शामिल है। हल्बों में भी अपने आगमन को लेकर भिन्न-भिन्न मत हैं। कुछेक के अनुसार ये महाराष्ट्र से, तो कुछ के अनुसार वारंगल और कुछ के अनुसार ओड़िशा से आये हुए हैं। महाराष्ट्र में यह समुदाय बुनकरी व्यवसाय से जुड़ा हुआ है और आदिवासी वर्ग में परिगणित नहीं होता।

चूँकि राम की चर्चा आदिवासियों के उपर्युक्त दूसरे वर्ग तक ही सीमित है, अतः यह कहना कि बस्तर के आदिवासी जीवन, साहित्य और कला में राम की उपस्थिति है, अर्द्धसत्य ही होगा। अतः इसी दूसरे वर्ग में प्रचलित लोककथाओं या लोकगीतों के आलोक में हम यह चर्चा आगे बढ़ायेंगे। इसके साथ ही हम दूसरे आयामों से भी इस ओर देखने का प्रयास करेंगे।

जन-जीवन में राम

नामवाची संज्ञा के साथ 'राम' का प्रयोग : प्रश्न यह उठता है कि यदि बस्तर में राम का प्रभाव नहीं रहा है तो फिर यहाँ के रहवासियों के नाम के साथ 'राम' शब्द क्यों जुड़ा हुआ है? उदाहरण के लिए सुकालू राम, सायतू राम, जयराम, कोदू राम, जंगलू राम, बोटी राम आदि। बहुतेरे आदिवासी और गैर-आदिवासी मित्रों तथा परिचितों से चर्चा से यही निष्कर्ष निकला कि वास्तव में बस्तर के मूल आदिवासियों के नाम के साथ जुड़ने वाला 'राम' शब्द बाहर से यहाँ आ बसे विभिन्न समुदायों के साथ आ गया है। ये समुदाय हैं कलार, मरार (पनारा), राउत (यादव), कोस्टा, केंवट आदि। ये समुदाय प्रायः छत्तीसगढ़ी परिवेश से विगत कई दशकों से यहाँ आ बसे हैं।

एक तथ्य यह भी है कि जब कभी भी पाठशाला या किसी शासकीय/गैर-शासकीय विभागों/संस्थाओं में इन आदिवासियों के नाम लिखने के मौके आये, तब इन लोगों ने तो अपने मूल नाम बता दिये पण्डी, सायतू, मिटी, सोमारू, मँगलू, बुधरू, सुकरू आदि किन्तु लिखने वालों को ये नाम अधूरे लगे और उन्होंने इन नामों के अन्त में अपनी ओर से 'राम' जोड़ दिया जिसे इन आदिवासियों ने भी बिना किसी ना-नुकुर के स्वीकार कर लिया। नाम के साथ जुड़े इस 'राम' की तथाकथा न जानने वाले भ्रमवश इसे 'राम' का प्रभाव मानते हैं।

बाबा बिहारीदास का प्रभाव

सातवें दशक के अन्तिम चरण और आठवें दशक के आरम्भिक काल में तथाकथित बाबा बिहारीदास के प्रभाव के चलते बस्तर के आदिवासी जीवन में राम ने व्यापक जगह बनायी, किन्तु यह प्रभाव दीर्घकालीन नहीं बना रह सका। दरअसल यह प्रचारित किया गया था कि बस्तर के सबसे लोकप्रिय महाराजा प्रवीर चन्द्र भंजदेव, जो 1966 में गोलियों से भून दिये गये थे, की मृत्यु नहीं हुई थी बल्कि वे माँ दन्तेश्वरी की कृपा से चमत्कारिक रूप से जीवित थे और अब बाबा बिहारीदास के रूप में उन्होंने अपने आपको प्रकट किया है। लोगों को यह बताया गया कि कोई भी बाबा बिहारीदास की पहचान महाराजा प्रवीर चन्द्र भंजदेव के तौर न करे बल्कि इस तथ्य को गुप्त ही रखे। कारण बताया गया कि यदि यह प्रचारित हो जाता है कि बिहारीदास ही महाराजा प्रवीर चन्द्र भंजदेव है तो पुनः उन पर हमला हो सकता है और उन्हें मारा जा सकता है। भोले-भाले आम बस्तरिया जन ने इसे सच मान लिया और यही कारण था कि बस्तर का न केवल आदिवासी जन अपितु अन्य गैर-आदिवासी समुदाय भी बिहारीदास का भक्त बन बैठा था। बिहारीदास ने मांस-मदिरा का त्याग कर राम-नाम के जाप की दीक्षा दी। उसकी इस दीक्षा को चमत्कारिक ढंग से आदिवासी और गैर-आदिवासी समुदाय ने भी श्रद्धापूर्वक आत्मसात किया और देखते-ही-देखते मुर्गे-मुर्गियाँ, बतख, कबूतर आदि पक्षी तथा बकरे, सुअर आदि पशु पानी के मोल बिक गये। लोगों को इनके स्पर्श तक से परहेज हो गया। जिनके पशु-पक्षी बिक नहीं सके, उन्होंने उन्हें

मुफ्त में दे दिया या फिर यहाँ-वहाँ छोड़ आये। गाँव-गाँव में राम-नाम का जाप होने लगा। युवक-युवतियों के दल राम-नाम उच्चारित करते, राम-नामी गीत गाते और नृत्य करते गाँव-गाँव घूम-घूमकर राम-नाम की महिमा का बखान और मांस-मदिरा के अवगुणों की ओर लोगों का ध्यान आकृष्ट करने लगे। इन दलों द्वारा रामचरित का भी गायन किया जाता था। तब बस्तर का आदिवासी समाज दो फाड़ हो गया था। एक बहुत बड़ा वर्ग तो बिहारीदास के साथ था, किन्तु एक वर्ग ऐसा भी था जिनसे बिहारीदास की वास्तविकता छुपी नहीं रह सकी थी। आरम्भ में तो बिहारीदास का प्रभाव बना रहा किन्तु कुछ ही वर्षों बाद ऐसी कई घटनाएँ सामने आयीं जिनसे लोगों का बिहारीदास के प्रति मोहभंग हुआ और बहुतेरे लोग वापस अपनी मूल धारा में लौट गये।

अभिवादन में 'राम' : बस्तर अंचल में परस्पर अभिवादन के लिए पारम्परिक रूप से 'जोहार' ('जुआर' या 'जुहार') प्रचलित रहा है, किन्तु धीरे-धीरे 'राम-राम' और 'सीता-राम' ने जगह बना ली है। इधर 'जय श्रीराम' भी इस प्रयोजन के लिए प्रयोग में लाया जाने लगा है।

श्रीरामचरित और इसके पात्र

यह महज संयोग है या कि कुछ और, यह तो नहीं कहा जा सकता किन्तु कुछ लोग इस अंचल के कतिपय स्थानों के नाम के साथ श्रीरामचरित के कुछ पात्रों को जोड़कर देखते हैं। ऐसे उदाहरण निम्न हैं—

कारली : वर्तमान दन्तेवाड़ा जिले के जिला मुख्यालय दन्तेवाड़ा और गीदम के बीच कारली नामक स्थान है। कुछ लोग इस स्थान को गृद्धराज जटायु के साथ जोड़कर देखते हैं। बस्तर अंचल की लोकभाषा 'हल्बी' में 'करलई' का अर्थ होता है—'रुआँसा होना/ व्याकुल होना'। कतिपय लोगों का कहना है कि इसी जगह पर गृद्धराज जटायु 'करलई' (व्याकुल) हुए थे। इसी वजह से इस स्थान का नाम 'करलई' हुआ जो कालान्तर में बिगड़कर 'कारली' हो गया।

हारम : यह गीदम गाँव के एक मोहल्ले का नाम है। इस स्थान को भी गृद्धराज जटायु से ही जोड़कर देखा जाता है। कहा जाता है कि गृद्धराज जटायु ने मृत्यु से पूर्व अन्तिम बार 'हे राम!' या 'हा राम!' कहकर पुकारा था। यही 'हे राम!' या 'हा राम!' आगे चलकर 'हारम' हो गया।

गीदम : ऊपर वर्णित कस्बे गीदम के विषय में कहा जाता है कि यह स्थान गृद्धराज जटायु की नगरी था। यही कारण है कि इस स्थान का नाम 'गृद्धम' या 'गीधम' हो गया जो कालान्तर में बिगड़कर 'गीदम' नाम से जाना जाने लगा।

ताड़ोकी : बस्तर सम्भाग के नारायणपुर जिले के गाँव ताड़ोकी का सम्बन्ध 'ताड़का' से जोड़ा जाता है।

राकस हाड़ा : नारायणपुर जिले में ही नारायणपुर जिला मुख्यालय से लगभग 10 किलोमीटर पश्चिम दिशा में स्थित एक पहाड़ी को 'राकस डोंगरी' (राक्षस पहाड़ी) और पत्थरों/चट्टानों को 'राकस हाड़ा' (राक्षसों की हड्डी) कहा जाता है। इस 'राकस हाड़ा' के विषय में बताया जाता है कि इससे जली हुई हड्डी की दुर्गन्ध आती है। इसे श्रीराम द्वारा राक्षसों के संहार के साथ जोड़कर देखा जाता है और कहा जाता है कि उनके द्वारा मारे गये राक्षसों की हड्डियाँ पत्थरों/चट्टानों के रूप में परिवर्तित हो गयीं ।

सीतापाल : इसी के कुछ आगे सीतापाल नामक गाँव है। कहा जाता है कि इस गाँव में भगवान

श्रीराम ने सीताजी एवं लक्ष्मण के साथ वर्षा के चार मास व्यतीत किये थे और इसके बाद वे यहाँ से बारसूर चले गये। बारसूर वर्तमान दन्तेवाड़ा जिले में स्थित है और माना जाता है कि पौराणिक काल में यह बाणासुर की नगरी रहा है।

चीतालंका : अबुझमाड़ में स्थित गाँव चीतालंका को सीतालंका का बिगड़ा रूप माना जाता है और इसे भी रामायणकालीन लंका नगरी से जोड़कर देखा जाता है, जहाँ रावण ने सीता को बन्धक बना रखा था।

लंका पल्ली : अबुझमाड़ में ही स्थित गाँव लंका पल्ली के विषय में कहा जाता है कि यह वही लंका है जिसका राजा रावण था। बताया जाता है कि इस गाँव में अभी भी रावण की प्रतिमा स्थापित है और उसकी पूजा वर्ष में एक बार की जाती है ।

लंका : अबुझमाड़ में ही स्थित गाँव लंका को ही कुछ लोग रामायणकालीन लंका कहते हैं।

सबरी : दक्षिण बस्तर की प्रमुख नदी सबरी के विषय में कहा जाता है कि रामायणकालीन शबरी के ही नाम पर इस नदी का नामकरण हुआ है।

रामारम : दक्षिण बस्तर के एक स्थान रामारम (रामाराम) को भी राम के साथ जोड़कर देखा जाता है। कहा जाता है कि वन–गमन के समय राम इस जगह से होकर गये थे ।

सीता–कुण्ड : बस्तर का प्रवेश–द्वार कहे जाने वाले चारामा गाँव के पास पहाड़ी पर सीता जी के स्नान–कुण्ड होने की बात कही जाती है। कहा जाता है कि वनवास–काल का कुछ समय राम–सीता–लक्ष्मण ने यहाँ बिताया था।

थोड़ी–सी दृष्टि यहाँ के मौखिक साहित्य की ओर डालना भी उचित होगा। इस क्रम में पहले मौखिक साहित्य और फिर लिखित साहित्य पर संक्षेप में चर्चा करते हैं।

(क) मौखिक साहित्य में राम

मौखिक साहित्य के अन्तर्गत हम पहले लोकगीतों की ओर दृष्टिपात करेंगे।

(क) **लोकगीतों में राम** : वे लोकगीत जिनमें हमें किसी–न–किसी रूप में राम की उपस्थिति मिलती है, वे ये हैं—

1. खेलगीत

चोखा चितरा गाँजा बाड़ी ने चरे
दागा दिले घरे ओले काय रे मामा
सदा रे रामो मामा ना सदा रे भेटो
डोली छत्तरो मामा डाँडी उबारो।

चोखा–चितरा मुर्गा बाड़ी में चारा चरता रहता है और डाँटने पर घर में घुस जाता है। हे मामा! हम–तुम जीवित रह गये तो राम–राम कहते रहेंगे और मर गये तो अगले जन्मों में भी भेंट होती रहेगी। हे मामा! हमारे सिर पर डोली और छत्र की डाँडियाँ खड़ी रहें।

2. खेलगीत

गाड़ा के गुडुँदा मिरी के कासो काय रामो गला बनवासो
हाये रँगे रसी तमर कोले बसी जिबार आय टेकसी बसी काय रसो रोय।

बस्तर के हल्बी-भतरी परिवेश, बल्कि प्रमुखतः भतरी परिवेश में खेलगीत गाने की परम्परा रही है। रात में भोजनोपरान्त किशोर-किशोरी और युवक-युवती गाँव से बाहर किसी निर्धारित स्थल में एकत्र होकर गीत-संगीत से अपना मनोरंजन करते हैं। ये गीत प्रायः शृंगारिक होते हैं। दोनों पक्षों के द्वारा गीत गाते हुए नृत्य भी किया जाता है। इन्हीं गीतों को खेलगीत कहा जाता है। प्रस्तुत गीत का अर्थ है—''गाड़ी के लिए गुडुँदा और मिर्च के लिए कास। राम गये वनवास। हे रंग-रंगीले साजन! टैक्सी में तुम्हारी गोद में बैठकर जाने की तमन्ना है।''

इस गीत में नायिका को प्रकारान्तर से कहते हुए देखा जा सकता है कि हम भी तुम्हारे साथ जायेंगी। कारण, राम के साथ सीता भी वनवास गयी थीं।

3. डाँडामाली

सुरु-सुरु चाटी ओकारिला माटी, पदम घुमरा गोटी
डंड गेली हाँडा कसट गेली रे, सोना के छिंवले माटी
सोना के छिंवले माटी रे डाँडामाली, रामोचन्द्रो फुलोबाड़ी
रामोचन्द्रो फुलोबाड़ी रे डाँडामाली,
इनसपिटर काजे लिखनी काड़ी हाँडा पटवाड़ी काजे बिड़ी।

नन्हीं-नन्हीं चींटियों ने खोदी है माटी, निकाली हैं गोटी। करतीं परिश्रम। कष्ट तब होता है, छूते ही सोना भी होता जब माटी। होता जब माटी, हे डाँडामाली! रामचन्द्र की फुलवारी, रामचन्द्र की फुलवारी रे डाँडामाली, इन्सपेक्टर के लिए काग़ज-कलम, पटवारी के लिए बीड़ी।

4. रामगीत

राम-लैखन जे एबे आसोत मने बे
राम-लछमन आले एबे बनबास जासोत
सीता सती सँगे एबे बनवासो बे
राम-लछमन आले एबे बनबासो जासोत
निकरुन आले होंदे एबे पंचबटी बे
सीता सती माता होंदे बनबासो बे
पंचबटी आले एबे जासोत मने बे
तीन झन आले एबे जासोत मने बे
सीता माता आले एबे जासोत मने बे
राजा सुना रघुपती तुमी सुना बलेसे
तुमचो सँगे मयँ राजा एयँदे बलेसे

तिरी नोयला मनुक राजा बड़े हिनमान
पुरुसो नोयला राजा एबे बड़े हिनमान
माता-पिता सँगे राजा नीं रएँ बलेसे
तुमचो सँगे मयँ राजा एयँदे बलेसे
सीता सती आले एबे बलेसे मने जे
राम-लछ्मन होंदे एबे बनबासो बे
तीन झन आले एबे जासोत मने बे
जाओत-जाओत आले एबे जासोत मने बे
पंचबटी बन एबे अमरला मने बे
तीन झन आले एबे अमरला मने बे
रामो संगे सीता सती माता बले बे
बने अमरुन आले एदे गेला मने बे (राम-लैखन हैं अब तो)
राम-लक्ष्मण अब वनवास जा रहे हैं
सती सीता के संग वनवास (जा रहे हैं)
राम-लक्ष्मण अब वनवास जा रहे हैं
निकलकर अब वे पंचवटी (की ओर जा रहे हैं)
सती सीता माता देखो वनवास (जा रही हैं)
वे पंचवटी की ओर जा रहे हैं
तीन जन अब जा रहे हैं
सीता माता अब जा रही हैं
'हे राजा रघुपति! आप सुनिये' कहती हैं
'आपके साथ मैं आऊँगी राजा' कहती हैं
'जिस पुरुष की पत्नी न हो वह हीन दृष्टि से देखा जाता है
जिस स्त्री का पति न हो वह हीन दृष्टि से देखी जाती है
मैं माता-पिता के संग नहीं रहूँगी, प्रिय
मैं आपके संग आऊँगी प्रिय' कहती हैं
सती सीता इस तरह कहती हैं
राम-लक्ष्मण देखो वनवास (जा रहे हैं)
तीन जन अब चले जा रहे हैं
जाते-जाते चले जा रहे हैं
वे अब पंचवटी-वन पहुँच गये हैं
तीन जन अब पहुँच गये हैं
राम के साथ सती सीता माता भी (हैं)
वन में (वे) पहुँच गये हैं।

5. धनकुल चाखना गीत

धनकुल-गायन के समय बीच-बीच में एकरसता को तोड़ने और रस-परिवर्तन के लिए मुख्य कथा से अलग हटकर कुछ गीत गाये जाते हैं, जिन्हें 'चाखना गीत' कहा जाता है। ये चाखना गीत दो प्रकार के होते हैं। पहला होता है—'देव चाखना' और दूसरा—'सादा चाखना'। 'देव चाखना' में देवी-देवताओं से सम्बन्धित गीत होते हैं, जिन पर देवी-देवता रीझ जाते हैं और नृत्य करने लगते हैं, जबकि 'सादा चाखना' इससे भिन्न होते हैं और पूरी तरह मनोरंजक। यहाँ इसी तरह का का 'देव चाखना' गीत प्रस्तुत है, जिसमें हनुमान द्वारा लंका को जलाने का प्रसंग वर्णित है—

अछा मँजा लिया राम, अछा मँजा लिया राम
बहुत आनन्द आया राम, बहुत आनन्द आया राम
कोन गड़ के कुदलो हनुमान
किस गढ़ पर कूदे हनुमान
अछा सखी, कोन गड़ के कुदलो हनुमान,
अच्छा सखी री, किस गढ़ पर कूदे हनुमान,
चलो सखी, कोन गड़ के कुदलो हनुमान।
चलो री सखी, किस गढ़ पर कूदे हनुमान।
अछा मँजा लिया राम, अछा मँजा लिया राम
बहुत आनन्द आया राम, बहुत आनन्द आया राम
लंका गड़ के कुदलो हनुमान
लंका गढ़ पर कूदे हनुमान
अछा सखी, लंका गड़ के कुदलो हनुमान,
अच्छा सखी, लंका गढ़ पर कूदे हनुमान,
चलो सखी, लंका गड़ के कुदलो हनुमान।
चलो री सखी, लंका गढ़ पर कूदे हनुमान।
अछा मँजा लिया राम, अछा मँजा लिया राम
बहुत आनन्द आया राम, बहुत आनन्द आया राम
काय फल के खादलो हनुमान
कौन-सा फल खाया हनुमान ने
अछा सखी काय फल के खादलो हनुमान,
अच्छा सखी, कौन-सा फल खाया हनुमान ने,
चलो सखी काय फल के खादलो हनुमान।
चलो सखी, कौन-सा फल खाया हनुमान ने।
अछा मँजा लिया राम, अछा मँजा लिया राम
बहुत आनन्द आया राम, बहुत आनन्द आया राम
रामफल के खादलो हनुमान

रामफल को खाया हनुमान ने
अछा सखी रामफल के खादलो हनुमान,
अच्छा सखी, रामफल को खाया हनुमान ने,
चलो सखी रामफल के खादलो हनुमान।
चलो री सखी, रामफल को खाया हनुमान ने।
अछा मँजा लिया राम, अछा मँजा लिया राम
बहुत आनन्द आया राम, बहुत आनन्द आया राम
कोन गड़ के डासलो हनुमान
किस गढ़ को जलाया हनुमान ने
अछा सखी कोन गड़ के डासलो हनुमान,
अच्छा सखी, किस गढ़ को जलाया हनुमान ने,
चलो सखी कोन गड़ के डासलो हनुमान।
चलो री सखी, किस गढ़ को जलाया हनुमान ने।
अछा मँजा लिया राम, अछा मँजा लिया राम
बहुत आनन्द आया राम, बहुत आनन्द आया राम
लंका गड़ के डासलो हनुमान
लंका गढ़ को जलाया हनुमान ने
अछा सखी लंका गड़ के डासलो हनुमान,
अच्छा सखी, लंका गढ़ को जलाया हनुमान ने,
चलो सखी लंका गड़ के डासलो हनुमान।
चलो री सखी, लंका गढ़ को जलाया हनुमान ने।

(ख) लोक महाकाव्यों में राम

बस्तर अंचल में चार लोक महाकाव्य वाचिक परम्परा के सहारे संचरित होते आ रहे हैं। ये चार लोक महाकाव्य हैं—लछमी जगार, तीजा जगार, आठे या अस्टमी जगार और बाली जगार। इनमें से पहले तीन जगार हल्बी भाषा में तथा चौथा भतरी भाषा में गाया जाता रहा है। इन दिनों आठे जगार का गायन कुछ कम होने लगा है, जबकि बाली जगार तो पूरी तरह लुप्त हो गया। यह अब बस्तर की पूर्वी सीमा से लगे ओड़िशा के नवरंगपुर जिले के कुछ हिस्से में ही गाया जाता है। इन लोक महाकाव्यों में राम, सीता, लैखन, बजरंगबली आदि का उल्लेख मिलता है, किन्तु केवल वन्दना आदि के तौर पर ही। इसके साथ ही 'लछमी जगार' के ही एक भिन्न संस्करण के अध्याय-7 से 12 में आयी कथाओं में इनकी उपस्थिति देखी जा सकती है। आइये, इन लोक महाकाव्यों पर बारी-बारी से नजर डालें।

1. लछमी जगार

सबसे पहले कोंडागाँव, सरगीपाल पारा की जगार गायिका यानी गुरुमायँ सुकदई कोराम द्वारा गाये गये 'लछमी जगार' को देखें। इस जगार के पहले खण्ड (मुर खँड/आरम्भिक खण्ड) के पहले अध्याय :

सुमरनी (वन्दना) की कुछ पंक्तियाँ, जिनमें हमें राम और सीता की उपस्थिति मिलती है, इस तरह हैं—

खँड-1 : मुर खँड

खण्ड-1 : आरम्भिक खण्ड

अधया-1 : सुमरनी

अध्याय-1: वन्दना

1	हरी-हरी बले रामे-रामे	हरि-हरि हे राम-राम
	हरी-हरी रामे-रामे	हरि-हरि हे राम-राम
	जय-जय सिता के राम बाबा	जय-जय सीता-राम बाबा
	जय मायँ कालिका मायँ	जय माँ कालिका माता
5	दिया रानी मोके डामुर बाजा	दो रानी मुझे डमरु बाजा
	दिया रानी संखे धुनी	दो शंख की ध्वनि
	रामरतन के दे रानी	रामनाम का रत्न दो रानी
	जोतिस-रमायन दे	ज्योतिष और रामायण दो
6	कठुवा-फारा के दे रानी	ग्रन्थ-आसनी दो रानी तुम
	मोके तिलक-चन्दन के	दे मुझे तिलक-चन्दन भी दो
	तुचो रामरतन के दे रानी	अपना राम-रतन दो रानी
	रामरतन के दे	अपना राम-रतन दो
7	राज-राज तुय रमायन पड़सित	जगह-जगह तुम रामायण पढ़तीं
	देस-देस भजन गावसित	देश-देश में भजन गातीं
	मोके हुनी अधया के दे रानी	वही अध्याय मुझे दो रानी
	हुन गिआन के दे	वही ज्ञान दो मुझको
8	रमायन पढ़ुन जायँ रानी	मैं रामायण पढ़ रही हूँ रानी
	मयँ भजन गाउन जायँ	मैं भजन गा रही हूँ
	लखी-रमायन आय रानी	लखी-रामायण है हे रानी
	भगवत-पुरान आय	भगवत-पुराण है
11	मुँहे-मुँहे लुरो आया	कथा रहे मुखाग्र हे माता
	सरसती पुरुन जाओ	गीत सम्पूर्ण हो मेरा
	सर ने बिदिया एओ आया	मेरे स्वर में विद्या आये माता
	मोचो रमायन पुरा होओ	मेरी रामायण पूरी हो

12	तुचो नामना धरलो बिगर	तुम्हारा नाम लिये बिना
	तुचो नाव धरलो बिगर	तुम्हारा नाम लिये बिना
	मयँ गादी में नईं बसें आया	मैं आसन में न बैठूँ माता
	रमायन नईं पढ़ें	मैं रामायण नहीं पढ़ूँ
	एइन अगिया माँगें	रानी यही याचना करती रानी
	मयँ एइन बरदान माँगें	मैं यही वरदान माँगती
17	राम-लखन पाओ आया	राम-लखन पाएँ माता
	सिता-जानकी पाओ	सीता-जानकी पाएँ
	लखी-नरायन पाओ आया	लखी-नरायन पाएँ माता
	सत नरायन पाओ	सत नरायन पाएँ
25	बासू गाँयता पाओ आया	बासू गाँयता पाएँ माता
	लछू पुजारी पाओ	लछू पुजारी पाएँ
	पवनकुमार पाओ आया	पवनकुमार पाएँ माता
	बिरे हनुमान पाओ	वीर हनुमान पाएँ
	बजरँगबली पाओ आया	बजरंगबली पाएँ माता
	बासुत नाँग पाओ	बासुत नाग पाएँ

2. तीजा जगार

सरगीपाल पारा, कोंडागाँव की जगार गायिका (यानी गुरुमायँ) सुकदई कोराम द्वारा गाये गये तीजा जगार के पहले खण्ड (मुर खँड/आरम्भिक खण्ड) के पहले अध्याय सुमरनी की कुछ पंक्तियाँ जिनमें राम-सीता आदि का उल्लेख हुआ है—

1 : मुर खँड

1 : आरम्भिक खण्ड

अधया 1 : सुमरनी

अध्याय 1 : वन्दना

1	हरी-हरी बले रामे-रामे	हरि-हरि राम-राम
	हरी-हरी बले रामे-रामे	हरि-हरि राम-राम
	जय-जय सिता के राम आया	जय-जय सीता के राम माता
	जय मायँ कालिका मायँ	जय माँ कालिका माता
	जय मायँ जागा रानी आया	जय माता जागा रानी माता
	जय मायँ दन्तेसरी	जय माँ दन्तेसरी
	जय मायँ माता-मावली आया	जय माँ माता मावली माता

	जय मायँ भगवान लोग आया	जय हो माँ भगवान माता
	जय मायँ माता मावली आया	जय माँ माता मावली
	जय मायँ माता मावली	जय माँ माता मावली
	जय मायँ सर बले सती आया	जय हो माँ सरसती माता
	इसबर-पारबती आया	इसबर-पारबती हे माता
	दुआरे बुरँदाबती आया	द्वार में माँ बुरँदाबती
	मोचो कंठे सरसती	मेरे कण्ठ में सरसती
	कंठे बसुन रा रानी	कण्ठ में वास करो हे रानी
	मोचो हिरदे लुरते जा।	मेरे ह्मदय में रमण करो
2	दिया रानी मोके डामुर बाजा	दो रानी मुझे डमरू बाजा
	दिया रानी मोके संखे धुनी	दो रानी मुझे शंख की ध्वनि
	रामरतन दिया रानी	रामनाम का रत्न दो रानी
	मोके तिलक-चन्दन दिया	मुझे तिलक-चन्दन दो
	मयँ बले रमायन पढ़ुआयँ रानी	मैं भी रमायन पढ़ूँगी रानी
	मयँ बले भजन गाउआयँ	मैं भी भजन गाऊँगी
	राज-राज तुय रमायन पड़सिस	राज-राज्य तुम रमायन पढ़ती हो
	देस-देस भजन गावसित	देश-देश भजन गाती हो
	हुनी अधया के दे रानी	वही अध्याय मुझे दो रानी
	मोके हुन गिआन के दे	वही ज्ञान दो मुझको
	रमाएन पढ़ुन जायँ रानी	मैं रामायण पढ़ रही हूँ रानी
	मयँ भजन गाउन जायँ।	मैं भजन गा रही हूँ
3	सरसती बले सर देउआय	सरसती स्वर देती हैं
	सरसती सर देउआय	सरसती स्वर देती हैं
	गुरु देउआय गिआन आया	गुरु देता है ज्ञान माता
	गुरु देउआय गिआन	गुरु देता है ज्ञान
	माता-पिता जनम देउआत	माता-पिता जन्म देते हैं
	माता-पिता जनम देउआत	माता-पिता जन्म देते हैं
	रुप देउआय भगवान आया	रूप देता है भगवान माता
	रुप देउआय भगवान	रूप देता है भगवान
	गुरु गिआन के दे रानी	गुरु-ज्ञान दो हे रानी
	मोके गुरु गिआन के दे	मुझे गुरु-ज्ञान तुम दो
	तुचो नामना धरलो बिगर	तुम्हारा नाम लिये बिना
	तुचो नाँव धरलो बिगर	तुम्हारा नाम लिये बिना

	गादी ने नईं बसें रानी	आसन में न बैठूँ हे माता
	मयँ रमायन नई पढ़ें	मैं रामायण नहीं पढ़ूँ
	गुरु गिआन के दे रानी	गुरु-ज्ञान दो हे रानी
	मोके गुरु गिआन के दे।	मुझे गुरु-ज्ञान तुम दो
4	अधया छाँडुकलाय नईं होओ	अध्याय न भूला जाये माता
	अधया भुलुकुकलाय नईं होओ	अध्याय न भूला जाये
	मुँहे-मुँहे लुरो रानी	कथा रहे मुखाग्र हे माता
	मोके सरसती पुरुन जाओ	मेरा गीत पूरा हो जाये
	सर ने बिदिया एओ रानी	स्वर में विद्या आये रानी
	मोचो रमायन पुरा होओ	मेरी रामायण पूरी हो जाये
	एइन अगिया माँगें रानी	यही याचना करती रानी
	एई बरदान माँगें रानी	यही वरदान मैं माँगूँ रानी
	अगिया देउन जा रानी	आज्ञा दे जाओ हे रानी
	मोके बरदान देउन जा।	मुझे वरदान दे जाओ।
5	सुन आया तुय जागा रानी	सुनो माता तुम जागा रानी
	सुन आया धरती माता	सुनो माता हे धरती माता
	हरी-हरी बोली जागो आया	हरि-हरि बोलती जागो माता
	राम बोली बयठो	राम बोलती बैठो
	हरी बोली बले जागी गले	हरि बोलते जागने पर
	राम बोली बयठी गले	राम बोलते बैठने पर
	घिंवर होम मयँ देयँ आया	घी का होम मैं देती माता
	राजर होम देयँ।	राज का होम मैं देती।

3. धनकुल

खोरखोसा गाँव की गुरुमायँ द्वारा गाये गये लोक महाकाव्य 'धनकुल' के पहले अध्याय (सुमरनी) में भी राम-नाम विद्यमान है। देखें पहला पद—

अधया-1 : सुमरनी

अध्याय-1 : वन्दना

1	हरी बोल हरी बोल रामे-रामो	हरि बोलो हरि बोलो राम-राम
	हरी बोल हरी बोल रामे-रामो	हरि बोलो हरि बोलो राम-राम
	सेई बले सालिकराम हरी बोल	वह भी शालिग्राम हरि बोलो
	सेई बले सिता तो राम	वे भी सीता-राम
	हरी-हरी बोली जगयँ परभू	हरि-हरि बोलते जागें प्रभु
	राम बोली बयठयँ	राम बोलते बैठें

4. लछमी जगार

खोरखोसा गाँव की गुरुमायँ द्वारा गाये गये लोक महाकाव्य 'लछमी जगार' के पहले अध्याय (सुमरनी) में भी राम-नाम विद्यमान है। देखें पहला पद—

अधया-1 : सुमरनी

अध्याय-1 : वन्दना

1	**हरी बोल हरी बोल रामे-रामो**	**हरि बोलो हरि बोलो राम-राम**
	हरी बोल हरी बोल रामे-रामो	**हरि बोलो हरि बोलो राम-राम**
	सेई बले सालिगराम परभू	**वे तो शालिग्राम प्रभु**
	सेई बले सिता तो राम	**वे तो सिता और राम**
	हरी-हरी बोली जागयँ परभू	**हरि-हरि बोलते जागें प्रभु**
	मोर राम बोली बयठयँ	**राम बोलते बैठें**

5. आठे जगार

ग्राम सोनारपाल (बस्तर, छत्तीसगढ़) की गुरुमायँ हीरामनी एवं भानमती द्वारा गाये गये 'आठे जगार' (अष्टमी जगार) के भी पहले ही अध्याय (सुमरनी/वन्दना) में राम और सीता का उल्लेख मिलता है। देखें इस अध्याय के कुछ पद—

अधया-1 : सुमरनी

अध्याय-1: वन्दना

5	***हरी बोल हरी बोल राम-राम जे***	***हरि बोल हरि बोल राम-राम***
	हरी बोल हरी बोल राम-राम	***हरि बोल हरि बोल राम-राम***
	जय-जय सिता-राम हरी बोल	***जय-जय सीता राम हरि बोल***
	जय-जय सालिक राम।	***जय-जय सालिकराम।***
6	***राम-नाम जे कोन बले जे***	***राम-नाम लेता है कौन***
	'हरी-हरी बोल' जे कोन बले	***'हरि-हरि बोल' कहता है कौन***
	भानमती तो आय हरी बोल	***भानमती है यह हरि बोल***
	हिरामनी आय।	***यह हीरामनी है।***
9	***कण्ठे लुरुन गेलिस आले जे***	***कण्ठ में वास करोगी तुम तो***
	कण्ठे लुरुन गेलिस जाले	***कण्ठ में वास करोगी तुम तो***
	किरिस्त्रा-पुरान पड़ें जे आया	***किरिस्त्रा-पुराण पढूँगी माता***
	मय राम नावँ धरेंदे।	***राम-नाम मैं लूँगी।***

6. लछमी जगार

खोरखोसा गाँव की जगार गायिका केलमनी द्वारा गाये गये इस 'लछमी जगार' के अध्याय-7 से 12 में राम-कथा आयी है, किन्तु इस राम-कथा का महर्षि वाल्मीकि अथवा तुलसीकृत रामायण/श्रीरामचरितमानस के राम से कोई सम्बन्ध नहीं जुड़ता। इन अध्यायों में आये राम-लक्ष्मण वस्तुत: जगन्नाथ और बलराम हैं। विस्तार-भय से यहाँ केवल अध्याय-7 के कुछ पद, जिनमें 'राम' का उल्लेख है, प्रस्तुत हैं—

अधया-7 : राम-राज ने भुक पड़तो

अध्याय-7 : राम-राज्य में अकाल

417	सुन मँडल राज आय परभू	शून्य मण्डल राज्य है प्रभु
	सुन मँडल राज आय परभू	शून्य मण्डल राज्य है प्रभु
	सुन मँडल राज परभू	शून्य मण्डल राज्य प्रभु
	सुन मँडल राज	शून्य मण्डल राज्य
	राम-लैखन राज आय परभू	राम-लखन का राज्य है प्रभु
	राम-लैखन राज	राम-लखन का राज्य
	बल-जगरनाथ आय परभू	बल-जगरनाथ (का राज्य) है प्रभु
	बल-जगरनाथ आय	बल-जगरनाथ (का राज्य) है
	भोला माहादेव आत परभू	भोला माहादेव हैं प्रभु
	पारबती रानी तो आत	पारबती रानी तो हैं
418	कैलासनँगरे भोला माहादेव	कैलासनँगर में भोला माहादेव
	कैलासनँगरे भोला माहादेव	कैलासनँगर में भोला माहादेव
	राम-लछमन आत परभू	राम-लछमन हैं प्रभु
	राम-लछमन आत	राम-लछमन हैं
	बल-जगरनाथ परभू	बल-जगरनाथ प्रभु
	बल-जगरनाथ	बल-जगरनाथ
	सुन मँडल राज आय परभू	शून्य मण्डल राज्य है प्रभु
	सुन मँडल राज	शून्य मण्डल राज्य
431	सुन बेटा तुय बली भदर	सुन बेटा तू बली भदर
	सुन बेटा तुय बली भदर	सुन बेटा तू बली भदर
	राम-लयखन राज बेटा	राम-लयखन का राज्य बेटा
	बल-जगरनाथ आय	बल-जगरनाथ (का राज्य) है
	सुन मँडल राज आय बेटा	शून्य मण्डल राज्य है बेटा
	सुन मँडल राज	शून्य मण्डल राज्य
	तुय काईं के खाउन जासे बेटा	तू कुछ भी खा जायेगा बेटा
	काईं के खाउन जासे	कुछ भी खा जायेगा

आमके फाँसी देयदे बेटा	(वह) हमें फाँसी देगा बेटा
आमके सुरी देयदे	(वह) हमें सूली पर लटकायेगा

445 सारी सहरिन दखोत एबे	शहर की सारी महिलाएँ देखतीं अब
सारी सहरिन दखोत एबे	शहर की सारी महिलाएँ देखतीं अब
नवय नँगरिन आत परभू	नौ नगरों की महिलाएँ देखतीं प्रभु
नवय नँगरिन आत	नौ नगरों की महिलाएँ देखतीं
आइग लागो रे राम-लयखन	आग लगे हे राम-लयखन
आइग लागो रे राम-लयखन	आग लगे हे राम-लयखन
तुमचो राजे तो आय बलोत	तुम्हारे राज्य में कहतीं
तुमचो राज ने आय	तुम्हारे राज्य में
लछमी मूँ तो नाईं परभू	लछमी का मुँह नहीं प्रभु
लखी चो गँद नाईं	लखी का नामो-निशान नहीं
आमी भाजी-डारा के खाते रलू	हम भाजी-पाला खाते थे
पानिर आहार करु	पानी का आहार करते थे
पानिर आहार करते रलू	पानी का आहार करते थे
थिपाएक पानी नईं	बूँद भर पानी नहीं है
काय के खाउन जिवाँ परभू	क्या खाकर जीएँगे प्रभु
काय के खाउन रवाँ	क्या खाकर रहेंगे
असन बलुन जासोत परभू	ऐसा कह जातीं प्रभु
सारी सहरिन आत	शहर की महिलाएँ कहतीं
नवय नँगरिन आत परभू	नौ नगरों की महिलाएँ प्रभु
गुसा होउन गेला	गुस्सा हो गयीं

447 सारी सहरिन जासोत एबे	शहर की सारी महिलाएँ
नवय नँगरिन जासोत एबे	नौ नगरों की महिलाएँ
कछरी-दरबार गेला परभू	कचहरी-दरबार में गयीं प्रभु
कछरी-दरबार गेला	कचहरी-दरबार में गयीं
हाँडी के अपटुन गेला परभू	हाँडी पटक गयीं प्रभु वे
गगरा अपटुन गेला	गगरी पटक गयीं
भाजी-डारा के अपटोत परभू	भाजी-पाला पटक जातीं प्रभु
काँदा-कुलेया अपटोत	कन्द-मूल पटक जातीं
राम-लछमन दखोत परभू	राम-लछमन देखते प्रभु
बल-जगरनाथ आय	बल-जगरनाथ (देखते)

449	सुना राजा तुम राम-लयखन	सुनिये राजा आप राम-लयखन
	सुना राजा तुमी राम-लयखन	सुनिये राजा आप राम-लयखन
	आमी साँगुन जाउँदे राजा	हम बतला जायेंगे राजा
	आमी साँगुन जाउँदे	हम बतला जायेंगे
	लखी चो गँद तो नाईं राजा	लखी का नाम-निशान नहीं है राजा
	लखी चो गँद नाईं	लखी का नाम-निशान नहीं है
	आमी भाजी-डारा के खाते रलू	हम भाजी-पाला खाते थे
	काँदा-कुलेया खाते	कन्द-मूल खाते थे
	पानी चो आहार करते रलू	पानी का आहार करते थे
	पानी चो आहार करते	पानी का आहार करते थे
	खाले बँद ने आय परभू	नीचे बाँध में हे प्रभु
	थिपाएक पानी नाईं	बूँद भर पानी नहीं है
	एबे काय के पालन करवाँ परभू	अब कैसे पालेंगे प्रभु
	कसन आमी खावाँ	कैसे हम खायेंगे
450	असन बलुन गेला एबे	ऐसा कह गयीं अब वे सब
	असन बलुन गेला एबे	ऐसा कह गयीं अब वे सब
	राजा सुनुन जाय परभू	राजा सुन लेते हैं प्रभु
	राजा सुनुन जाय	राजा सुन लेते हैं
	कोन छतरी आय परभू	कौन क्षत्रिय है प्रभु
	कोन मन्तरी आय	कौन योद्धा है वह
	खिर-समँदुर आँटे बलला	क्षीर समुद्र सुखा गया, कहते
	खिर-समँदुर आँटे	क्षीर सागर सुखा गया
	तल हात दखोत राजा	तल हाथ देखते राजा
	उपर हात दखोत	ऊपर हाथ देखते
	मँगला तुसती पड़ला भगवान	मंगला-स्तुति पढ़ते भगवन
	मँगला तुसती पड़सोत	मंगला की स्तुति करते
	राम-लयखन आत एबे	राम-लयखन हैं अब
	बल-जगरनाथ एबे	बल-जगरनाथ (हैं) अब
	बल-जगरनाथ आत परभू	बल-जगरनाथ हैं प्रभु
	बल-जगरनाथ आत	बल-जगरनाथ हैं
	कछरी बँद तो करला राजा	कचहरी बन्द किया राजा ने
	कछरी बँद करला	कचहरी बन्द किया
	कछरी बँद करोत राजा	कचहरी बन्द करते राजा
	आपलो मँदिरे जात	अपने महल में जाते

453	धनऊ-काँड मोर धरोत एबे	धनुष-तीर लेते वे अब
	धनऊ-काँड मोर धरोत एबे	धनुष-तीर लेते वे अब
	भाला-बरछी धरोत परभू	भाला-बरछी लेते प्रभु
	तोप-बँदुक धरोत	तोप-बन्दूक लेते
	रयत निकरुन गेला परभू	प्रजा निकल आती प्रभु
	रयत निकरुन जाय	प्रजा निकल आती
	राम-लयखन आत परभू	राम-लयखन हैं प्रभु
	राम-लयखन आत	राम-लयखन हैं
	तियार होउन गेला परभू	तैयार हो गये प्रभु
	तियार होउन गेला	तैयार हो गये
460	एक दिन मोर होय एबे	एक दिन बीता अब
	दुय दिन मोर होय एबे	दो दिन बीत गये
	दुय दिन तो होय परभू	दो दिन बीत गये प्रभु
	बली भदर आय	बली भदर तो है
	अखे बड़ ने आसोत परभू	अखे बड़ में हैं प्रभु
	अखे बड़े आसोत	अखे बड़ में हैं
	भगवान लोग तो आत परभू	भगवान तो हैं प्रभु
	भगवान लोग तो आत	भगवान तो हैं
	राम-लयखन आत परभू	राम-लयखन हैं प्रभु
	बल-जगरनाथ	बल-जगरनाथ (हैं)
	भोला माहादेव आत परभू	भोला माहादेव हैं प्रभु
	भोला लिंग तो आत	भोला लिंग तो हैं
468	लखे बड़ के छाँडोत एबे	अखे बड़ छोड़तीं अब
	अखे बड़ के छाँडोत एबे	अखे बड़ छोड़तीं अब
	राजा-घरे गेला परभू	राजा के घर जातीं प्रभु
	सुन मँडले गेला	शून्य मण्डल में गयीं
	राम-लयखन लगे परभू	राम-लयखन के पास प्रभु
	राम-लछ्मन लगे	राम-लछ्मन के पास
	लगे जाउन जुआर झोकोत	पास जाकर अभिवादन करतीं
	लाफी जाउन बसोत	दूर जाकर बैठतीं
483	बलराम तो आत एबे	बलराम तो हैं अब
	बलराम तो आत एबे	बलराम तो हैं अब

जगरनाथ तो आत एबे
राम-लयखन आत
भोला माहादेव आत परभू
राम-लयखन आत
भोला माहादेव राजा परभू
भोला माहादेव राजा
तल हात दखोत परभू
उपर हात दखोत
मँगला तुसती पड़ोत भगवान
मँगला तुसती पड़सोत

जगरनाथ तो हैं अब
राम-लयखन हैं
भोला माहादेव हैं प्रभु
राम-लयखन हैं
भोला माहादेव राजा प्रभु
भोला माहादेव राजा
तल हाथ देखते प्रभु
ऊपर हाथ देखते
मंगला की स्तुति पढ़ते भगवान
मंगला की स्तुति कर जाते

(ग) लोककथाओं में राम

अंचल की कुछेक लोककथाओं में किसी-किसी प्रसंग में राम-नाम का उल्लेख मिल जाता है। ऐसी लोककथाओं एवं सम्बन्धित प्रसंगों पर एक विहंगम दृष्टि डालें :

1. हल्बी लोककथा 'बिरी बावन'

सरगीपाल पारा, कोंडागाँव निवासी जगार गायिका सुकदई कोराम द्वारा कही गयी इस लोककथा 'बिरी

बावन' में केवल एक स्थान पर 'राम' शब्द अभिवादन के तौर पर प्रयोग में आया है। देखें, वह अंश—

बिरी बावन : बिरी बावन, तेबे भाई बिता मन बलसत—''दखा नूँ ना, दखा नूँ ना। कसन होसत एमन? बाबू काजे जाउआत ना!'' बलसत। तेबे बिरी बावन बलेसे आया बिती के—''आया! मयँ डँडिक माहापरसाद लगे जायँसे।'' आरू आपलो माहापरसाद बिता घरे गेलो। हुता सिता-राम झोकलो आरू एक डँडिक बसलो।

तब छहों भाइयों ने देखा और आपस में बातें करने लगे—''देखो तो, देखो तो! ये लोग कैसी हुई जा रही हैं? ये लोग बाबू के लिये जायेंगी जी।'' बिरी बावन कहने लगा अपनी माँ से—''माँ! मैं थोड़ी देर के लिये माहापरसाद के पास जा रहा हूँ।'' ऐसा कहकर अपने माहाप्रसाद के घर गया। वहाँ उससे सीता-राम कहकर भेंट की और थोड़ी देर बैठा।

2. हल्बी लोककथा 'सुरिज राजा'

सरगीपाल पारा, कोंडागाँव (बस्तर-छ.ग.) की जगार गायिका सुकदई कोराम द्वारा कही गयी इस लोककथा 'सुरिज राजा' में एक स्थान पर सम्बोधन के रूप में राम शब्द का प्रयोग देखने में आया है—

सुरिज राजा : सुरिज राजा, राजा सुनलो जाले बले उलटुन नी दखे। रानी हाक देउन-देउन थकली। काईं नी बाचली घरे। सब जरली। तेबे रानी बिचारली, इथा काय के खाउन रहेंदे? बाबा घर जायँदे बलते बाप बिता-घरे इली। आधा धुर होऊ रहे। दखेसे, बाप बिता-घर के बले आइग धरते रहे। ए राम भगवान! बलेसे, बाबा-घरे बले इले। इथाय बले आइग धरेसे। काहाँ जायँदे, बलेसे। रुख-छायँ ने उभलिसे आरू रद्रद्-रद्रद् गागेसे। बाप-बिता घर गेली। जसन चो हुसन गरिब-दुखी होला। आगे जसन रला हुसने होला। काईं नी रहे। खाउक अनाज नईं पिंधुक कपड़ा नईं। एक दिन काय बलेसे लेकी बाप बिता के—''खाउक निहाय बाबा। काय के खाउन रवाँ? तुय मके बुलाउक ने, बाबा। कोनी बले धरला जाले आनुन खाहासे।''

राजा ने सुना किन्तु पलटकर भी नहीं देखा। रानी उसे पुकार-पुकारकर थक गयी। घर में कुछ भी नहीं बचा। तब रानी विचार करने लगी, यहाँ मैं क्या खाकर रहूँगी? बाबा के घर जाऊँगी, ऐसा सोचकर पिता के घर आयी। अभी वह आधे रास्ते में ही थी। देखती है, पिता का घर भी आग से जलने लगा था। हे राम भगवान! वह सोचने लगी, बाबा के घर भी आयी। यहाँ भी आग लगी हुई है। कहाँ जाऊँगी, सोचने लगी। एक पेड़ की छाँव में खड़ी थी और फूट-फूटकर रो रही थी। फिर पिता के घर गयी। वे लोग जैसे पहले थे, वैसे ही फिर से गरीब-दुखी हो गये। कुछ भी नहीं था। खाने को अन्न नहीं, पहनने को कपड़े नहीं। एक दिन लड़की अपने पिता से कहने लगी—''खाने को अन्न नहीं है, बाबा! क्या खाकर जीयेंगे? तुम मुझे बेचने ले चलो, बाबा! किसी ने खरीदा तो पैसे लाकर तुम लोग अपना जीवन बिताओगे।''

3. इसी तरह 'मामा-भाचा गँवर' (मामा-भांजा गौर) और 'सारदुल चो कहनी' (सारदुल की कहानी) शीर्षक हल्बी लोककथाओं में भी सम्बोधन के रूप में राम (हाय राम/हे राम!) का प्रयोग हुआ है, जबकि भतरी लोककथा 'कोलयार उआट' (लोमड़ी की युक्ति) में अभिवादनस्वरूप।

4. भतरी लोककथा 'लड़ई देव' : सुकदई कोराम द्वारा कही गयी इस भतरी लोककथा में एक स्थान पर राम का उल्लेख सम्बोधन के रूप में मिलता है। देखें वह अंश—

लड़ई देव

लड़ई देव, अड़कदायँ छुरी-फाँसिर मामला चलते रय। राजा सुनला आवरी ए राम भगवान! बली बल्ला। मोर रानी मरी जायसी बे। मुईं खुबे डँड ने ताके आनली आछे, बली कागत-कलम के पकाय देला। दरबार के छाड़ी करी हिटी पड़ते घरे जायसी आछे। बाटे मिचल साएब, कपतान साएब, इनिसपिटर साएब मन बसी रलाय। राजार जिबा के दखलाय आवरी काय होयला गुने काय काजे राजा अतक चाँडे-चाँडे जायसी आछे बली बलबाआत। काय होयला राजा के, आमे बले राजा लगे जाई दखूँ, बलबा आछेत।

उस समय छुरी-फाँसी का मामला चल रहा था। राजा ने सुना और 'हे राम' कहने लगा। मेरी रानी मर जायेगी। मैं उसे बहुत कष्ट सहन कर लाया हूँ। ऐसा कहते उसने कागज-कलम फेंक दी। दरबार छोड़कर गिरते-पड़ते घर की ओर जाने लगा। रास्ते में मिचल साहब, कप्तान साहब, इंस्पेक्टर साहब आदि बैठे थे। उन्होंने राजा को जल्दी-जल्दी जाते हुए देखा और सोचने लगे कि क्या बात हो गयी कि राजा इतनी हड़बड़ी में जा रहे हैं! वे कहने लगे, पता नहीं क्या हो गया राजा को, जरा हम भी तो चलकर देखें।

5. भतरी लोककथा 'जयसन राजा' : सुकदई कोराम द्वारा कही गयी इस भतरी लोककथा में कुछ स्थानों पर राम और हनुमान का उल्लेख मिलता है। इसमें भीम, अर्जुन, नारद आदि का भी उल्लेख है। देखें वह अंश—

जयसन राजा

जयसन राजा, बलबा के सबू लोक सुनलाय। नारद आपनर घरे गला। बरमार बेटा आय नारद। अड़कदायँ बरमा देव सब जिव मन के जनम पठायते रलाय। चँदरधजर जिव के दखलाय आवरी भकयायलाय। एतार मुरतू कसन ने होयला बली बरमा देव चकित होई गलाय। हँड़कीदायँ नारद अमरला। नारद के दखलाय बरमा देव आवरी ताके आपनर लगे हाक देई करी बल्लाय—"तुई एथान ले हयँ थान करलिस। पिलार जिव के खायलिस।" बली करी रिसे-रिस उठाई करी गोट बड़गी मारी देलाय नारद के। नारद हयँ थान ले परायला। अड़कदायँ हयँ लगे सबू भगवान लोक मन बले रलाय। भिम, अरजुन, राम सबू भगवान लोक मन। तेबे सबू भगवान लोक मन पने 'जों जों' बल्लाय आवरी जिबाआत। जायते-जायते जिबाआत। अड़कदायँ हनुमान गोट डोंगरी के मुँडे बोई करी गोट बड़े माहा डोंगरी थाने बसी रला। हयँ दखला भगवान मन के आवरी मामा मन के काय होयला, एमन कोन थाने जिबाआत, बली करी हयँ मनर उपरे-उपरे जायसी आछे हयँ मन के छाँय बनायते। अतक ने डोंगरिर छाँय के दखलाय सबू भगवान लोक मन आवरी उपरे नँजरायलाय। दखबा आछेत हनुमान आय डोंगरी के मुँडे बोई करी सँगे-सँगे जायसी आछे। हयँ मन डरलाय आवरी बलबा आछेत—"तुई डोंगरी के पकाव। हँके पकाई करी आव।"

ऐसा कहने पर सभी ने सुना। नारद अपने घर चला गया। बरमा का बेटा है नारद। उस समय बरमा देव सभी जीवों को जन्म दे रहे थे। चँदरधज के प्राण देखकर वे अचम्भित रह गये। इसकी मृत्यु कैसे हो गयी, यह सोचकर बरमा देव आश्चर्यचकित हो गये। उसी समय नारद पहुँचा। नारद को बरमा देव ने देखा और उसे अपने पास बुलाकर बोले—"तुम यहाँ की बात वहाँ करते फिरते हो। तुमने बच्चे के प्राण हर लिये।" यह कहते हुए क्रोधित होकर नारद पर एक लाठी से प्रहार कर दिया। नारद वहाँ से भाग गया। इस समय वहाँ पर सभी भगवान लोग भी थे। भीम, अर्जुन, राम सभी थे। तब सभी भगवान 'चलो, चलो' कहने लगे और वहाँ से चल पड़े। चलते-चलते जाने लगे। इस समय हनुमान एक पहाड़ी

को सिर पर धारण किये एक बड़े-से पहाड़ पर बैठा था। उसने देखा भगवान लोगों को और मामा लोगों को क्या हो गया, ये लोग कहाँ जा रहे हैं, विचार करते हुए उनके ऊपर-ऊपर उन पर छाया बनाते जाने लगा। इतने में भगवानों ने पहाड़ी की छाया देखी और ऊपर ताकने लगे। देखा हनुमान था और वह पहाड़ी को सिर पर धरे उनके साथ-साथ चला जा रहा था। वे सभी डर गये और कहने लगे—''तुम पहाड़ी को फेंको। उसे फेंककर आओ।''

बलबा के हनुमान डोंगरी के कोन तो बाटे पकाय देला आवरी तले आसला। सबले पाट बाटे होई करी जायसी आछे। सबू लोक मिसी करी जिबाआत। बाटे गोटक असुर रला। हयँके चारा ना मिरे। तेबे नारद असुर लगे गला। ताके दखी करी असुर बलसी आछे—''तुय कसन आयलिस, नारद? दख नी। मोके बारा बरक होयला चारा ना मिरसी आछे। तुई कोनी थाने चारा दखलिआस आले साँग।''

ऐसा कहने पर हनुमान ने पहाड़ी को रास्ते में ही फेंक दिया और उनके पास चला आया। वह सबसे पीछे चला आ रहा था। सभी लोग मिलकर जाने लगे। रास्ते में एक असुर था। उसे चारा नहीं मिल रहा था। तब नारद असुर के पास गया। उसे देखकर असुर कहने लगा—''तुम कैसे आये, नारद? बारह वर्षों से मुझे चारा नहीं मिल रहा है। तुमने कहीं चारा देखा हो तो बताओ।''

असुर नारदर गोठ के धरी करी बाटे बसी देला आरू टोंड के सरग आरू पिरथी ले फाड़ी देला आछे। अड़की दायँ सब भगवान मन हईं काजे ले जिबाआत। हयँमन असुरर टोंड के ना दखोत। सबू लोक तार टोंड भितरे ओली देलाय। पेट भितरे गलाय आवरी 'आमे कोन थाने आयलू?' बली बलबाआत। हनुमान सबले पिटी बाटे रला। हयँ असुरर टोंड भितरे ना ओले। अतक ने नारद बलसी आछे हनुमान के—''सुन बाबू, हनुमान! सबू भगवान मन तो असुरर टोंड भितर काजे ले तार पेट भितरे ओली देलाय आछेत। तुई असन कर। असुरर गोटोक पाँय के खुँद आवरी गोटोक पाँय के उचाय देस। असन करले सबू भगवान मन तार पेट भितर ले निसकबाय।''

असुर नारद की बात मानकर रास्ते में बैठ गया और अपना मुँह स्वर्ग से धरती तक फाड़ लिया। इसी समय सभी भगवान उसी रास्ते से होकर जाने लगे। उन्होंने असुर के मुँह को नहीं देखा। सभी उसके मुँह में प्रवेश कर गये। पेट के भीतर जाकर 'हम कहाँ आ गये?' कहने लगे। हनुमान सबसे पीछे था। वह असुर के मुँह में नहीं घुसा। इतने में नारद हनुमान से कहने लगा—''सुनो बाबू, हनुमान! सभी भगवान तो असुर के मुँह के रास्ते उसके पेट के भीतर पहुँच गये हैं। तुम एक काम करो। असुर के एक पाँव को अपने एक पाँव से दबाओ और उसके दूसरे पाँव को उठा दो। ऐसा करने पर सभी भगवान उसके पेट से बाहर निकल आयेंगे।''

असन बलबा के हनुमान असुरर गोटोक पाँय के खुँदला आवरी दूसर पाँय के उचाय देला। तेबे सबू भगवान लोक मन असुरर पेट भितर ले तार कड़ बाट ले बाइरे निसकलाय। असुर मरी गला। भगवान लोक मन जिबा आछेत। जायते-जायते हयँमन चँदरधज लगे अमरलाय। चँदरकला मुँड के थापी करी बसी रला। भगवान मन हयँ लगे अमरलाय आवरी ताके हयँ लग ले गुच के बल्लाय। चँदरकला हयँ लग ले गुची देला। तेबे भगवान मन चँदरधजर धड़ आवरी मुँडी के सकली करी जोड़ी देलाय, बेद-बड़गी छिंआयलाय आवरी मंतर पड़ी देलाय। चँदरधज जिव पड़ला। जिव पड़बा के सबू भगवान लोक मन बलबाआत—''तुय एतार काजे अतक डँड होई करी एके आनके आसी रइस। आमके बल्ले काय आमे एतार सँगे तोके बिआ ना करी देतू! आमर इजित धरबा काजे एके चोर के आसी रइस! जों, आमे एके

चोरी ना नेऊँ। बाहड़ी जाऊँ जयसन राजा लगे। माँगी करी तोके बिआ करी देबू।''

ऐसा कहने पर हनुमान ने असुर के एक पाँव को दबाया और दूसरे पाँव को उठा दिया। तब सभी भगवान असुर की गुदा के रास्ते पेट से बाहर आ गये। असुर मर गया। अब सभी भगवान जाने लगे। चलते-चलते वे सभी चँदरधज के पास जा पहुँचे। चँदरकला सिर थामे बैठी थी। सभी भगवान वहाँ पहुँचे और उसे वहाँ से हटने को कहा। चँदरकला वहाँ से हट गयी। तब भगवानों ने चँदरधज के धड़ और सिर को समेटकर जोड़ दिया, बेंत का स्पर्श कर दिया और मन्त्रोच्चारण कर दिया। इससे चँदरधज जीवित हो गया। उसके जीवित होने पर सभी भगवान उससे कहने लगे—''तुम इसीलिए इतने कष्ट उठाकर इसे लाये थे। हमें कहा होता तो क्या हम इसके साथ तुम्हारा विवाह न रचा देते! हमारी मान-हानि करने के लिए तुम इसे चुराने आये थे! चलो, हम इसे चुराकर नहीं ले जायेंगे। वापस चलो जयसन राजा के पास। माँगकर तुम्हारा विवाह कर देंगे।''

(घ) कहावतों, मुहावरों एवं पहेलियों में राम

एक-दो कहावतों, मुहावरों और पहेलियों में भी 'राम' मिल जाते हैं। इस समय मुझे महज दो कहावतें और एक मुहावरा याद आ रहे हैं। ये कहावतें हैं—तुचो राम-राम, मोके छेदे ना भेदे। इसका अर्थ है—'तुम्हारे द्वारा राम-नाम का जाप करना या राम-नाम की कथा बाँचना अथवा राम-नाम का उच्चारण करना मुझ पर कोई प्रभाव नहीं डालता अर्थात् आप चाहे जो भी कहें, उसका कोई असर मुझ पर होने वाला नहीं है।' सम्भवतः हिन्दी की कहावत 'भैंस के आगे बीन बजाये, भैंस रहे पगुराय' के समतुल्य है यह हल्बी कहावत।

इसी तरह एक दूसरी कहावत याद आ रही है—'पेटे निंआय पिला, राम-लछमन नाव'। इसका अर्थ है—पेट में बच्चे का अता-पता नहीं है और पहले से ही उसका नामकरण राम-लक्ष्मण कर दिया जाना अर्थात् काम आरम्भ हुआ नहीं और परिणाम की घोषणा पहले ही कर दी गयी।

इसी तरह एक मुहावरा राम बनातो के रावन होतो प्रचलन में है। अर्थ है—सोचें कुछ और, हो जाये कुछ और। सोचें अच्छा और हो जाये बुरा।

(ङ.) लिखित साहित्य में राम

जैसा कि हमने देखा, इस अंचल की लोकभाषाओं के अलिखित साहित्य में राम की उपस्थिति या चर्चा लगभग नहीं के बराबर है। ठीक इसी तरह लिखित साहित्य में भी राम सम्बन्धी कथा या गीत अथवा किसी भी विधा में किसी साहित्य का सृजन महज उँगलियों पर गिने जाने लायक ही हुआ है। प्रस्तुत हैं ऐसे ही कुछेक सृजन के उदाहरण।

1. **रामकथा** (हल्बी रामकथा-सार) : बस्तर के सुप्रसिद्ध साहित्यकार लाला जगदलपुरी द्वारा संक्षेपित एवं अनूदित 'रामकथा' (हल्बी रामकथा-सार) नामक पुस्तिका का प्रकाशन मध्य प्रदेश रामचरितमानस चतुश्शताब्दी समारोह समिति, भोपाल द्वारा वर्ष 1978 में किया गया था। इस पुस्तिका के प्रथम अध्याय (रामजनम) का एक छोटा-सा अंश प्रस्तुत है :

अध्याय-1 : रामजनम

त्रेता जुग चो बात आय। कोसल देस ने दसरथ नावँ चो गोटोक राजा राज करते रला। राजा दसरथ आपलो रयतमन के बेटा-बेटी असन पोसते रहत। तिहँचो रयत के काईं दुख नीं रहे। कोंसलिया, सुमित्रा आरू केकई तिनचो तीन झन रानीमन रहत। राजा के गोटकी दुख रहे। लोलो-बालो चो सुख दखतो काजे साद होते रहत। राजा आपलो फिकर के बसिष्ठ मुनि के साँगला। बसिष्ठ मुनि राजा घर चो पुरोहित रहत। तेबे बसिष्ठ मुनि राजा दसरथ के समझाउन बल्ला कि तुय फिकर नीं कर। तुचो घर चार झन बेटामन जनमदे। तुय पुत्रेष्टि जग्यँ करुन पकाव। बेटा जनमदे आरु तुचो बंस चो नाँव के उजर करदे। राजा बल्लो कि तुमी जसने हुकुम दिले मयँ हुसने करुकलाय तियार आसें। तुरत बसिष्ठ मुनि श्रृंगी रुसी के एवत बलुन खबर पठाला। खबर पातो धापड़े श्रृंगी रुसी इला आरु एउन भाती पुतुर-जग्यँ करतो काजे जोड़ा जोड्डक बल्ला। जग्यँ होते रहे आरु एक दिन हवन-कुंड भीतर ले अगिन देवता परगट होला। परगट होउन भाती अगिन देवता राजा दसरथ के एक बटकी खीर के देउन बल्ला कि ए खीर के तुमी आपलो तीनों रानीमन के खोवाउन दियास। बेरा होले तिहँचो पुतुर होदे। असन बलुन आइग-देवता जाते गेला। राजा जानूँ खीर के महल भितरे नेते नीला आरू रानीमन के बाटुन खाहा बल्ला।

त्रेता युग की बात है। कोसल देश में दशरथ नाम के एक राजा राज्य करते थे। राजा दशरथ अपनी प्रजा का पालन अपनी सन्तान की भाँति करते थे। उनकी प्रजा को कोई दुःख नहीं था। कौशल्या, सुमित्रा और कैकेयी उनकी तीन रानियाँ थीं। राजा को एक ही दुःख था। उन्हें सन्तान-सुख देखने की बहुत लालसा थी। राजा ने अपनी यह चिन्ता वसिष्ठ मुनि को बतायी। वसिष्ठ मुनि राज-परिवार के पुरोहित थे। तब वसिष्ठ मुनि ने राजा दशरथ को समझाते हुए कहा कि तुम चिन्ता मत करो। तुम्हारे घर चार बेटे जन्म लेंगे। तुम पुत्रेष्टि यज्ञ करो। इससे बेटे जन्मेंगे और तुम्हारे वंश का नाम रोशन करेंगे। राजा ने कहा कि आप जैसी आज्ञा देंगे, मैं वैसा करने को तैयार हूँ। वसिष्ठ मुनि ने श्रृंगी ऋषि को तुरन्त बुलावा भेजा। सूचना पाते ही श्रृंगी ऋषि आये और पुत्रेष्टि यज्ञ के लिए सामग्री जुटाने को कहा। अभी यज्ञ चल ही रहा था कि एक दिन हवन-कुण्ड के भीतर से अग्निदेव प्रकट हुए। प्रकट होकर अग्नि देवता ने राजा दशरथ को एक कटोरी खीर दी और कहा कि यह खीर आप अपनी तीनों रानियों को खिला दें। समय आने पर उनके पुत्र जन्म लेंगे। ऐसा कहकर अग्नि देवता चले गये। राजा खीर को महल के भीतर ले गये और रानियों से उसे आपस में बाँटकर खाने को कहा।

2. **श्रीरामचरितमानस** (हल्बी पद्यानुवाद) : नारायणपुर (बस्तर, छत्तीसगढ़) निवासी बहुमुखी प्रतिभा के धनी कवि एवं कलाकार श्री रामसिंह ठाकुर ने श्रीरामचरितमानस का हल्बी में पद्यानुवाद किया, जिसका प्रकाशन 1991 में मध्य प्रदेश रामचरितमानस चतुश्शताब्दी समारोह समिति, गाँधी भवन, श्यामला हिल्स, भोपाल (म.प्र.) से हुआ था। इसका पुनः प्रकाशन राधाकृष्ण प्रकाशन, नयी दिल्ली द्वारा 2014 में छत्तीसगढ़ शासन के संस्कृति विभाग के सहयोग से हुआ है।

यहाँ इस ग्रन्थ के बालकाण्ड के एक श्लोक तथा दो सोरठे मूल सहित प्रस्तुत हैं। पहले एक श्लोक—

अक्षर अरथ रस पद चो, सुभ भरपूर जे करेसे।
गणेस भगवान माता सरसती चो, बिनती मयँ करेंसे॥ 1॥
वर्णानामर्थसंघानां रसानां छन्दसामपि।
मंगलानां च कर्त्तारौ वन्दे वाणीविनायकौ॥ 1॥

जिहँके सुमरले सपा सिध होय, देव मुखिया आत।
हाथी मुँह चो गुनी भगवान, दया करते जात॥ 1॥

कोंदा गोठयाएसे जेचो दया ले, खोड़िया डोंगरी चेघे।
कली चो महापाप के सारू, भगवान मोके दखे॥ 2॥
जो सुमिरत सिधि होइ, गन-नायक करिबर बदन।
करउ अनुग्रह सोइ, बुद्धि रासि सुभ गुन सदन॥ 1॥
मूक होइ बाचाल, पंगु चढ़इ गिरिबर गहन।
जासु कृपा सो दयाल, द्रवउ सकल कलि-मल दहन॥ 2॥

इस दिशा में थोड़ा-सा प्रयास इस आलेख के लेखक द्वारा भी किया गया, जिनका विवरण निम्नानुसार है—

1. हल्बी गीत 'राम बनवास' (राम जासोत बनवास आजी), रचना-काल, 1979।
2. हल्बी संकटमोचन हनुमानाष्टक (सुना दादा हनु चो कहानी), रचना-काल, 1980।
3. हल्बी भजन (राम बिन फोकहा सब सँवसार), रचना-काल, 1981।
4. हल्बी भजन (मन सुमर सिरी राम हरि), रचना-काल, 1981।
5. हल्बी भजन (राम भजन करले सुख भाई), रचना-काल, 1982।
6. हल्बी नाटिका (सीता-हरण), रचना-काल, 1989।

(च) कला में राम

इस अंचल की विभिन्न कलाओं में भी राम की उपस्थिति नहीं के बराबर ही मिलती है। पहले हम यहाँ की आदिवासी एवं लोककलाओं की बात करते हैं। यहाँ रूपंकर कला के अन्तर्गत घड़वा शिल्प, मृदा शिल्प, काष्ठ शिल्प, लौह शिल्प, प्रस्तर शिल्प, भित्ति चित्र आदि की समृद्ध परम्परा तो है किन्तु इनमें से किसी भी विधा में राम की उपस्थिति 'नहीं' है। हाँ, प्रदर्शनकारी कला के अन्तर्गत 'ओड़िया नाट' (लोकनाट्य) में राम और राम-कथा के दर्शन होते हैं। मूलतः ओड़िशा से बस्तर आयी इस कला-विधा में पौराणिक आख्यान आदि की प्रस्तुति होती रही है। इसी तरह रामचरित पर आधारित नाट्य प्रस्तुतियाँ भी होती रही हैं। जगदलपुर के आगे ओड़िशा से लगे गाँव नगरनार एवं आसपास के इलाके में इन दिनों इन नाट्यों को 'ऑपेरा' कहा जाने लगा है।

वस्तुतः बस्तर अंचल का गोंड जनजातीय समुदाय जो वस्तुतः शिव और शक्ति का पुजारी रहा है, रामकथा से पूरी तरह अछूता रहा है। वह 'इस्पुराल' यानी प्रकृति को अपना ईश्वर मानता है। वह तन्त्र विद्या को मानता और जानता है। उसके देवता प्रकृति के साथ ही उसके पूर्वज भी हैं। वह अपने पूर्वजों की पूजा देवता के रूप में करता है यानी वह प्रेत-पूजक भी है। इन दिनों कुछ बाहरी प्रभाववश यह जनजाति अपने को रावण से जोड़कर देखने लगी है, लेकिन इस मुद्दे पर यह समाज एकमत नहीं है।

परिशिष्ट

'रोंम-सीतमानी वारता' की तीन (हिन्दी) पंखुड़ियाँ

डॉ. भगवानदास पटेल

राम-सीता और लक्ष्मण वनखण्ड में (रोंम-सीतमा नं लसमण वनमा)

राम-सीता और लक्ष्मण रस्ते-रस्ते वनखण्ड में आने लगे हैं। वे तिल के खेत में से निकलते हैं। सीता के पैर में पायल बज रही है। इस पायल में तिल की एक डण्डी फँस जाती है। सीता अँधेरे में तिल की डंडी लेकर तिल की फलियाँ छिलती हैं। भूख के कारण वह राम से छुपकर तिलों को फाँक जाती हैं। सीता की चुगली खाता एक काला तिल सीता के हाथ में चिपका रहता है।

राम-सीता और लक्ष्मण भूखे प्यासे रस्ते-रस्ते वनखण्ड में आगे बढ़ते हैं। सीता लक्ष्मण से कहती है—'देवर मेरे, मैं राजमहल की रहने वाली हूँ! कभी इतना चली नहीं। अब हमारे बादल-महल कितनी दूर हैं। मैं थक गयी हूँ!' लक्ष्मण कहता है—'भाभी, हम तो अब आ ही गये हैं।' तीनों रास्ते पर जाने लगे हैं। वे एक वनखण्ड को छोड़कर दूसरे वनखण्ड में प्रवेश करते हैं। भूख-प्यास और चलने के कारण थकी सीता लक्ष्मण से कहती हैं—'मैं घर में ही घूमती-फिरती थी। जब-जब भूख लगती थी, तब-तब खाती थी, मगर इस वन में तो भूख के कारण मेरे पेट में चूहे कूद रहे हैं। अब और कितना दूर है हमारा घर? मैं तो थककर चूर हो गयी हूँ।' लक्ष्मण फिर सीता को फुसलाते हुए कहता है— 'भाभी, पहुँच ही गये हैं, वह जो वनखण्ड दिखाई दे रहा है, वही हमारा घर-बार है। अब तो पास में ही है। चतुर सीता मन-ही-मन प्रसन्न होती है और सोचती है—'बड़े-बड़े वृक्ष तो पास में ही दिखाई दे रहे हैं। वहीं हमारा घर होगा!' फिर से राम-सीता और लक्ष्मण रस्ते-रस्ते आगे बढ़ते हैं। बहुत चलने के बावजूद कहीं भी घर दिखाई नहीं देता। चारों ओर देखकर सीता लक्ष्मण से प्रश्न करती है—'देवर, तू मुझे बार-बार क्यों बहका रहा है? थकान के कारण मेरे पैर उल्टे पड़ रहे हैं। अब भी हमारा घर कितना दूर है?' अब लक्ष्मण कहता है—'भाभी, गरमी में भैंस भादों को याद करती है, तो क्या मिलता है? गरमी पूरी होने तक सूख जाती है। भाभी इस वन में हमारे पास बिछाने के लिए न घास है और न ही खाने के लिए पलाश है। हम तो गरीब आदमी हैं। वह जो पपैया-वन दिखाई दे रहा है, वही हमारी रहने की जगह है। अब पहुँच ही गये समझो!' तीनों चलते-चलते पपैया-वन में आने लगे हैं। ऊँचे-ऊँचे सागौन ध्रुव-तारे को छू रहे हैं। बगल में ही धूनी सुलगाई हुई है। राम अपनी धूनी के पास आते हैं और धूनी पर बैठ जाते हैं। चतुर सीता लक्ष्मण से कहती है—'देवर, तेरा भाई तो फिर किसी ऋषि की धूनी पर जाकर बैठ गया है।' लक्ष्मण कहता है—'भाभी, ये धूनियाँ तो अपनी ही हैं, हमें ऐसे में ही रहना पड़ेगा। ये धूनियाँ ही हमारा घर है!' सीता सन्न रह जाती है। उसके प्राण हहर-हहर जाने लगते हैं। वह सोचती है कि 'किस घर में रहूँ? इस वन में रहूँ? इस वन में कहाँ से कुछ निकालकर खाऊँ? किस कुएँ से पानी भरूँ?' वह

लक्ष्मण से पूछती है—'देवर, पीने का पानी-वानी है कि नहीं?' लक्ष्मण कहता है—'भाभी, जब प्यास लगती है तो हम सामने की दिशा में चलना शुरू कर देते हैं। सुबह से चलना शुरू करते हैं, तब कहीं दोपहर तक पहुँचते हैं। पानी तो यहाँ से बहुत दूर है। सामने जो डूँगर दिखाई दे रहा है, उसके पीछे है।' भूख और प्यास के कारण सीता के प्राण निकल रहे हैं। वह सोचती हैं—'ठीक है भगवान, जैसा भाग्य करता है, वैसा और कोई नहीं करता। जो विधाता ने लेख लिख दिया, वही सही है। तूने जोगियों का साथ करवा दिया। अब तो इस वन में ही हमारा डेरा है। हे भगवान! तुझे ऐसे लेख नहीं लिखने थे। चतुर सीता खड़ी-खड़ी ही लक्ष्मण से पूछती है—'देवर, कहाँ हैं हमारे बादल-महल?' 'भाभी, हम तो वन में धूनी बनाकर रहते हैं और हरि का नाम-स्मरण करते हैं। भाभी, इस वनखण्ड में बादल-महल कहाँ से होंगे भला?' 'देवर, तुम जोगी बने और मैं जोगन, यह बात तो सही है, मगर अब तक तुम लोगों को सब चलता था। पर अब तुम्हारे घर में गृहिणी आ गयी है। अब तुम्हें घर के बगैर नहीं चलेगा। घर होगा, फिर घर-गृहस्थी का सामान भी चाहिएगा। घर-संसार के ज्ञान की यह बात तू अपने भाई को समझा। जब तुम अकेले थे, तब जहाँ जँचता वहाँ सो जाते, जो मिलता वह खा लेते। मगर अब तो छोटा-बड़ा कैसा भी घर होना ही चाहिए। छोटी-सी सही झोंपड़ी चाहिए। तेरा भाई तो मुझे भोला-भाला लगता है। अरे देवर, तेरा भाई है, तू ही जाने! धूनी पर भजते हुए लेंगे हरि का नाम और करेंगे काम।' देवर-भौजाई दोनों बात करने लगते हैं। सीता कहती हैं—'देवर, हम झोंपड़ी बनाते हैं। ऐसे खड़े रहने से तो जलम (जनम) नहीं जायेगा और भक्ति भी पूरी नहीं होगी।'

वनखण्ड में देवर और भाभी मढ़ी (छोटी-सी झोंपड़ी) बनाते हैं। सीता उसमें भगवान के नाम की धूनी बनाती है। फिर सीता लक्ष्मण से कहती है—'देवर, माला जपने से काम का पार आने वाला नहीं है। तू अपने भाई को समझा कि हमें भूख लगी है, इसलिए माला जपना छोड़कर बनफल ले आये। तब तक हम यह तय करते हैं कि हमें कुआँ कहाँ खोदना है।'

राम एक वन छोड़कर दूसरे वन में फल लेने जाते हैं। थके-हारे सीता और लक्ष्मण सागौन के पत्ते ओढ़कर सो जाते हैं। सत्वादियों की आँखों में नींद गहराई है और दोनों हल्की-हल्की नींद में सो रहे हैं। दोनों भर नींद में सोये हुए हैं। पूर्व दिशा का पवन बहता है और दोनों के शरीर से सागौन के पत्ते उड़ जाते हैं। इसके कारण दोनों नंग-धड़ंग (नंगे-पुंगे) हो जाते हैं। दोनों गहरी नींद में सोये हुए हैं और राम बनफल लेकर रस्ते-रस्ते आ पहुँचते हैं। राम भाभी और देवर को पास-पास नंग-धड़ंग सोया देखते हैं। शंका के कारण राम दुःखी होते हैं। वे आवेश में आकर लक्ष्मण को मारने की तैयारी करते हैं। राम के पैरों की आहट से सीता की नींद टूट जाती है और वह चौंककर उठ बैठती है। अब राम और अधिक क्रोधित हो जाते हैं। लक्ष्मण पर झपटने लगते हैं। चतुर सीता राम से कहती है—'हे मेरे भरतार! तू किस पर गुस्सा करके आया है?' राम कहते हैं—'जितना बोली है, उतना बस कर! अब आगे मत बोलना। दूर खड़ा होकर मैं देख रहा हूँ। तुम दोनों नंगे ही सोए हुए थे। तुम लोगों का क्या भरोसा?' चतुर सीता सोचती है कि 'अगर मैं अपनी बात को जोर देकर समझाऊँगी, तो यह मानेगा नहीं। मुझे इसे ज्ञान से ही समझाना पड़ेगा।' यह सोचकर सीता राम से कहती है—'तुझे अपने भाई को मारना हो तो भले ही मार डाल। पर इसके पहले मेरी एक बात सुन। तू एक हाथ से ताली बजा।' राम एक हाथ से ताली बजाने का व्यर्थ प्रयत्न करते हैं और सीता से कहते हैं—'सीता, एक हाथ से भी कभी ताली बजती होगी?' सीता फिर कहती है—'अब तू एक लकड़ी से आग जला।' राम फूँफ-फूँककर बेहाल हो जाते हैं, मगर आग

नहीं जलती। राम कहते हैं—'सीता, एक लकड़ी से कभी आग नहीं जलती।' सीता कहती है—'राम, एक हाथ से ताली नहीं बजती। एक लकड़ी से आग नहीं जलती, उसी तरह एक पंड (शरीर) से कुछ नहीं हो सकता। तू मन में हिसाब करके देख कि एक भाई के बिना बैर भी नहीं वसूला जा सकता। जबकि तू तो अपने माँ जाये भाई को ही मारने के लिए पीछे पड़ा है। हम दोनों भाई-बहनों को थकान के कारण नींद आ रही थी। इसलिए सागौन के पत्ते ओढ़कर सो गये। हम गहरी नींद में सोये हुए थे कि पूरब देश का पवन बहा, इसमें हमारा क्या दोष?' राम अपनी गलती स्वीकार करते हैं, तब फिर सीता राम से कहती है, 'फालतू बातों को छोड़। हम वन में एक छोटा-मोटा कैसा भी कुआँ खोदते हैं। अपने कुएँ का पानी पीते हैं और घर के कुएँ पर ही नहाते-धोते हैं। फालतू बातें करने से काम नहीं सिमटेगा।'

राम वनखण्ड में नारियल बदारते (फोड़ते) हैं। वे हाथ में कुदाली लेकर कुआँ खोदने लगते हैं। लक्ष्मण कुएँ में से मिट्टी के टोकरे भरने लगते हैं और सीता भरे हुए टोकरे को सिर पर रख कुएँ के बाहर खाली करती है। पिता के घर सुख से रहने वाली सीता आज सिर पर टोकरे उठा रही है। देखो विधाता के लेख! धीरे-धीरे कुएँ में थोड़ा-थोड़ा निर्मल जल आने लगा है। राम पानी वाला नारियल फोड़कर पानी को बदाते (स्वागत) हैं। सीता राम से कहती है—राम, जुग तो बीत जायेगा, मगर हमारी निशानियाँ हमेशा बनी रहेंगी। चलो, अब हम छोटा-सा 'हरिया-बाग' बनाते हैं।

सीता राम से कहती हैं—'राम, ढील करने से देर हो जायेगी। अपने यहाँ पानी आ गया है। मजदूर और बढ़ई को बुलाओ, रहँट वाला कुआँ बनाना है।' राम बढ़ई को बुलाते हैं। वन में वालमो बढ़ई आता है। वह रूपे की रहँट और सोनावर (सोने) की माला (रस्सी) बनाता है। और ताँबेवर का घड़ा रहँट में जोड़ता है। अब राम रहँट चलाते हैं और लक्ष्मण 'पानत' (पानी सींचना) करते हैं। बगीचे में पानी आने लगा है। सीता क्यारियाँ बनाती है और क्यारियों में पिता से दहेज में मिले बीज बोती है। चतुर सीता देख-देखकर एक क्यारी में चम्पा के बीज बोती है तो दूसरी क्यारी में मरुआ के और तीसरी में मोगरे के। सीता बगीचे में रंग-बिरंगे फूलों के पौधे और वृक्ष लगाती है, और क्यारियों में पानी देती है। दूसरे दिन सुबह सीता घड़े में रखा हुआ ठण्डा पानी सींचती है। बीज में से धीरे-धीरे अंकुर फूटने लगे हैं, और फूल के पौधे बड़े होने लगे हैं। वृक्ष कमर से सिर तक बढ़ने लगे हैं और उनमें नयी डालियाँ, पत्ते और फूल आने लगे हैं। अब बाग में जूही, गुड़हल, मरुआ-मोगरा, गुलतेवड़ी, केतकी-केवड़ा और चम्पा जैसे भाँति-भाँति के फूल खिले हैं। हरिया-बाग में काले पंखों वाली कोयल कूक रही है, हरे पंखों वाले सुग्गे बोल रहे हैं। वृक्षों पर रंग-बिरंगे मोर गहक रहे हैं। असली चन्दन के झाड़ फूले हैं, और चारों तरफ फूलों की सुगन्ध फैल गयी है। सीता बाग में चारों ओर घूम रही है और सुगन्ध ले रही है। सुन्दर बाग देखकर खाये-पीये बिना ही उसकी भूख मिट जाती है।

रावण और लक्ष्मण (रावण नं लखमण)

मन्दोदरी के कपड़े लेकर बड़ा ही प्रसन्न लक्ष्मण अपनी छावनी में आता है। वह रावण के लिए मन्दोदरी जैसा ही बत्तीस-तैंतीस प्रकार का भोजन बनाता है। वह सोने के बड़े थाल और कटोरियों में भाँति-भाँति के भोजन परोसता है। फिर बत्तीस लक्षणों वाला लक्ष्मण हाथ-पैर धोकर मन्दोदरी जैसा श्रृंगार करता है। कमर में 'मेघाड़ामोर' का लहँगा, छाती पर काँचली (चोली) पहनता है। शरीर पर महीन शालू ओढ़ता है। गले में हार पहनता है। एक-एक बाल में मोती गूँथकर माँग में सिन्दूर भरता है, फिर कान के अनुसार

लटकन पहनता है। कपाल में बिन्दी लगाता है, और आँखों में काजल आँजता है। चिबुक पर माख (मक्खी का आकार) और गाल पर फूलड़ी (छोटा-सा फूल) बनाता है। अब वह बायें हाथ में दर्पण लेकर अपना रूप निहारता है, तो देखता है कि मुँह पूनम के चाँद जैसा लग रहा है। नयन खाँड़ा की धार और पलकें भँवरे की पाँख जैसी हैं। आँखें तो भँवरों का समूह हैं। कुंकुमवर्णी ओंठ हैं। दाँत दाड़िम के दाने जैसे और नाक दिये की लौ जैसी है। वह हाथ में बड़ा थाल लेता है। बत्तीस लक्षणों वाला लक्ष्मण सचमुच मन्दोदरी का अवतार लग रहा है। वह छन-छन-छन करता हुआ लंका की सीमा से गुजरता है। पर्वत पर नीले मोर गहक रहे हैं। वनराजी में पक्षी गा रहे हैं और लक्ष्मण रस्ते-रस्ते रावण के महल के करीब आ रहा है। वह लम्बा घूँघट निकालकर 'धम्-धम्' बादल-महल चढ़कर रावण के पास आता है। राजा रावण को भोजन का थाल देता है। राजा रावण जीमने बैठता है और लक्ष्मण फूट-फूटकर रोने लगता है। वह फूट-फूटकर रोता है और बार-बार हिचकियाँ भरता है। रावण आश्चर्य से उससे पूछता है—'रानी, तू क्यों रो रही है? तुझे किसी ने आँख दिखाई हो तो उसकी आँख फोड़ दूँ। गलत कहा हो तो उसका सिर फोड़ दूँ। तू अपने मन में धीरज रख और दिल खोलकर अपने दुःख का कारण बता।' रोने का अभिनय करता हुआ लक्ष्मण कहता है—'तू नयी लाड़ी लाया तो भले ही लाया, मगर उसके पीछे-पीछे लंका में राम का पूरा सैनिक दल उमड़ पड़ा है। वे तुझे मारे बगैर नहीं रहेंगे। फिर मेरा क्या होगा? अब तू ही बता, मैं रोऊँ नहीं तो क्या करूँ?' मन्दोदरी के वेश में आये लक्ष्मण के वचनों को सुनकर रावण उत्तेजित हो जाता है और कहता है—'रानी तू बहुत बोल चुकी! अब आगे कुछ भी मत बोलना। बन्दर और जोगी आये हैं, उन्हें तो मैं मिटाकर रख दूँगा। तू चिन्ता मत कर।' लक्ष्मण रावण के पेट में घुसकर रावण की मृत्यु का भेद जानने की कोशिश करता हुआ कहता है—'राजा, राम के दल में तो लक्ष्मण जैसा जोरावर योद्धा है। उस दिन केवल एक बन्दर आया और समूची लंका जलाकर चला गया। इस बार तो समुद्र को पार करके राम का पूरा दल आया है। अब हमारी क्या गत होगी?' रावण मन्दोदरी के वेश में छुपे लक्ष्मण को सांत्वना देता हुआ कहता है—'रानी! मुझे कौन मारेगा? मुझे कोई मार नहीं सकता। मेरा जीवन (प्राण) किसी को यों ही नहीं मिल सकता। मेरा जीव मेरे पास है ही नहीं। फिर मुझे कौन मार सकेगा?' अब लक्ष्मण रावण के हृदय में प्रवेश कर अपने पैर फैलाता है और उसके मन का गहरा भेद जानने के लिए प्रश्न करता है—'राजा, सबके पास होता है, उसी तरह तेरा जीव भी तेरे पास ही होगा ना? वह थोड़े ही अलग रखा होगा?' रावण अपना दिल खोलता हुआ कहता है—'रानी, तू सदा-सदा के लिए मेरी चिन्ता छोड़ दे। मेरा जीव तो मुझसे अलग आकाश में घूमते सूरज के रथ में है। सूरज के रथ में जो भँवरा है, उसमें मेरा जीव रहता है। अब तू शान्त हो जा। सूरज में रहने वाले भँवरे को न तो कोई नीचे गिरा सकता है और न ही मुझे मार सकता है।' लक्ष्मण अन्तिम दाँव आजमाने के लिए बेर जितने बड़े-बड़े आँसू टपकाने लगता है, और कहता है—'राम के दल में लक्ष्मण योद्धा है। वह बहुत जोरावर है। वह तो तुझे कुछ नहीं कर सकेगा ना?' रावण के हृदय के सारे दरवाजे खुल जाते हैं, और कहता है—'रानी, तू दुःखी क्यों होती है? लक्ष्मण मेरा कुछ भी नहीं कर सकता। मुझे मारने के लिए कितने सारे पराक्रम करने पड़ेंगे। कितनी सारी चीजें जुटानी पड़ेंगी। इसके अलावा योग्य व्यक्ति जब सही योग साध सकेगा, तभी मेरी मृत्यु हो सकेगी।' लक्ष्मण कहता है—'राजा, तू वास्तव में नहीं मर सकता है? मैं तो तेरे प्रेम के कारण रो रही हूँ। तू नहीं रहेगा, तो यहाँ मेरा कौन होगा?' रावण कहता है—'अब तो तुझे विश्वास हो गया ना कि मेरी मृत्यु यूँ ही रस्ते में नहीं पड़ी है। मेरा जीव मेरे शरीर में नहीं है, सो नहीं है।

वह तो ऊँचे आकाश में सूरज के रथ में बैठे भँवरे में है। यदि भँवरे को नीचे गिराना हो, तो काफी कुछ पराक्रम करना पड़ेगा। उसके लिए तो सबसे पहले बारह घानियों का तेल चाहिए। सूरज उगे, उसके पहले ही सूर्य के सामने चूल्हा बनाकर उस पर कड़ाही रखनी पड़ेगी। कड़ाही के नीचे आग जलाकर उसमें तेल डालकर उसे उबालना पड़ेगा। सूर्य निकले, उसके पहले ही कड़ाही के दोनों कानों (कड़ों) पर पैर जमाकर खड़े हो, धनुष पर तीर चढ़ा, सूर्य के सामने तानकर खड़ा रहना पड़ेगा। जैसे-जैसे सूर्य आकाश के ऊपर चढ़ता जायेगा, वैसे-वैसे तीर का निशाना ऊँचे और ऊँचे ले जाना होगा। मध्याह्न होने पर जब सूर्य ठीक सिर पर आ जायेगा, तब सूर्य के रथ में बैठे भँवरे का प्रतिबिम्ब कड़ाही के तेल में पड़ेगा। इस योग को साधकर, धनुष पर तीर पूरी तरह खींचकर, सूर्य के रथ में रहने वाले भँवरे को बेधकर तेल में डालना पड़ेगा। यह भँवरा कड़ाही के तेल में गिरकर जब पूरी तरह से तल जायेगा, तभी मेरा जीव जायेगा। उस समय भँवरे को मारने वाले को भी मूर्च्छा आ जायेगी, और उसकी भी मृत्यु हो जायेगी। यह पराक्रम वही वीर योद्धा कर सकता है, जिसने बारह वर्ष तक ब्रह्मचर्य का पालन किया हो। रानी, अब तू ही बता, तेरे रोने का कोई कारण है?' लक्ष्मण प्रसन्नता से अपनी छाती में मुक्का मारता है, और कहता है—'वाह रे राजा! वाह! तुझे अब दूसरा कौन मार सकता है? अब मेरे पास रोने का कोई कारण नहीं है। अब फिर मेरे सिवा तेरी मृत्यु के रहस्य को जानता भी कौन है? अब मुझे भी भूख लगी है। तू यह भोजन आरोग और मौज कर। अब मैंने अच्छी तरह से धीरज धर लिया है। अब तेरी चिन्ता करने का कोई कारण नहीं है।' लक्ष्मण 'धड़-धड़' बादल-महल उतरता है और जाते-जाते रावण के महल के कँगूरों को लात मारता जाता है, जिससे रावण के महल के कँगूरे काँपने लगते हैं। भोजन करते-करते रावण सोचता है कि 'मन्दोदरी के मन में से मेरी मृत्यु का भय निकल गया है, इसी आनन्द में वह पैर पटकती और छन-छन-छन करती हुई जा रही है।'

लक्ष्मण रस्ते-रस्ते लंका की सीमा की ओर आ रहा है। रावण की मृत्यु का भेद पाकर आते हुए उसके मन में आनन्द बहुत ज्यादा बढ़ गया है। इसलिए तेज गति से चलने के कारण उसके पैर जमीन को थोड़ा ही छू पा रहे हैं। छावनी में आकर मन्दोदरी के आभूषणों को एक-एक करके उतार देता है, और मन-ही-मन खुश होता हुआ सोचता है कि 'रावण के बच्चे! अब तू इस वीर (मरद) का तमाशा देख।'

रावण राजा के भोजन का समय होता है और मन्दोदरी रानी बड़े थाल में बत्तीस-तैंतीस प्रकार के भोजन सजाती है। वह सोलह शृंगार सजती है और हाथ में बड़ा थाल लेकर छन-छन-छन करती हुई रावण के बादल-महल चढ़ती है। पूर्व देश की हवा बह रही है और वह यौवन के भार से फटी जा रही है। वह रावण के सामने आती है और उसे भोजन देती है। रावण मन्दोदरी से कहता है—'रानी, पागल हो गयी है या बावरी? तू दो बार भोजन लेकर क्यों आयी?' अब रानी ठगी-सी खम्भा बनकर खड़ी हो जाती है और रावण से कहती है—'मैं आज पहली बार ही भोजन लेकर आयी हूँ और रोज के समय ही आयी हूँ। मुझे तो लगता है कि तू पागल हो गया है।' 'अभी थोड़ी देर पहले ही तो तू मुझे जिमाकर गयी है और फिर से बड़ा थाल लेकर आ पहुँची है?' रावण की बात सुनकर मन्दोदरी सोच में पड़ जाती है और फिर कहती है—'हमारी सीमा में राम के दल ने पड़ाव डाला है। उनमें सत्वादी लक्ष्मण कुशल योद्धा है। वह युद्ध में जीतने के लिए भाँति-भाँति के करतब कर सकता है। राजा, वह यहाँ आकर कोई भेद तो नहीं ले गया?' रावण कहता है—'लक्ष्मण आया होता, तो कपड़ों का तो पता चलता ना? तेरे ही

कपड़े थे। वही सोने के तारवाली चुनरी, वही तेरा लहँगा और वही काँचली (चोली)। फिर कपड़े तूने दिये हों तो तू जाने!' मन्दोदरी कहती है—'मेरे कपड़े तो मेरे पास ही हैं। बैरी के पास कहाँ से आये?' रावण कहता है—'रानी स्वयं मेरे द्वारा बड़े प्रेम से तेरे लिए खरीदे गये कपड़ों को क्या मैं नहीं पहचान सकता हूँ?' मन्दोदरी रावण को विश्वास दिलाती हुई कहती है— 'राजा! तू चाहे जो कहे, पर मैं सौगन्ध खाकर कहती हूँ कि आज मैं पहली बार ही आयी हूँ।' मन्दोदरी के साथ हुई बातचीत से रावण के मन में लक्ष्मण की कपट-लीला का चित्र स्पष्ट होता है। सदमे के कारण वह पलँग में औंधा लुढ़क जाता है। वह सोचता है—'हाय रे! मैंने खुद ने दुश्मन को 'परमोद' (भेद) दे दिया।'

अहंकार की मौत (मूआ अेंकार झी) : रावण-वध

रावण की मृत्यु का भेद जानकर बहुत ही खुश लक्ष्मण राम की छावनी में जाता है और रावण की मृत्यु का भेद जानने की घटना को विस्तार से सुनाता है। फिर वह कहता है—'हमें इसी वक्त बारह घानी के तेल और लोहे की एक कड़ाही की जरूरत पड़ेगी। हमें प्रात:काल में उगते सूर्य को साधना होगा।' लक्ष्मण राम को शान्ति से बैठे हुए देखकर सोचता है—'राम तो ऋषि जैसे हैं। उनसे कुछ नहीं होगा। ये चीजें भी मुझे ही जुटानी होंगी।' लक्ष्मण रस्ते-रस्ते तेली के बाजार में आता है और एक तेली से कहता है—'बीरा, तू जो माँगे वह कीमत दूँगा। मुझे इसी समय बारह घानी का तेल चाहिए।' तेली कहता है—'मुँहमाँगी कीमत मिलती हो, तो बारह तो क्या चौबीस घानी का तेल दे सकता हूँ।' लक्ष्मण तेली को कीमत चुकाता है और बदले में तेली तेल देता है। वहाँ से लक्ष्मण रस्ते-रस्ते लुहार के घर आता है और उसे दाम चुकाकर एक बड़ी कड़ाही लेता है। वह सारी चीजें लेकर सैनिकों के दल में आता है और राम से कहता है—'भाई, तू न तो चलता है और न ही चलने ही देता है। दिन निकलने से पहले तो कड़ाही के नीचे सुलगाने के लिए लकड़ियाँ चाहिए। हमारा काम पूरा नहीं हुआ और दिन निकल आया, तो हमारी सारी मेहनत पर पानी फिर जायेगा।' लक्ष्मण की बात सुनकर राम सेना को आदेश देते हैं और राम का सैनिक-दल लकड़ियाँ इकट्ठी करके बड़ा ढेर लगा देता है।

बारह वर्ष तक ब्रह्मचर्य का पालन करने वाला बत्तीस लक्षणों से युक्त लक्ष्मण धरती पर चूल्हा बनाता है और उस पर कड़ाही रखता है। कड़ाही में तेल डालकर नीचे आग जलाता है। मुर्गों ने अपना स्थान छोड़ दिया है। वृक्ष पर पक्षी चहचहा रहे हैं। पीतवर्णा प्रभात हो गया है और सूर्यदेव निकलने की तैयारी कर रहे हैं। लक्ष्मण कसकर कमर बाँधता है। राम के नाम का स्मरण कर कड़ाही के दोनों कड़ों पर अपने पैर जमाकर स्थिर खड़ा हो जाता है। वह राम से कहता है—'भाई, अब तू मुझे बारह मन का धनुष और तेरह मन का तीर पकड़ा दे।' राम पैर की मदद से धनुष पर प्रत्यंचा चढ़ाते हैं और लक्ष्मण के हाथ में देते हैं। लक्ष्मण धनुष की प्रत्यंचा पर तीर चढ़ाता है। सुहावना सूरज उगा है। लक्ष्मण कड़ाही पर पैर रखकर सूर्य के सामने तीर साधकर खड़ा है। राम का दल इस अनोखे (नवलुं) दृश्य को देखता है और आश्चर्यचकित रह जाता है। धरती का स्वामी सूरज धीरे-धीरे आकाश-मार्ग में जैसे-जैसे ऊपर चढ़ता है, वैसे-वैसे लक्ष्मण तीर के लक्ष्य को ऊँचे और ऊँचे ले जाता है। आठ बजते हैं, नौ बजते हैं, दस और ग्यारह के बाद बारह बजने का समय होता है। कड़ाही के नीचे आग सुलग रही है और कड़ाही में तेल खौल रहा है। पृथ्वी का दीपक सिर पर आने की तैयारी में है और लक्ष्मण के 'धीरज' (सत् की परीक्षा) के क्षण आ गये हैं। नीचे तेल स्थिर हुआ है। मध्याह्न वेला है। सूर्य के रथ में विराजे भँवरे का प्रतिबिम्ब

तेल में पड़ता है। उचित योग जानकर लक्ष्मण बल समेटकर सूर्य के सामने तीर छोड़ता है। तीर अपनी तेज गति के कारण सूर्य की किरणों के बीच से मार्ग बनाता हुआ निकल जाता है। सहस्र किरणें मण्डलाकार में फैल जाती हैं। बीच की जगह से सूर्य के रथ में बैठा हुआ भँवरा साफ-साफ दिखाई देने लगता है। लक्ष्मण तीर से बींधकर भँवरे को नीचे पृथ्वी पर कड़ाही में गिराकर तल देता है, और इसी के साथ रावण के प्राण निकल जाते हैं। तेल में गिरे भँवरे की तेज किरणों से उठी आग के कारण लक्ष्मण के आँखों के रतन बन्द हो जाते हैं। उसे मूर्च्छा आ जाती है और वह धम्म से कड़ाही से नीचे धरती पर गिर पड़ता है। रावण का वध हुआ, योद्धा सो गया, अहंकार की मृत्यु हो गयी।

□□

लेखक सम्पर्क सूत्र

1.	**डॉ. भगवानदास पटेल**	:	304, मिथिला, विजया बैंक के ऊपर, जजिझ, बँगला चार रास्ता, बोड़कदेव, अहमदाबाद–15 फ़ोन–079–26871604 मो.–094281–09579
2.	**डॉ. अर्जुनदास केसरी**	:	सचिव, लोकवार्ता शोध संस्थान, सोनभद्र (उ.प्र.)–231216 फ़ोन: 05444–222625
3.	**डॉ. श्रीराम परिहार**	:	आजाद नगर, खण्डवा–450001
4.	**डॉ. पूरन सहगल**	:	मालव संस्कृति केन्द्र, मनासा, मध्य प्रदेश मो.–094240–41310
5.	**डॉ. रोमा चटर्जी**	:	समाजशास्त्र विभाग, दिल्ली स्कूल ऑफ इकोनॉमिक्स, दिल्ली विश्वविद्यालय, दिल्ली–110007 मो.–09810981939
6.	**डॉ. महेन्द्र भानावत**	:	382, श्रीकृष्णपुरा, उदयपुर–310001 मो.–093516–09040
7.	**डॉ. श्रीकृष्ण 'जुगनू'**	:	40, राजश्री कॉलोनी, विनायक नगर, उदयपुर (राजस्थान) मो.–099280–72766
8.	**डॉ. रमानाथ त्रिपाठी**	:	26, वैशाली, पीतमपुरा, दिल्ली–110034
9.	**डॉ. नर्मदा प्रसाद उपाध्याय**	:	85, इन्दिरा गाँधी नगर, आर.टी.ओ. कार्यालय के पास, केसरबाग रोड, इन्दौर–09 (म.प्र.)
10.	**डॉ. मोहन गुप्त**	:	132, महाश्वेता नगर, उज्जैन (म.प्र.) मो.–094071–40010
11.	**डॉ. सेवाराम त्रिपाठी**	:	6, रजनीगन्धा, शिल्पी उपवन, श्रीयुत नगर, अनन्तपुर, रीवा–486002 मो.–094251–85272
12.	**डॉ. मुकुल राभा**	:	कर्मा कुटीर, 37 एन.एच., नजदीक इण्डियन ऑयल पेट्रोल पम्प, दुधनोल, जिला–गोलपाड़ा–783124 (असम) मो.–09435843234

13. **डॉ. महेन्द्र कुमार मिश्रा**	:	स्टेट हैड, आईसीआईसीआई फाउण्डेशन फॉर इनक्लूसिव ग्रोथ, रूम नं. 301, स्टेट काउंसिल ऑफ एजुकेशन रिसर्च एण्ड ट्रेनिंग (एससीईआरटी), बीटीआई ग्राउण्ड, शंकर नगर, रायपुर–492001 (छत्तीसगढ़) मो.– 08109665051
14. वसन्त निरगुणे	:	एचआईजी–7, उमा विहार, नया पुरा, कोलार रोड, भोपाल–462042 (म.प्र.) मो.–09479539358
15. हरिहर वैष्णव	:	सरगीपाल पारा, कोंडागाँव, बस्तर–490226 (छ.ग.) मो.–07697174308